Y0-BZI-826

arillion

精灵宝钻

魔戒起源

图书在版编目(CIP)数据

精灵宝钻:魔戒起源／（英）托尔金（Tolkien, J. R. R.）著;李尧译.
-南京:译林出版社,2004.5
（译林世界文学名著）
书名原文：The Silmarillion：The Myths and Legends of Middle-Earth
ISBN 7-80657-727-0

Ⅰ.精... Ⅱ.①托... ②李... Ⅲ.长篇小说-英国-现代
Ⅳ.I561.45

中国版本图书馆 CIP 数据核字（2004）第 020034 号

书　　名	**精灵宝钻:魔戒起源**
作　　者	〔英国〕托尔金
译　　者	李　尧
责任编辑	张　遇
原文出版	HarperCollins*Publishers*，2000
出版发行	译林出版社
电子信箱	yilin@yilin.com
网　　址	http://www.yilin.com
地　　址	南京湖南路 47 号(邮编 210009)
集团地址	江苏出版集团(南京中央路 165 号 210009)
集团网址	凤凰出版传媒网 http://www.ppm.cn
印　　刷	盐城印刷总厂有限责任公司
开　　本	850×1168 毫米　1/32
印　　张	11.625
插　　页	12
字　　数	272 千
版　　次	2004 年 5 月第 1 版　2004 年 5 月第 1 次印刷
书　　号	ISBN 7-80657-727-0/I·520
定　　价	(精装本)21.30 元

译林版图书若有印装错误可向承印厂调换

目　录

前　言

　　《精灵宝钻》在它的作者去世四年之后出版。这部书描绘了上古时期,或者说"第一纪"时的情景。《魔戒》叙述的是第三纪末期发生的重大事件,《精灵宝钻》的故事则可以追溯到久远的过去。那时候,莫高斯——第一个"黑暗之王"住在中洲。精灵为了夺回稀世之宝茜玛丽尔,向他发动了战争。

　　事实上,不但《精灵宝钻》讲述的故事比《魔戒》早得多,它的构思、基本框架的确立也比《魔戒》早。虽然那时候它还不叫《精灵宝钻》,但是半个世纪之前,它的雏形即已形成。在早至1917年的几个破损的笔记本里,我们尚可看到作者用铅笔匆匆忙忙写下的这个神话故事的中心内容,看到它"雏形期"的面貌。这些故事从来没有发表(有些内容在《魔戒》"初见端倪")。家父在他漫长的一生中,从来没有放弃过这本书的创作,甚至在他生命的最后几年,也不曾停止对它的精雕细刻。这期间,《精灵宝钻》一直被简单地认为是平铺直叙之作,缺乏起伏跌宕的情节。它似乎是早已形成的固定的程式,仅仅为后来的作品提供了一个背景。但是,就其主旨而言,它并非一成不变。事实上,就连它所论述的关于世界之本质的最基本的想法也有变化。随着岁月的流逝,同样的故事,以或长或短的篇幅和不同的艺术形式出现在我们面前时,无论具体细节,还是考虑问题的角度,都发生了很大的变化。这些变化错综复杂,层层叠叠,无处不在。要想最终形成一个"固定的版本"已经不再可能。除此而外,那些古老的故事("古老"不只是因为它源于遥远

1

的"第一纪"，还因为就我父亲一生而言，这是他早期的作品）宛如一座仓库和某种载体，储藏了他深刻反思、不断探索的成果。在他后来的写作生涯中，由于神学和哲学方面的成见，神话和诗歌的艺术魅力有所减弱，不和谐的色彩也由此而生。

父亲去世之后，出版这些作品的责任便理所当然地落到我的肩上。但我清楚地认识到，把那些千差万别的材料收集在同一本书里，并且以此显示半个多世纪以来《精灵宝钻》形成、发展与演变的过程，只能引起混乱，只能把最基本的要点搞得一塌糊涂。因此，我要求自己选取那些首尾一致、内容连贯的材料，整理出一部主题单一的艺术品。整理过程中，结尾几章（从图林·图拉姆巴之死开始）遇到更多的麻烦。许多年来，这几章一直没有变化，而这部书的其他章节均有较大的改动，这就造成严重的不和谐。

这本书很难做到完全的和谐一致（无论《精灵宝钻》本身，还是《精灵宝钻》与家父其他已经出版的作品之间的和谐）。即使勉为其难，也要付出很大的、不必要的代价。除此而外，家父当初构思《精灵宝钻》时，只是把它作为一个简明扼要、提纲挈领式的东西完成的。他准备日后从早已存在的多种渠道（诗歌，编年史，口头文学）汲取营养、获取资料，使其更加丰富多彩。这一构想实际上与本书形成的历史有诸多相似之处。许多早期的诗歌和散文，对那些古老的故事确有表述。因此，从某种意义上讲，它是"事实"而非"理论"的"简编"。也许正是这个原因，不同部分的故事进展的速度不同，细节的完整性也各异。在图林·图拉姆巴的故事中，关于"第一纪"末期，攻打"暴虐之山"、推翻莫高斯统治的地点和动机都有差异，状物抒怀的风格也不尽相同。有的地方晦涩难懂，缺乏内聚力。比如，在《梵拉的传说》一文中，许多内容必须追溯到埃尔达在瓦里诺最初度过的岁月，可是后来发生的事情和这些"岁月"缺乏内在的联系。我们只能假设，这期间发生了什么作者未曾明言的变化。只有这样才能解释"时态"和叙述这段历史的出发点为什么经常变来变去。众神为什么时而活跃在世界，如在眼前；时而遥不可及，只存在于记忆之中。

这本书的书名是《精灵宝钻》。可是除了《精灵宝钻》，还有另外四个短篇。放在本书最前面的《圣贤之乐》和《梵拉的传说》与《精灵宝钻》的关系很密切，可是后面的两篇《努美诺尔覆灭》和《魔戒和第三纪》与《精灵宝钻》并无关系，可以独立成章。这是按照家父明确的意愿收入的。这样一来，我们就有了一部从伊路瓦塔通过"圣贤之乐"开天辟地、创造世界起到"第三纪"末期的完整的历史。

这本书里出现的名字非常之多，为了方便阅读，我搞了一个索引①。但是在"第一纪"真正出现的重要人物（精灵和人）并不多。我为他们绘制了"家谱"，还按不同的精灵家族，分门别类开列出他们纷繁复杂的名字，并且就"精灵语"的读音规则列表做了说明。书中还有一幅地图。需要说明的是，东方的大山——路银山、林敦山和蓝山，出现在《魔戒》地图中的最西面。书中另有一幅较小的地图。绘制这幅地图的目的是，读者一眼便可看出诺尔多精灵回到中洲之后，精灵帝国建在哪里。我没有将更多的评注、注释收入此书，成为它的"累赘"。关于"第三纪"，家父确有许多尚未出版的宝贵的著述，有故事，还有语言、历史、哲学诸方面的研究，但愿在不久的将来它们能结集出版。

在为整理这部书所做的艰苦努力中，盖伊·凯给了我极大的帮助。从1974—1975年，他一直和我一起工作，谨致谢意。

克里斯托弗·托尔金

3

---

① 在翻译、出版本书时，此索引即为《译名对照表》。——编者

埃　　如

圣贤之乐

"惟一者"埃如,在阿尔达王国被叫做伊路瓦塔。他首先创造了"圣贤"阿伊诺。这些"圣贤"都因他心之所想而生。在别人被创造出来之前,只有他们和他在一起。伊路瓦塔和他们谈天说地,还给他们编出音乐的旋律;他们则给他唱歌,他很高兴。可是,好长时间里他们只是独唱,或者只有几个"圣贤"在一起合唱,别的"圣贤"侧耳静听。每一位"圣贤"只理解伊路瓦塔创造他们那一瞬间的"心之所想",相互间的理解非常缓慢,只有这样侧耳静听,才能逐渐加深理解,最终达到和谐默契。

后来有一天,伊路瓦塔把所有的阿伊诺都召集到一起,吟唱出一个非凡的旋律,展示出他从未展示过的壮丽图景。旋律华美的开始、辉煌的结尾都让阿伊诺惊叹不已。他们向伊路瓦塔深深鞠躬,一句话也说不出来。

伊路瓦塔对他们说:"希望你们按照我的旋律,共同谱写一个伟大的乐章。鉴于我已经用'不灭的火焰'点燃了各位的心灵之火,你们就要表现出诠释这个主题与旋律的能力。每个人都要充分发挥自己的聪明才智。我就坐在这儿洗耳恭听。我希望看到,由于你们的努力,沉睡的美被唤醒,变成壮丽的乐曲。"

于是,阿伊诺开始唱歌。他们的声音像竖琴,诗琴,笛子,小号,六弦琴,风琴,像一支人数众多的合唱队引吭高歌,把伊路瓦塔的旋律变成壮美的乐曲。那不停地相互转换的曲调编织成十分和谐的乐曲。音乐的声浪向高山、向低谷奔涌而去。伊路瓦塔的府

3

邸充溢着音乐之声。音乐和它发出的回响向尚且一片空虚的世界流去,于是世界不再空虚。从那以后,阿伊诺再也没有创作出如此辉煌的音乐,尽管人们一直在说,阿伊诺"合唱团"和伊路瓦塔的孩子们最终总会在伊路瓦塔面前写出更加壮美的乐曲。伊路瓦塔的旋律必须非常准确地表现出来,因为就在他们开口吟唱之间,一个生命便在天地间诞生了。所以,每一个阿伊诺必须吃透伊路瓦塔的意图,必须完全理解自己扮演的那个角色。高兴之余,伊路瓦塔就把奥秘之火赋予他们的思想。

现在,伊路瓦塔只是坐在那儿侧耳静听。好一阵子,他的感觉不错,音乐无懈可击。可是,随着音乐主题的逐步开掘,梅尔克突然想把自己的想像掺和到乐曲之中,而他想像出来的东西和伊路瓦塔的旋律格格不入。他想增加分配给他的那个角色的力度和华美。在阿伊诺中,梅尔克被赋予最大的权力,拥有最多的知识,兄弟们的聪明才智也都有他的一份。他经常独自跑到空旷之地寻找"不灭的火焰"。他胸中有一股热望,想自己创造生命。在他看来,伊路瓦塔根本没有想到混沌未开的世界。面对一片空虚,他很不耐烦。可是,他并没有找到"不灭的火焰",因为它在伊路瓦塔那里。孤独时他便开始想自己的心事,而这些和弟兄们的想法大不相同。

现在,他把自己的某些想法融入音乐之中,四周立刻响起不和谐的音符,站在他旁边唱歌的阿伊诺个个神情沮丧。他们的思想被侵扰,唱出来的声音颤颤巍巍。渐渐地,有的阿伊诺抛开最初的旋律、和上他的节拍。于是,梅尔克一手制造的不和谐向更大的范围扩展,先前美好的音乐沉没在大海般喧嚣的声浪之中。伊路瓦塔依然静静地坐着洗耳恭听,直到宝座四周仿佛遭遇狂风暴雨,平静的海面掀起黑色的浪涛,一浪高过一浪。愤怒与憎恨无休无止,难以平息。

4

伊路瓦塔终于站起身来。阿伊诺看见他面带微笑,举起左手。

暴风雨中立刻出现新的旋律。和先前的旋律相比,既像又不像。它凝聚着一股力量,展现出新的华美。可是梅尔克的不和谐之音又喧嚣着冲天而起,和这旋律抗争,声音之战比以前更加激烈。许多阿伊诺惊慌失措,不再歌唱,梅尔克占了上风。伊路瓦塔又站起身来。阿伊诺看见他面色冷峻,举起右手。哦! 混乱中出现第三个旋律,而且和以前全然不同。起初,那旋律轻柔、甜美,如潺潺溪流、淙淙山泉,深邃,悠长,没有什么力量能压倒它。于是,两支迥然不同的乐曲在伊路瓦塔面前同时扩展开来。一支深沉、辽阔、壮美,包蕴着无可估量的哀伤。而那壮美正是从这幽怨哀伤而来。另外一支乐曲也达到其自身的高潮。但那是一种很高的、空洞的、没完没了重复的声浪,很难谈到和谐,不过宛如许多把小号胡吹乱奏,发出一阵喧闹罢了。那震耳欲聋的喧嚣试图压倒另外那支乐曲,但是,就连最成功的几个音符也被对方淹没,融入庄严的主题。

"两军"对垒的时候,伊路瓦塔的殿堂轻轻颤动,默不作声的阿伊诺目瞪口呆、一动不动地站在那儿。伊路瓦塔第三次站起身来,脸色十分难看。他举起双手,一个令人震撼的和弦从头顶滚过。那声音比万丈深渊更深邃,比万里苍穹更辽远,伊路瓦塔目光如炬,穿透万物,音乐戛然而止。

伊路瓦塔开口说话了。他说:"阿伊诺很了不起,阿伊诺中最了不起的当属梅尔克。但是,他应该知道,你们大家都应该知道,我是万物之父伊路瓦塔。我将把你们歌唱过的东西都展示出来。那时候,诸位就会知道,你们都干了些什么。你,梅尔克,将看到,但凡不是源于我的旋律、随意改变我的音乐的行为都不能允许。对于试图进行这种改变的人,事实将证明,我设计万物的思路和手段多么奇妙。这一点,他是无法想像的。"

阿伊诺虽然还没有完全听明白伊路瓦塔的话,但是都非常害怕。梅尔克则感到羞愧,隐隐升起怒气。伊路瓦塔在夺目的光彩中站起身,离开他给阿伊诺划定的一展歌喉的场地。阿伊诺跟在

5

后面。

来到混沌之地,伊路瓦塔对他们说:"看看你们的音乐!"他向他们展示出一幅壮丽的图景。这之前,那里只有一片管乐之声。阿伊诺眼前出现了一个新的世界,那是一个于混沌之中形成的巨大的球体。它似乎一直悬垂在那儿,经久不衰。就在阿伊诺目瞪口呆地看着眼前这幅图景的时候,世界展示出它的历史。在他们看来,世界正在成长。阿伊诺静悄悄地看了一会儿,伊路瓦塔说:"看看你们的音乐!这就是你们这些'吟游歌手'的杰作。你们每一个人都将在乐曲中找到除了我的构思之外,自己随意增加或者设计的东西。你,梅尔克,将发现你内心深处隐秘的思想,将看到那些思想不过是大千世界微不足道的一部分,是与它的辉煌与光荣相悖的一股逆流。"

伊路瓦塔还对阿伊诺说了许多其他事情。阿伊诺都记在心里,也明白自己在乐曲中做了什么,所以,无论过去、现在,还是将来发生的事情,他们心里都一清二楚,很少有看不到的东西。但是,有些东西他们确实不明白,无论自己还是大伙儿一起商量都不得其解。因为伊路瓦塔并没有把他准备创造的事物都展示给他们。每一个时期都有新的、不曾预言的事情发生。他们不是从遥远的过去开始认识这个世界。这样一来,当世界展现在眼前的时候,阿伊诺就发现,那里有许多他们压根儿就没有想到的东西。他们惊讶地看到,伊路瓦塔的孩子们正在成长,看到正为他们准备的居住之地。阿伊诺意识到,他们煞费苦心演奏的音乐,实际上是为这些人准备的住房。只不过他们当时不知道除了创造音乐自身的华美,伊路瓦塔还有别的什么目的。伊路瓦塔的孩子们是他自己的思想孕育而生的,是第三个旋律的产物,和他最初设计的旋律没有关系。因此,没有一个阿伊诺参与这些孩子的创造。结果,看到这些新奇、自由、和他们截然不同的产物,钟爱之情油然而生。从他们身上,阿伊诺又一次看到伊路瓦塔的思想,对他的智慧有了更多的领悟。否则,这智慧的光芒连阿伊诺也无缘得见。

　　伊路瓦塔的孩子们是精灵和人——"初生者"和"后来者"。在这个世界,在它辉煌的殿堂和辽阔的田野之间,在不停燃烧的天火之下,伊路瓦塔在"时间的深渊"和无数的星星之中,给他们选定了居住之地。对于那些只考虑阿伊诺的威严与尊贵,而没有看到他们的精明与机智的人来说,或者对于那些只考虑阿伊诺正在塑造的大千世界的宽广,而忽略了对这个世界的每一样东西都要精细雕刻的人来说,这个居住之地也许微不足道。因为谁会把整个阿尔达作为一根柱石的基础,让它倚天而立,直到那锥体的顶端比针还尖呢? 可是,阿伊诺看到这个居住之地、看到伊路瓦塔的孩子们正在这里成长之后,许多佼佼者便把心思和欲望转向这个地方。梅尔克是他们的头,就如当年引吭高歌、创造音乐时,曾是阿伊诺中出类拔萃的人物一样。起初,他努力控制心头旋卷着的时冷时热的涡流,甚至欺骗自己,他是为了伊路瓦塔的孩子们的利益才去把事情料理停当的。实际上,他想把自己的意志强加到精灵和人的头上。他嫉妒伊路瓦塔的才华,尽管伊路瓦塔许诺要把这些才能赋予他们。他希望拥有自己的臣民和仆人,愿意被人叫做君主,从而随意支配别人。

　　别的阿伊诺也眺望着大千世界中精灵与人的居住之地。精灵管这个世界叫阿尔达——地球。他们心里一片光明,眼睛注视着五彩斑斓的世界,充满快乐。但是因为大海的喧嚣,心里很不安宁。他们观察风和空气,观察构成阿尔达——地球的铁、石头、白银、黄金和许多其他物质。不过在所有这些物质中,他们最赞赏的是水。据埃尔达精灵说,"圣贤之乐"在水里发出的回响比地球上任何声音都好听。许多伊路瓦塔的孩子喜欢大海的涛声,却不明白那是什么声音。

7

　　把自己的思想变成水的阿伊诺叫乌尔莫,这是精灵对他的尊称。谱写乐曲时,在所有阿伊诺中,伊路瓦塔教给他的学问最深。

空气和风是曼维沉思默想的结果,他是阿伊诺中最崇高者。地球上的织物是奥力想出来的,伊路瓦塔授予他的知识和技能最多,几乎和梅尔克不相上下。但是奥力的骄傲和快乐之所在只是创造和创造出来的东西。他既不想占有,也不想支配自己的发明。因此,他总是仗义疏财,从不据为己有。他无忧无虑,完成着一件又一件新的工作。

伊路瓦塔对乌尔莫说:"你难道没有看见,梅尔克在'时间深渊'那个小小的王国对你发起的攻击吗?他想用无休止的寒冷袭击你,可是没能摧毁山泉的美丽,湖水的清澈,却创造出飘飘洒洒的雪花,巧夺天工的冰霜!梅尔克又发明了无节制的火焰,可是也没能焚毁你的愿望,更没能平息大海的音乐。看看辽远的苍穹,缤纷的云彩,变幻的雾霭,听听细雨落地的声音!乘着朵朵祥云,你将走近曼维,你的朋友。你将对他充满钟爱之情。"

乌尔莫回答道:"没错儿。水变得比我想像的样子更美丽。在我隐秘的思想里,从来没有想到过雪花,我的音乐也没有雨水落地的响声。我一定去找曼维。为了你的快乐,我要和他一起创造更美妙的音乐!"这样一来,曼维和乌尔莫从开天辟地起,便变成最可靠的盟友。在所有事务上,他们都对伊路瓦塔忠心耿耿。

就在乌尔莫说话、众阿伊诺观望的时候,眼前的景象突然消失。那一刻,他们看到一个新的东西——黑暗。而以前,除了脑子里闪过这个念头之外,阿伊诺并不知道"黑暗"为何物。他们开始迷恋那异样的景色,全神贯注于正在形成的世界展现出来的壮观。现在,他们满脑子都是这个世界,尽管这个世界还很不完整。时间的周期还没来得及完成,那景色便从眼前消失了。有人说,那景色是在人划定自己的领地、"初生者"引退之前消失的。因此,尽管"圣贤之乐"已经结束,但是梵拉没有看到后面几个时期发生的事情,或者世界结束的情景。

阿伊诺非常不安。伊路瓦塔呼唤着他们,说道:"我知道你们心中的愿望。你们希望刚刚看到的东西能像你们自己一样,的的确确存在于世,而不只是脑海中的一闪念。那么,好吧。我要说:埃阿!就这样吧!我要把不灭之火送到一片混沌之中。它将燃烧在世界中心。世界就这样诞生了。你们之中,不管是谁,只要愿意,都可以去那儿安身立命。"突然之间,阿伊诺看见远处出现一道亮光。那是一朵云,云彩中间燃烧着一颗跳动的心。他们都明白,那不只是一种景象,而是伊路瓦塔创造出的新世界——埃阿。

事情就这样发生了——有的阿伊诺仍然和伊路瓦塔一起居住在世界之外,有的告别伊路瓦塔下凡到人间去了。他们之中大多数都是最聪明能干、最正直诚实的阿伊诺。伊路瓦塔向他们提出了一个要求,那就是,从现在起,他们的力量必须限制在这个世界之内,永远和世界融为一体,直到它尽善尽美。因此,它就是他们的生命,他们也是它的生命。他们被叫做梵拉——世界之力量。

梵拉初到世界的时候,非常惊慌,不知所措。他们并没有看到先前看到的景象,一切都刚刚开始,尚未成形。周围一片黑暗,因为"圣贤之乐"所表现的思想只停留在"永恒的殿堂"开出的花朵,结出的果实,那"景象"只是一种预兆。现在,他们在开天辟地之时率先走进这个世界,并且认识到,所谓世界只是先前歌唱时预示的景象,真正得到它还得做一番努力。于是,他们在无边无际的、未曾探索过的荒原上开始了艰难的开拓。究竟过了多少年代已经无法计算,直到"时间的深渊"在埃阿——世界巨大的厅堂,迎来为伊路瓦塔的孩子们创造居住之地的那个时刻和那个空间,才算完成了前期工程。在这项巨大的工程中,最重要的部分是曼维、奥力和乌尔莫完成的。梅尔克从一开始就在这儿,事无巨细都要干涉,总想按照他的意愿行事。他还点燃了一堆堆大火。当地球还年轻、到处燃烧着火焰的时候,梅尔克心里充满渴望。他对别的梵拉说:"它将是我的王国。我要按照自己的意愿创造它。"

在伊路瓦塔的思想里,曼维是梅尔克的兄弟。伊路瓦塔编出

9

第二个旋律压倒梅尔克发出的噪音时，曼维是最主要的"乐器"。现在，他把许多大大小小的神灵都召唤到自己身边。他们来到阿尔达，帮助曼维，生怕因为梅尔克的阻碍，辛勤劳动的汗水浇灌不出丰硕的果实，生怕地球之花没等开放就枯萎。曼维对梅尔克说："你不能把这个王国据为己有。你这样做全错了！因为许多人都在这儿辛勤劳动。他们干得不比你少。"梅尔克和别的梵拉争论不休。这一次，他扬长而去，到别的地方做他想做的事情去了，但是他并没有丢开把阿尔达王国据为己有的念头。

现在，梵拉开始塑造自己的形象，给自己"着色"。他们是因为热爱伊路瓦塔的孩子们，因为满怀对这些孩子的希望，才到这个世界来的，所以，就按照伊路瓦塔展示的景象中的人物，来塑造自己的形象，只有与生俱来的威严和光彩是他们独有的。除此而外，他们之所以塑造自己的形象还源于对这个有形世界的认识，而不是源于对世界本身的感知。其实他们并不需要一个特定的形象，就像我们不一定非穿衣服不可。我们即使裸体也不会损害为人者的资格。如果愿意，梵拉可以不穿衣服走来走去，即使近在咫尺的埃尔达精灵也不会清楚地看见他们。想穿衣服的时候，梵拉就要"男女有别"。因为从最初开始，他们相互之间的性情和特质就各不相同。他们按照自己的意愿或为男或为女，而不是被人家选择为男或选择为女。就像不同的服饰可以将我们区别为男人或女人，但是男是女并不完全靠服饰决定。可是，"圣贤"们并不总像伊路瓦塔创造的国王和女王那样穿衣戴帽，而是按照自己的想像打扮，将威严和尊贵尽显其中。

梵拉吸引来许多伙伴，有的身材矮小，有的像他们一样高大。他们在一起辛勤劳作，制止了喧哗与骚动，把地球管理得有条不紊。这一切，梅尔克都看在眼里。他看见梵拉作为一种有形的力量在地球上行走。穿着世俗的服装，神采奕奕，乐而忘忧，十分快乐。混沌世界的躁动不安已经被平息，地球变成一座大花园。梅尔克不由得妒火中烧,也变化成一个有形的"物体"。但是因为心情恶劣,因为心中燃烧着怒火和敌意,他成了一个黑色的、可怕的东西。他降临到阿尔达,比任何别的梵拉都更有力量,更加威严。他像一座高山拔地而起,头在云彩之上,身穿冰的铠甲,头顶喷吐着烟火。他的目光像燃烧的火焰,既热得可以烧毁一切,又冷得可以冻结一切。

　　就这样,为了争夺阿尔达的统治权,梵拉和梅尔克之间爆发了第一场大战。关于那一场动乱,精灵知之甚少。因为大家听到的情况都出自梵拉之口。梵拉是埃尔达精灵的导师。在瓦里诺,他们常常谈天说地,但是,对于精灵到来之前的这场战争,梵拉却很少提及。埃尔达精灵都知道,尽管梅尔克心怀叵测,但梵拉一直艰苦努力,开拓进取,为"初生者"的到来做准备。他们开垦的土地被梅尔克毁坏;他们挖掘的峡谷被梅尔克填平;他们雕刻出来的高山被梅尔克夷为平地;他们将大海淘干,梅尔克又让沧海横流。整个地球没有安宁。只要梵拉开始一项工程,梅尔克就必欲将之破坏而后快。当然,他们的劳动并非完全付诸东流。只是没有一项工程按照他们的意愿顺利完成,所有山水、景物的颜色和形状与梵拉的初衷都有很大不同。慢慢地,地球形成并且变得坚硬、牢固。就这样,伊路瓦塔的孩子们的居住之地,在无数星星的辉映之下,在"时间深渊"的最后一刻建成了。

11

梵拉的传说

埃尔达精灵传说中的梵拉和迈阿尔

"惟一者"埃如,在精灵语中被叫做伊路瓦塔。起初,他用自己的心之所想创造了阿伊诺。阿伊诺当着他的面,创造了"圣贤之乐"。世界在音乐声中诞生。伊路瓦塔把阿伊诺的歌声变成栩栩如生的景物。阿伊诺把那景物看做黑暗里的光明。许多阿伊诺迷恋世界的美丽和它的历史。在伊路瓦塔展示的景色中,他们看到历史的起始和延伸。伊路瓦塔让这景色诞生于世,并将其置于一片混沌之中。他还把"不灭的火焰"送到世界的中心。这个世界叫做埃阿。

想得到埃阿的阿伊诺站起身来,在开天辟地之时走进世界。他们的任务就是创造它,用艰苦的劳动把看到的景象变成现实。阿伊诺在这片广袤的土地上辛勤劳作。日子过了许久许久,直到在指定的时间,把阿尔达开拓为"地球王国"。然后,他们穿戴上世俗的服饰,下凡于世,在那里居住、生活。

15

梵　拉

精灵把阿伊诺中最伟大者叫梵拉——阿尔达的神灵。人管他们叫神。梵拉中的君主一共有七位。瓦里尔——梵拉的女王也是七个。这是在瓦里诺地区生活的精灵对他们的称呼。中洲的精灵另有说法。人对他们的称呼更是五花八门。七位君主依次为：曼维，乌尔莫，奥力，奥罗米，曼多斯，萝林和图尔加斯。女王依次为：瓦尔达，雅万娜，妮恩娜，埃斯特，瓦伊瑞，瓦娜和内莎。梅尔克已经不在梵拉之列。地球上，这个名字不再是他的称谓。

在伊路瓦塔的思想中，曼维和梅尔克是兄弟。梅尔克是他最初创造的阿伊诺，也是下凡到世界的"圣贤"中最强大的一个。曼维则是伊路瓦塔最亲密的朋友，最能理解他的意图。等到时机成熟，他将被指定为王者之首——阿尔达和所有王国拥有的一切都由他统治。在阿尔达，他的快乐之所是风，云，以及所有有空气的地方。从高山到低谷，从云遮雾掩的边境到白草萋萋的平原，他飘然而来，飘然而去。他别名苏里莫，意思是"阿尔达的空气之君主"。他喜欢动作敏捷的鸟儿，喜欢它们有力的翅膀。它们总是听他的吩咐，招之即来，挥之即去。

"星星夫人"瓦尔达和曼维生活在一起。她熟知埃阿每一个地区。她的美丽很难用人类或者精灵的语言来描述，因为伊路瓦塔的神光闪烁在她的脸上。那闪光包含着力量和快乐。她特意从埃阿深处来辅佐曼维。"圣贤之乐"谱写之前，她就知道梅尔克，并且非常讨厌他。梅尔克不但恨她，而且怕她。事实上，在伊路瓦塔创造的所有阿伊诺中，他最怕的就是瓦尔达。曼维和瓦尔达很少分开，他们住在瓦里诺。金碧辉煌的宫殿坐落在终年积雪不化的欧埃欧罗塞，那是地球上最高的山峰塔尼奎提尔峰顶的要塞。曼维坐在宝座上，举目远望。这时，如果瓦尔达在他身边，曼维那双眼睛就比世上任何一双眼睛看得都要远。他的目光穿过云雾，透过黑暗，掠过碧波万顷的大海，一直看到遥远的天边。如果曼维和瓦尔达在一起，瓦尔达的耳朵就比世上任何一双耳朵听得都要清。无论从西方还是从东方，从高山还是从峡谷传来任何一点声音她

16

都能听见,就连梅尔克统治的"黑暗之地"发出的响声都逃不过她的耳朵。在这个世界所有"圣贤"里,精灵最敬重、最爱戴的就是瓦尔达。他们管她叫爱尔贝蕾斯——"星星女王"。他们在中洲大地浓重的阴影之下,呼唤她的名字,在星星升起的时候,歌唱她的圣明。

乌尔莫是"水之君王",孤身一人,在哪儿都住不长,总是由着性子在地球上所有的深水区和地下水里游来游去。他的威力在曼维之下。瓦里诺被开拓出来之前,乌尔莫是曼维最亲密的朋友。可是后来,他很少参加梵拉的议事会,除非有十分重要的议题需要他发表意见。他心里装着整个阿尔达,没有必要找一个固定的地方供自己休息。除此之外,他不喜欢在地上行走,很少像同辈那样穿衣服。伊路瓦塔的孩子们看见他,心里都充满恐惧。因为这位"大海之王"出现时的情形十分可怕:大海咆哮着,掀起山一样的巨浪,乌尔莫头戴黑色头盔,身穿锁子甲,像闪电一样冲出水面,浑身上下闪着幽幽的光,时而银白,时而墨绿。曼维的号角声响彻云霄,乌尔莫的声音却如大海一样深沉。

其实乌尔莫既爱精灵,也爱人。他从来不肯抛弃他们,就连梵拉对他们大发雷霆的时候也不。有时候,他会悄悄地来到中洲海岸,或者顺着河口一直游到很远的内陆,吹响巨大的、用雪白的贝壳做成的号角乌尔莫瑞。凡是听到号角声的人,心中就会永远回荡那美妙的音乐、动人的旋律,希望大海永远不要离开他们。不过,乌尔莫主要通过流水发出的音乐之声和住在中洲的精灵对话。因为大海、湖泊、江河、山泉和小溪都归他管。精灵们说,乌尔莫的精神在世界的血管里流淌。关于阿尔达的消息——他们的需要也好,痛苦也罢,都会及时传递给乌尔莫,哪怕他在大地深处。乌尔莫又把这些消息及时反馈给曼维。否则,曼维对阿尔达到底发生了什么事情就一无所知。

奥力的权力仅次于乌尔莫。他负责管理构成阿尔达的所有物

17

质。起初,他和曼维、乌尔莫一起工作,所有土地都是他开垦出来的。他心灵手巧,精通各种手艺,喜欢干技术活,更喜欢建造宏大、古老的建筑物。他的力量犹如地下深埋的宝石、掌上一览无余的黄金,丝毫不比高山的屏障、大海的港湾逊色。诺尔多精灵从他那儿学了许多本领,他一直是他们最可靠的朋友。梅尔克嫉妒他,因为奥力的思想和能力和他十分相像。他们俩长期不和。梅尔克一直绞尽脑汁,打击奥力。奥力因为要修复被梅尔克破坏的工程,累得精疲力竭。他们俩都愿意创造新的、别人不曾想到的东西,也喜欢听人家对他们技艺的赞美。可是奥力仍然忠于伊路瓦塔。他做的一切都源于伊路瓦塔的旨意。他从不嫉妒别人取得的成绩,恰恰相反,总是给别人忠告,也愿意倾听人家的意见。梅尔克却把精力都花在嫉妒和憎恨上。长此以往,除了模仿,他连一点儿新东西也拿不出来。更糟糕的是,只要有可能,他就一定毁坏别人的发明创造。

奥力的妻子是雅万娜——"果实的赐予者"。凡是泥土里长出来的东西她都情有独钟。对于多得难以计数的植物她都了如指掌,从森林里的参天大树到石头上的地衣苔藓。就连类似霉菌那些小而神秘的东西,她也一清二楚。在女王中,雅万娜的威望仅次于瓦尔达。以女人的形象出现时,她亭亭玉立,身穿绿色长袍。有时候,她也化作别的形象。有人看见她像苍穹下的一棵大树,头戴太阳王冠,繁茂的枝叶上洒下金色的露珠。露珠滴落在贫瘠的土地上,大地骤然变得满眼碧绿。她把根扎在乌尔莫的水里,曼维的风在树叶间啸吟。埃尔达精灵尊称她为"大地之女王"——凯梦塔瑞。

菲阿恩图瑞的意思是"神灵之主人",他们是兄弟俩。大家都管他们叫曼多斯和萝林。实际上,曼多斯和萝林是他们居住的地方。他们真正的名字是纳莫和伊尔莫。

哥哥纳莫住在曼多斯。曼多斯在瓦里诺西边。纳莫掌管曼多斯的"死亡之殿",也是被害神灵的召集者。过去的事情他不曾忘记,将来的事情成竹在胸。除了伊路瓦塔脑子里尚未成形的东西,曼多斯几乎无所不知。他是梵拉中预言凶兆的圣贤。但是只有在曼维吩咐他预言的时候,他才会泄露天机。"纺织者"瓦伊瑞是他的妻子。她把世界发生的所有事情都织入她的"历史长卷"。曼多斯像岁月一样悠长的厅堂里挂满这些画卷。

弟弟伊尔莫是掌管景物和梦幻的主人,萝林是他的花园。那是世界上最美丽的地方。花园里有许多神灵。温柔的埃斯特是他的妻子。她是医治创伤、消除疲劳的圣贤。她的服饰均为灰色。休息是她的馈赠。她白天从不四处行走,而是在洛瑞林湖绿阴如盖的小岛上睡觉。伊尔莫和埃斯特的泉水让所有住在瓦里诺的精灵恢复了活力,精神爽快。梵拉也经常来萝林休闲娱乐,暂时放下开拓阿尔达的沉重的担子。

比埃斯特权力更大一点的是妮恩娜。她是两兄弟的姐姐,幽居独处,熟知梅尔克的破坏给阿尔达带来的种种苦难,心中充满巨大的悲伤。"圣贤之乐"刚刚展开、远未结束之前,她的歌就变成阵阵抽泣。因此,世界还处于一片混沌的时候,痛哭之声便融进它的"主旋律"。但是妮恩娜并非为自己而失声痛哭。听到她哭的人学会了怜悯,学会了怀抱希望去忍耐。她的宫殿在西边的西边,世界的尽头。她很少到瓦里诺城,因为那里处处欢歌笑语,和她的心境格格不入。曼多斯的宫殿是她经常光顾的地方,那儿离她的宫殿不远。在曼多斯等待"转生"的神灵见到她,都向她哭诉心中的委屈。她给他们带来力量,把悲痛化为智慧。她把宫殿的窗户开在世界的墙壁之上,从那里极目远眺,看得见星辰起落,日月交辉。

最力大无比、英勇无畏的是图尔加斯,也被称为"勇士阿斯塔尔多"。他来阿尔达最晚,是为了帮助梵拉和梅尔克作战才下凡的。他喜欢摔跤,喜欢跟人家比力气。他不骑战马,因为他的速度比世界上的任何靠脚奔跑的东西都快,而且永不疲倦。他血气方

19

刚,面色红润,头发和胡须都是金黄色,他的武器就是自己的双手。他对过去和未来的事情知之甚少,因而出谋划策派不上大用场,但却是一位忠诚的朋友。他的妻子名叫内莎,是奥罗米的妹妹。她身轻如燕,跑得飞快。她喜欢鹿。不论什么时候,只要她出现在山野之间,身后就跟着一大群麋鹿。她跑起来像离弦的箭,头发在风中飘拂,比鹿快得多。她还特别喜欢跳舞,经常在瓦里诺永远碧绿的草地上翩翩起舞。

奥罗米也是一位力大无比的君主。如果说他还不像图尔加斯那么强壮的话,发起怒来却比图尔加斯更可怕。图尔加斯总是哈哈大笑,无论比赛或是打仗的时候。精灵降生于世之前,他在战场上面对梅尔克仰天大笑。奥罗米热爱中洲大地。离开中洲到瓦里诺的时候,他心里很不情愿。很久以前,他经常带着人马翻山越岭,向东而去,回到中洲的崇山峻岭,辽阔平原。他是一位降伏妖魔鬼怪、猛禽野兽的好猎手。他平生最喜欢战马和猎犬,热爱森林,被人们叫做阿尔达隆,在辛达语里是"森林之王"的意思。他的马叫纳哈,在阳光下一片雪白,夜幕里闪着银光。梵拉罗马是他的号角。号角吹响的时候,宛如鲜红的太阳升上天空,耀眼的闪电劈开乌云,惊心动魄。号角声盖过千军万马的厮杀声传到瓦里诺郁郁葱葱的森林。这森林是雅万娜特意栽种的,供奥罗米练兵、演习、追杀梅尔克和凶残的野兽之用。奥罗米的妻子叫瓦娜,意思是"永远年轻",她是雅万娜的妹妹。瓦娜每走过一个地方,花木便破土而出。她瞥上一眼,花朵便迎风怒放。鸟儿看见她便会齐声歌唱。

以上就是我们这个故事里将要出现的梵拉和瓦里尔。笔者按照埃尔达精灵在阿曼看到的情况,对他们做了一个简单的介绍。虽然他们展示给伊路瓦塔的孩子们的形象都充满智慧、威力无比、美丽浪漫,但那只是蒙在美与力量之上的一层轻纱,和他们的本来面目相比,不足挂齿。要真正了解他们,就要追溯到非常久远的年代,非常遥远的地方,远得我们无法想像。他们当中,有九位最有权威,最受尊敬。这九位之中,有一位被除名,剩下八位,即阿拉塔——阿尔达的"至尊者":曼维,瓦尔达,乌尔莫,雅万娜,奥力,曼多斯,妮恩娜和奥罗米。虽然曼维是他们的王,和他们团结一心效忠于埃如,但就尊严和高贵而言,八位之间并无高低之分。所有其他圣贤,梵拉也好,迈阿尔也罢,或者伊路瓦塔派到埃阿的任何其他神灵都无法与他们同日而语。

迈 阿 尔

和梵拉同来的还有另外一些神灵。他们也是开天辟地之前便现身于世,和梵拉同类,但级别要低。这就是迈阿尔——梵拉的臣民、仆人和助手。精灵不知道到底有多少迈阿尔。伊路瓦塔的孩子们也无法用自己的语言说出几个迈阿尔的名字。因为尽管在阿曼,他们化作人形奔走于世,可是在中洲,这些迈阿尔却很少在人和精灵面前显形。

载入远古史册并且被人们牢记心间的瓦里诺迈阿尔有伊尔玛瑞——瓦尔达的女仆,以及埃奥维——曼维的军旗手和传令官。他的臂力超群,在阿尔达无人可比。不过伊路瓦塔的孩子们最了解的迈阿尔是奥赛和乌伊内恩。

奥赛是乌尔莫的家臣,也是日夜不停拍打中洲海岸的大海的主人。他不到深海,喜欢海岸与岛屿。沐浴着曼维的风,觉得惬意无比。他也喜欢暴风雨,在巨浪的喧嚣中仰天大笑。他的妻子是乌伊内恩——"海夫人"。万里苍穹之下,她的头发在碧波上漂浮。

乌伊内恩喜欢海水中的一切生物,喜欢大海里生长的水草。她能静静地躺在波浪之上,尽享海阔天高之乐。海上航行的水手遇到狂风暴雨就呼喊着向她求救。她总能及时制止奥赛的狂野。长期以来,努美诺尔人一直在她的保护下生活,对她的尊敬不亚于对梵拉的崇拜。

梅尔克憎恨大海。因为他无法制伏那滔滔滚滚的巨浪。据说,初创阿尔达之时,他曾经极力拉拢奥赛,向奥赛许诺,如果归顺他,就把乌尔莫拥有的领地和权力都给他。因此,很早很早以前,大海曾经动荡不安,滔天巨浪吞噬毁坏了大片陆地。可是,乌伊内恩按照奥力的祈祷,制止了奥赛,并且把他带到乌尔莫面前。奥赛表示要继续效忠乌尔莫,乌尔莫原谅了他。从那以后,他们和好如初,奥赛对乌尔莫一直忠心耿耿。可是奥赛一直没能彻底改变自己喜欢狂暴的禀性,所以常常没有主人乌尔莫的命令,就由着自己的性子大发雷霆,掀起山一样的巨浪,拍岸而来。因此住在海边或者驾船远航的精灵和人虽然爱他,但总是信不过他。

梅里安是侍奉瓦娜和埃斯特的一位迈阿尔。她在萝林住了好长时间,照管伊尔莫花园里的花草树木。后来,到了中洲。无论走到哪里,夜莺都在她身边歌唱。

最聪明的阿伊玛是奥罗林。他也住在萝林,但是常去妮恩娜那儿,跟她学会了怜悯和耐心。

关于梅里安,《精灵宝钻》中多有描述,可是关于奥罗林很少提及。因为尽管他爱精灵,可到他们中间的时候,总是隐身,或者变成他们的样子。因此,精灵们不知道良辰美景从何而来,也不知道是谁在他们的心底播撒了智慧的种子。在后来的岁月里,他成了伊路瓦塔所有孩子的朋友,对他们的痛苦抱以深深的怜悯与同情。听到他的忠告,孩子们从迷途中觉醒,从黑暗与痛苦中勇敢地走了出来。

敌 人

　　最后提及的是梅尔克的名字。他也曾权势显赫,威震四方。但是,他亵渎了、丢弃了伊路瓦塔赐予他的盛名。深受其害的诺尔多精灵连梅尔克三个字都不愿意说出口,管他叫莫高斯——世界上最凶恶的敌人。他和曼维是"同龄人",伊路瓦塔也赋予他开天辟地、移山填海的威力。别的梵拉拥有的力量和智慧,他都有,但是他把这些力量和智慧用于邪恶的目的,把自己的力量滥用于暴力和私利之上。他想把阿尔达和阿尔达的一切都据为己有,包括夺取曼维的王位,独霸其他同伴的疆土。

　　他狂妄自大,除了自己,谁都看不起,最终从夺目的光彩、显赫的声名中跌落下来,堕落成一个挥霍无度、凶残万端的恶神。他狡诈多变,在邪恶的道路上越走越远,终于变成一个不知廉耻的骗子。他想垄断光明,但是光靠自己的力量无法如愿,又气又恼,便从天而降,燃起熊熊大火。大火过后,整个世界陷入一片黑暗。他在阿尔达作恶,黑暗是他的帮凶,所有活物在黑暗中恐怖万分。

　　他的力量如此之大,一直和曼维以及所有别的梵拉作对。在那漫长的岁月里,他统治着地球上的大部分土地。梅尔克并不孤立,名声显赫的时候,许多迈阿尔被他的辉煌所迷惑,聚拢到他身边。后来也一直效忠于他,和他一起走向黑暗。还有一批喽啰是他后来用花言巧语骗过去的,或者用小恩小惠拉拢过去的。这些神灵中,最可怕的是梵拉劳卡——"火魔"。在中洲,他被叫做巴尔洛格——"可怕的魔鬼"。

梅尔克的奴仆中,最凶残的是被埃尔达精灵称为索隆的恶神,也被叫做"凶恶的高沙尔"。起初,他是奥力手下的一位迈阿尔,传说中他还是一位了不起的神灵。他参与了梅尔克—莫高斯在阿尔达干的所有伤天害理的坏事。他之所以看起来比他的主人稍稍强那么一丁点儿,仅仅因为,他一直服侍莫高斯,受制于人,能随心所欲干坏事的范围有限。后来,他简直成了莫高斯的影子,成了一个凶残的幽灵。在混沌世界里和他主子如影相随,寸步不离。

这是梵拉传说的结尾。

精灵宝钻

第一章　　混沌初开

　　智者说,阿尔达没有完全成形之前,世界寸草不生。在没有任何动物行走的时候,第一次大战就爆发了。好长时间,梅尔克一直占上风。可是战争打到一半的时候,一位力大无比、胆大过人的神灵从遥远的天国听到这个小小的王国杀声四起,便前来帮助梵拉。阿尔达回荡着他的笑声。这就是大力神图尔加斯。他的愤怒像暴风,吹散了乌云和黑暗。梅尔克无法忍受他的愤怒和笑声,抛弃了阿尔达,逃之夭夭。很长时间,这里一片安宁。图尔加斯就此留在阿尔达王国,成了梵拉之一。梅尔克在远离阿尔达的黑暗中,愤愤不平地冥思苦想,和图尔加斯结下万年不解之仇。

　　这时,梵拉为大海、土地和高山建立了秩序,雅万娜播下她早已设计好的种子。由于大火已经扑灭,或者被埋在远古时代留下的大山下面,阿尔达缺少光明。奥力听了雅万娜的祈祷,给中洲精心制作了两座巨大的灯。中洲四周环绕着大海,也是他的杰作。瓦尔达在其中填满灯油,曼维将其尊为神圣,梵拉将它们设在高高的柱子上面。这柱子比后来所有的山峰都高得多。他们把一盏灯挂在中洲北面,这盏灯叫做伊尔路银。另外一盏挂在南面,取名为奥玛尔。这两盏灯普照大地,放射出万丈光芒,没有昼夜之分。

　　雅万娜播下的种子很快就发芽、破土。多得难以计数的植物应运而生。有的高大,有的矮小,有苔藓,有草,还有茂盛的蕨。生长在山里的参天大树,“头”顶白云,“脚”踩青石,绿色的微光在树干间缠绕。许多走兽来到水草丰美的平原栖身,各式各样的水生动物在湖里游弋,树影之间聚集着众多异兽珍禽。可是还没有花儿开放,也没有鸟儿歌唱——因为它们还在雅万娜的怀抱之中等待那个美妙时刻的到来。雅万娜的想像力十分丰富,而且没有一个地方比地球中心更富足——两盏灯的光芒在这里相会、交融。她将在那光芒的照耀之下,创造出美丽的花朵,美妙的音乐。大湖中的阿尔曼伦岛是梵拉的第一个居住地。那时候一切都很年轻,在这些创造者的眼里,一片新绿还是奇迹。

长时间的辛劳之后,梵拉休息下来极目远眺。他们精心设计、艰苦开拓的万千景象尽收眼底。曼维举行盛大的宴会,梵拉和他们手下的贵人都应邀参加。奥力和图尔加斯虽然也来参加宴会,但兴致不是很高。因为他们俩特别累。奥力手艺好,图尔加斯力气大,一直没日没夜地干活。这些情况,梅尔克都了如指掌。即使那时,迈阿尔里也有他的朋友和早就收买下的密探。他虽然远远地躲在黑暗之地,心里的仇恨和对同辈的嫉妒却一刻也没有消失。他想让他们都俯首称臣。于是召集来埃阿所有厅堂里的神灵。这些神灵都供他驱使,为他服务。他认为自己已经非常强大,而且认为时机已到,于是悄悄地潜回阿尔达。他俯瞰地球,看到眼前明媚的春光和美丽的景色,越发怒火中烧,仇恨满腔。

现在,梵拉都聚集在阿尔曼伦,对任何邪恶既不担心,也无戒备。因为伊尔路银光芒万丈,吞没了梅尔克从遥远的北方投下的暗影。后来有歌谣叙述了这个故事:在这阿尔达春天的盛宴,图尔加斯和奥罗米的妹妹内莎喜结良缘。她在阿尔曼伦岛碧绿的草地上为梵拉舞蹈。

图尔加斯因为心满意足,更因为疲惫不堪,进入梦乡。梅尔克认为时机已到,带着他的人马翻过"黑夜之墙",从遥远的北方进入中洲。梵拉一点也没有察觉。

梅尔克开始建造一座巨大的要塞。要塞在一座黑山下面,伊尔路银照射到那儿的光冰冷、昏暗。这个要塞名叫乌图木诺。梵

拉对它还一无所知,可是梅尔克的邪恶和因仇恨而造成的破坏已
经开始。阿尔达的春天受到损害和污染。绿叶飘零、腐烂,河里淤
泥翻滚,杂草丛生。大地布满沼泽,散发着恶臭和瘴气,成了蚊蝇
孳生之地。森林变得阴森可怖,充满凶险和恐惧。走兽变成头上
长角、青面獠牙的妖怪。它们相互争斗,鲜血染红了大地。直到这
时,梵拉才意识到梅尔克在捣鬼。他们开始寻找他的藏身之地。
梅尔克认为乌图木诺固若金汤,他的仆人骁勇无比,于是,他在梵
拉毫无准备的情况下重拳出击,战争突然爆发。他首先攻击伊尔
路银和奥玛尔这两盏灯——砍断灯柱,打碎灯体。巨大的灯柱轰
然倒下,大地裂开,海水奔涌而来。灯笼碎裂的时候,火焰冲天而
起,燃遍全球,阿尔达错落有致的山水被彻底破坏。从那以后,梵
拉最初设计的匀称、整齐的布局再也没能恢复。

梅尔克在一片混乱和黑暗中仓皇逃走。因为在大海的喧嚣之
中,他清楚地听见曼维飓风般的怒吼,感觉到图尔加斯在追击他,
大地在图尔加斯飞奔的大脚下颤动。不过,没等图尔加斯追上,他
已经钻进乌图木诺要塞,躲藏起来。梵拉现在还没有足够的力量
制伏他。因为他们要把大部分力气花在恢复地球的秩序上,要从
一片废墟中尽可能多地抢救自己的劳动成果。后来,他们又担心,
在弄清伊路瓦塔的孩子们在什么地方居住之前,地球就会再次崩
裂。因为那时候,梵拉对他们到底什么时候问世还一无所知。

阿尔达的春天就这样结束了。梵拉在阿尔曼伦岛的住地全毁
了。在地球上,他们不再拥有一个永久居留之地。于是,他们离开
中洲,来到阿曼。那是世界尽头最西边的土地。它的西岸和外海
相连。精灵管环绕阿尔达王国的大海叫埃克卡伊阿。这海到底有
多大,除了梵拉谁也不知道。大海那边,便是"黑夜之墙"。阿曼的
东岸是贝莱盖尔的尽头。贝莱盖尔也叫"西方的大海"。现在,既
然梅尔克又回到中洲,而且暂时无法打败他,梵拉只好在新居四周
筑起防御工事。他们在海岸边堆起佩洛瑞——阿曼山。这是世界

29

上最高的山峰。曼维把宝座安放在佩洛瑞的峰顶。精灵把这座圣山叫做塔尼奎提尔，也叫欧埃欧罗赛，意思是"永远洁白的山峰"，或者"星光之山"。除此而外，它还有许多其他名字。后来，辛达语又称之为阿蒙·乌伊罗斯。曼维和瓦尔达坐在塔尼奎提尔的宫殿里，就能纵观全球，甚至看见最东边云遮雾挡的星海。

在佩洛瑞的高墙后面，梵拉建立了自己的独立王国——瓦里诺。这里有他们住的房屋、花园和瞭望塔。在这块高山作屏障的土地上，梵拉拥有足够的光明。他们不但带来从废墟中抢救出来的宝贝，还新创造出许多更珍奇的宝物。瓦里诺变得比春光明媚的中洲还要漂亮。这是一个吉祥、美丽的地方。"不朽之神"住在这里，什么东西都不会退色，也不会枯萎。大地盛开着鲜花，鲜花四周的绿叶都不会受到污染。任何活物都不会染病或者腐败。因为这里每一块石头、每一条小溪都是神圣不可侵犯的。

开发瓦里诺的任务完成之后，梵拉给自己修建了住地与府邸，然后在大山那边的平原上建设起自己的城市瓦尔玛。这座别致的城池到处悬挂着钟。西边的城门前面有一座绿色的山丘——伊泽洛哈，也被叫做考罗拉伊瑞。雅万娜为它祝圣。她在碧绿的草地上坐了好长时间，唱一首力量之歌，把自己想到的、大地将要生长的东西都糅合到这首歌里。妮恩娜却坐在那儿沉思默想，用眼泪浇灌那座山丘。这当儿，梵拉都坐在玛哈那克莎自己的宝座上一声不响地听雅万娜唱歌。所谓玛哈那克莎是设在瓦尔玛金城门外的环形议事台。就这样，凯梦塔瑞——"大地之女王"雅万娜在梵拉面前歌唱，梵拉注视着她，洗耳恭听。

就在他们侧耳静听、举目观望的时候，山丘上长出两棵细细的树苗。整个世界万籁俱寂，除了雅万娜的歌声，连一点儿声音也没有。歌声中，小树长得越来越大，越来越高，越来越漂亮，最后开出满树鲜花。就这样，"瓦里诺双树"诞生于世。在雅万娜创造的万物之中，最负盛名的就是"瓦里诺双树"。关于它们的命运，远古时代所有故事里都有记载。

"双树"中的一棵叶面墨绿，背面银白，树影婆娑，清露莹莹，银光闪闪的露珠不停地落下来。另外一棵枝条嫩绿，新叶初开。条条叶脉宛如描了金。微风吹过，抖动着千万朵火苗。每一朵花都像一个金灿灿的小喇叭，把金雨洒向大地。满树盛开的鲜花倾泻出温暖的金光。在瓦里诺，第一棵树被叫做特尔佩里翁。也被叫做西尔皮恩、宁奎洛特和许多别的名字。另外那棵树叫做劳瑞林，或者玛利纳尔达、库鲁瑞恩。咏唱它的歌里还有许多别的叫法。

两棵树的光亮由"圆"到"缺"要花费七个小时。每一棵都在另一棵停止发光前一小时开始苏醒。因此，在瓦里诺，每天都有两次光线十分柔和的时候——一棵刚刚由"缺"到"圆"，另一棵已经由"圆"到"缺"，金光银光交相辉映，十分美丽。特尔佩里翁是两棵树中的长者。它最早长成，最先开花。它刚刚苏醒、银光初露的那一个小时，不计入一天的总数，而是称之为黎明。梵拉统治瓦里诺的年代从黎明结束开始计算。因此，第一天的第六个小时——从那以后每一个快乐日子的第六个小时——黑暗开始笼罩瓦里诺，特尔佩里翁停止开花。第十二个小时，劳瑞林开始开花。梵拉在阿曼计算日月的单位是每天十二个小时。一天结束的时间为金光银光第二次交融的时刻。那时候，劳瑞林开始"缺"，特尔佩里翁开始"圆"。但是，这两棵树洒下的光不会立刻消失。在天空把它完全吸收或者大地把它完全吞没之前，还会有一段时间。此外，瓦尔达还把特尔佩里翁滴下的露珠，劳瑞林洒下的"雨水"用大桶、大盆积攒起来，就像银波粼粼的湖泊。在梵拉统治的土地上，它们变成水和光明的源泉。就这样，"快乐王国"瓦里诺开始了它的岁月。时间也自此开始计算。

光阴似箭，离伊路瓦塔约定"初生者"问世的日子越来越近。中洲大地仍然只有星光照耀。这些星星还是瓦尔达在埃阿创造的。日久年深，她付出的辛劳早已被人遗忘。梅尔克住在黑暗之

31

中,仍然四处走动。他掌管着严寒和酷热。从崇山峻岭的巅峰到万丈深渊的低谷,冰天雪地、熔岩烈火,一切都玩弄在他的股掌之间。那时候,所有的凶残、暴力及破坏,都和他有关。

梵拉很少翻过连绵逶迤的山岭到中洲,但是对佩洛瑞山那边的土地却满怀关切和爱。奥力的府邸在快乐王国的中部。他在这里长时间地工作,这块土地上大部分的活都由他干。他创造了许多精美的东西。有的是公开制造的,有的是秘密制造的。人们对地球的知识,以及对地球万物的了解,都来源于他。无论对事物本来面目的探究,还是所有手艺人的技能——木工、瓦工、铁匠、农夫的活计——他都样样精通。纺织、养殖,他也是内行,尽管和种植、开花、结果有关的事务归妻子雅万娜——“大地之女王”管理。奥力还有一个雅号——“诺尔多的朋友”。因为在后来的日子里,诺尔多精灵向他学了许多非常有用的知识和技能。在精灵中,他们心灵手巧,技艺最为高超。他们在伊路瓦塔赐予的禀赋的基础之上,又得到奥力的许多教诲,创造了语言、文字,还会刺绣、绘画、雕刻。诺尔多还是最早学会加工宝石的精灵。在所有的宝石里,茜玛丽尔是稀世之宝,可惜后来弄丢了。

曼维·苏里莫,梵拉中最有权威、最崇高的帝王住在阿曼边境,并没有把外面的世界丢到脑后。他把宝座安放在屹立于海边的世界最高峰,神灵化做老鹰在宫殿四周飞来飞去。它们的眼睛能看见海底的景象,目光能穿透藏在地下的洞穴。因此,它们几乎能把阿尔达发生的所有事情都报告给曼维。不过,也有它们无法看到的地方。那就是梅尔克的藏身之地。因为梅尔克心怀鬼胎躲藏在地下要塞里,那里覆盖着一层层穿不透的暗影。

曼维并不看重自己的权威,也没有谁嫉妒他的地位。在他的统治下,王国一片祥和、安宁。在所有精灵里,曼维最喜欢万雅精灵。他们从他那儿学会了唱歌、吟诗。曼维喜欢诗歌,用自己的音乐为这些诗歌谱曲。他身穿蓝颜色的衣服,眼睛闪着蓝色的光芒,权杖上镶嵌着蓝宝石。那权杖是诺尔多精灵为他制作的。他被指定为伊路瓦塔的摄政者,由梵拉、精灵和人组成的世界的王者,与邪恶的梅尔克抗衡。和曼维生活在一起的是最美丽的瓦尔达,她的辛达语名字是爱尔贝蕾斯——"梵拉的女王",星星的制造者。一大群神灵和他们幸福地生活在一起。

乌尔莫独自一人呆着。他没有住在瓦里诺,除非有重大事情商量才去上一趟。混沌初开之时,他就住在外海,现在还居住在那儿。他管理着水的流动,潮涨潮落,江河改道,泉水喷涌,以及普天之下滋润大地的雨露。在那深不可测之地,他把自己的思想诉诸震耳欲聋的音乐。那音乐的回声滚过世界所有的大海、江河,有的悲凉,有的快乐。如果泉水在阳光下喷涌,就一定快乐无比,而大地深处的暗流就沉浸在阵阵忧伤之中。特莱瑞精灵从乌尔莫那儿学到许多东西。因此,他们的音乐既充满忧伤又悦耳动听。沙尔玛和他一起来到阿尔达,为他制作了号角。那号角声只要你听过一次,就永远无法忘记。奥赛和乌伊内恩也是他的大臣。他让他们管理波涛起伏的内海。此外,还有许多神灵陪伴着他。

即使在黑暗时刻,雅万娜也不愿意完全放弃中洲。因为那里生长的一切对于她都非常亲切。她在中洲开始的工程都被梅尔克破坏了,她的心里充满哀伤和悲痛。因此,她经常离开奥力的家和瓦里诺鲜花盛开的草地,去抚平梅尔克留给大地的创伤。回来之后,她催促梵拉尽快发动这场"初生者"问世之前必打无疑的战争。驯兽者奥罗米也常常骑着马去黑暗笼罩的森林。他是一个伟大的猎手,随身携带着弓箭和长矛,追赶、杀死梅尔克王国的妖魔鬼怪和凶残的野兽。他的白马纳哈像一道银光在重重黑影中闪烁。沉睡的大地在它黄金铸就的马蹄下面颤动。奥罗米伫立在阿尔达平原,在朦胧的天光里吹响巨大的号角梵拉罗马。号角声在连绵起伏的群山间回荡,邪恶的影子四散而逃。梅尔克蜷缩在乌图木诺,浑身发抖,预料到一场恶战即将到来。但是,奥罗米一走,梅尔克

33

的喽啰就又聚集到一起,黑暗的土地上充斥着暗影和邪恶。

　　现在我们讲的这些情况都是关于地球和它的统治者在混沌初开时的情形,和伊路瓦塔的孩子们后来看到的世界有很大的不同。精灵和人都是伊路瓦塔的孩子。阿伊诺不完全理解这些孩子进入乐章时的旋律,所以对他们的形成发展,谁都不敢贸然改变。梵拉对待精灵和人,更像他们的长辈,而不是主人。阿伊诺和精灵、和人打交道的时候,清楚地知道,如果这些"孩子"不听劝告,强迫命令一定不会有什么好结果,无论你的用心多么良苦。其实,他们主要是和精灵打交道,因为伊路瓦塔创造的精灵在本质上更接近阿伊诺,尽管身材没有他们高大,力量更和他们无法相比。至于人,伊路瓦塔赋予他们更为特殊的才能。

　　据说,梵拉走了之后,四周一片寂静,伊路瓦塔独自坐在那儿沉思默想了很久很久。后来,他说:"哦,我热爱地球,它将成为昆迪和阿塔尼居住的地方!昆迪将是地球上所有动物中最聪明的一种。他们将比所有其他孩子都拥有并且创造更多的美。在这个世界,他们将有更多的天赐之福。至于阿塔尼,我将赐给他们新的才能。"于是,他把进取之心赋予人,让他们不断探索,不懈追求。在这个变化万千、机遇与挑战并存的世界,他们应该超越"圣贤之乐",去创造自己的世界,而那音乐对于所有别的物种则是无法改变的命运。人开拓创造的每一样东西,从形式到内容都力求完美,世界最终将完成它的点睛之笔。

　　伊路瓦塔深知,人是在各种权利纷争的动荡岁月诞生的,他们会经常迷失方向,误入歧途,有时候甚至会滥用才能。他说:"到头来,人将发现,他们所做的一切,只是为我的创造增光添彩。"但是,精灵认为,人常常让曼维痛心疾首,而曼维最了解伊路瓦塔的思想。在精灵看来,人和梅尔克最为相像。尽管梅尔克一直怕他们,恨他们,就连为他效劳的坏人也不肯放过。

　　正是喜欢自由的天性,使得人在世界上只生活很短一段时间,而不是永远和它捆绑在一起。至于他们去往何方,精灵一概不知。精灵却一直呆到世界末日。因此,他们对地球、对整个世界的热爱更加强烈,更加专一。而随着岁月的流逝,令人伤心的事情似乎越来越多。精灵只有在地球死灭时才会死灭,除非被杀死或者伤心而死(他们只有这两种死法)。时间不会使他们的力量减弱,除非十万个世纪的磨蚀,使他们心生厌倦。精灵死后都集中到瓦里诺的曼多斯,过一段时间,死而复生。可是人死之后,就永远离开这个世界。因此,他们被叫做"过客"或者"路人"。死亡是他们的归宿,是伊路瓦塔的馈赠。随着时光的流逝,连"权势"也嫉妒他们这种"禀赋"。可是,梅尔克将他的影子投向"死亡",造成人们思想上的混乱,把好事变成坏事,把希望变成恐惧。梵拉对瓦里诺的精灵宣布,人将在"圣贤之乐"的第二乐章出现。但是,伊路瓦塔并没有透露世界末日之后他将如何安置精灵。梅尔克也不清楚伊路瓦塔的想法。

第二章　　奥力和雅万娜

　　据说,矮人是奥力在黑暗笼罩中洲的时候创造的。奥力渴望孩子们诞生,渴望有人跟他学习知识和手艺,不愿意等伊路瓦塔来完成他的构思和设计。奥力创造矮人的时候,除了自己没有别的参照物。因为即将诞生于世的"孩子们"到底长得什么样子,他心里并不清楚,而且梅尔克仍然控制着地球。因此,他希望他们能勇敢坚强,不屈不挠。但是,他怕别的梵拉指责自己,便秘密创造。他首先在中洲山下的一座大厅里创造了矮人的七位父亲。

　　就在奥力为完成自己的杰作兴高采烈,并且开始教矮人说话的时候,伊路瓦塔知道了这件事情。遥远的天际传来他的声音,奥力听了默不作声。伊路瓦塔对他说:"你为什么要这样做? 为什么要做一件明知道超越自己的权限和能力的事情? 要知道,你的原身不过是我赐予的一件礼物,仅此而已。因此,你的心和手创造出来的东西,只能不离你的左右。你想让他们去哪儿,他们就去哪儿。如果你的思想不在他们身上,他们就只能无所事事。这就是你创造他们的初衷吗?"

　　奥力回答道:"我并不想拥有支配别人的权利。我的初衷只是创造除我之外的其他事物。我爱他们,教他们,让他们目睹你所创造的埃阿之美。在我看来,阿尔达有巨大的空间供许多物种快乐地生活。可是现在,大多数地方空空荡荡,寂然无声。我等得实在不耐烦,就干了这样一桩蠢事。但是,想要创造的愿望是因为你在我的心中播下了创造的种子。无知的孩子按照父亲的做法行事,并不仅仅是机械地模仿，而是因为他是父亲的儿子。现在我该怎么办呢？我怎样做才能不惹你生气，得到你的原谅呢？作为父亲的儿子，我把用你创造的这双手制作的东西献给你，你可以随便处置他们。不过是不是应该由我亲手毁掉这些由于我的冒失而制作的东西呢？"

奥力一边抽泣，一边举起一把很大的锤子要砸烂他刚刚完成的矮人。伊路瓦塔生性谦和，对奥力和他的愿望满怀同情。矮人非常害怕，直往后缩，低下头，乞求奥力开恩。伊路瓦塔对奥力说："既然你已经完成这些作品，我只好接受你的请求。你难道没有看见，这些东西已经有了生命，并且可以用自己的声音说话。否则他们不会躲开你砸下来的锤子，也不会违背你的意志。"奥力扔下手里的锤子，非常高兴，连忙向伊路瓦塔表示谢意："愿伊路瓦塔赐福他们，并且修正我的作品。"

伊路瓦塔说道："既然我在混沌初开之时创造了阿伊诺，现在又接受了你的愿望，就得给你们的思想以一席之地。我不会对你的创造做任何改变，你把他们做成什么样子，他们就是什么样子。但是有一点我无法容忍，那就是他们比我创造的'初生者'问世还早。再说，你这种没有耐心的行为也不能无原则地助长。因此，现在他们必须在石头底下、黑暗之中睡觉。'初生者'醒来之前，矮人不得出世。你和他们都必须等待，尽管这等待将是一个漫长的过程。到时候，我会唤醒他们。他们将作为你的孩子去找你。你的孩子和我的孩子之间会经常发生摩擦。换句话说，我'收养'的孩子和我自己创造的孩子之间会发生摩擦。"

于是，奥力把七个"矮人之父"带到很远的地方，让他们在那里休息，自己又回到瓦里诺，熬过那漫长的岁月。

因为矮人将在梅尔克统治的时代出世，奥力把他们塑造得非常强壮。他们像石头一样坚硬，倔强，侠肝义胆，嫉恶如仇。他们比所有其他会说话的人都更能忍受饥寒、艰难和皮肉之苦。他们的寿命远比人类长,但也并非永生。从前,中洲的精灵都说,"造物主"奥力——他们管他叫玛哈尔——喜欢他们,把他们带到曼多斯,分散在各个厅堂。他对他们的老祖宗宣布,伊路瓦塔将为他们祝圣,让他们在"孩子"当中享有一席之地。之后,他们将为奥力服务,打完"最后一战",帮助他重建阿尔达。他们还说,七个"矮人之父"又回到同胞当中,还叫原先的名字。在后来的岁月中,这七个矮人里,最负盛名的是杜林。他领导的矮人和精灵最为友好。他们住在卡扎德-杜姆。

奥力创造矮人的时候,一直对别的梵拉秘而不宣。可是后来,他还是向雅万娜公开了这个秘密,并且把将要发生的事情都告诉了她。雅万娜听了之后,对他说:"伊路瓦塔真是慈悲为怀。现在,我看到你心里充满喜悦。你也确实应该满心欢喜。因为你不但得到了他的原谅,还受到他的赞赏。可是,由于你在完成这项创造之前,一直对我守口如瓶,你的孩子们对我热爱的东西将漠然视之。他们将首先热爱自己创造的东西,一如他们的父亲。他们将在泥土下面挖掘,对地面上生长的东西不感兴趣。许多树木将被矮人的'铁嘴钢牙'无情地咬啮。"

奥力回答道:"伊路瓦塔的孩子们何尝不是这样?他们要吃要喝,要建设家园,就得开荒种地,砍伐树木。尽管你的王国生长的东西自有其存在的价值,而且,伊路瓦塔把支配权赋予了他的孩子们。但是我的孩子也应该有使用这些东西的权利。我相信,他们使用这些东西的时候,一定对你满怀敬佩之意,感激之情。"

"如果梅尔克不把他们的心变黑的话,或许会是这样。"雅万娜说。奥力的话并没有给她带来什么安慰,相反,她的心里充满忧伤,担心在未来的日子里中洲大地会发生什么事情。于是她去找曼维。她没有把奥力的忠告和盘托出,只是说:"阿尔达之王,奥力对我说,伊路瓦塔的孩子们出世后,将按照他们自己的意愿,支配我的所有劳动成果,真的这样吗?"

"是真的，"曼维说，"可你为什么要问这个问题呢？再说，你也没有必要向奥力讨教呀！"

雅万娜半晌没有说话，沉思着，好一会儿才回答道："因为想到未来的日子，我心里就着急。我创造的所有东西对于我都非常宝贵。梅尔克已经毁坏了那么多我们辛勤劳动的果实，难道还不够吗？难道我的发明没有一样能够逃脱别人的支配吗？"

"如果按照你的心愿，你最想留给自己的是什么？"曼维问，"在你的王国里，什么东西对你最宝贵？"

"各有各的价值，"雅万娜说，"每一样东西都很宝贵。可是，凯尔瓦——动物，可以逃跑或保护自己，而欧尔瓦——植物，却不能。在我创造的所有物种里，我最喜欢的是树木。一棵大树的成材要经过好长时间，可是要把它砍倒，只是一瞬间的事情。而它们的成长是没有人关心的，除非果满枝头，它们就是枯死也没有谁为之叹息。所以，我想，能不能让树代表所有有根的植物说话，并且惩罚那些错待它们的人？"

"你这个想法倒很奇妙。"曼维说。

"那是歌中的思想，"雅万娜说，"你和乌尔莫在空中制造云彩和雨水的时候，我让大树撑起青枝绿叶，承接天上的甘霖。有的树便在风雨中对伊路瓦塔唱起这样的歌。"

曼维默默地坐着。雅万娜的想法像一粒种子在他的心田萌发、成长，渐渐扩散开来。这一切，伊路瓦塔都看在眼里。曼维觉得歌声又一次在四周响起。歌声中，他看到许多东西。这些东西，他以前虽然听说过，但是没有亲眼见过。终于，久违了的景色又重新出现在眼前。只是那景色不再遥远，因为他已经身在其中。他看到，所有这一切都靠伊路瓦塔的一只大手支撑着。这只手伸展开来，许多奇观就出现在眼前。而在此之前，它们一直深藏在阿伊诺心里。

曼维醒来之后，到伊泽洛哈去找雅万娜。他和她一起坐在双树下。曼维说:"哦,凯梦塔瑞,伊路瓦塔发话了。他说:'梵拉之中是否有人认为我没有听见那歌声?其实即使最微弱的声音也没有逃脱我的耳朵。听着!等我的孩子们醒来,雅万娜的想法也将变成现实。许多神灵将从远方聚集而来,在凯尔瓦和欧尔瓦中来往穿梭。有的神灵将住在那里,广施仁爱,受人尊敬。但是,发起怒来,令人害怕。那时候,初生者还处于他们的控制之下,后来者还很年轻。'可是,凯梦塔瑞,你是否记得,你的思想并不总是在独唱中得以升华。你总是和我不谋而合,我们像两只大鸟,张开翅膀,翱翔在云彩之上。这一次也一样,伊路瓦塔将看到,他的孩子们觉醒之前,西方君主的雄鹰将张开翅膀,像一缕清风,直上云霄。"

雅万娜听了非常高兴,站起身,向辽阔的苍穹张开双臂,大声说道:"凯梦塔瑞的树啊,高过千万丈!君主的鹰啊,就在那树上栖息。"

曼维也站起身来。他似乎站在非常高、非常高的地方,声音像一阵风,从天而降,在雅万娜的头顶滚过。

"不,"他说,"只有奥力的树才够高。雄鹰将住在山上,从那里,听得见呼唤我们的声音。森林里,将有一条看管树木的猎狗巡逻。"

雅万娜告别曼维,又回到奥力那儿。奥力正忙着把熔化了的铁水倒进模子里面。"伊路瓦塔真是慷慨大度,"她说,"现在,让你的孩子们当心点儿!森林里将有一条猎狗四处巡逻,惹恼了它,他们就会陷入危险之中。"

"不过,有时候,他们还是需要到森林里做事。"奥力一边说,一边继续干他的铁匠活。

第三章　　精灵出世,梅尔克被擒

阿曼山那边,梵拉在双树的照耀之下快乐地生活着。可是中洲大地,只有微弱的星光在天上闪烁。灯光照耀的时候,万物开始生长。现在,因为黑暗笼罩大地,生长都停止了。不过,一些最古老的动物和植物在黑暗降临之前,已经完成了它们的生长过程:大海里繁茂的海草,陆地上参天的古树。夜幕沉沉的群山里,凶悍的怪物在峡谷里奔走。除了雅万娜和奥罗米,梵拉很少到这里旧地重游。雅万娜经常在重重暗影下踽踽独行,因为中洲万物的生长和阿尔达春天的希望被遏止而伤心。她给许多春天里已经生长出来的东西施了安眠术,这样它们就不会因岁月的流逝而变老,只待云开日出之时再苏醒过来。

北方,梅尔克正在集结力量。他不睡觉,警惕地注视着,不辞辛苦地劳作着。被他引上邪路的凶神恶煞在黑暗中走来走去。可怕的妖魔鬼怪在沉睡的黑森林里出没。他还把许多妖怪聚集到乌图木诺,不离左右。这些神灵在梅尔克辉煌时期就归顺了他,现在变得像他一样凶残、狠毒。他们心里都有一团火,但是这火被黑披风紧紧包裹着。他们手执火鞭,无论走到哪里都会带去恐惧和灾难。后来的岁月里,中洲人管他们叫巴尔洛格。这群恶魔给世界带来动荡和不安。梅尔克的领土渐渐向中洲南部扩展。

梅尔克还在离大海西北岸不远的地方建造了一座要塞和一座武器库,抵御可能来自阿曼的袭击。要塞的指挥官名叫索隆,是梅尔克手下一员大将。要塞名叫安格班德,意思是"铁牢"。

梵拉召开了一次会议,因为雅万娜和奥罗米从中洲大地带来的消息让大伙儿深感不安。雅万娜对梵拉说:"列位阿尔达之王,伊路瓦塔为我们展示的景象很简单,而且很快就会消失得无影无踪。所以,也许我们无法在短时间内猜出'孩子们'出世的日子。但是有一点,诸位必须心中有数。那就是,这个日子已经越来越近。我们的愿望将在这一纪实现,'孩子们'将觉醒。难道我们就让他们的居住之地一片荒芜、鬼蜮横行吗? 难道我们能让他们在黑暗中行走,而自己享受光明吗? 难道我们能让他们对梅尔克俯首称臣,而曼维大帝在塔尼奎提尔坐守空城,无动于衷吗?"

图尔加斯喊了起来:"绝不! 赶快发动战争吧! 我们离开战场、休养生息的时间已经太长了,我们积蓄的力量也够大了,决不允许这个盖世魔王永远和我们对抗下去!"

曼多斯按照曼维的吩咐发言。他说:"伊路瓦塔的孩子们确实要在这一纪出世,不过现在还没有觉醒。除此而外,初生者注定要在黑暗中问世,第一眼看到的是满天星星。当巨大的光亮出现时,星光将变得暗淡。无论何时,只要需要,他们将呼唤瓦尔达。"

瓦尔达走出议事厅,站在塔尼奎提尔山顶极目远眺,看见微弱的星光下,遥远的中洲大地一片黑暗,于是,她开始了艰苦的劳动。自从来到阿尔达,瓦尔达还没有搞过如此浩大的工程。她从特尔佩里翁采集银露珠,制造新的、更明亮的星星,迎接初生者的到来。在埃阿,艰苦的劳动使她获得了一个流芳百世的名字:廷塔莱——"采集光明的人"。后来,精灵们管她叫埃伦塔瑞——"星星女王"。这当儿,她制造了卡尼尔星、路埃尼尔星、内纳星、路姆巴星、阿尔克荣克星和埃莱姆米瑞星。她还把许多古老的星星收集起来,作为标志,镶嵌在阿尔达的天空上:维尔瓦林、特路门迪尔、梭罗努米和阿纳瑞玛。她还制造了梅内尔玛卡星座——"空中剑客",他那亮光闪闪的腰带,预示世界末日最后一场大战。在北方的天空之上,她还悬挂起七颗非常明亮的星。它们像王冠,向梅尔克发出挑战。这几颗星星叫梵拉凯尔卡,意思是"梵拉的镰形星群",也是命运的象征。

据说,瓦尔达完成她的劳作之后,又过了好长好长时间,大地的孩子——伊路瓦塔的初生者终于醒了。那时,空中剑客梅内尔玛卡的第一缕星光划过天空,海尔鲁因在世界尽头的迷雾中闪起蓝色的火焰。奎维内恩——"觉醒之水"星光照耀的湖水边,初生者从伊路瓦塔的睡梦中站起身来,第一眼看到的就是满天星斗。所以,他们一直非常喜欢星光,对瓦尔达的尊敬胜过对所有其他梵拉的敬佩。

乾坤巨变,大地和海洋破碎之后又重新组合。河流改道,山脉易位,奎维内恩已经不复存在。精灵们说,它在中洲东北,是内陆湖海尔卡的一部分。从前,那是一座大山,山上高悬着伊尔路银之灯。梅尔克推倒大山之后,这里变成一片汪洋。许多溪流从东面的高地流下。精灵听到的第一个声音就是潺潺的流水声和瀑布在石头上飞溅的响声。

他们在星光下、湖水边住了很久,在大地上好奇地走来走去,开始学说话,并且给看到的东西取名字。他们管自己叫昆迪,意思是"会说话的精灵"。因为,他们见到的所有活物还没有一个会说话、会唱歌。

有一次,奥罗米骑着马到东边打猎。他沿着海尔卡湖岸向北,从中洲东面的大山——奥罗卡尼山的山影下走过。突然,他的坐骑纳哈停步不前,仰天长嘶。奥罗米非常惊讶,坐在马背上一声不吭。万籁俱寂,满天星光之下,他仿佛听见从很远很远的地方,传来阵阵歌声。

就这样,好像纯属偶然,梵拉终于发现了他们期待已久的伊路瓦塔的孩子们。奥罗米看着这些精灵,非常惊讶。好像他们的出现是不期而至、无法想像的奇迹。别的梵拉也是这样。从世界尚未形成开始,尽管所有行将出现的事物都在"圣贤之乐"中有所预

43

兆,在遥远的景物中有所暗示,可是,每一个时期要出现的东西都是在不知不觉之中进入埃阿,宛若从未展示过的新事物。

精灵刚刚出世的时候,比后来更强壮、更魁梧,可是并不如后来更漂亮。青年时代的昆迪就比伊路瓦塔创造的所有其他活物都英俊潇洒。岁月的流逝不但没有使这美丽消逝,反而因为西方生活的陶冶、悲伤和智慧的历练使得他们内涵更丰富,外表更美丽。奥罗米非常喜欢昆迪,用梵拉的语言管他们叫埃尔达精灵——"星星上的臣民"。后来,这个名字只用于那些跟随他西迁的精灵。

但是,许多昆迪看见奥罗米都非常害怕,这与梅尔克有关。据智者后来说,梅尔克对周围发生的事情一直非常警惕,因而,最先发现昆迪觉醒的是他。他派出幽灵和邪恶的神灵侦察他们的行动,在路上伏击他们。奥罗米发现他们之前好几年,如果有一个精灵或者几个精灵在离家比较远的地方迷了路,就消失得无影无踪,再也没能回家。昆迪都说,是猎人把他们抓走了,所以大家都很害怕。事实上,精灵最古老的歌——这些歌至今仍然在西方传唱——就讲述了这样的故事:幽灵经常出没在奎维内恩周围的大山里,或者突然飞过繁星点点的夜空。黑色的骑手骑着野马追赶在外面游逛的精灵,抓住之后,一口吃掉。梅尔克对骑着骏马纵横驰骋的奥罗米既恨又怕。他一方面让仆人扮成黑色骑手四处活动,骚扰精灵;一方面散布谣言,蛊惑人心。他的目的是,昆迪一旦和奥罗米相遇,就赶快躲藏起来。

因此,纳哈仰天长嘶,奥罗米向昆迪走过去的时候,精灵有的拔腿就跑,有的连忙躲藏起来。不过也有勇敢者站在那儿一动不动。他们很快就看出,这位身材高大的骑手不是那种浑身漆黑的幽灵。他的脸上闪烁着阿曼的光,充满魅力。最聪明、最高贵的精灵都向他围拢过来。

那些落入梅尔克圈套的不幸的精灵,后来的情况到底如何,不得而知。凡是下过乌图木诺地狱,饱受梅尔克折磨的精灵没有一个活着走出那座魔窟。但是,埃雷赛阿的智者确信,乌图木诺崩溃之前,所有落入梅尔克之手的昆迪都被关进监狱,被奴役、受残害。就这样,梅尔克满怀嫉妒之心和对精灵的嘲弄,培养出凶残的奥克。后来,奥克成了最凶恶的敌人。奥克拥有生命,可以按照伊路瓦塔的孩子们的方式进行繁殖。智者还说,自混沌初开之前,梅尔克在演奏"圣贤之乐"时,背叛了伊路瓦塔,他就再也不能创造、拥有生命或者类似生命的东西。奥克的心虽然已经变黑,但是,内心深处,都讨厌主人——痛苦的制造者。只是因为害怕,不得不听命于这个盖世魔王。这也许是梅尔克最丑恶的行径,也是伊路瓦塔最痛恨的行为。

奥罗米和昆迪呆了一会儿,便骑着骏马跨过陆地和大海,很快就回到瓦里诺,把这个消息带到瓦尔玛城。他还告诉大家,梅尔克不断派幽灵到奎维内恩骚扰昆迪。听到精灵出世的消息,梵拉非常高兴,高兴之余,心里又充满忧虑。他们争论了好长时间,希望找到一个保护昆迪不受梅尔克袭击的最好办法。可是,奥罗米马上回到中洲,和精灵们住到一起。

曼维坐在塔尼奎提尔山顶苦思冥想,希望得到伊路瓦塔的帮助。后来,他从山顶下来,来到瓦尔玛城,召集梵拉到议事厅开会。连乌尔莫也从外海专程赶来参加这次会议。

曼维对各位梵拉说:"伊路瓦塔的忠告我已经心领神会,那就是:不惜一切代价收复阿尔达,把昆迪从梅尔克的阴影之下解救出来。"图尔加斯听了非常高兴,奥力却忧心忡忡。他预料到世界将因为这场战争遭受巨大的损失。梵拉做好准备,集结力量,从阿曼出发大举进攻。他们决心彻底摧毁梅尔克的要塞,让他永世不得翻身。梅尔克永远不会忘记,这场战争是梵拉为了保护精灵而爆发的。他们是他一蹶不振的根源,他把这笔账记在他们头上。精灵没有参战。他们对自己刚刚出世之时,西方和北方之间爆发的

45

战争知之甚少。

梅尔克在中洲西北部迎战梵拉。那时候，这个地区已是满目焦土、山河破碎。来自西方的大军首战告捷，梅尔克的仆从望风而逃，躲进乌图木诺要塞。梵拉直逼中洲，在奎维内恩布下警戒。刚刚出世的昆迪对这两大列强之间的战争一无所知。他们只知道地动山摇，河水倒流，北方燃起冲天大火。乌图木诺包围战打得十分残酷，持续了好长时间，要塞门前进行了无数次战斗。关于这些战斗，精灵只是后来知道一些传闻。这当儿，中洲发生了很大的变化。与阿曼相连的大海变得更宽、更深。海岸裂开巨大的裂缝，由北向南形成非常深的海湾。大海湾和北方遥远的海尔卡拉克塞海峡之间还有许多小海湾，中洲和阿曼在这里接壤。在这些海湾里，最主要的是巴拉海湾。从北方新形成的高原发源的西瑞恩河流经道舍尼奥恩——"松树之地"和海斯鲁姆绵延逶迤的山岭，由巴拉海湾流入大海。那时候，遥远的北方都是荒无人烟的不毛之地。乌图木诺要塞挖得特别深，洞穴里都是地火和梅尔克的仆人。

经过艰苦战斗，乌图木诺要塞的大门最终被攻破，一座座魔窟被挖开，梅尔克逃到最深、最隐蔽的洞穴。图尔加斯是梵拉中最英勇善战、力大无比的斗士。他冲在最前面和梅尔克搏斗，用奥力铸造的铁链把他捆绑起来。就这样，梅尔克成了梵拉的阶下囚，世界得到了长时间的和平。

可是梵拉并没有发现乌图木诺要塞和安戈班恩德铁牢下面那些坚固的、很深很深的洞穴和地窖。许多邪恶的神灵躲藏在那儿。还有一些妖魔鬼怪逃到黑暗之中，在人迹罕至之地徘徊，等待着更邪恶的时机。更主要的是，他们没有找到索隆。

战争结束之后，北方的废墟上升起大团大团的乌云，遮挡住满天星星。梵拉把梅尔克的手和脚绑在一起，蒙着眼睛抬回瓦里诺，带到环形议事台。他面朝下躺在曼维脚边，祈求大帝原谅。曼维睬也没睬，大手一挥，把他打入曼多斯最牢固的监狱。无论梵拉、精灵还是凡人，都无法从那儿逃脱。这座监狱建在阿曼西边，很坚固也很宽敞。梅尔克命中注定要在这里关三纪。那时候，要么东山再起，要么乞求赦免。

后来，梵拉又聚集到议事台，研究精灵的事情。这一次，他们的意见发生分歧。以乌尔莫为首的一部分梵拉认为，昆迪应该留在中洲，任其自由发展。他们可以运用自己的聪明才智，管理中洲大地，医治战争留下的创伤。但是，大部分梵拉担心，昆迪呆在那个星光暗淡、危机四伏的世界，随时会遭到不测。除此而外，他们非常喜欢这些美丽的精灵，愿意与他们朝夕相伴。他们想把昆迪都召到瓦里诺，让他们在梵拉诸王的保护之下，沐浴着双树之光，永远过太平日子。曼多斯最后才打破沉默，说："就这样决定了吧。"然而，正是这一决定，使得许多灾难与不幸在后来的岁月里接踵而至。

起初，精灵不愿意听从梵拉的召唤。因为那时候，除了奥罗米，他们见过的梵拉都是怒气冲冲要去战斗的样子，心里非常害怕。于是，曼维大帝又派奥罗米去传达他的旨意。奥罗米从精灵里挑选了几位使节，让他们代表自己的同胞去瓦里诺向梵拉当面陈述大家的意见。这几位使节是：英戈维、芬维和埃尔维。后来，他们都成了王。来到瓦里诺，看到梵拉的威严和光彩，他们心里充满敬畏，更渴望在双树灿烂的光辉下生活。于是，奥罗米又把他们带回奎维内恩，见到精灵之后，三位使节劝说大伙儿听从梵拉的召唤，西迁瓦里诺。

47

关键时刻，精灵第一次分裂。英戈维这一支精灵和芬维、埃尔维两支精灵中的大多数听了君王的劝说，都动了心，愿意跟随奥罗米到瓦里诺。从一开始，奥罗米就用精灵语管这些愿意跟他西迁的昆迪叫埃尔达精灵。后来，这个名字就一直沿用下来。可是也有许多精灵不愿意听从梵拉的召唤。他们宁愿在星光暗淡的中洲大地生活，也不相信关于双树的传闻。这一部分精灵叫阿瓦瑞，意思是"不愿意"、"拒绝者"。自从和埃尔达精灵分裂后,他们许多许多年没有再相见。

埃尔达精灵准备从东方的第一个落脚之地出发长征。他们分成三队。人数最少也是最先出发的一队由英戈维率领。他是所有精灵中地位最高的君王,到瓦里诺之后,臣服于梵拉。精灵都景仰他,但是他再也没有回中洲,甚至不曾回过头再看上一眼。他这支精灵叫万雅,是最漂亮的精灵,也是曼维和瓦尔达最喜欢的精灵。很少有人和他们说过话。

第二批到达瓦里诺的精灵是诺尔多,意思是"智慧"。他们是芬维的同胞,"精明的精灵",也是奥力的朋友。因为在北方古老的土地英勇战斗、艰苦劳动的时间最长,而在歌中被人们广为传唱。

数目最多的一批最后到达。这支精灵叫做特莱瑞。他们在路上耽搁了时间。此外,从星光昏暗的中洲到天光明亮的瓦里诺,大家的想法不完全一致。他们对水报以极大的热情,所以,终于到达西海岸的精灵都非常迷恋大海。在阿曼大陆,他们被叫做"海精灵"——法尔玛瑞。他们经常面对扑岸而来的海浪演奏音乐,引吭高歌。因为数量众多,他们有两个首领。一个是埃尔维·辛格罗(意思是"灰袍"),另一个是他的兄弟欧尔维。

以上就是埃尔达精灵的三支精灵。他们在双树时代进入最西部,被称为卡拉昆迪——"光之精灵"。还有一些埃尔达精灵,西征时虽然跟大部队一起出发,但是漫漫长途,有的掉队迷路,不知去向,有的在中洲海岸留连忘返。这些精灵大多数是特莱瑞一支。他们有的住在海边,有的在森林里高山上游荡,但是心都向着西方。卡拉昆迪管这些精灵叫做莫利昆迪——"黑暗中的精灵"。因为太阳和月亮被创造出来之前,他们从来没有看见过光明。

据说,埃尔达精灵离开奎维内恩时,奥罗米骑着他的金蹄白马纳哈,走在最前面。他们向北,绕过海尔卡海,然后向西迤逦而去。向北望去,战争留下的废墟之上,仍然乌云翻滚。几点残星也全都藏在云朵之后。这时,不少精灵非常害怕,甚至后悔。他们掉转头,离开大部队,消失在黑暗之中,完全被同伴遗忘。

埃尔达精灵的西迁非常缓慢,因为中洲大地究竟有多么辽阔没有人丈量过,更谈不上有现成的道路可供跋涉,漫漫征途沉闷乏味。此外,埃尔达精灵也不想快走,无论看到什么,他们都觉得新鲜。每逢看到奇峰怪石,清流碧水,他们便留连忘返、驻足不前。尽管大家都不想永远这样游逛下去,但实际上,许多精灵更怕到达终点,并不盼望早日结束漫长的征途。因此,奥罗米如果有别的事情要办,不得不暂时离开大队人马的话,他们就停下脚步,不再前进,直到奥罗米再回来,带着他们一起前进。这样走了几年之后,埃尔达精灵穿过一片大森林,来到一条大河旁边。这条河比他们以前见过的任何一条都宽。大河那边是连绵起伏的高山,笔直的山峰像一把利剑刺破星星的王国。这条河叫安杜恩河,实际上是中洲西部边境的界河。高山叫海沙伊戈里尔,是埃里阿多边界线上的大要塞。那时候,这座巍峨的高山十分凶险,是梅尔克为了给纵马驰骋的奥罗米设置障碍而特意堆起来的。特莱瑞精灵在大河东岸停留了好长时间,想在那儿安营扎寨。可是万雅精灵和诺尔多精灵不但过了大河,奥罗米还带领他们进入大山山口。奥罗米走了之后,特莱瑞精灵看着大山的暗影,心里非常害怕。

这时候,欧尔维带领的队伍——这支队伍总是走在最后面——中站出一位精灵。他的名字叫莱恩维。他拒绝西迁,带领不少精灵,沿大河向南而去。从此以后杳无音信,直到许多许多年之后,大家才听到一点他的消息。这些精灵叫南多。后来,除了还喜欢水之外,他们变成和同胞兄弟全然不同的另外一个分支。他们大都住在飞泻而下的瀑布或者轻盈跳荡的溪水旁边,对树木、草药、飞禽、走兽的知识远比其他精灵多。许多年之后,莱恩维的儿子代内舍,终于把目光投向西方,带领一部分人在月亮升起之前,翻越大山,进入贝勒里安德。

万雅精灵和诺尔多精灵终于翻越埃雷德·鲁因——"蓝山"。蓝山在埃里阿多和中洲最西面的荒凉之地中间。后来，精灵们管这一带叫贝勒里安德。走在最前面的精灵跨过西瑞恩河大峡谷，来到德瑞恩吉斯特和巴拉湾之间的海岸。可是，看见波涛汹涌的大海，他们都很害怕。许多精灵跑到贝勒里安德的森林和大山里面。奥罗米只好离开他们，回到瓦里诺，找曼维商量对策。

特莱瑞精灵在灰袍埃尔维的带领下，翻越云雾山，走过埃里阿多辽阔的土地。因为埃尔维急于回到曾经造访过的瓦里诺和带来光明的双树边。此外，他不愿意离开诺尔多精灵。他和他们的首领芬维之间有着深厚的友谊。就这样，过了许多年，特莱瑞精灵也终于翻过蓝山，进入贝勒里安德东部地区。他们在那儿停留了一段时间，在盖林河那边住了一阵子。

第四章　　辛格尔和梅里安

　　梅里安是一位迈阿尔，与梵拉同属一族。她住在萝林的花园里。在萝林所有的亲属和臣民里，没有谁比梅里安更漂亮、更聪明，也没有谁比她的歌声更迷人、更动听。据说，双树之光交相辉映的时候，梅里安就在萝林的花园里歌唱。听到她的歌声，梵拉停下手里的工作，瓦里诺的鸟儿不再啁啾，瓦尔玛的银铃不再摇晃，丁东作响的泉水不再流淌。夜莺在她四周飞翔，她教它们唱歌。她喜欢参天大树投下的影子。混沌初开，世界尚未成形之前，她和雅万娜就有亲缘关系。昆迪在奎维内恩——"觉醒之水"旁边醒来之后，她离开瓦里诺，来到中洲。黎明前，她的歌声以及她的鸟儿的歌声打破了中洲大地的寂静。

　　如前所述，特莱瑞精灵在他们的旅程即将结束时，在盖林河那边的东贝勒里安德休息了好长时间。而此时，许多诺尔多精灵还在后来被叫做奈尔多雷斯和瑞金的大森林里奋力西行。特莱瑞精灵的君王埃尔维经常穿过茂密的森林，到诺尔多精灵的居住地找他的朋友芬维。有一次，他独自一人在星光照耀的南·埃尔摩斯大森林里跋涉，突然听到夜莺美妙的歌声。他像着了迷一样，停下脚步站在那儿一动不动。透过洛美令迪——昆雅语里的夜莺——美妙的歌声，远远地传来梅里安的声音。他的心里充满惊奇和渴望。刹那间，他忘了自己的同胞，忘了此行的目的，跟着那群鸟儿，穿过绰绰树影，走到南·埃尔摩斯大森林深处，迷失了方向。后来，他终于走到一片林中空地。天上洒下点点星光，星光里站着梅里安。

她在黑暗中注视着他,脸上闪烁着阿曼的光彩。

她一句话也没说。埃尔维心里充满爱,走上前,挽起她的手。那一瞬间,他仿佛着了魔,和梅里安一起静静地站着,把整个世界忘到脑后。斗转星移,不知道过了多少个春夏秋冬,南·埃尔摩斯森林的树苗长成参天大树,绿阴如盖,芳草如茵,他们才开口说话。

埃尔维的同胞兄弟四处寻找,没见他的踪影,只好在欧尔维的带领下离开大森林继续前进。灰袍埃尔维在世期间,没有横渡大海到瓦里诺。他们的王国日渐强大,此间,梅里安也没有再回瓦里诺。她在精灵诞生之后、人未出世之前,又创造了一个新的种族。这个种族其实还属于混沌未开时,伊路瓦塔创造的阿伊诺世系。在后来的岁月里,埃尔维成了声名卓著的王。他的臣民是贝勒里安德所有的埃尔达精灵。这些精灵被叫做辛达——“灰精灵”,“星光照耀的精灵”。埃尔维是“灰袍之王”,按当地的说法就是埃鲁·辛格尔。梅里安是他的女王。她比中洲任何人都聪明。他们的秘密宫殿在道伊阿斯的梅内戈罗斯——“千洞”。梅里安带给辛格尔巨大的力量。辛格尔自己在埃尔达精灵中就是最伟大的精灵。因为在所有辛达精灵中,只有他亲眼看见过鲜花盛开的“光明之树”。他虽然是乌曼雅的精灵之王,但是不被算做莫利昆迪,而是被看做“光之精灵”,在中洲大地他的权力最大,威望最高。辛格尔王和梅里安的爱创造出世界上最美丽的精灵。他们不但过去是、将来也仍然是伊路瓦塔最可爱的孩子。

第五章　　埃尔达玛和埃尔达里王子

　　万雅精灵和诺尔多精灵终于来到这个大陆的最后一片海岸。远古时代,诸神大战之后,北部地区的崇山峻岭逐渐向西延伸,直到阿尔达最北部留下一条狭窄的海峡,把阿曼和中洲大陆分开。而瓦里诺就建在阿曼。由于梅尔克制造了严酷的冰霜,这一条狭窄的海峡结着吱嘎作响的冰。因此,奥罗米没有把精灵带到北边,而是带领他们来到西瑞恩河周围一览无余的平原。后来,这个地方被称为贝勒里安德。埃尔达精灵站在岸边,起初满怀恐惧和惊奇地看到海水奔涌而来,现在才看清在他们和阿曼山之间,是一望无际、黑浪翻滚的海洋。

　　乌尔莫接受了梵拉的忠告,来到中洲海岸,和埃尔达精灵攀谈起来。埃尔达精灵凝望黑色的波涛等待着。乌尔莫的话和他用海螺吹奏的音乐把埃尔达精灵对大海的恐惧变成渴望。于是,乌尔莫伸出铁臂,提起一座小岛。自从伊尔路银被毁,中洲大地一片混乱,年复一年,日复一日,这座小岛一直孤零零地伫立在大海之中,离海岸很远。乌尔莫在仆人的帮助下,像驾驶一条大船一样,驾驶着这座小岛乘风破浪向前进,一直行驶到巴拉湾才停泊下来。巴拉湾是个美丽的海湾,西瑞恩河从这里流入大海。万雅精灵和诺尔多精灵乘坐小岛,掠过碧波万顷的海面,来到阿曼山下长长的海岸,进入瓦里诺。迎接他们的是光华四射的乐园。但是,小岛东边那一角深深地陷入西瑞恩河入海口的暗礁之中,分成数块,留在海水里。这就是巴拉岛。后来,奥赛经常光顾这座小岛。

53

特莱瑞精灵仍然呆在中洲。他们住在东贝勒里安德,离大海很远,听到乌尔莫的召唤为时已晚。除此而外,许多精灵还在寻找他们的君王埃尔维。没有他,谁也不愿意离开中洲。听说英戈维、芬维以及他们的臣民离开中洲的消息之后,许多特莱瑞精灵不惜长途跋涉之苦,来到贝勒里安德海岸,在离西瑞恩河入海口不远的地方居住下来,思念着远离他们而去的朋友。他们推举埃尔维的兄弟欧尔维为王,在西海海岸住了好长时间。奥赛和乌伊内恩经常来看望他们,对他们十分友好。奥赛坐在海岸边的一块岩石上,教给他们关于大海的知识和大海的音乐。特莱瑞精灵从开天辟地之时起,就喜欢水。在所有精灵之中,他们歌儿唱得最好。现在,歌声伴着惊涛拍岸之声,他们更加迷恋大海。

许多年过去了,乌尔莫常常听到诺尔多精灵和他们的君王芬维的祈祷。他们和特莱瑞精灵长期分离,心里非常痛苦,希望乌尔莫把特莱瑞带到阿曼——如果他们愿意来的话。事实上,许多特莱瑞精灵都愿意到阿曼。可是,乌尔莫回到贝勒里安德海岸,要把特莱瑞精灵带到瓦里诺时,奥赛十分难过。因为他管辖的范围只是中洲大海和中洲海岸,特莱瑞精灵一走,他的领地上便再也听不到他们那美妙的歌声和欢乐的笑声了。奥赛心里充满怅然若失之感,便劝说一部分精灵留下来。这些精灵就是法拉斯瑞姆——法拉斯的特莱瑞精灵。后来,他们住在布瑞桑姆巴和埃戈拉瑞斯特港。他们是中洲第一代水手和第一批造船工人。"船木工"凯尔丹是他们的君王。

灰袍埃尔维的亲朋好友留在中洲继续找他。当然,如果乌尔莫和欧尔维能耽搁些日子,他们也愿意离开中洲到瓦里诺,领略双树风采。可是欧尔维不想再耽搁时间,于是,大多数特莱瑞精灵都登上小岛,跟着乌尔莫驶向远方。就这样,埃尔维的朋友留在了中洲。他们管自己叫埃戈拉斯——"被抛弃的人"。他们住在贝勒里安德的森林和大山里,而不是住在海边。他们为此而感到极大的遗憾,对阿曼的渴望一直萦绕心头。

　　埃尔维从漫长的催眠状态中醒来之后,和梅里安一起走出南·埃尔摩斯,定居在中洲中部的大森林里。他渴望再次看到双树之光,好在梅里安在身边,给了他极大的慰藉。她面如明镜,映照出的双树之光缓解了他的相思之苦,他也就心满意足了。臣民们见到他十分高兴,非常惊奇。他不但还像从前一样仪表堂堂,而且气宇轩昂,看起来更像迈阿尔的君王。他满头银发,个子比伊路瓦塔所有的孩子都要高。但是,他的前途未卜,命运多舛。

　　奥赛跟在欧尔维率领的那支精灵后面,来到埃尔达玛海湾(这里是精灵的家园)之后,朝他们喊了起来。精灵听出他的声音,请求乌尔莫停止航行。乌尔莫批准他们的请求,奥赛按照乌尔莫的吩咐,把小岛缚牢,让它在大海里扎下根。其实,乌尔莫巴不得这样。他理解特莱瑞精灵的心。在梵拉的议事会上,他曾经表示过不同意见,认为最好让昆迪留在中洲,不一定非得把他们都召到瓦里诺。梵拉听到这件事情之后,很不高兴。特莱瑞没来瓦里诺,芬维已经非常难过,现在听说埃尔维又被抛弃,更加难受。他心里明白,除非在曼多斯的殿堂里,很难再与埃尔维相见。小岛再也不能移动,孤零零地呆在埃尔达玛海湾,被称为托尔·埃雷赛阿——孤岛。特莱瑞精灵按照他们的愿望住在这里。天上星光闪闪,阿曼和永恒不灭的海岸遥遥在望。由于长期生活在与世隔绝的孤岛,渐渐地,他们的语言和万雅以及诺尔多的语言有了很大的不同。

　　梵拉赐给万雅精灵和诺尔多精灵土地和住处。可是,即使呆在瓦里诺鲜花盛开、双树之光照耀的花园,有时候,他们也非常想看见天上的星星。他们在佩洛瑞山上打开一个豁口,在通往大海的深深的峡谷中,堆起一座高高的绿山。这座山叫图纳山。双树之光从西面照射过来,山的影子永远投向东边。它向东正对精灵家园、孤岛、暗影重重的大海。“快乐王国”的光辉穿过卡拉凯尔雅——"光之山口",把黑色的浪涛映照成银色和金色。那光辉还照耀着孤岛。孤岛西边的海岸变得一片碧绿,十分美丽。最早盛开在阿曼山东面的鲜花在这里竞相开放。

精灵在图纳山顶建了一座城——蒂伦。蒂伦的城墙和排屋都是白色的。这座城最高的塔楼是英戈维的塔楼——明多恩·埃尔达里瓦。塔楼上银色的灯光一直穿透大海重重的迷雾。曾经看见过那纤细光柱的普通人不多。万雅精灵和诺尔多精灵住在图纳山上的蒂伦城里,和睦相处。在瓦里诺,精灵最喜欢白树,雅万娜就为他们栽种了一棵和特尔佩里翁一模一样的树,只是小一点,而且不会自己发光。辛达语管这棵树叫加拉赛林。加拉赛林种在明多恩塔楼下面的庭院里,长得枝繁叶茂。埃尔达玛又长出许多同样的小树。在这些小树里,日后有一棵栽种到孤岛托尔·埃雷赛阿。这棵树生长苗壮,叫凯利博恩——"银树"。后来,沧海桑田,山河巨变,这棵树几经流落,成为尼姆洛斯——努美诺尔的白树。

曼维和瓦尔达最喜欢万雅——美丽的精灵。奥力却更喜欢诺尔多精灵,经常和臣民去看望他们。诺尔多精灵知识渊博、技巧出色,可是,求知欲仍然十分强烈,很快,就在许多方面超过了老师。他们的语言也变来变去,因为诺尔多精灵特别喜欢斟词酌句,总想给他们知道的、或者想像出来的东西冠以最恰当的名称。后来,给芬维造房子的石匠在山里采石的时候(他们喜欢建造高高的塔楼),第一次发现宝石。他们带回许多许多,还设计出切割、研磨宝石的工具,雕刻出各种形状的艺术品。他们没有把宝石藏起来,而是随意分送给大家。他们的劳动使得瓦里诺更加富庶。

诺尔多精灵回到中洲后,这个故事一直广为流传。现在有必要把各位王子的名字以及他们相互之间的关系理清。这些名字都是后来贝勒里安德精灵自己语言的叫法。

芬维是诺尔多精灵的王。他的儿子是费阿诺、芬戈尔芬和菲纳芬。费阿诺的母亲是米瑞尔,而芬戈尔芬和菲纳芬的母亲是万雅精灵伊恩蒂斯。

费阿诺无论舞文弄墨、遣词造句还是做事情的动手能力，都比他的两个兄弟强。他情感炽热，像燃烧的火焰。芬戈尔芬则是三兄弟中最强壮、最坚定、最勇敢的一个。菲纳芬长得最漂亮，也最聪明。后来，他和特莱瑞精灵的君王欧尔维的儿子成了好朋友，并且娶欧尔维的女儿埃阿文——"天鹅少女"为妻。

费阿诺的七个儿子分别是：高个子迈斯罗斯；出色歌手玛戈勒，他的歌声回荡在辽阔的田野和苍茫的大海；仙人凯莱戈姆，阴郁的人卡兰塞尔；灵巧的人库茹芬；最年轻的是阿姆罗德和阿姆拉斯，他们俩是孪生兄弟。无论长相还是行为举止都非常相似。后来，他们成了中洲森林中出色的猎手。凯莱戈姆也是一位好猎手。在瓦里诺，他是奥罗米的朋友，听到梵拉的号角声便应召而去。

芬戈尔芬的大儿子是芬戈恩，后来成了北部地区诺尔多精灵的王。二儿子是图尔冈，冈多林的君王。他们的妹妹是"白"阿蕾塞尔。在埃尔达精灵时代，她比两个哥哥都瘦小。等她完全长大之后，变得又高又壮，非常漂亮，还特别喜欢在森林里骑马打猎。她经常和费阿诺的几个儿子一起打猎，可是并没有爱上他们之中的任何一个。她还有一个名字，叫做阿·菲尼尔——"诺尔多的白夫人"。

菲纳芬的儿子是忠诚者芬罗德（后来叫费拉冈德——"千洞之王"）。另外三个儿子是奥罗德瑞斯，安戈罗德和埃格诺。这四个孩子和芬戈尔芬的儿子们亲如兄弟，关系十分密切。他们还有一个妹妹，名叫盖拉德丽尔。芬维家族中属她最漂亮，金灿灿的头发犹如笼罩在劳瑞林的金光之中。

现在必须说说特莱瑞精灵是怎样来到阿曼的。特莱瑞精灵虽然在托尔·埃雷赛阿住了好长时间，但是，慢慢地，他们的思想发生了变化。穿过茫茫大海射向孤岛的双树之光吸引着他们。他们既喜欢惊涛拍岸奏响的美妙音乐，又想与同宗同族的亲属相见，一睹瓦里诺的壮美与辉煌。最终，还是对光明的渴望占了上风。因此，乌尔莫遵从梵拉的愿望，派奥赛去教他们造船的技术。奥赛虽然舍不得和他们别离，但是船造好之后，还是送给他们许多翅膀强壮的白鹤作为临别的礼物，让白鹤指引特莱瑞的白色大船驶过风平浪静的大海。他们终于来到埃尔达玛海岸，来到阿曼。

就这样，他们在阿曼安顿下来。如果愿意，他们可以去看看双树的光彩，可以在瓦尔玛金光闪闪的大街上漫步，还可以登上绿山图纳，在蒂伦城水晶般清澈明亮的台阶上留连忘返。但是他们更喜欢驾驶着快船在精灵家园的海湾航行，或者在雪浪扑面而来的海岸散步。诺尔多精灵给了他们许多宝石、珍珠、钻石、水晶。他们把这些珍宝撒在海岸上，湖水里。那时候，埃伦德——精灵家园真是一个奇妙的世界。他们从大海里捞到许多许多宝石。他们的厅堂到处镶嵌着珍珠。欧尔维在阿尔夸棱德——天鹅之港的府邸也镶嵌着珍珠，在许多盏灯的照耀下熠熠生辉。这里是他们的城池，是船只停泊的港湾。这些船都做成天鹅的样子，黄金制作的喙，黄金和玉制作的眼睛。港口的拱门用海水冲刷而成的可以活动的岩石砌成，屹立在卡拉凯尔雅北面的埃尔达玛。那里的星光非常明亮。

随着时光流逝，万雅精灵越来越喜欢梵拉的土地和双树的光辉，最终离开图纳的蒂伦城，搬到曼维山，或者搬到瓦里诺的平原和森林居住，离开了诺尔多精灵。但是，星光照耀的中洲仍然萦绕在诺尔多精灵的心头。他们住在卡拉凯尔雅的山岭和峡谷，那里听得见西海的涛声。尽管他们之中许多精灵经常到梵拉的领地游逛，去很远很远的地方探索大地、水及自然界一切生物的奥秘，但是，那时候，图纳的精灵和阿尔夸棱德的精灵还是经常相聚。芬维是蒂伦的王。欧尔维是阿尔夸棱德的王。英戈维是所有精灵的王，他住在塔尼奎提尔的曼维山下。

费阿诺和他的儿子们很少在一个地方久居，而是在瓦里诺四处漫游，有时候甚至一直走到黑暗之地的边境，走到外海寒风习习的海岸，希望发现未知的事物。他们经常到奥力那儿做客，凯莱戈姆更喜欢去奥罗米家。他从奥罗米那儿学到许多关于鸟和兽的知识，听得懂它们的语言。因为，阿尔达王国所有动物，除了梅尔克豢养的凶残、狠毒的野兽，那时候都生活在阿曼大地。此外，阿曼还有许多中洲没有的动物。也许，这些动物今天再也看不到了。因为世界发生了巨大的变化。

第六章　　费阿诺和被释放的梅尔克

　　埃尔达精灵三大部族终于齐集瓦里诺，梅尔克则被锁牢。这是快乐王国的黄金时代。它的辉煌和幸福在岁月的故事中，深远悠长，但是，在人们的记忆之中却非常短暂。那时候，埃尔达精灵个子很高，心智也有了很大的发展。诺尔多精灵的技能和知识得到进一步的完善。漫长的岁月里，他们快乐地劳动着，发明出许多新的、十分精巧的东西。后来，诺尔多精灵首先想到要创造文字。蒂伦的鲁米尔是最有学问的精灵，他创造出一系列符号，记录语言和歌曲。这些符号有的刻在金属上，有的刻在石头上，还有一些用刷子或者自制的笔画在什么东西上面。

　　就在这时，芬维的大儿子降生在埃尔达玛图纳山顶蒂伦王府的豪宅里。他是一个非常可爱的孩子，名叫库茹芬维。但是，母亲管他叫费阿诺，意思是"火之灵"。诺尔多精灵所有故事里，都传颂着他的名字。

　　他的母亲叫米瑞尔，也被叫做塞瑞恩德，因为她善于织布，喜欢做各种针线活儿。她的手比任何一个诺尔多精灵的手都灵巧。芬维和米瑞尔相亲相爱。他们的爱起始于快乐王国的黄金时代。可是自从怀上费阿诺，她的身体日渐消瘦，精神也越来越萎靡不振。孩子呱呱坠地之后，她就渴望从生活的辛劳中解脱出来。给儿子起完名字，她对芬维说："我再也不能怀孩子了。因为我的生命力量都给费阿诺了。"

　　芬维听了非常难过。诺尔多精灵尚处在青年时期，他希望能

60

生出许多儿女,给阿曼这块乐土带来快乐和幸福。他说:"毫无疑问,阿曼经受的创伤正在愈合。所有辛劳、疲惫都可以在这里消解。"可是,米瑞尔还是一天比一天憔悴。芬维无计可施。只好请教曼维。曼维把米瑞尔送到萝林,请伊尔莫照顾她。告别的时候(他当时想,分别的时间不会太长),芬维心如刀绞。儿子刚刚出生就要离开母亲,实在是一件令人痛苦的事情。

"我也难受,"米瑞尔说,"如果还有力气,我一定大哭一场。可是,不要责怪我。今后无论发生什么事情,都不要责怪我。"

她来到萝林的花园里,躺下睡觉。看起来虽然进入甜蜜的梦乡,灵魂却已经离开肉体,无声无息地飞往曼多斯的殿堂。埃斯特的女仆们照料米瑞尔的身体。那身体虽然没有萎缩也没有腐败,但是也没有再活过来。芬维非常痛苦,经常到萝林的花园里,坐在银柳树下妻子旁边呼唤她的名字。但是毫无用处,米瑞尔仍然一动不动躺在那里。在快乐王国,只有芬维一个人没有快乐。过了一段时间,他就不再去萝林花园了。

从此以后,他把全部的爱都给了儿子。费阿诺长得很快,好像心里燃烧着一团火焰。他身材魁梧,皮肤白皙,头发乌亮,仪表堂堂,犀利的目光仿佛能穿透一切。他意志坚定,感情执著,很少有人能劝说他放弃自己的奋斗目标,更不会屈服于武力的压迫。无论那时,还是后来,在所有诺尔多精灵中,他最心灵手巧。年轻时,他进一步完善了鲁米尔创造文字的工作,精心设计出精灵语的字母。从那以后,埃尔达精灵一直使用这种漂亮的花体字。在诺尔多精灵中,他第一个发现,宝石经过加工后比世界上任何东西都更明亮,更珍贵。费阿诺最初研磨出来的宝石是白色和无色两种,放在星光之下,放射出蓝色和银色的光芒,比海尔鲁因——天狼星还要明亮。他还用水晶制造出各种透镜。透过这种水晶玻璃,能把远处很小的东西看得一清二楚,就像曼维雄鹰的眼睛。费阿诺的手和脑从来没有停下来休息的时候。

费阿诺很年轻的时候,就娶了尼尔达内尔为妻。尼尔达内尔是技艺高超的工匠玛赫坦的女儿。诺尔多精灵里,他和奥力的关系最为亲密。费阿诺从他那儿学了许多用石头和金属制造东西的技巧。尼尔达内尔的意志也非常坚定,可是比费阿诺更有耐心。她愿意更多地理解,而不是简单地压服、驱使别人。起初,费阿诺心火太旺的时候,尼尔达内尔总想约束他。可是后来,他的所作所为让她伤心,相互之间的关系渐渐疏远。她总共给费阿诺生了七个孩子,有的孩子继承了她的禀性。

再说芬维。芬维后来娶了第二个妻子伊恩蒂斯。伊恩蒂斯是万雅精灵,和英戈维王是近亲,满头金发,个子很高,和米瑞尔全然不同。芬维非常喜欢她,结婚之后,又快活起来。但是,米瑞尔的影子并没有从芬维的府邸消失,更没有从他的心里消失。在芬维所有深爱的人里,费阿诺最了解他的心思。

费阿诺对父亲再婚很不满意,更不喜欢伊恩蒂斯和她生的两个儿子芬戈尔芬和菲纳芬。他不和他们住在一起,自己独来独往,探索阿曼大地的奥秘,或者忙着研究学问和他喜欢的手艺。后来发生了许多不幸的事情。在这些事件中,费阿诺都是首领。许多人目睹了芬维家族内部纷争酿成的恶果,都认为,如果当年芬维能忍受失去爱妻的痛苦,一心一意拉扯倔强、勇敢的儿子,费阿诺也许会走另外一条道路,灾难或许会因此而避免。芬维家族的痛苦和纷争在诺尔多精灵的脑海里打下深深的印记。所幸,伊恩蒂斯的孩子们个个英明伟大,他们的女儿也都出类拔萃。如果没有他们,埃尔达精灵的历史将是另外一番模样。

就在费阿诺和诺尔多精灵的工匠们满怀喜悦辛勤劳动、伊恩蒂斯的儿子们心高志远茁壮成长的时候,瓦里诺的黄金时代开始接近尾声。按照当年梵拉的判决,梅尔克在曼多斯的监牢里单独关了三纪,现在,刑期已满。曼维大帝没有食言,梅尔克被带到梵拉的宝座前。看到梵拉的荣耀和显赫,梅尔克不由得妒火中烧。

看到伊路瓦塔的孩子们坐在曼维大帝脚下,其乐融融,他更是仇恨满胸膛。而亮光闪闪的宝石和巨大的财富,让他垂涎三尺。但是他把这些思想深藏起来,等待时机,报仇雪恨。

在瓦尔玛城门前面,梅尔克跪在曼维大帝脚下,请求宽恕。他对天发誓,如果能成为瓦里诺的自由民,一定帮助梵拉重振山河,最重要的是要医治好自己给中洲大地一手制造的创伤。妮恩娜帮助他求情,可是曼多斯一言不发。

曼维大帝原谅了他,但是众梵拉不允许他走出他们的视线,脱离他们的警戒。他只能呆在瓦尔玛的城门里面。那时候,梅尔克无论说话还是办事都十分乖巧,甚至给了梵拉和埃尔达精灵许多帮助,提出不少有益的建议。因此,过了一段时间,梵拉就允许他在阿曼大地自由行走。在曼维看来,梅尔克似乎已经悔过自新。因为曼维自己生性善良,很难理解别人凶残的本性。他始终认为,在伊路瓦塔的心目中,梅尔克几乎和他完全一样,他没有看清梅尔克心灵深处的丑恶与凶残,也没有认识到爱在他心中早已荡然无存。可是梅尔克没能瞒过乌尔莫的眼睛。图尔加斯看见他的敌人梅尔克从身边走过时,也总是紧握双拳。因为,虽说图尔加斯一般情况下不大容易发怒,可一旦受到伤害,也不会轻易忘记。但是他们都服从曼维,尊重他的判断。在他们看来,要想维护权威,反对背叛,自己就必须首先服从。

梅尔克对埃尔达精灵怀着深深的仇恨。一方面,因为这些精灵漂亮可爱,总是无忧无虑,快快乐乐;另一方面,他把梵拉的兴起、自己的衰败都归咎于埃尔达精灵。于是,他越发装出一副对他们关怀备至、钟爱有加的样子,希望和他们建立友谊。倘若他们有什么大工程要做,他就把自己的知识甚至劳力都贡献出去。万雅精灵一直对他存着一份戒心。他们住在双树之光照耀的地方,生活得心满意足。梅尔克不把特莱瑞精灵放在眼里,觉得他们没有多大用处。他们的工具太简单,无法完成他的设计。诺尔多精灵愿意接受梅尔克教给他们的那些轻易不肯外传的知识。但是，事实上有的精灵听了他的话受害无穷，远不如不听。后来，梅尔克说，费阿诺偷偷跟他学了不少东西，费阿诺所有最了不起的成果，都是他面授机宜的结果。然而，这只不过是由于贪欲和嫉妒作祟，他说的谎话罢了。事实上，没有一个埃尔达精灵比费阿诺——芬维的儿子更恨梅尔克。正是他，最早把梅尔克叫做莫高斯。他尽管落入梅尔克编织的那张反对梵拉的大网，但是从来不和他交谈，也不听他劝告。费阿诺只受自己心中那股火焰的驱使。他总是独来独往，行动也非常敏捷。在阿曼大地，他不寻求任何人——无论大人物还是小老百姓的帮助和忠告。只有他的妻子，智者尼尔达内尔能说动他，但也只是很短一段时间的事情。

第七章　　茜玛丽尔和诺尔多的动荡

　　就在这一段时间，精灵创造了日后广为人知的几样东西。费阿诺现在正处于全盛时期，脑子里充满奇思妙想。他也许预感到灾难将临，便苦思冥想，如何才能使双树之光不灭，使快乐王国光辉永存。他调动了所有知识、力量和技巧，开始了漫长的、秘密的工作，最后，终于制造出茜玛丽尔。

　　茜玛丽尔从外表看是三颗巨大的宝石。但是直到世界末日，直到太阳西下、明月东沉，也没有人知道它到底是用什么做成的。因为费阿诺在太阳出世之前即已湮灭，不再回到同胞中间。他将坐在"等候大厅"，等待世界末日来到的那一天。只有那时，他才能死而复生。茜玛丽尔看起来像金刚石中的水晶一样晶莹剔透，比世界上任何东西都坚硬。在阿尔达王国，没有什么力量能摧毁它。然而，正如伊路瓦塔的孩子们需要一个让灵魂附着的形体，茜玛丽尔也需要一个外形。这个外形就是水晶。它宛如一座包蕴烈火的房屋，火既在房屋之中，又无处不在，火就是它的生命。费阿诺把瓦里诺双树的光融合在一起，制造出茜玛丽尔的"生命之火"。虽然双树早已枯萎，不再发光，茜玛丽尔仍然光彩夺目。即使在伸手不见五指、最深最深的宝库里，那宝石仍然像瓦尔达的星星一样闪闪发光。然而，因为它们的确是有生命的物体，所以非常喜欢置身于光亮之下，吸收光明，再放射出比以前更加绚丽的光彩。

　　看到费阿诺创造的茜玛丽尔，所有居住在阿曼的圣贤与精灵都充满好奇和喜悦。瓦尔达为茜玛丽尔祝圣，从那以后，任何凡夫俗子的肌肤、不干净的手，或者邪恶的东西都不能触摸它们。一旦触摸，就被烧焦，枯萎。曼多斯预言，阿尔达、大地、大海、空气的命运，都包藏在茜玛丽尔之中。费阿诺的心牢牢地系在他亲手制造的这三颗宝石身上。

梅尔克非常想得到茜玛丽尔。只要一想起它那夺目的光彩，他就像热锅上的蚂蚁，坐立不安。从那时候起，他就被欲望之火煎熬着，摧毁费阿诺、结束梵拉和精灵之间友谊的欲望越来越强烈。但是他非常狡猾，一直把这个罪恶计划深藏不露，装出一副泰然自若的样子。他苦心经营了好长时间，起初进展缓慢，成效甚微。但是，种瓜得瓜，种豆得豆，他种下的恶果总有收获的一天。没过多久，他就可以坐收渔人之利——别人替他播种、收割。梅尔克发现，有的耳朵爱听他的谎话，有的嘴巴又爱添枝加叶夸大这些谎话。就这样，谎话在朋友之间相互传播。他们津津乐道，好像谁知道点什么秘密就比别人聪明。在后来的日子里，诺尔多精灵为他们轻信谎言的愚蠢付出了沉重的代价。

看到许多精灵倒向他这边，梅尔克便经常在他们中间走动。他花言巧语，蛊惑人心。许多精灵听了他的话，再回首往事，都认为，他们是因自己的思想而生的果实，并非伊路瓦塔"心之所想"的产物。他还在这些精灵心中描绘出一幅幅诱人的图画，似乎他们本来可以按照自己的意愿，统治一个强大的帝国，可以在东方拥有极大的权力和自由。精灵还暗中谣传，梵拉之所以把埃尔达精灵弄到阿曼是出于嫉妒。他们生怕昆迪的聪明美貌以及伊路瓦塔赋予他们的创造力过度膨胀而无法统治。因为精灵的数量已经急剧增长，遍布世界各地。

除此而外，那时候，尽管梵拉知道人即将出现，精灵却一无所知，因为曼维大帝没有向他们透露这个秘密。梅尔克认为，曼维对此秘而不宣，正可以恶意歪曲，大加利用。于是，他把凡人出世的消息偷偷告诉了精灵。其实，关于所谓凡人的事，他知之甚少。因为伊路瓦塔吟唱第三个旋律时，他正沉醉于自己的音乐，并没有注意伊路瓦塔所表现的主旨。现在他却到处造谣，说什么曼维把精灵当做囚徒，等到凡人诞生之后，就剥夺伊路瓦塔赋予他们的土地财产，让凡人取代他们在中洲王国的地位。因为梵拉知道，那些凡夫俗子寿命不长，势单力薄，容易摆布。这种传闻纯属无稽之谈，梵拉从来不想让人屈服于自己的意志。但是，许多诺尔多精灵都半信半疑，或者信以为真。

就这样，不等梵拉察觉，瓦里诺的和平已经受到威胁。诺尔多精灵开始嘀嘀咕咕，表示对梵拉的不满。许多精灵傲气十足，自以为是，全然忘记梵拉曾经给予他们那么多的帮助和馈赠。费阿诺对自由和更大疆土的渴望越发如熊熊大火燃烧起来。梅尔克高兴得掩嘴窃笑。对于他，这是正中下怀的事情。他最恨费阿诺，对茜玛丽尔更是垂涎已久。但是他无法接近这件宝物。尽管每逢盛大节日，费阿诺都要佩戴这几颗宝石，茜玛丽尔在他的额头上放射着夺目的光彩，平日则锁在蒂伦宝库最深的密室里，而且严加看管，没有人能够靠近。因为费阿诺现在对这三颗宝石的爱几近疯狂。除了父亲和七个儿子，他舍不得拿给任何人看。现在，他已不记得宝石的光辉并非自己的发明。

费阿诺和芬戈尔芬是芬维两个年纪最大的儿子。在阿曼，精灵都称他们为"崇高的王子"。但是现在他们都变得骄傲自大、目空一切，相互嫉妒对方手中的权力和财产。于是，梅尔克又跑到埃尔达玛散布谣言。他对费阿诺说，芬戈尔芬和他的儿子们打算篡夺芬维的领导权，并且在获得梵拉批准之后，取代费阿诺这一支作为长房、嫡亲的地位。他还说，梵拉早就对费阿诺心怀不满，责怪他把茜玛丽尔私藏在蒂伦，没有交给他们保管。他又跑到芬戈尔芬和菲纳芬那儿说："当心点！米瑞尔那个目空一切的儿子从来就没有把伊恩蒂斯的孩子们放在眼里。现在他越发自命不凡，把你们的父亲牢牢控制在手里。用不了多久，就得把你们赶出图纳！"

梅尔克看到他散布的谣言已经起了作用,骄傲情绪和怨恨心理在诺尔多精灵中日渐孳生,便开始谈武器的事情。那时候,诺尔多精灵已经学会了制造宝剑、斧头、长矛。他们还制造盾牌。盾牌上的图案各不相同,象征着各自的家族和世系。除了这些公开亮相的武器,各自都有不为外人所知的秘密武器。因为谁都以为只有他自己受了警告。费阿诺搞了个秘密铁工厂。这个工厂连梅尔克也不知道。他在那儿为自己的儿子们铸造了非常锋利的宝剑,还制造了高高的头盔,上面插着鲜红的羽毛。马赫坦后来非常后悔,不该把从奥力那儿学到的全部知识都传授给尼尔达内尔的丈夫——自己的女婿费阿诺。

梅尔克用谎话、谣言、虚伪的忠告把诺尔多精灵相互之间的敌对情绪越煽越旺,他们的争吵终于宣告了瓦里诺黄金时代的结束,宣告古老的辉煌已是日薄西山。费阿诺公开宣称反叛梵拉。他叫嚷离开瓦里诺,重回混沌初开的世界。如果诺尔多精灵愿意跟他走,他就一定把他们从奴役和束缚中解放出来。

蒂伦城一片混乱,芬维左右为难,手足无措,召来所有大臣,商量如何解决这件事情。芬戈尔芬急匆匆跑到王宫,对芬维说:"父王,您难道就不能制伏我们的哥哥、桀骜不驯的库茹芬维? 大伙儿都管他叫火神,这话不假。可是,他有什么权利代表我们所有的臣民说话? 难道他是王吗? 很久以前,是您,站在昆迪面前,请求他们听从阿曼梵拉的召唤。是您,率领诺尔多精灵,历经千难万险,从中洲大地长途跋涉,来到双树之光照耀的埃尔达玛。父王,如果您现在不为这一壮举后悔的话,至少还有两个儿子坚定不移地站在您的一边,为您增光。"

芬戈尔芬还没有把话讲完,费阿诺就大步流星走进接待室。他全副武装,头上戴着高高的头盔,腰间挎着宝剑。"我猜得没错,"他说,"我的同父异母兄弟总是捷足先登,来到父王面前,搬弄是非。在这件事情和别的事情上都一样。"他边说边转过脸,直盯

68

盯地看着芬戈尔芬,怒吼道:"滚! 老老实实在你该呆的地方
呆着!"

芬戈尔芬向芬维鞠了一躬,一句话也没说,连正眼也没看费阿
诺一眼,走出接待室。费阿诺跟在后面,在王宫门口挡住芬戈尔芬
的去路,举起寒光闪闪的宝剑对准弟弟的胸膛。"听着,好兄弟!"
他说,"这玩意儿可比你的舌头更锋利! 你如果再敢打我的主意,
再敢在父王面前说我的坏话,它可不答应了。到那时候,诺尔多精
灵就会少了一位想奴役他们的主子。"

许多精灵都听到了这番话,因为芬维的王宫在明多恩塔楼下
面的大广场上。芬戈尔芬没有答话,默默地从精灵群中间走过,找
他的弟弟菲纳芬去了。

现在,诺尔多的动荡不安对梵拉来说,已经不再是秘密。但
是,那种子是在黑暗之中播撒的,梵拉还没有清楚地意识到问题的
严重性。自从费阿诺第一次对他们公开抨击,梵拉判断,他不过是
煽动大家的不满情绪罢了。虽然所有诺尔多精灵都变得骄傲自
大,但他是最狂妄、最自命不凡的一个。曼维心里很难过,他静观
其变,什么话也没有说。当初,梵拉召埃尔达精灵到阿曼的原则是
来去自由。现在,尽管认为他们要走的想法十分愚蠢,但也不能强
留。可是有一点很重要,那就是,对费阿诺的言行不能轻易放过。
梵拉不但十分生气,而且非常失望。他们把费阿诺传唤到瓦尔玛
城门前,要他对自己说过的话、做过的事做出解释。同时被传唤的
还有这桩事情的所有参与者和知情者。费阿诺面对曼多斯站在圆
形议事台前,回答大家提出的每一个问题。经过一番问答,事情终
于水落石出,梅尔克的罪恶阴谋暴露在光天化日之下。图尔加斯
立刻离开议事台,去找梅尔克,想把他抓起来,带回议事台来审判。
但是,费阿诺并非无罪。因为他破坏了瓦里诺的和平与安宁,并且
对自己的同胞兄弟拔刀相向。曼多斯对他说:"你大谈什么奴役和
束缚。如果真有所谓奴役和束缚,你就永远逃不脱我们的手心。

因为曼维不只是阿曼的王,他是整个阿尔达的王。你的言行不管在不在阿曼都是非法的。因此,现在我们对你做出判决:离开此地,十二年之内,不能回蒂伦。这期间好好反思一下自己的行为。十二年后,这件事情就算了结,如果大家都愿意豁免你,也可以重新恢复你的名誉。"

芬戈尔芬说:"我愿意豁免哥哥。"费阿诺站在梵拉面前,什么话也没说。过了一会儿,转身离开议事台,离开瓦尔玛城。

和他一起被放逐的还有他的七个儿子。他们在瓦里诺北部的崇山峻岭造了一座非常结实的宝库。这就是方梅诺斯——北部要塞。他们把许多宝石和武器都藏在这里。茜玛丽尔更是被藏在一间铁铸的密室。精灵王芬维因为非常爱自己的儿子费阿诺,也和他一起来到这座深山。芬戈尔芬留在蒂伦统治诺尔多精灵。就这样,梅尔克的阴谋至少表面上看已经得逞,尽管费阿诺落得这样一个下场是咎由自取。梅尔克播下的仇恨的种子将长久地埋在芬戈尔芬和费阿诺的儿子之间。

梅尔克知道阴谋败露,像山里的云,从一个地方逃到另外一个地方。图尔加斯到处寻找也没有找到。在瓦里诺,大家发现双树之光越来越暗淡,所有物体投下的影子都变得越来越长,越来越黑。

有一阵子,梅尔克在瓦里诺消失得无影无踪,也没有关于他的任何传闻。后来,有一天,他突然来到北部要塞方梅诺斯,站在门前和费阿诺攀谈起来。他花言巧语,装出一副十分友好的样子,催促他按照先前的计划,赶快从梵拉的控制下逃走。他说:"我对你说的话没错吧。他们把你从蒂伦驱逐出去,实在太不公平了。如果你还像先前那样勇敢,那样充满自由精神,我就一定帮助你,帮助你远远地离开这狭窄的土地。难道我自己不是梵拉吗?当然是。我比瓦尔玛那些高高在上的家伙强百倍。而且,我一直是阿尔达最聪明、最勇敢的诺尔多精灵的朋友。"

费阿诺在曼多斯面前受到的屈辱至今未忘。他默默地望着梅尔克，暗自思忖，这位口口声声称自己为朋友的梵拉，是不是真能帮他逃走？梅尔克看出费阿诺已经开始动摇，而且明白，他心里还惦记着茜玛丽尔，便说："你的要塞虽然十分坚固，而且防守严密，但是，不要以为在梵拉的王国会有哪座宝库万无一失，会有什么密室藏得住你的茜玛丽尔。"

梅尔克聪明反被聪明误，他的话一下子引起费阿诺的警惕。他火眼金睛，犀利的目光犹如两把利剑穿透包裹梅尔克险恶用心的层层画皮，看出他对茜玛丽尔垂涎欲滴。仇恨淹没了恐惧，费阿诺责骂梅尔克，让他滚蛋。他说："从我的门前滚开，你这个曼多斯的囚犯！"话音刚落便砰的一声，把埃阿大地这位最强悍的居民关在门外。

梅尔克恼羞成怒，但是他心里清楚，眼下自身难保，不是报仇的时候，只得强压怒火，把这笔账记在心里。芬维非常害怕，连忙派手下的精灵到瓦尔玛城给曼维送信。

梵拉正坐在门前的议事台，忧心忡忡地商讨影子变长的事，方梅诺斯的信使急匆匆赶来，通报了梅尔克突然出现的情况。奥罗米和图尔加斯腾地跳起来，要去追赶梅尔克。就在这时，埃尔达玛的信使也跑来报告说，梅尔克已经逃出佩洛山山口卡拉凯尔雅。精灵们还看见，他像一团乌云，怒气冲冲飞过图纳山，从图纳山又向北飞去。阿尔夸棱德的特莱瑞精灵看见他的影子掠过港湾，向阿拉曼飞去。

就这样，梅尔克离开了瓦里诺。有一阵子，双树又光芒四射，瓦里诺一片光明。但是，梵拉虽然一直在寻找他们的敌人梅尔克，却一无所获。与此同时，遥远的天际，一团乌云越升越高，一股寒风缓慢却无可阻挡地席卷而来。阿曼所有居民的快乐都蒙上一层阴影，不知道什么样的灾难将降临到他们头上。

71

第八章　　瓦里诺陷入黑暗

　　曼维听到梅尔克逃跑的路线之后，清楚地意识到，他是想逃回中洲北面的老窝。奥罗米和图尔加斯向北全速奔跑，想追上他。可是一过特莱瑞精灵居住的海岸，就没有发现梅尔克的任何踪迹，也没有听到关于他的任何传闻。那里是无人居住的荒原，与茫茫无际的冰峰雪原相连。从那以后，阿曼北部的屏障加强了戒备。可是，这一切毫无用处。因为在奥罗米和图尔加斯追踪之前，梅尔克就已经返回来，秘密潜往南方。我们不该忘记，他也是个梵拉，和他的弟兄们一样，可以变化自己的外形，或者不穿衣服行走，尽管用不了多久，他的这种能力将永远丧失。

　　就这样，神不知鬼不觉，他来到阿瓦沙未见天日的黑暗之地。阿瓦沙是一块狭窄的陆地，在埃尔达玛湾南边、佩洛瑞山东面的山脚之下。它那长长的、阴沉凄凉的海岸一直向南延伸，没有亮光，未曾开发。连绵逶迤的山岭在冰冷的、黑沉沉的海面上投下世界上最浓重的暗影。在阿瓦沙，隐居着一个不为人知的妖怪，她的名字叫乌戈利安特。埃尔达精灵不知道她从哪里来。有的精灵说，很久很久以前，她从笼罩阿尔达的黑暗中降生于世。那时候，梅尔克正满怀嫉妒，窥视曼维王国。乌戈利安特是最早被梅尔克拉拢腐蚀，并且为他服务的妖怪之一。可是后来，在贪欲的作怪之下，她一心占山为王，想把世上的一切都据为己有，便脱离了她的主子。她逃脱梵拉和奥罗米带领的猎手的攻击，向南奔逃。因为梵拉警惕的目光总是注视着北方，对南方很少注意。后来，她又向快乐王国的双树之光爬去。因为她既憎恨又渴望得到光明。

她化做一只巨大的蜘蛛，住在峡谷里，在陡峭的山崖上编织黑色的大网，把能够找到的每一点亮光都吸吮到自己的肚子里，变成绞杀万物的蛛丝，直到再也没有一丝亮光照进她的住地。她在那里忍饥挨饿。

梅尔克来到阿瓦沙之后，首先找到她。他又变成乌图木诺的暴君：个子很高，非常可怕。从那以后，他一直就是这副凶残的样子。梅尔克和乌戈利安特躲在黑暗之中，开始密谋如何报仇。曼维大帝虽然稳坐万山之巅，可以高瞻远瞩，对此却浑然不知。乌戈利安特明白梅尔克的意图之后，十分犹豫。一方面，她利欲熏心，想贪天下之财为己有；另一方面，她又非常害怕，不敢面对进攻阿曼的危险和那些君主可怕的力量，不愿意离开这个藏身之地。梅尔克说："按我的吩咐去办。如果干成这件大事之后，你的欲望还没有满足，我会给你想要的任何东西！是的，我举双手对天发誓。"像往常一样，他总是这样赌咒发誓，心里却暗暗发笑。江洋大盗总是对小毛贼抛出这样的诱饵。

梅尔克和乌戈利安特出发时，乌戈利安特用黑色斗篷把他们包裹起来。这个斗篷叫"无光之篷"，在它的遮掩之下什么也看不见，无论多么犀利的目光也无法穿透它，因为它实际上是一片虚无。她开始慢慢地织网，从一座峭壁到另外一座峭壁，从一座山崖到另外一座山崖，一直顺着蛛丝向上攀援，攀援，直到终于爬上赫雅蒙蒂尔峰顶。赫雅蒙蒂尔峰是这一地区最高的山峰。在塔尼奎提尔——白峰以南很远的地方。梵拉在这儿没有任何警戒。因为佩洛瑞西边是星光照耀的空旷之地，东边是连绵逶迤的山岭——除了被人遗忘的阿瓦沙——和茫茫大海遥遥相对。

现在，乌戈利安特爬上山顶，用蛛丝拧成绳子做了一个绳梯，扔下去。梅尔克顺着梯子爬上山崖，站在乌戈利安特身边，俯瞰脚下严密防守的王国。山下是奥罗米的森林和雅万娜向西延伸的农田和牧场。长得很高的小麦下面是黄金。梅尔克向北张望,一望无际的平原上,瓦尔玛鳞次栉比的圆屋顶在特尔佩里翁和劳瑞林的交相辉映下闪着银光。梅尔克哈哈大笑,沿着西面一溜山坡飞奔而下。乌戈利安特跟在他身边,用那张黑色的大网掩护他。

梅尔克很清楚,现在正是梵拉的节日。所有季节都依梵拉的意志而变化,瓦里诺没有满目萧瑟的冬季。他们住在阿尔达,在埃阿创造的大千世界,这不过是一个小小的王国。埃阿的生命就是"时间"——永无休止的岁月,从伊路瓦塔哼唱的第一个音符到最后一个音节。那时候,梵拉按照伊路瓦塔的孩子们的服饰装扮自己,感到非常快乐。他们还像那些孩子那样吃东西喝水,采集雅万娜在大地之上创造的各种水果。这大地是按照伊路瓦塔的旨意创造的。

雅万娜确定瓦里诺生长的所有植物开花和成熟的时间。每逢第一次采摘果实,曼维就举行盛大的宴会,赞美伊路瓦塔的丰功伟绩。瓦里诺所有臣民都欢聚在塔尼奎提尔——白峰,引吭高歌,鼓乐相伴,表示他们的喜悦。现在,正是他们欢宴的时刻。曼维举行的这次宴会比埃尔达精灵来阿曼以来参加的所有宴会都要盛大。尽管梅尔克逃走是个不祥之兆。在他束手就擒之前,谁也说不上他还会给阿尔达带来多大的危害。眼下,曼维还是希望能够通过自己的努力化解诺尔多精灵之间的不和。他要所有精灵都来塔尼奎提尔他的宫殿,希望大家能捐弃前嫌,把敌人制造的谎言丢到九霄云外。

万雅精灵来了,蒂伦的诺尔多精灵来了,迈阿尔也都来了。梵拉打扮得既漂亮又不失尊严。他们在金碧辉煌的殿堂为曼维和瓦尔达歌唱,或者在碧绿的山坡上跳舞。山坡与西面的双树遥遥相对。那天,瓦尔玛的大街上空无一人,通往蒂伦的台阶悄然无声,整个大地都在和平与宁静中安睡,只有大山那边的特莱瑞精灵还在海岸歌唱。因为他们对季节和时间没有什么概念,对阿尔达统治者的一片苦心和已经降临瓦里诺的阴影也浑然不觉。当然,那阴影此刻尚未触及他们。

只有一件事让曼维不悦,费阿诺倒是来了——曼维钦点他必须到会——可是芬维没有来。方梅诺斯别的诺尔多精灵也没来。芬维说:"我的儿子费阿诺至今还在被放逐,不能回蒂伦。那就意味着,我这个王有名无实,所以我无颜去见我的子民。"费阿诺虽然迫不得已来参加宴会,但并没有穿节日盛装,既没披金又没戴银,更没有用宝石装饰自己。他不肯拿茜玛丽尔给梵拉和埃尔达精灵看,而是锁在方梅诺斯要塞铁铸的密室里。但是他在曼维大帝的宝座前见到芬戈尔芬,而且在口头上达成和解。芬戈尔芬对哥哥曾经拔刀相向毫不计较,伸出双手说道:"我许下的诺言必定履行。我要豁免你,绝不计较往日的恩怨。"

费阿诺默默地握住他的双手。芬戈尔芬说:"我们在血缘上虽然是同父异母的兄弟,但是在心底,我就是你一母所生的亲兄弟。你带领我们前进,我步步紧跟,绝不会再有任何新的怨恨把我们分开。"

"你的话我都听到了,"费阿诺说,"但愿如此。"此刻,兄弟俩都没有意识到,他们的约定将产生多么深远的影响。

据说,就在费阿诺和芬戈尔芬站在曼维大帝面前握手言和、双树发出的光交相辉映、万籁俱寂的瓦尔玛城流光溢彩的时候,梅尔克和乌戈利安特宛如乌云投下的阴影在寒风的吹动下掠过阳光明媚的大地,来到伊泽洛哈前。乌戈利安特用她的无光之篷把两棵树从头到脚严严实实包裹起来。梅尔克跃上山顶,举起黑色长矛向树心刺去。双树的伤口很深,树液像鲜血流出来,洒在地上。乌戈利安特把洒在地上的树液舔得干干净净,又张开黑色的嘴巴,轮番吸吮两棵树的伤口,直到把树液吸干,把死亡之液注入双树的肌体。树根、树枝、树叶渐次枯萎,终于死亡。她还觉得口渴,跑到"瓦尔达之井"把水吸干。乌戈利安特一边喝,一边喷吐出黑色的水汽。她膨胀得非常大，样子也特别可怕，连梅尔克看了都感到害怕。

浓重的黑暗又降临瓦里诺。这天发生的事情在阿尔杜代尼——《两棵树的挽歌》中多有记载。这首挽歌是一位名叫埃莱米瑞的金发精灵所作，所有埃尔达精灵都知道。但是没有一首歌或者一个故事，能够尽诉突然降临的黑暗给大家带来的悲伤和恐惧。光明消失了，随之而来的黑暗更加可怕。那时候，黑暗无孔不入，无处不在。那黑暗确实是由对光明的仇恨而生。它具有穿透眼睛、进入心灵和思想的力量，并且最终扼杀你的意志。

瓦尔达站在塔尼奎提尔上极目远眺，那阴影突然化做一座座高高耸立的塔楼。瓦尔玛沉没在夜的大海之中，很快只剩下圣山孤零零地耸立着，成为被黑暗淹没的世界最后一座岛屿。所有的歌都停止了，瓦里诺死一样寂静，没有一点声音，只有寒风从远方的山口送来特莱瑞精灵的哭声，犹如海鸥在严寒之中凄婉的鸣叫。一股寒流正从东方席卷而来，惊涛拍岸，送来水鸟声声哀鸣。

曼维坐在宝座上眺望着，只有他的眼睛才能穿透无边的黑暗。他看见，黑暗之中，有一团更黑的东西向北飞快地滚动。那东西很大，离他很远很远。曼维大帝一望便知那是梅尔克。他来过这里，现在又逃走了。

追逐开始了。奥罗米的马群勇敢驰骋，马蹄声声，地动山摇。纳哈的银蹄溅起的火花是重回瓦里诺的第一缕光明。但是，他们很快就陷入乌戈利安特布下的黑网之中。梵拉的骑手什么也看不见，一个个惊慌失措，在黑暗中走散，不知到了什么地方。奥罗米吹响号角梵拉罗马，但是那呜呜咽咽的喇叭声很快就被黑暗吞没了。图尔加斯宛若半夜三更落入一张黑网，站在那儿手足无措，只能朝深不可测的黑暗乱打。等那团漆黑的东西过去，一切为时已晚。梅尔克已经去了他想去的地方，终于为自己复了仇。

第九章　　诺尔多大逃亡

过了一阵子,梵拉和一大群精灵都聚集在圆形议事台。已是深夜,不过,天空晴朗,梵拉坐在一片阴影之下,瓦尔达的星星在头顶闪烁。因为曼维的风已经把那死亡之气扫荡干净,波涛汹涌的大海裹挟着层层暗影扑岸而来。雅万娜站起身走上伊泽洛哈——绿山。现在,绿山已经芳草全无,一片焦土。她伸出手抚摩那两棵树。树已经枯死,黑糊糊地挺立在那儿。树枝一碰就断,跌落下来,落在她的脚边。四周响起一片哀悼之声。对那些悲痛欲绝的人们来说,似乎已经喝干了梅尔克斟给他们的苦酒。其实,事情远没有这么简单。

雅万娜对梵拉说:"双树之光已经熄灭了,只有费阿诺的茜玛丽尔还保留着它的光彩。他真有远见!即使伊路瓦塔创造的最伟大的神灵,也只能让他们的杰作在世界上存在一次。是的,只有一次。我使双树诞生,在埃阿也不可能再有第二次了。但是,在树根腐烂之前,如果能有一点点双树之光,就可以使它死而复生。那时候,我们的损失就能得到弥补,梅尔克的阴谋就不会得逞。"

曼维说:"你听见雅万娜说的话了吗?芬维之子费阿诺。你能把她需要的东西给她吗?"

长久的沉默,费阿诺一句话也没说。图尔加斯叫喊起来:"说呀,你这个诺尔多精灵!给还是不给?话说回来,谁敢对雅万娜说不?再说,你那茜玛丽尔的光彩还不是从她的双树弄来的?"

奥力说:"不要着急!这件事非同小可,让他冷静下来想一想

77

再回答我们。"

费阿诺痛苦地说:"非同小可也好,不非同小可也罢,有些事情我们一生只能做一次。那是我们心之所系,希望之所在。或许我可以打开宝石取出光明,但是永远不会创造出完全相同的茜玛丽尔。要想打开它们,除非先杀了我,先打开我的心脏!在阿曼所有埃尔达精灵里,我将第一个赴死!"

"你不是第一个。"曼多斯说。大家都不明白这话的意思。谁也不吱声,圆形议事台又陷入一片寂静。费阿诺站在黑暗中沉思默想,觉得自己被敌人紧紧包围着。梅尔克的话又在耳边响起。他说过,茜玛丽尔一旦落入梵拉之手,就完蛋了。"梅尔克不也是一个梵拉吗?"他心里想。"他能不明白他们的心思?没错儿,一个贼能暴露出一群贼!"想到这儿,他大声喊叫起来:"我绝对不会心甘情愿去做这件事情。如果梵拉一定强迫我,请先告诉世人,梅尔克是不是你们的同类?"

曼多斯说:"你说的没错。"这时,妮恩娜站起来,走上绿山,摘掉头上的灰帽兜,用眼泪洗掉乌戈利安特在双树身上留下的污秽之物,用凄婉的歌声诉说世事的艰辛和阿尔达的劫难。

就在妮恩娜放声悲啼的时候,从方梅诺斯要塞来了几个信使。信使是诺尔多精灵,带来的都是坏消息。他们说,从北面来了一团漆黑的东西,宛如巨大的斗篷。黑斗篷中间有一个神秘的、无人知晓的妖怪,不断喷吐出浓黑的烟雾。更要命的是,梅尔克和那个妖怪在一起。他来到费阿诺府邸。因为在面对那团漆黑的东西时,只有诺尔多精灵王芬维没有逃跑,所以他们在家门口杀了芬维。快乐王国第一次洒下精灵的鲜血。他们还说,梅尔克攻破方梅诺斯要塞,抢走宝库里所有的珍宝,茜玛丽尔也没了踪影。

费阿诺气得暴跳如雷,在曼维面前举起一只手,怒斥梅尔克,骂他是莫高斯——黑色妖魔,世界之敌。从那以后,精灵都管梅尔克叫莫高斯。他还指责曼维不该在这样一个时刻,把他召到白峰。

如果他在方梅诺斯要塞,梅尔克的阴谋一定不会得逞,父亲也不会命归黄泉。费阿诺说完这番话就离开圆形议事台,向茫茫夜色奔去。因为父亲对于他,比"瓦里诺之光",比他创造的举世无双的茜玛丽尔都要宝贵。在精灵或者凡人之中,谁的儿子能比费阿诺对父亲的感情更深呢?

大家都为费阿诺的痛苦而难过。而且,他的损失并不仅仅属于他自己。雅万娜失声痛哭,担心黑暗永远吞没瓦里诺之光的最后一丝亮光。梵拉虽然还没有完全弄明白到底出了什么事情,但心里清楚,梅尔克一定得到来自阿尔达之外的某种神秘力量的帮助。茜玛丽尔已经不见踪影。现在费阿诺是否同意把它交给雅万娜,都已经没有意义。然而,如果他在方梅诺斯的噩耗传来之前,就表示同意,事情可能就是另外一个样子了。现在,厄运已经向诺尔多精灵逼近。

与此同时,莫高斯,也就是梅尔克,逃脱梵拉的追赶,来到阿拉曼荒原。这块土地在佩洛瑞山和大海之间。与南面的阿瓦沙遥遥相对。不过阿拉曼更加辽阔。海岸和大山之间是寸草不生的平原。因为离冰雪之地更近,天气十分寒冷。莫高斯和乌戈利安特匆匆忙忙穿过这块荒原,穿过大雾弥漫的欧埃欧姆瑞,来到海尔卡拉克塞海峡。这条位于阿拉曼和中洲大地之间的海峡结满吱嘎作响的冰。跨过海峡,莫高斯终于回到中洲。他们俩继续前进,因为莫高斯无法摆脱乌戈利安特。她仍然用黑色的烟雾包裹着他,而且一双眼睛紧盯着他不放。后来,他们来到德瑞恩吉斯特河口北面的土地。现在,安戈班恩德——铁牢的废墟近在咫尺。那曾经是莫高斯的西部大要塞。乌戈利安特看穿了他的用心,知道他想在这儿甩掉她。于是,她挡住他的去路,要他兑现许下的诺言。

"黑心鬼!"她说,"我已经按照你的要求做了我应该做的事情。可你还没有满足我的要求。"

"你还想要什么?"莫高斯说,"难道想把整个世界都吞到你的肚子里头吗？我可没答应要把世界给你。我是这个世界的主人。"

"我不要那么多，"乌戈利安特说，"你把从方梅诺斯抢来的财宝都给我就行了。对，把两只手里的东西都给我。"

莫高斯没有别的办法，极不情愿地把攥在手里的宝石一块一块交给乌戈利安特。乌戈利安特把宝石吞到肚子里，灿烂的光华骤然间从这个世界消失。乌戈利安特的贪欲并没有因此而得到满足，相反她愈发饥饿难忍。"你只是把一只手里的东西给了我，"她说，"左手。现在，打开你的右手。"

莫高斯的右手紧紧攥着茜玛丽尔。虽然这几颗宝石锁在水晶盒子里，但是它们散发出的热量不停地烤灼着那只手。他忍着痛，紧紧攥着，不肯打开。"不！"他说，"你得到的东西已经够多的了，你借助我的力量，完成了任务。现在，我不再需要你了。这只手里的东西不能给你。连看一眼都不能！它永远属于我。"

可是乌戈利安特已经变得十分强大，莫高斯因为一直东奔西跑力量大不如前。她飞身跃起，轻扬双臂，一团黑色的云雾把梅尔克紧紧包裹起来。那是一张如同用黏胶带编织的大网。大网越收越紧，勒得他喘不过气来。莫高斯发出一声可怕的叫喊。那喊声在山谷间回荡。从那以后，这个地区就被叫做拉姆莫斯——"巨大的回声"。那声音一直没有消失。倘若有人大喊一声，那回声就被惊醒，痛苦的叫喊回荡在连绵逶迤的山岭和波涛汹涌的大海之间那一片不毛之地。莫高斯的叫喊声是那时北部世界大家听到的、最可怕的声音。高山摇晃，大地颤抖，岩石崩裂。莫高斯可怕的叫喊声在早已被人们遗忘的地方，也可以听到。安戈班恩德已成废墟的厅堂下面有一座地窖。上次梵拉攻打梅尔克的时候，匆忙中没有发现这个秘密之地。巴尔洛格一直藏在这儿，等待主子回来。现在，它听到莫高斯的叫喊，立刻站起身来，犹如一团燃烧的火焰，穿过"云雾之地"海斯鲁姆，来到拉姆莫斯，用火的长鞭摧毁了乌戈利安特的黑网。乌戈利安特尖叫着，转身就跑，喷吐出黑色的烟雾做掩护。她一直从北方逃到贝勒里安德,在埃雷德·高格罗斯安顿下来。那儿有一条漆黑的峡谷,后来被叫做南·杜恩戈赛布——"死亡之谷",因为乌戈利安特制造的种种恐怖而得此名。自从安戈班恩德变成一片废墟之后,各种形状可怕的蜘蛛一直住在这里。乌戈利安特和它们交配,又把它们吃掉。后来她离开这条峡谷,跑到早已被人们遗忘的南方。她的后代一直住在"死亡之谷",编织可怕的蜘蛛网。关于乌戈利安特的命运,没有什么记载。有人说,她早就死了。饿极了的时候,她终于吞食了自己。

雅万娜还在担心茜玛丽尔被莫高斯一口吞掉,永远消失。实际上,这三颗稀世之宝还在他的手里。他把能够找到的仆人都集中起来,带到安戈班恩德,重新修建密室和地牢。他在要塞上面堆起一座大山——塞戈罗德利姆,也叫"暴虐之山"。一大团黑色的烟雾一直在山顶缭绕盘桓。他豢养的妖魔鬼怪、凶残的野兽多得不计其数。很久以前就开始培育的奥克在地下大量繁殖。黑暗笼罩着贝勒里安德。在安戈班恩德,莫高斯给自己铸造了一顶很大的铁王冠,自称"世界之王"。作为帝王的象征,他把茜玛丽尔镶在王冠之上。他的手因为触摸了祝过圣的宝石而被灼成黑色,后来也一直是那样一副黑爪子。而且烧伤的疼痛和疼痛引起的烦恼一直缠绕着他。他从来不肯摘掉王冠,尽管那玩意儿太重,压在头上很不舒服。他只有一次秘密离开北方领地,而且时间很短。他极少离开深藏地下的要塞,只有指挥大军的时候,才登上北面的宝座。在他的王国存在于世的时候,他只亲手使用过一次武器。

现在,与从前乌图木诺时代相比,他似乎少了几分骄傲,多了几分谦和,更多的是满腔仇恨。他要统治奴仆臣民,用邪恶的欲望鼓舞士气。因为费心劳神,常觉精力不济,但是梵拉的威严一直长久地保持着。尽管那威严已经变成震慑人心的恐怖。在他面前,除了最伟大的神灵,谁都会吓得要命。

81

　　知道莫高斯已经逃离瓦里诺，奥罗米和图尔加斯一路追赶、徒劳无益之后，梵拉还摸黑坐在圆形议事台上。迈阿尔和万雅精灵站在旁边轻声啜泣。大多数诺尔多精灵已经回到蒂伦，为他们那座美丽的城池陷入一片黑暗而悲伤不已。从大海吹来的浓雾，飘过卡拉凯尔雅——"光之山崖"，把一座座塔楼笼罩在灰蒙蒙的幔帐之中。明多恩大塔楼上的灯在一片昏暗中放射出枯黄的光。

　　费阿诺突然出现在蒂伦，传令所有诺尔多精灵都到图纳山顶的王宫集合。他被放逐的命令还没有取消，因此擅自回到蒂伦就是对梵拉的反叛。许许多多的精灵很快便应召而来，听他发表什么高论。图纳山和通往山顶的所有台阶和道路都挤满手执火把的精灵。费阿诺长于辞令，讲出来的话极富煽动人心的力量。这天夜里他更是唇枪舌剑、口若悬河，发表的演说让所有精灵永远难忘。他言辞激烈，充满愤怒和骄傲。诺尔多精灵听了激动得几近疯狂。他的愤怒和仇恨主要针对莫高斯，但是他说的许多话几乎都源于莫高斯散布的谣言。父亲被杀，茜玛丽尔被抢，都令他心如刀绞，痛不欲生。他蔑视梵拉的法令。鉴于芬维王已死，便要求登基继位，统治所有诺尔多精灵。

　　"诺尔多的臣民，"他大声叫喊着，"我们为什么要继续效忠嫉妒成性的梵拉？他们连自己王国的安全都保护不了，何谈保护我们？虽然现在莫高斯与他们为敌，可他们难道不是同宗同族的手足？我要报仇雪恨。然而，即使不报仇雪恨，也不会与杀害父亲的凶手、抢我珍宝的盗贼的兄弟们为伍。我并非我们这个英勇民族惟一的勇士。你们个个都是勇敢无畏的精灵。现在，先王已去，国难当头，困在高山与大海之间这样一个弹丸之地，你们还有什么不曾失去？还有什么不可以失去？

　　"这里曾经一片光明，梵拉却舍不得让它照耀中洲大地。现在黑暗笼罩了整个世界，光明成了泡影。难道我们要永远呆在这儿唉声叹气，坐以待毙，犹如形单影只的孤魂野鬼，头顶漫天大雾，面对无情大海,空洒辛酸的泪水?同胞们!我们为什么不重返故乡?在奎维内恩,晴朗的星空下,溪水淙淙,绿草如茵,精灵自由自在地漫步在辽阔的田野。由于我们的愚蠢,抛弃了这些至爱亲朋。现在,他们还在那里等待我们重归故里。走吧!跟我前进!让胆小鬼守在这座空城!"

他说了好多话,极力号召诺尔多精灵跟随他,凭自己的智慧和勇气赢得自由,在东方建立一个伟大的帝国。他还特别强调不能迟疑,以免延误,因为他听信了梅尔克的谎话。梅尔克造谣说,梵拉哄骗诺尔多精灵,把他们扣留在瓦里诺,好让人统治中洲。许多精灵第一次听说所谓"后来者"——人。"我们的未来将是一片光明,"他叫喊着,"尽管漫漫征途充满艰险。但是,我们必胜无疑!与束缚我们的枷锁告别吧!和悠闲安逸告别吧!和软弱无能告别吧!和你们手中的财宝告别吧!我们将创造更多的财富,现在必须轻装前进!但是,带上你们的宝剑。因为我们要走的路比奥罗米走过的路更远;我们要忍受的艰难比图尔加斯经历的艰辛更多。我们一定追寻到底,绝不半途而废。就是追到天边,也要生擒活捉莫高斯!战争不可避免,仇恨不会消失。但是,等我们征服了敌人,就会夺回茜玛丽尔。那时候,只有我们,才是不被玷污的光明的主人,才是美丽、幸福的阿尔达的君王。没有任何一个种族能够战胜我们!"

费阿诺发了毒誓。七个儿子都围拢到他的身旁和他一起立下同样的誓言。火把照耀之下,宝剑闪耀着鲜血一样的红光。他们以伊路瓦塔的名义发誓,谁也不能违背自己的誓言,如有违反,就让黑暗永远降临在他的头上。他们让曼维、瓦尔达和圣山塔尼奎提尔作证,无论梵拉,魔鬼,精灵,尚未出世的人,乃至任何生物——伟大的还是渺小的,善良的还是邪恶的——只要将茜玛丽尔据为己有,就是他们不共戴天的敌人!诺尔多精灵就满怀仇恨,战斗到底,不夺回来,誓不罢休。

迈斯罗斯，玛戈勒，凯莱戈姆，库茹芬，卡兰塞尔，阿姆罗德和阿姆拉斯——诺尔多的七位王子都立下了同样的誓言。许多精灵听了都吓得要命。因为立下这样的毒誓——不管是好是坏——都不能违背。无论遵守誓言的人还是违背誓言的人，都将在血与火中煎熬，直到世界末日。芬戈尔芬和他的儿子图尔冈反对费阿诺的做法，而且言辞十分激烈。一言不合，怒火中烧，兄弟间，差点儿又拔刀相向。菲纳芬像平常一样，轻言慢语，态度温和。他努力使诺尔多精灵安静下来，劝他们三思而后行。菲纳芬的几个儿子里，只有奥罗德瑞斯像他那样谨言慎行。芬罗德和图尔冈站在一起。他们俩是朋友。盖拉德丽尔是这天激烈争吵的王室成员中惟一一位勇敢刚毅、气宇轩昂的女精灵。她也迫不及待地想打回老家。她虽然没有发誓，但是费阿诺关于中洲的议论也打动了她的心。她想再看看那辽阔的、没有防卫的土地，随心所欲地统治一个王国。和盖拉德丽尔想法相同的还有芬戈恩——芬戈尔芬的大儿子。费阿诺的话也打动了他的心，尽管平常他对费阿诺并无好感。像平常一样，遇事总和芬戈恩站在一起的还有安戈罗德和埃格诺。他们都是菲纳芬的儿子。这几位王子比较谦和，没有公开和父亲唱对台戏。

经过很长时间的争论，费阿诺终于占了上风。他用新鲜的事物、奇异的国度和美好的未来点燃了大多数诺尔多精灵的欲望之火。因此，菲纳芬再劝大家三思而后行的时候，精灵们都叫喊起来：“不！快走吧！”费阿诺和他的儿子们立刻开始准备远征。

那些胆敢踏上漫漫征途的精灵全然没有预料到路上的风险。一切都在匆忙之中进行。费阿诺生怕夜长梦多，别人的意见占了上风，精灵受影响变卦，极力催促大家赶快出发。除此而外，虽然说了那么多不知天高地厚的话，实际上他并没有忘记梵拉的权威。从瓦尔玛没有传来任何消息。曼维大帝保持沉默，他不想禁止或者妨碍费阿诺达到自己的目的。梵拉心里十分委屈。费阿诺居然攻击他们对埃尔达精灵心怀叵测,说他们为了一己私利,扣押了诺尔多精灵。现在他们静观其变,不相信费阿诺能把自己的意志强加到诺尔多精灵的头上,把他们牢牢控制在自己的手里。

梵拉的预料很有道理。费阿诺指挥诺尔多精灵出发的时候,纷争又起。他虽然能说服大家离开瓦里诺,但是无法将诺尔多精灵的意志统一起来,立他为王。精灵更喜欢芬戈尔芬和他的儿子们。如果他愿意跟他们一起走,他的家人和绝大多数蒂伦的居民们都想立他为王。就这样,诺尔多精灵踏上这条充满艰难困苦的漫漫长路时,分裂成两派。费阿诺和他的追随者打前锋,大多数精灵跟随芬戈尔芬,走在后面。其实芬戈尔芬上路,完全是出于无奈。因为大儿子芬戈恩一直怂恿他,而他又舍不得和执意要走的子民们分开,更不想就这样把他们交给生性鲁莽的费阿诺。他也没有忘记自己在曼维大帝面前说过的话。出于同样的原因,菲纳芬跟着芬戈尔芬上了路。不过,他最舍不得离开瓦里诺。瓦里诺所有的精灵里——现在已经为数甚多——只有很少一部分拒绝上路。有的因为热爱梵拉(主要是热爱奥力),有的因为热爱蒂伦和他们创造的那些美好事物,没有一个是因为害怕路上的艰险。

军号吹响,费阿诺带领他的人马浩浩荡荡走出蒂伦城的城门。就在这时,信使一路风尘,赶到队伍前头,传达曼维大帝的旨意:"我的忠告是,不要跟费阿诺去做蠢事。不要前进,就此停步!天时险恶,你们将遇到不曾预料的艰难。那时候,梵拉爱莫能助。但是我不会阻止你们。有一点,你们应该知道:诺阐多精灵来去自由,我们绝无扣留之意。可是你,芬维之子费阿诺,不属此列。你妄用神名,已是被放逐之人。你将在痛苦之中忘却梅尔克的谎言。你说过,他也是一位梵拉。倘若那样,你的誓言毫无用处。因为在埃阿的厅堂之内,你现在不会,以后也不会战胜任何一位梵拉。尽管你认为伊路瓦塔把你创造成一个比现在的你强大三倍的精灵之王。"

费阿诺听了仰面大笑。他没有对信使说什么,而是对诺尔多精灵说:"好呀!那么,就让我勇敢的同胞把君王的继承人和他的儿子们一起放逐到荒凉之地,他们再回到那枷锁和桎梏之中!不过,如果有谁愿意跟我一起走,我会告诉他们:你们难道不曾见识苦难与不幸?在阿曼我们已经经历了这一切。从快乐到悲伤,我们都尝过其中的滋味。现在,我们要尝尝另外一种滋味:从悲伤到快乐。或者至少,去享受自由!"

费阿诺转过脸对信使大声说:"把这话告诉曼维·苏里莫——阿尔达的万物之王:如果费阿诺无法推翻莫高斯,至少他要不失时机攻打他,而不会坐以待毙,枉自悲伤。也许伊路瓦塔在我的心中点燃了不可战胜的火焰,而梵拉对此一无所知。我至少要给'梵拉之敌'以重创。那时候,连圆形议事台周围诸位圣贤听了都会惊讶万分。是的,最终他们将跟我而来。再见!"

费阿诺说这番话时声若洪钟,极具魅力,连梵拉的信使听了也不由得深深地鞠了一躬,然后离他而去。诺尔多精灵被他的气势完全压倒,跟着他继续前进。费阿诺家族匆匆忙忙走在队伍的最前面。他们沿着埃伦德海岸大步走着,谁也没回过头再看一眼图纳绿山上的蒂伦城。后面走着的是芬戈尔芬的队伍,速度比较慢,也不像费阿诺的人马那样急不可待。他们这支队伍的先锋是芬戈恩,菲纳芬和芬罗德殿后。跟他们一起的还有诺尔多中最高贵、最聪明的精灵。他们不时回过头看一眼可爱的蒂伦诚,直到明多恩·埃尔达里瓦塔楼上那盏明灯被夜色吞没。对于抛在身后的快乐和幸福,他们比别的精灵记忆更加深刻。有的精灵还随身带着几件他们制造的东西。漫漫征途,那东西既是慰藉,也是负担。

费阿诺带着诺尔多精灵一直向北进发。因为他的第一个目的是追赶莫高斯。除此而外,塔尼奎提尔——白峰下面的图纳山靠近阿尔达中部。这儿的大海浩渺无际。往北走,洋面比较狭窄。因为阿拉曼的荒原和中洲海岸的距离很近。可是等费阿诺冷静下来,征求别人的意见之后,发现大队人马永远无法跨越去往北方的漫漫长路,也无法横渡大海,除非有一支船队帮忙。可是要想建造这样一支规模庞大的船队,不但需要艰苦的劳动,还需要很长的时间——即使诺尔多精灵中有众多的造船工匠。于是,费阿诺决定劝说特莱瑞精灵———一直是诺尔多精灵的朋友——加入他们的行列。由于叛逆思想作怪,他认为,如果能把特莱瑞精灵争取过来,瓦里诺的幸福和快乐就会再度减少,而他和莫高斯作战的能力就会增强。于是,他急急忙忙去阿尔夸棱德,把在蒂伦说过的话又对特莱瑞精灵说了一遍。

可惜无论费阿诺如何劝说,特莱瑞精灵也不为所动。看到自己的同胞和长期以来的朋友要离开瓦里诺,特莱瑞精灵心里非常难受,可是他们并没有帮助他们,而是劝他们留下来。他们不想违背梵拉的意志借船给费阿诺,或者帮助他造船。至于他们自己,现在哪儿也不想去。埃尔达玛海岸就是他们的家,阿尔夸棱德王子欧尔维就是他们热爱的君王。他们从来没有听信过莫高斯的谣言,也不欢迎他踏上他们的领地。欧尔维相信,乌尔莫和其他几位了不起的梵拉一定会医治好莫高斯留下的创伤。黑夜即将过去,黎明的曙光终将升起。

费阿诺气得要命,生怕耽搁了追赶莫高斯的时间,和欧尔维说话时言辞十分激烈。"你在我们最需要帮助的时候,背信弃义,"他说,"当年,你们这群游手好闲的胆小鬼赤手空拳刚来这片海岸的时候,我们曾经怎样无私地帮助过你!要不是诺尔多精灵不辞劳苦为你们开凿出港湾,修筑起城墙,你们现在还得蹲在窝棚里过日子!"

87

欧尔维回答道:"我并没有背信弃义。反对朋友愚蠢的行为,正是朋友的职责!当年,诺尔多精灵欢迎我们来到这块土地,并且帮助我们安营扎寨,对此特莱瑞精灵没齿难忘。可是,你当时信誓旦旦地说:'我们将永远生活在阿曼大地,像比邻而居的亲兄弟。'

至于我们的白帆船并非你的馈赠。造船技术不是从诺尔多精灵那儿学的，而是海之君王传授给我们的。白色的木料是我们自己的双手砍伐的，白色的风帆是我们的妻子儿女纺织的。因此，我们永远不会为了结盟或者友谊把它们送给或者卖给任何人！听我说，芬维之子费阿诺，这些船对于我们，犹如宝石对于诺尔多精灵。那是我们心血的结晶。我们无法再创造出同样的东西。"

费阿诺只得离开欧尔维，趁着茫茫夜色，坐在阿尔夸棱德城墙外面苦思冥想，直到他的人马聚集在周围。估计有了足够的力量之后，费阿诺就带领大家来到天鹅港，抢夺停在那儿的船只。特莱瑞精灵奋起反抗，许多诺尔多精灵被扔进大海。于是双方都拔出刀剑，在摇摇晃晃的大船上、灯光照耀的码头上，甚至在城门巨大的拱顶上展开一场恶战。费阿诺的人马三次被打退，双方死伤众多。就在这时，芬戈恩带领的芬戈尔芬的先头部队赶到天鹅港，发现他们的同胞正在败退。芬戈恩和他的部队不问缘由便猛冲过去。事实上，大家都误认为，一定是特莱瑞精灵奉梵拉之命阻挡他们的去路。

就这样，特莱瑞精灵最终被打垮，住在阿尔夸棱德的许多水手被残酷杀害。因为诺尔多精灵变得非常凶残，个个拼命砍杀。特莱瑞精灵势单力薄，武器只有弓箭。诺尔多精灵抢走他们的白船，配备了最好的划桨能手，沿海岸向北驶去。欧尔维向奥赛求援。奥赛没有前来援助。因为梵拉不允许任何人使用武力阻挡诺尔多精灵出逃。但是乌伊内恩为葬身大海的特莱瑞水手失声痛哭。大海掀起愤怒的波涛向杀人者扑去，许多船只被掀翻。船上的精灵全部落水身亡。费阿诺的二儿子、吟游诗人玛戈勒遇难前曾经写过一首挽歌《诺尔多的衰落》。在这首挽歌里曾经详细描述过同胞间这场残杀。

不过，大部分诺尔多精灵还是死里逃生。风暴过去之后，他们继续前进，有的坐船，有的在陆地上跋涉。漫漫征途，越往前走，越艰难凶险。他们在没有尽头的长夜走了许久,终于到达"守卫着的王国"——瓦里诺的北部边境。那是阿拉曼空旷的荒原,多山,十分寒冷。突然,他们看见一块巨大的俯瞰海岸的岩石之上,高高地站着一个黑色的身影。有人说,那是曼多斯,而不是曼维大帝派来的信使。他们听到一个巨大的声音,庄严而令人生畏。那声音要他们停止前进,听他号令。于是,所有精灵都停下了脚步,一动不动在原地站好。诺尔多精灵长长的队伍从头到尾都听到了曼维大帝对他们此行的诅咒和预言。后来,人们管曼维的话叫"北方预言"、"诺尔多的劫数"。他的预言大多是"黑话",诺尔多精灵听不懂其中的含义。直到灾难降临到头上,才如梦初醒。但是有一点大家都听得明白,那就是梵拉诅咒那些不愿意停下脚步、请求梵拉原谅、一意孤行走向灭亡的精灵。

"你们将洒下无尽的眼泪。梵拉将在瓦里诺筑起高高的围墙,把你们关在墙外,连你们恸哭的回声也越不过崇山峻岭。梵拉对费阿诺家族的愤怒由西方到东方,遍及埃阿。对所有追随者亦义愤填膺。誓言驱使他们贸然前行,也让他们一事无成。他们发誓要追回的珍宝终难到手。最初良好的意图将以邪恶告终。兄弟间的相互背叛以及对这背叛的恐怖,将使一切成为过去。他们将被剥夺得一无所有。

"你们让无辜同胞的鲜血染红了阿曼大地。你们将以血还血,以命抵命。离开阿曼,你们将居住在死神的阴影之下。尽管伊路瓦塔赐予你们在埃阿永生,没有疾病能打垮你们。可是,你们能被杀死,你们也一定会被杀死。武器、酷刑和忧伤都可以使你们一命呜呼。无家可归的孤魂野鬼最终回到曼多斯身边。在那里,他们将长时间游荡,渴望重新回到自己的肉体。即使被他们杀戮的精灵为这些孤魂野鬼求情,也很难得到上苍的原谅。那些终于来到中洲而没有回到曼多斯身边的精灵将把世界当成负担深感厌倦。在一个新的种族出现之前,他们将日渐衰落,变成懊悔终身的阴影。这就是梵拉要说的话。"

许多精灵吓得发抖，可是费阿诺铁了心，说道："我们已经起过誓，绝非戏言，必须履行！我们被许多邪恶势力所威胁，最主要的是背叛。但是有一点，梵拉没有说到，那就是，我们将因为胆小、怯懦或者对怯懦的恐惧而受苦。所以，我们要继续前进。对于梵拉的预言，我可以再做一点补充：我们所做的一切将永垂青史，世代相传，直到阿尔达的末日。"

菲纳芬决心不再长征。他掉转头，心里充满了悲伤和对费阿诺家族的愤恨。因为他和阿尔夸棱德的欧尔维有血缘关系。他这一支的许多精灵都满怀悲愤之情跟他原路返回，直到又一次看到图纳山上明多恩塔楼的灯光在茫茫夜色中闪烁。他们终于又回到瓦里诺。梵拉原谅了他们，并且指定菲纳芬统治"快乐王国"剩下的诺尔多精灵。可是他的儿子没有跟他回来。因为他们不肯离开芬戈尔芬的儿子。芬戈尔芬那一支人马继续前进，一方面难于摆脱费阿诺的意志和他们之间的血缘关系，另一方面害怕面对梵拉给他们描绘的那种情景。因为在阿尔夸棱德屠杀无辜的恶战中，他们都难辞其咎。除此而外，芬戈恩和图尔冈都勇敢剽悍，痛恨半途而废，情愿战斗到底，即使等待他们的必将是悲惨的结局。就这样，大部队仍然继续前进。预言之中的灾难已经向他们逼近。

诺尔多精灵终于来到阿尔达北部地区。海面上漂流着大块大块的浮冰，他们由此断定，离海尔卡拉克塞海峡已经不远。阿曼大陆的北部弯弯曲曲向东延伸，中洲的东海岸向西延伸，这样一来便形成一条狭窄的海峡。环海冰冷的洋流和贝莱盖尔——西海汹涌的波涛在这里汇合，洋面上笼罩着冰冷的大雾。一座座冰山相互冲撞，发出声声巨响，深陷水底的冰块也发出吱吱嘎嘎的响声。这就是海尔卡拉克塞海峡，除了梵拉和乌戈利安特还没有谁敢跨越。

费阿诺停下脚步，诺尔多精灵相互争论，究竟该走哪一条路。湿冷、浓密的大雾遮住点点星光，他们已经开始经受天寒地冻之苦。许多精灵懊悔不已，怨声四起。特别是跟芬戈尔芬一起来的那些精灵，指名道姓咒骂费阿诺，说他是埃尔达精灵受苦受难的罪魁祸首。对于大家的怨言，费阿诺心知肚明，只得和儿子们商量下一步该怎么办。商量的结果是，要想逃离阿拉曼，只有两条路可走。一条是徒步跨越冰封万里的海峡，另一条是乘船走水路到中洲。大家都认为，海尔卡拉克塞海峡根本无法逾越，而走水路船又太少。一路跋涉，许多船只已经损坏，剩下的几条根本无法将全部人马运载过去。谁也不愿意自己呆在西岸，让别的精灵乘船先走。对于背叛的恐惧已经在许多精灵心里萌生。因此，费阿诺和他的儿子们决心把所有的船只牢牢控制在自己的手中，时机一到，就向北而去。事实上，自从天鹅港之战后，费阿诺就把心腹安插在船上，船队一直在他的控制之下。这时，就像听从了他的号令，海风从西北方向徐徐吹来。费阿诺和他认为最可靠的精灵秘密登船，起锚出海，扬帆远航，把芬戈尔芬留在阿拉曼。这儿的海面不宽，他们先向东，再向南航行，没多久就登上中洲海岸。费阿诺在德瑞恩吉斯特河口登陆。滔滔滚滚的大河从道-洛明山奔涌而来。

上岸之后，费阿诺的大儿子迈斯罗斯——莫高斯造谣生事、挑拨离间之前，他是芬戈恩的朋友——问费阿诺："你准备让哪几条船和哪些划船能手先回去？先把谁接过来？勇士芬戈恩？"

费阿诺哈哈大笑，高声说："谁也不接！谁也不接！凡是丢在身后的，我都不觉得是什么损失。扔在路边的行李就是最好的证明！让那些咒骂我的家伙继续咒骂吧！他们可以回去，在梵拉的囚笼里度过余生！把船统统烧掉！"迈斯罗斯呆呆地站在旁边不知如何是好。费阿诺命令部下点火烧毁特莱瑞精灵的白船。就这样，在这个叫洛斯加的地方——德瑞恩吉斯特河口，横渡大海的大船被付之一炬。天幕下燃起可怕的熊熊大火。芬戈尔芬和他的臣民们看到远处乌云下升起的火光，明白费阿诺出卖了他们。这便是同胞相互残杀的第一个恶果，是诺尔多精灵的第一大劫难。

芬戈尔芬发现费阿诺扔下他们不管，心里非常难过。眼前只有两条道路，要么困死在阿拉曼，要么回瓦里诺请求原谅。可是现在，他比以往任何时候都更想到达中洲，面见费阿诺，把事情说清楚。他和他的人马经过长途跋涉，境遇十分悲惨。然而，艰难困苦使他们更加英勇顽强，忍耐力也与日俱增。他们是一支非凡的精灵，是伊路瓦塔创造的年长的孩子，刚从快乐王国来，对世间的酸甜苦辣还未厌倦。他们的生命之火尚且旺盛，在芬戈尔芬和他的儿子们的带领下，在芬罗德和盖拉德丽尔的大力支持下，他们决心向险象环生的北方进发。没有别的道路可走，只穿过可怕的、冰山丛生、雪原万里的海尔卡拉克塞海峡。在后来的日子里，诺尔多精灵还没有经历过比跨越这条海峡更大的艰难，还没有创造过比跨越这条海峡更伟大的壮举。在这苦难的历程中，图尔冈的妻子埃伦薇不幸身亡，许多精灵也都冻饿而死。终于踏上那块向往已久的土地时，芬戈尔芬的队伍已经缩小了许多。这支在费阿诺之后终于到达中洲的精灵，对费阿诺和他的儿子们没有什么热爱可言。月亮第一次升起的时候，他们在中洲吹响了自己的号角。

第十章　　辛　　达

　　正如前文所述,埃尔维和梅里安在中洲的力量逐渐壮大。贝勒里安德所有的精灵,从凯尔丹的水手到盖林河那边蓝山中的猎手,都拥立埃尔维为他们的君王。按照他们的语言,埃尔维被叫做埃鲁·辛格尔——"灰袍王"。他们被叫做辛达,"星光照耀的贝勒里安德的灰精灵"。他们虽然原本是莫利昆迪——"黑精灵",但是在辛格尔和梅里安的领导与教导之下变成中洲最漂亮、最聪明、最心灵手巧的精灵。在梅尔克还被关押、第一纪即将结束、整个世界和平安宁、瓦里诺如日中天的时候,露西恩来到这个世界。她是辛格尔和梅里安惟一的孩子。尽管中洲绝大部分地区仍然在雅万娜的睡梦之中,贝勒里安德在梅里安的感召之下却生机勃勃,其乐融融。天上的星星闪烁,犹如银色的火焰。露西恩生在奈尔多雷斯柏树林。尼福瑞迪尔——一种白色的鲜花迎风怒放,像天上的星星一样,欢迎她的到来。

　　第二纪,梅尔克还是阶下囚的时候,矮人翻过埃雷德·鲁因的蓝山山脉,进入贝勒里安德。他们自称卡扎德,辛达管他们叫劳戈利姆——意思是"长得极矮的人",也叫冈希尔瑞姆——"石头之王"。东面很远的地方,是劳戈利姆最古老的住地。后来,他们在蓝山东面的山坡上,按照自己的方式,开凿出很大的厅堂和宅第。他们总共建造了两座城市,用他们的语言,一座叫加贝尔加舍尔,另一座叫图木扎哈。多尔梅德山北面那座是加贝尔加舍尔城。翻译成精灵语叫贝莱戈斯特,意思是米克莱波戈——"大要塞"。南面那座是图木扎哈。精灵管它叫诺戈罗德。矮人最大的府邸是卡扎德-杜姆。精灵语叫道罗代尔夫,哈舍德罗德。后来在黑暗的年代中叫莫利亚——"黑色的峡谷"。这座府邸在埃里阿多广阔的平原那边,雾山里很远的地方。那时候,对于埃尔达精灵来说,蓝山矮人还只是一个遥远的传说。

劳戈利姆从诺戈罗德和贝莱戈斯特进入贝勒里安德的时候,精灵们非常惊讶。因为他们一直认为,中洲大地只有他们才会说话,只有他们才能用双手创造世界。其他活物只有飞禽走兽。他们听不懂劳戈利姆的话。在他们听起来,矮人的话叽里哇啦,特别难听。很少有埃尔达精灵能掌握他们的语言。但是,矮人特别善于学习。事实上,他们更愿意学习精灵的语言,并不想非得把自己的语言教给别人。去过诺戈罗德和贝莱戈斯特的埃尔达精灵很少,也许只有南·埃尔摩斯的埃奥尔和他的儿子迈戈林去过。但是矮人经常到贝勒里安德。他们修了一条路。这条路翻过多尔梅德山,沿阿斯卡河一直向前,从沙恩·阿斯兰德——"涉水而过的浅滩"过盖林河。后来,这儿曾经发生过激烈的战斗。劳戈利姆和埃尔达精灵之间的关系虽然友好而且建立在互惠互利的基础之上,但一直若即若离,谈不上密切。不过,那时候,他们之间还没发生过什么不愉快的事情。辛格尔王欢迎他们到府上做客。在后来的岁月里,劳戈利姆对诺尔多精灵比对任何其他精灵以及人更友好。因为他们非常喜欢、尊敬奥力。他们赞美诺尔多的宝石胜过世上任何其他财富。在阿尔达还是一片黑暗的时候,矮人就制造出许多精美的工艺品。因为从父辈刚刚出世起,他们在用金属和宝石制造器具方面就表现出高超的技艺。不过,远古时期,他们更喜欢用铁和铜,而不是金和银作为制作器具的材料。

身为迈阿尔,梅里安非常有远见。梅尔克被关押的第二纪刚刚过去,她就对辛格尔说,阿尔达的和平与安宁不会持久不变。辛格尔听了她的话,在心里盘算如何才能为自己建造一座坚不可摧的王宫，以便即使中洲的恶魔东山再起，自己也能立于不败之地。于是，他去找贝莱戈斯特的矮人寻求帮助，希望听听他们的意见。矮人非常愿意帮助他。那时候，他们对这个世界还没有厌倦，渴望新的工作。不过，矮人干活儿从来都不白干，不管是他们特别喜欢做的事情还是卖苦力的活计都要报酬。那时候，他们觉得自己得到了报偿。因为梅里安教给他们许多宝贵的知识，辛格尔送给他们许多美丽的珍珠。这些珍珠是凯尔丹给辛格尔王的。他们在巴拉岛周围的浅水湾里打捞到许多这样的稀世珍宝。劳戈利姆以前没有见过珍珠，把它们看做无价之宝。有一枚足有鸽子蛋那么大，像天上的星星，在大海翻滚的泡沫中，闪闪发光。大家管它叫内姆菲罗斯。贝莱戈斯特矮人的首领认为它比金山银山还要宝贵。

　　劳戈利姆快快乐乐地为辛格尔王干了很长很长时间。按照他们那个种族喜欢的样式设计厅堂楼榭，还挖地造了一座地下宫殿。埃斯加尔杜因河从这里流过，将奈尔多雷斯森林和瑞金大森林分开。森林中间耸立着一座石山，大河就在山脚下奔流。他们将辛格尔王宫的大门开在河边，在河上造了一座石桥。只有通过石桥才能进入一座座宫门。大门那边一条条很宽的通道直通高大的王宫和在石山上开凿出的一间间密室。这座建筑如此宏伟，地下密室如此之多，辛格尔王将其命名为梅内戈罗斯——"千洞之殿"。

　　精灵也积极参加劳动，和矮人一起发挥各自的专长和技艺，将梅里安的梦幻变成现实，在大海这边创造出融壮丽与奇幻于一体的瓦里诺的奇迹。梅内戈罗斯——"千洞之殿"的柱子雕刻得犹如奥罗米的柏树，树干、树枝、树叶一应俱全，惟妙惟肖，树上挂满黄金制作的灯，放射出夺目的光彩。夜鹰就像在萝林的花园里，婉转歌唱。宫殿里喷泉银流如注，地板彩石铺就，盆盂、水槽都以大理石制作。精雕细刻的珍禽异兽有的在墙上奔跑，有的在柱子上爬行，有的在鲜花盛开的枝头上凝视地面的仙境。随着岁月流逝，梅里安和她的女仆们织出许多美丽的帷幔，挂满千洞之殿。那帷幔讲述了一个个和梵拉有关的故事，俨然一幅开天辟地以来阿尔达的历史画卷。还朦朦胧胧透露出即将降临于世的事件。这是大海东岸任何一位君王都无法与之媲美的宫殿。

梅内戈罗斯完工之后，辛格尔和梅里安的王国一片祥和安宁的景象。劳戈利姆经常翻山越岭，四处游逛。但是他们很少到法拉斯。他们讨厌大海的涛声，不敢看汹涌的波涛。贝勒里安德还没有听到关于外面世界的任何消息。

可是随着梅尔克被囚禁的第三纪将临，矮人变得焦躁不安。他们对辛格尔王说，由于梵拉没有彻底铲除北方的邪恶，黑势力的残渣余孽在黑暗中大量孳生、繁殖，现在正在世界各地蔓延。“大山东边的土地上奔走着凶残的野兽，”他们说，“你们那些远古时代的同胞纷纷从平原逃进深山。”

没过多久，那些凶恶的走兽就在贝勒里安德出现了。他们有的从山口过来，有的穿过黑森林从南面进入。有狼，有化身为狼的野兽，还有不少影子似的妖魔。他们之中，奥克最为凶残，后来造成贝勒里安德的毁灭。不过那时候他们数量不多，而且一个个小心谨慎，只是东闻西嗅，弄清楚通往贝勒里安德的每一条道路，等待主人归来。这些野兽到底从哪里来，是些什么玩意儿，精灵一概不知。他们以为那也许是阿瓦瑞在一片荒野中变化成的野兽。据说，这种猜测并不离谱。

96

于是，辛格尔王开始考虑武器的事儿。以前他们从来没有这种需要。劳戈利姆为他们打造武器。干这种活他们技艺高超。尽管谁也比不上诺戈罗德的矮人。在诺戈罗德矮人中，特尔卡是最著名的工匠。劳戈利姆是一个好战的古老民族。谁敢侵略他们，他们就拼死相争，不管你是梅尔克的仆人还是埃尔达精灵、阿瓦瑞，或者猛禽野兽，甚至其他部族的矮人。辛达精灵很快就学会他们的铁匠手艺，可是淬火、炼钢的技术就连诺尔多精灵也超不过矮人。至于贝莱格斯特矮人发明的连环锁子甲更是无人匹敌。

　　就这样,辛达全副武装,打退了所有来犯之敌,和平又回到他们的王国。辛格尔的武器库里装满斧子、长矛、宝剑、高高的头盔和明晃晃的铠甲。矮人的工艺如此之好,他们制造的武器、盔甲不但不生锈,而且永远锃亮如新。辛格尔的武器果然锋利无比,大显神通。

　　如前所述,特莱瑞精灵在中洲西部边境大河岸边停止前进的时候,欧尔维那一支中的莱恩维不再跟随埃尔达精灵远征。南多精灵周游四方的情况到底如何很少有人知道,只知道莱恩维带领他们沿安杜恩大河一路前行。据说,有的精灵在大河河谷的森林里居住了一纪之久,有的精灵终于来到河口,在海边定居下来。还有一些精灵翻过白山埃雷德·尼姆莱斯,向北进入埃雷德·鲁因——蓝山和雾山之间的埃里阿多。现在,他们成了森林里的居民,没有钢铁制造的武器。劳戈利姆——矮人向辛格尔王报告说,从北方来的那些凶残的野兽给他们带来极大的恐惧,莱瑞恩的儿子代内舍听说辛格尔王现在兵强马壮,威震四方,他的王国安宁祥和,便召集起分散在各地的散兵游勇,带领他们翻过连绵逶迤的山岭,进入贝勒里安德。辛格尔王把他们当做失散已久、终于回归的同胞,热烈欢迎,将他们安置在奥赛瑞恩德——"七河之地"。

　　代内舍来到七河之地之后,相当长一段时间内平静安宁,没有什么轶闻,也没有什么故事。据说,就在那个时期,戴隆——辛格尔王国的吟游诗人、大学问家,发明了如尼文。代内舍带来的精灵非常喜欢这项发明,对戴隆更是无比敬仰,虔诚之情比戴隆自己的同胞辛达精灵有过之而无不及。劳戈利姆把这种语言带到大山东面,将有关知识传授给许多人。可是辛达精灵很少用如尼文记载发生过的事情,直到战争年代。而记忆中的许多东西随着道伊阿斯——"守卫之地"变成一片废墟也毁于一旦。不过,幸福和快乐的生活在其结束之前,其实没有什么大书特书的必要。就像一件精美的艺术品,还摆在眼前的时候,本身就是一个记录。只有处于永远破碎的危险时，人们才认识到它的价值，编成歌曲世代传诵。

那时的贝勒里安德，精灵自由地漫步，河水欢快地流淌，星星在天空中闪烁，花儿散发出诱人的芳香。梅里安的美丽如同正午的太阳骄艳动人，露西恩的俊俏似春天的黎明靓丽清新。在贝勒里安德，辛格尔王安坐在宝座之上，犹如迈阿尔的君主，无朝政可理，无敌人可御，随心所欲，其乐融融。在贝勒里安德，伟大的奥罗米如掠过高山的疾风，经常大驾光临。号角声在星光灿烂的天空下回荡。精灵因为他那冷峻的面容和纳哈急促的蹄声而害怕。但是，当梵拉罗马——奥罗米的号角声在崇山峻岭回荡的时候，他们都知道，所有妖魔鬼怪，猛禽野兽都逃得无影无踪。

然而，幸福和安宁终于接近尾声。暮色渐浓，瓦里诺风光不再，所谓鼎盛已是明日黄花。正如民间传说和民歌传唱的那样，梅尔克在乌戈利安特的帮助之下摧毁了梵拉的双树，逃回中洲。后来，莫高斯和乌戈利安特内讧，打得不可开交。虽然在遥远的北方，但是莫高斯痛苦的叫喊声一直传到贝勒里安德。精灵们听了吓得胆战心惊。虽然他们不知道究竟发生了什么事情，还是感觉到死神派出的使者已经逼近。没过多久，乌戈利安特带着一团可怕的黑暗，从北方逃到辛格尔王的领地。由于梅里安奋力抗争，她被挡在外面，没能进入奈尔多雷斯柏树林，在一道悬崖绝壁的阴影之下住了好长时间。道舍尼奥恩——"松树之地"从那里向南延伸。这一带变成众所周知的埃雷德·高格罗斯——"恐怖之山"。谁也不敢靠近，不敢从那附近走过。生命和光明被扼杀，清泉变成毒水。莫高斯回到安戈班恩德，不但重新修建了要塞，还在大门之上堆起一座黑烟缭绕的高山——塞戈罗德利姆——"暴虐之山"。莫高斯这座要塞的大门离梅内戈罗斯门前那座小桥有一百五十里格远。可以说这个距离很远，但也可以说近在咫尺。

在黑暗之中大量繁殖的奥克，现在变得非常强大。凶残的主人给他们灌输了满脑子毁灭、嗜血的欲望。他们在莫高斯喷吐的团团烟雾的掩护之下，冲出安戈班恩德要塞的大门，悄无声息地进入北部高原。然后，瞬息之间，集结起一支浩浩荡荡的大军，冲进贝勒里安德，袭击辛格尔王。贝勒里安德幅员辽阔，许多精灵都在旷野自由自在地游逛，或者一家一户分散居住，过着温馨安谧的日子。只有坐落在领地正中的梅内戈罗斯周边地区和沿法拉斯海岸水手聚集的地方居民密集。奥克两路夹击梅内戈罗斯。东路从凯龙河和盖林河之间的通道猛扑过来，西路从西瑞恩河和纳罗戈河之间的平原迂回前进，所到之处烧杀抢掠，无恶不作。辛格尔的队伍在埃戈拉瑞斯特被敌人切断，和凯尔丹的人马首尾不能相接，只得向代内舍求援。于是，从阿罗斯河那边密密的森林，从奥赛里恩德调来大批全副武装的精灵，打响了"贝勒里安德之战"的第一场战役。奥克的东路大军在安德兰姆河北岸以及阿罗斯河和盖林河之间被埃尔达精灵的大军打得落花流水。侥幸向北逃去的匪徒又遭到从多尔梅德山冲出来的劳戈利姆的伏击。矮人手起斧落，很少有奥克能生还安戈班恩德。

　　精灵的胜利也付出沉重的代价。因为奥赛里恩德的兵马武器装备很差，不是奥克的对手。奥克身披铁甲，手持长矛，凶残无比。他们把代内舍包围在"寂静之山"阿蒙·埃瑞布。辛格尔王的增援部队到达之前，代内舍和他的许多近亲已经被奥克残酷杀害。辛格尔王赶到之后把走在后面的奥克杀了个片甲不留，为代内舍和其他的死难者报了仇。但是代内舍的同胞并没有因为敌人被成堆成堆地砍杀而感到慰藉。他们悲痛欲绝，从那以后再也没有拥立任何一位精灵为王。战斗结束之后，有的精灵回到奥赛里恩德，把代内舍被杀的噩耗带给还留在那里的同伴。大家听了都非常害怕，再也不敢参战，小心翼翼地隐居起来。他们被叫做莱昆迪——绿精灵。因为他们的衣服像树叶一样碧绿。还有许多精灵来到辛格尔王国，和那里的精灵生活在一起。

　　辛格尔回到梅内戈罗斯之后，才听说奥克大军在西线大获全

99

胜,把凯尔丹一直赶到大海边。于是,他把能召集回来的所有精灵都召集到奈尔多雷斯和瑞金森林的大要塞。梅里安启动神力,在大要塞周围筑起一道看不见、却能迷惑人的围墙。人们都管这道围墙叫"梅里安之环"。不经梅里安或者辛格尔王的同意,谁也无法跨越这道围墙,除非他的力量比梅里安还要大。在很长一段时间里,这个地方叫做埃戈拉多,后来叫道伊阿斯,意思是"守卫着的王国"。王国之内看起来倒也安宁。可是围栏之外,到处都是凶险和恐怖。除了法拉斯围港湾之外,莫高斯手下的妖魔鬼怪自由行走,如入无人之境。

世界正在发生新的变化。关于这些变化,中洲大地谁也不曾预料,无论躲在洞穴里的莫高斯,还是住在千洞之殿的梅里安。因为自从双树枯萎后,没有任何消息从阿曼传来。没有信使报信,没有神明显灵,也没有梵拉托梦。这当儿,费阿诺乘坐特莱瑞精灵的白船越过大海,在德瑞恩吉斯特河口登陆。登陆后,便在洛斯加将美丽的白船付之一炬。

第十一章　　太阳,月亮和瓦里诺藏身

据说,梅尔克逃跑之后,梵拉在圆形议事台各自的宝座上一动不动坐了好长时间。但是,他们并不像费阿诺想像的那样,无所事事在那里闲坐。因为梵拉通过思想而不是双手就可以做许多事情,不必说话就可以在静默中交流思想,交换意见。就这样,他们熬过瓦里诺又一个漫漫长夜,思想越过埃阿,飞向遥远的天边。知道邪恶已经诞生于世,无论什么力量、什么智慧都无法减轻他们心中的悲伤。费阿诺的堕落比双树的死亡更让他们痛苦。在梅尔克所有恶行里,最让梵拉痛心疾首的就是他把费阿诺教唆成一个自私、阴险、狠毒的狂妄之徒。费阿诺刚被创造出来的时候,无论思想还是体魄都非常完美。他勇敢,刚毅,吃苦耐劳,英俊潇洒,善解人意,心灵手巧,力大无比,内心深处燃烧着明亮的火焰,在伊路瓦塔所有的孩子里,是理所当然的佼佼者。为阿尔达的辉煌而创造的奇迹,除了曼维大帝,只有他能做到。据和梵拉一起守夜的万雅后来说,信使通报了费阿诺对他的预言的答复之后,曼维低下头,哭了起来。但是听到费阿诺最后一句话——“至少,诺尔多所做的一切将永垂青史,世代相传”——之后,曼维大帝抬起头,仿佛听到一个声音从远方传来,说道:“那么就让它世代相传吧!这个代价虽然太过昂贵,但也值得。伊路瓦塔曾经对我们说过,还没来得及设想出美和善,并且将其带到埃阿,丑与恶就已经以美和善的化身问世。”

曼多斯说:“然而,那仍然是丑与恶。费阿诺很快就会回到我

101

的身边。"

梵拉听说诺尔多精灵已经离开阿曼,回到中洲之后,都站起身来,准备将讨论已久的计划付诸实施,设法弥补梅尔克的恶行造成的损失。曼维吩咐雅万娜和妮恩娜把她们栽花种草、医治创伤的本事都使出来,设法救活双树。雅万娜和妮恩娜竭尽全力,可是双树浑身布满致命的伤口,妮恩娜回天无术,纵然把眼泪哭干也无法使伤口愈合。雅万娜在重重暗影之下,一个人唱了好长时间。就在她希望破灭、歌声颤抖的时候,特尔佩里翁光秃秃的树枝上终于开出一朵很大的银花,劳瑞林结出一个美丽的金果。

雅万娜摘下银花和金果之后,双树彻底死了,只有树干还在瓦里诺挺立着,作为对已经消失的欢乐的纪念。雅万娜把银花和金果交给奥力。曼维祝圣之后,奥力和他的臣民便把它们放在精美的器皿里,保存那无比珍贵的光辉。正如纳西利恩——《太阳、月亮之歌》里传诵的那样,梵拉把这两个装有银花和金果的容器交给瓦尔达,让它们变成天上的明灯。这两盏明灯因为离阿尔达比较近,所以远比古老的星星亮。她赋予它们向星辰起落之地伊尔门运动的力量,让它们按照指定的轨道,在指定的时间从东向西运转。

梵拉做这一切的时候天色朦胧,不由得想起阿尔达大地的黑暗。他们决定照亮中洲,用光明阻止梅尔克的恶行。他们不但想起留在"觉醒之水"旁边的阿瓦瑞,还想起流亡中的精灵。希望他们都能过和平安宁的生活。除此而外,曼维知道,现在已经临近人间世的时刻。如前所述,梵拉为了昆迪——精灵的利益向梅尔克宣战,这一次则是为了海尔多——"后来者"、"伊路瓦塔年轻的孩子"的利益,强忍心中的怒火。中洲在乌图木诺之战中遭受了极大的破坏,梵拉担心现在那儿的情况更糟。而海尔多都是凡夫俗子,比起昆迪,他们更软弱,很难禁得起恐惧和动乱。除此而外,伊路瓦塔并没有告诉曼维,人类首先在哪里出现,北方,南方,还是东方？于是，梵拉把光明送去，使得那块遥远的土地更适合他们居住。

阿伊西尔，月亮最古老的名字，瓦里诺特尔佩里翁开出的银花。阿纳，劳瑞林结出的金果，人们称之为太阳。诺尔多精灵也管月亮叫拉纳，"漫游者"，管太阳叫瓦沙，"火心"，"觉醒和衰落"。因为他们把太阳看做人类觉醒和精灵衰落的象征，而月亮给他们留下更美好的记忆。

梵拉从迈阿尔中挑选一位少女为太阳引路，她的名字叫阿伦。为月亮掌舵的小伙子名叫蒂伦。双树茂盛的时候，阿伦一直在瓦娜的花园里，照料那些金色的花朵，用劳瑞林晶莹明亮的露珠浇灌它们。蒂伦则是手持银弓跟随奥罗米打猎的猎手。他非常喜欢白银，休息的时候，常常离开奥罗米的森林，走进萝林花园，躺在埃斯特的小湖边，在特尔佩里翁闪闪烁烁的银光之下进入甜蜜的梦乡。现在，他请求把照料最后一朵银花的任务交给他。少女阿伦的地位比他高，权力也比他大。梵拉之所以选择她照顾金果，因为她不怕劳瑞林炽热的金光，也不会被那金光烧伤。她从一开始起，就是火的神灵。梅尔克骗不了她，也无法拉拢她为他服务。阿伦的一双眼睛太明亮了，连埃尔达精灵也不敢直视。离开瓦里诺之后，她抛弃了原来的形体和穿过的衣服，变成一团赤裸裸的火焰，辉煌壮丽。

阿伊西尔首先被制作成功，升起在灿烂星空。正如特尔佩里翁是双树中的长者一样，月亮也是两颗新星中的老大哥。月光照耀之下，在雅万娜的睡梦中等待了许久的东西开始萌动。莫高斯的仆人非常惊讶，但是中洲大地的精灵望着天上的月亮，心里充满喜悦。就在月亮从西方一片黑暗中升起的时候，芬戈尔芬吹响了银号角，开始向中洲进发。月光如水，他的人马投下又长又黑的影子。

蒂伦横穿天空七次，到了最东边。这时，阿伦的飞船已经准备停当。阿纳在一片辉煌中升起，每一个黎明，满天朝霞像一团大火照耀着佩洛瑞——阿曼山。朵朵彩云飘过中洲的天空。瀑布千条，飞流直下，水声丁东，不绝于耳。莫高斯非常沮丧，躲进安戈班恩德最底层，召回所有仆人，喷吐出大团大团的烟雾和黑云，不让阳光照到他霸占的这块土地。

瓦尔达的打算是，两艘"飞船"在伊尔门起落，升起之后便高高挂在天空，但是不能同时升起。每一艘"飞船"都要经过瓦里诺，向东飞去，然后再返回。一艘从西方升起的时候，另一艘从东方返回。按当年双树的方法计算，新时期的第一天的开始，就是阿伦和蒂伦在地球中部各自轨道上相遇、阳光和月光交相辉映的那一刻。可是蒂伦非常任性，不但飞行的速度时快时慢，还常常偏离预定的轨道。因为被阿伦的壮美所吸引，他总想接近她，尽管太阳的火焰常常灼伤他，"月亮岛"也被烤得发黑。

由于蒂伦的任性，更主要的是由于萝林和埃斯特的祈祷，瓦尔达决定改变一下日月星辰的运行。萝林和埃斯特都说，现在日月同辉，休息和睡觉的时间都没有了，美丽的星星也隐退了，长此以往谁也吃不消。瓦尔达觉得他们二位言之有理，便允许世界有一个夜幕低垂，半明半暗的时候。太阳可以躺在外海凉爽的怀抱里，在瓦诺休息一段时间。傍晚，太阳快要落山休息的时候，风清气爽，是阿曼最快乐的时刻。可是很快，太阳便被乌尔莫的仆人拖向大海，匆匆忙忙沉没在地球那边。于是东方的景物又笼罩在夜幕之下，星空万里出现在头顶之上。大家都担心夜太长，邪恶会在月光下泛滥。沉入外海的太阳把大海烧得很热，海水闪烁着火一样的光彩。阿伦驾驶着太阳船过去之后，瓦里诺还有一会儿沐浴在美丽的霞光之中。可是，当她继续向东行驶，霞光渐渐消失之后，瓦里诺也陷入黑暗之中。每逢这时，梵拉就为劳瑞林之死而伤心。黎明时分，快乐王国的崇山峻岭在天幕下如同黑色的剪影，巍峨、凝重。

瓦尔达命令月亮也这样运行,在地球那边落下之后,再从东边升起,但是只有在太阳从天际消失之后,才能再显芳容。蒂伦还是一意孤行,不能匀速前进,常常被阿伦的美貌吸引,加快速度。这样一来,月亮和太阳经常同时出现在天空。有时候,它们离得那么近,月亮的影子挡住太阳,即使白天也会突然间变得一片昏暗。

从那以后,人们按照太阳和月亮的起落计算日、月,直到"世界之变"。蒂伦很少在瓦里诺停留,更经常的是很快就掠过西方大地,掠过阿瓦沙、阿拉曼或者瓦里诺,一头栽进外海,在阿尔达海底的洞穴和缝隙里独自漫游。他经常留连忘返,耽误了再度升起的时间。

经过漫漫长夜,瓦里诺的阳光还是比中洲更加明媚。因为太阳喜欢在那儿休息,天堂之光离地球这个地区更近。可是太阳和月亮都不记得他们的光已经那么古老,不记得这光源于被乌戈利安特毒死的双树。双树之光现在只存在于茜玛丽尔。

莫高斯痛恨新的光明。有一阵子,他被意想不到的梵拉的惊人之作搞得惊慌失措。稍微冷静下来之后,他便派出影子般的恶神攻击蒂伦。他们在"星辰之路"下面的伊尔门恶战一场,可是最后的胜利者还是蒂伦。至于阿伦,莫高斯对她十分惧怕,根本就不敢靠近。事实上,他已经不像从前那样力大无比。他对整个世界充满敌意,一天到晚说谎、造谣,制造出无数凶残的野兽和鬼怪妖魔,力量都分散给他们,自己元气大伤,只能躲在地下洞穴,不愿意离开他那黑暗的要塞。他和他的仆人藏在重重暗影背后,躲避着阿伦,不敢凝视她那明亮的目光。他的住地周围,乌烟瘴气,浓云密布。

看到莫高斯攻打蒂伦,梵拉忧心忡忡,担心狡诈、狠毒的莫高斯向他们发起新的进攻。阿尔曼伦留下的废墟记忆犹新,他们不愿意在中洲发起针对梅尔克的新的战争,让阿尔曼伦的命运落到瓦里诺头上。于是,他们开始重新修整防御工事,将佩洛瑞山东、

北、南三个方向的屏障修得很高很高。这些屏障外面都是光滑如镜的绝壁，没有任何用以攀登的坑凹或者突出的岩石。绝壁之上是一座座塔楼，塔楼之上是冰封雪冻的山顶。塔楼里日夜驻守着哨兵，"光之山崖"卡拉凯尔雅是惟一可以进入佩洛瑞的山口。梵拉没有关闭这道山口，因为埃尔达精灵对他们忠心耿耿，绿山上的蒂伦城，菲纳芬还统治着居住在深山老林里的诺尔多精灵。所有这些精灵族，甚至他们的君主万雅和英戈维都必须经常呼吸外面的空气，更喜欢从故乡吹来的阵阵海风。而且梵拉不愿意完全割断特莱瑞精灵和他们的同胞之间的联系。但是，卡拉凯尔雅的塔楼更加坚固，岗哨也比别的地方多。他们还在瓦尔玛平原的出口处，驻扎了许多士兵。飞禽、走兽、精灵、人，总之，除了住在中洲的精灵谁也无法跨过这道山口。

也就是这个时候——歌中把这一段时间叫做"瓦里诺藏身"——形成了"魔幻之岛"。这些岛屿周围的大海布满重重暗影，宛如迷魂之阵。在一艘大船从西方驶往托尔·埃雷赛阿——孤岛之前，一座座小岛宛如从南到北撒下的一张大网，几乎没有什么船只敢从它们中间驶过。大雾包裹着黑色的礁石，浪涛发出永无休止的喧嚣，让人听了心惊胆战。微弱的星光之下，水手疲惫不堪，大海让他们感到厌倦。可是一旦踏上那些岛屿，就像中了魔法，一直睡到世界之变。因此，就像曼多斯在阿拉曼预言的那样，快乐王国向诺尔多精灵关上了大门，后来乘船到西方去的许多信使都没有再回到瓦里诺，除了歌中赞美的一位最了不起的水手。

第十二章　人

　　梵拉住在高山后面,平静安宁。中洲大地有了光明之后,他们在很长时间内没有给予特别的关注。莫高斯的统治除了受到勇敢的诺尔多精灵的挑战之外,还没有来自任何方面的威胁。只有乌尔莫时常惦记着那些流亡中的精灵,通过从世界各地奔流而来的河水,收集他们的消息。

　　从那时候起,人们开始按太阳起落的次数来计算年。这样的年份比按瓦里诺双树金光与银辉交替的次数计算的年份要短得多。那时候,中洲的空气由于动植物的大量繁衍而变得浑浊。许多东西的变化和衰老都非常快。阿尔达第二个春天到来时,无论地里产的还是水里生的动物和植物都非常多。埃尔达精灵的数量也有很大的增加。在那一轮新的太阳的照耀之下,贝勒里安德满眼碧绿,美不胜收。

　　太阳第一次升起的时候,伊路瓦塔的"年轻的孩子们"在中洲东部的海尔多瑞恩苏醒。太阳第一次是从西方升起,人睁开眼睛便把目光向它投去。也许就是这个原因,他们在大地上行走的时候,经常迷路。埃尔达精灵管他们叫阿塔尼,也叫他们海尔多,意思是"后来者"。除此而外,还有许多种叫法:阿帕诺纳——后生者,埃恩戈瓦——病弱者,菲瑞玛——凡人,等等。我们现在讲的这些故事里,关于人的记载不多。因为这本书是人开始壮大、精灵变得衰弱之前那一段古老岁月的历史。即使有所涉及,也只是和"人之父"阿塔纳塔瑞有关的故事。在太阳和月亮刚刚问世的那些年,他们漫游到北方。梵拉没有来海尔多瑞恩指导人如何生存,也没有召唤他们到瓦里诺居住。人对梵拉敬而远之。因为和他们的关系冷淡,和周围的世界也谈不上友好,所以人并不理解梵拉的意图。倒是乌尔莫经常想到他们,并且把曼维的忠告和意愿传达给他们。他的信息经常通过小河和洪水传达。可是人类没有解读这些信息的能力。见到精灵、并且和他们杂居之前,人对此更是一窍不通。他们喜欢水,见到水,心便为之一动,可是不明白它们传达的信息。后来,在许多地方,他们都碰到黑精灵。黑精灵对他们十分友好。童年时代的人成了这个古老家族的伙伴和门徒。黑精灵虽然到处漫游,但是从来不曾踏上通往瓦里诺的道路。对于他们,梵拉只是一个传闻,一个遥远的名字。

莫高斯那时候回中洲的时间不长,势力还没有扩展到很远的地方,而且因为突然烈日当空,不得不有所收敛。因此,这一段时间,无论山里还是平原,都没有多少危险。过去漫长的岁月里,雅万娜在黑暗之中播撒的种子,终于发芽,开花。人在西方、北方和南方到处漫游。清晨,露珠未干,叶子碧绿,一片欢乐景象,他们心中也充满喜悦。

可是,清晨毕竟短暂,一日繁华掩盖了近在咫尺的危险。现在,北方群雄大战已迫在眉睫。诺尔多、辛达、人将联合起来反对莫高斯·巴乌戈里尔,结果以失败而告终。莫高斯从前和后来在对手之间散布的谣言,血洗阿尔夸棱德遭到的诅咒以及费阿诺发下的誓言,都是造成最终失败的原因。这里讲述的只是那场大战的一部分,都是关于诺尔多精灵的茜玛丽尔的事情。至于凡人,命运使他们卷入这一场血雨腥风。那时候,精灵和人的个头、体力相近,可是精灵聪明得多,漂亮得多,技艺也高超得多。在瓦里诺住过并且得到梵拉指点的精灵比黑精灵高明,就如精灵比人类高明一样。只有道伊阿斯王国,因为女王梅里安和梵拉有血缘关系,辛达精灵可以和快乐王国的卡拉昆迪——"光之精灵"相媲美。

精灵永生，没有疾病、瘟疫能够夺走他们的生命。因此，随着岁月流逝，精灵的智慧也与日俱增。他们的身体也是可以被毁灭的血肉之躯。那时候，他们更像人类。因为精神之火在他们心中点燃的时间还不长。在岁月的长河中，那火焰从内部消耗着他们。可是人更脆弱，更容易被武器或者灾难杀死。受到的伤害不容易平复。许多疾病都能把他们打垮。他们会变老，最终死亡。精灵不知道自己死后是怎样一个归宿。有的精灵说，他们的灵魂又回到曼多斯的厅堂。但是他们等待轮回的地方不是精灵自己的地盘。伊路瓦塔之下，除了曼维，只有曼多斯知道这些被召集到外海旁边寂静的殿堂里的灵魂将去往何方。事实上，除了巴拉海尔的儿子贝伦，没有一个死去的精灵再从那死亡之殿回来。贝伦的手曾经触摸过茜玛丽尔。复生之后，他再也没和凡人说过话。至于人死之后，命运也许就不再掌握在梵拉手里。阿伊诺的音乐里也不曾有过任何暗示。

在后来的日子里，莫高斯的胜利疏远了人和精灵之间的关系，这正中莫高斯下怀。住在中洲的精灵渐渐开始衰落，人类独享太阳的温暖。昆迪在偏远的陆地和寂寥的海岛漫游。他们喜欢月光和星光，喜欢森林和山洞，渐渐地，往事变成影子和遥远的记忆。除了那些扬帆远航，离开中洲进入西方世界的精灵。岁月之初，精灵和人类曾经结成联盟，情同手足。有的人向埃尔达精灵学习，变得非常聪明，勇敢，甚至在诺尔多精灵中当了头领。精灵和人类的后代埃玛瑞恩代尔，埃尔温以及他们的儿子埃尔隆德完全继承了精灵的智慧、美丽，也继承了他们的命运。

109

第十三章　　诺尔多回归

如前所述，费阿诺和他的儿子们在这支流亡大军中最先到达中洲。他们在德瑞恩吉斯特河口拉莫斯荒原——"回声之地"登陆。诺尔多精灵刚刚登上海岸，他们的叫喊声便响彻巍峨的群山。骤然之间，回声大作，北方海岸仿佛有千军万马奔腾而过，声浪滚滚，久久不肯消散。在洛斯加烧船的时候，火势大作，压过海风的呼啸，宛如愤怒的动乱爆发出惊天动地的响声。人们在很远的地方听到这响声，心里充满惊讶。

被费阿诺抛弃在阿拉曼的芬戈尔芬看见熊熊燃起的大火，奥克和莫高斯的岗哨也被那冲天火光惊动。莫高斯听说他的仇敌费阿诺带着大队人马进入中洲之后，心里到底想了些什么，不得而知。也许他压根儿就不把费阿诺放在眼里，因为他还没有见识过诺尔多刀剑的厉害。很快人们就会看到，他要把他们赶回到大海。

月亮升起之前，费阿诺在清冷的星光之下，率领大队人马沿德瑞恩吉斯特河口向埃雷德·洛明——"回声之山"进发。他们经过长长的海岸，进入海斯鲁姆——"云雾之地"，终于来到米思利姆的长湖，在北岸安营扎寨。莫高斯被拉莫斯巨大的回声和洛斯加冲天的火光惊动之后，穿过埃雷德·威斯林——"阴影之山"山口，在费阿诺还没有扎好营盘，没有任何防卫的情况下，来了一个突然袭击。米思利姆灰蒙蒙的田野上爆发了贝勒里安德之战第二次战役。这个战役叫做：达戈-努因-吉利亚斯——"星光之战"。因为那时候，月亮还没有升起。后人把它编成歌曲，广为传唱。诺尔多精灵虽然数量上没有敌人多，而且毫无防备。但还是大获全胜。因为阿曼的光还在他们眼睛里闪烁。他们个个义愤填膺，怒气冲天，身强力壮，动作敏捷，手里的剑又长又锋利，把奥克杀得狼狈逃窜。诺尔多精灵把它们赶过长湖，赶过阴影之山，一直追到道舍尼奥恩——"松树之地"北面的阿德-嘉兰大平原。莫高斯的大军从南面进入西瑞恩河谷之后，试图在法拉斯港包围凯尔丹。他们得知奥克大败的消息后，前来增援，结果和这些望风而逃的家伙一起遭到重创。原来，费阿诺的儿子凯莱戈姆听到莫高斯派部队前来增援的消息后，带着一部分精灵埋伏在他们的必经之路——埃伊赛尔·西瑞恩附近的大山。等敌人露头之后，凯莱戈姆一声呐喊，冲入敌阵，一直把莫高斯的人马赶到赛瑞克大沼泽。消息传到安戈班恩德之后，莫高斯非常沮丧。这一仗整整打了十天。莫高斯派出一支又一支人马，企图征服贝勒里安德，结果活着回来的不过像一把树叶，寥寥无几。

然而，正是这种局面，给莫高斯带来极大的快乐，尽管眼下他还蒙在鼓里，没有看出名堂。费阿诺满腔怒火，不肯就此收兵，而是乘胜追击，试图彻底消灭奥克残部，直捣莫高斯的老巢。他一边挥舞宝剑，一边哈哈大笑。想到自己敢于藐视梵拉的权威，能够战胜一路艰辛，现在又要报仇雪恨，心里非常得意。他对安戈班恩德要塞一无所知，也没有料到莫高斯那么快就可以组织起一支强大的防御力量。话说回来，即使知道，他也不会犹豫，一切已命中注定。他被愤怒的烈火燃烧着，离开先头部队，一个人冲在最前面，孤身奋战。莫高斯的走卒见此情景，立刻杀了个回马枪。火魔巴尔洛格从安戈班恩德要塞冲出来增援奥克。费阿诺在道·达伊代罗斯——莫高斯的地盘，被敌人重重包围，身边只有几个朋友。费阿诺浑身是伤，满腔怒火，坚持战斗，毫不沮丧。最后被火魔的首领高斯莫戈打翻在地。高斯莫戈后来在冈多林被埃克赛林所杀。就在这千钧一发之际，费阿诺的儿子们带着人马冲过来，救出父

111

亲。火魔不敢恋战,逃回安戈班恩德要塞。

儿子们抱起父亲,向米思利姆飞速前进。快到埃伊赛尔·西瑞恩的时候,费阿诺让儿子们在通往山口的小路上停下。他伤势很重,自知死期已到。他从埃雷德·威斯林的山坡上,最后瞥了一眼塞戈罗德利姆山上中洲最高的塔楼,心里清楚,依靠诺尔多的力量,永远无法推翻莫高斯的残酷统治。他口里念着莫高斯的名字,诅咒了他三次,又让儿子们恪守誓言,替父报仇,然后死去。费阿诺死后,没有举行葬礼,也没有陵墓。因为他的灵魂就是一团火。灵魂离开肉体时,肉体立刻变成灰,像一缕轻烟,消失得无影无踪。阿尔达再也没有出现过像他这样勇敢的精灵,他的灵魂没有离开曼多斯的厅堂。诺尔多一代枭雄就这样命断米思利姆。费阿诺的所作所为既使他声名远播,又在人们心中引起深深的悲痛。

米思利姆住着灰精灵。他们是翻过一座座大山、迁徙到北方的贝勒里安德精灵。诺尔多精灵见到他们犹如见到久别重逢的兄弟,非常高兴。可是,起初双方交流起来很困难。因为长期隔绝,瓦里诺的卡拉昆迪和贝勒里安德的莫利昆迪的语言已经有了很大的不同。诺尔多精灵从麦斯瑞玛精灵那儿得知,埃鲁·辛格尔,道伊阿斯的王,非常强大,还听说,他的王国四周围着一道神奇的围栏。而北方发生的这些大事也传到梅内戈罗斯,传到布瑞桑姆巴港湾和埃戈拉瑞斯特地区。贝勒里安德所有精灵看到这样一支兵强马壮的队伍,都非常惊奇,而且充满希望。现在,他们正处于困难时期,全然没有想到会有这样一支大军从天而降。起初大家都认为他们是梵拉派来救助贝勒里安德的特使。

费阿诺刚死,莫高斯就派一位使者找他的儿子讲和。他承认自己打了败仗,提出归还一颗茜玛丽尔,作为休战的条件。费阿诺的长子高个子迈斯罗斯劝弟弟们假装同意和莫高斯谈判,在指定的地点会见使者。但是,诺尔多精灵和迈斯罗斯一样,都没有想到莫高斯会如此不讲信义。尽管每位使者来谈判,都愿意带比双方同意的人数更多的武士，莫高斯派来的却多得多，而且巴尔洛格也在其中。迈斯罗斯中了埋伏，全军覆没，只有他，按照莫高斯的命令，留了一条活命，被带到安戈班恩德。

迈斯罗斯的弟弟们只好撤到海斯鲁姆，在营盘周围筑起防御工事。莫高斯把迈斯罗斯作为人质，传话过来说，他绝不放他回家，除非诺尔多精灵放弃这场战争回到北方，或者离开贝勒里安德，撤到南方。费阿诺的儿子们明白，莫高斯绝不会信守诺言。不管他们是否休战，都不会释放迈斯罗斯。除此而外，他们必须恪守誓言，和不共戴天之敌战斗到底！于是，莫高斯把迈斯罗斯的右手腕套在铁环里，吊在"暴虐之山"的悬崖峭壁之上。

海斯鲁姆营盘传来芬戈尔芬率领人马穿过冰封雪冻的海峡进入中洲的消息。也就是这个时候，月亮冉冉升起，整个世界为之惊奇万分。芬戈尔芬到达米思利姆的时候，火焰般的太阳从西方升起。芬戈尔芬吹响号角，银色和蓝色相间的旗帜迎风飘扬，鲜花在他走过的路上盛开。星光时代到此结束。阳光普照大地，莫高斯的仆人纷纷逃进安戈班恩德，藏到不见天日的山洞里。芬戈尔芬没有遇到任何反抗，长驱直入，占领道·达伊代罗斯要塞。精灵砰砰砰地敲打安戈班恩德的大门，讨伐莫高斯的号角响彻云霄，"暴虐之山"上的塔楼瑟瑟颤抖。吊在悬崖峭壁上的迈斯罗斯听见千军万马的呐喊之声，叫喊起来。可是石壁间的回声完全淹没了他的求救声。芬戈尔芬和费阿诺的性格不同。他凡事三思而后行，对莫高斯的狡诈十分警惕。于是他从道·达伊代罗斯要塞撤兵，回转头向米思利姆进发。因为有消息传来，在那儿能找到费阿诺的儿子们，而且他需要"阴影之山"作屏障，让他的人马休养生息，发展壮大。他已经看到安戈班恩德要塞坚固无比，莫高斯绝不会被几声号角吓倒。到达海斯鲁姆之后，他在米思利姆湖北岸安营扎寨。芬戈尔芬和他的同胞穿过冰山绵延的海峡时，吃尽千辛万苦，因此，对费阿诺家族绝对谈不上什么爱。现在，费阿诺虽然已经命

113

归黄泉，但芬戈尔芬认为他的几个儿子都是他的帮凶。因此，这两大家族之间随时都有爆发战争的危险。芬戈尔芬和菲纳芬的儿子芬罗德带领的人马虽然路途上损失惨重，但是人数还比费阿诺的追随者多。他们在芬戈尔芬进入海斯鲁姆之前，便搬到米思利姆湖南岸。于是，先前的同胞和朋友之间隔了浩淼无际的长湖。其实，费阿诺手下许多精灵都后悔不该在洛斯加把那些美丽的白船付之一炬。被他们抛弃的朋友勇敢顽强穿越北方冰天雪地、险象环生的海峡，也令他们惊叹不已。他们非常想欢迎这些朋友，可是羞愧万分，谁也不敢把心里的话说出口。

就这样，由于劫数难逃，诺尔多精灵在莫高斯犹豫不决、奥克对刚刚普照大地的强烈阳光万分恐惧的时候，坐失良机，一无所获。莫高斯却在分析形势之后，重振旗鼓。看到敌人内部分裂，他高兴得哈哈大笑。他在安戈班恩德制造了大量烟雾和毒气。一团团黑烟从铁山山顶冒出来，污染了晴朗的天空，远远地从米思利姆就看得一清二楚。风从东方来，把烟雾和毒气带到海斯鲁姆，遮住了初升的太阳。精灵们被毒气熏倒，有的蜷缩在田野上、洼地里，有的漂浮在米思利姆湖上，景况十分悲惨。

北方大地被莫高斯在地下打造武器的雷鸣般的响声震得颤抖。芬戈尔芬的儿子，勇敢的芬戈恩决定在敌人为新的战争做好准备之前，消除两个部族之间的仇恨，言归于好。很久以前，在瓦里诺那块乐土，在梅尔克还没有披枷戴锁成为阶下囚，谎言还没有使他们两个家族疏远之前，芬戈恩和迈斯罗斯是要好的朋友。虽然他不知道，火烧白船的时候，迈斯罗斯一直在心里惦记着他，现在想起他们之间从儿时起建立的友谊，心里还是一阵温暖。于是他做出一个大胆的决定，并且创造出一项至今广为传颂的诺尔多王子的惊人之举。他没有和任何人商量，独自去找迈斯罗斯。在莫高斯制造的黑色烟雾的掩护下，他顺利进入敌人的防地，一直爬上高高的"暴虐之山"。极目远眺，一片荒凉，他的心里充满绝望。

没有通道,甚至没有一条缝隙,可以让他潜入莫高斯的要塞。奥克因为害怕,藏在地下洞穴里不见天日。为了表示对这些凶残野兽的蔑视,芬戈恩拿出竖琴弹唱起来。他唱的是诺尔多精灵在瓦里诺时编的一首歌。那时候,芬维的儿子们还没有发生纷争。歌声凄清宛转,在充满哀愁的空谷里回荡。那峡谷除了恐惧的叫喊,痛苦的悲啼还没有响起过任何别的声音。

竖琴丁东,芬戈恩找到了他要寻找的目标。突然,头顶之上,隐隐约约传来一阵歌声。那是对他的回应,是被残酷折磨的迈斯罗斯的歌声!芬戈恩顺着歌声爬到一座峭壁下面,发现亲人就挂在绝壁之上,而他站在这道镜面一样光滑的石壁之下,连一步也爬不上去。看到莫高斯用这样令人发指的手段折磨自己的弟兄,芬戈恩哭了起来。迈斯罗斯吊在绝壁之上,苦不堪言,又无生还的希望,就求芬戈恩一箭把他射死。芬戈恩搭上一枝箭,拉开弓。没有别的希望,他就向曼维大声呼喊:"啊,万物之主,所有的鸟都是你最亲密的朋友,让这枝羽毛做成的箭快快飞吧!在诺尔多危难之际给他们一点怜悯!"

他的祈祷很快就得到回应。因为所有鸟儿都是曼维大帝亲密的朋友,经常把中洲的消息带到塔尼奎提尔。曼维命令鹰住在北方悬崖峭壁之上,监视莫高斯的一举一动。因为曼维对流亡中的诺尔多精灵仍然心存怜悯。鹰把最近发生的事情向曼维一一做了汇报,曼维听了心里非常难过。现在,就在芬戈恩拉满弓的那一刹那,天空中出现了鹰王梭伦多。它是百鸟之王,力大无比,两只翅膀伸开有一百八十英尺长。它挡住芬戈恩拉弓射箭的手,让他骑在自己的背上,飞上悬挂迈斯罗斯的绝壁。可是芬戈恩无法取下紧扣迈斯罗斯手腕的铁环,既砸不开,又拔不出。痛苦万状的迈斯罗斯求他把自己杀死。芬戈恩无计可施,只得砍断他的手腕。鹰王梭伦多驮着他俩,飞向米思利姆。

迈斯罗斯的伤口没有多久就完全痊愈。他的生命之火非常旺盛，他的力量来自那个古老的世界，瓦里诺之光曾经照耀他成长。他的身体很快就恢复健康，又变得英武矫健。可是痛苦在他心底留下挥之不去的阴影。他现在用左手舞剑，比右手挥舞还得心应手。芬戈恩的壮举为自己赢得极大的声誉，诺尔多精灵都赞颂他。芬戈尔芬和费阿诺两大家族间的仇恨终于烟消云散。迈斯罗斯为他们在阿拉曼背信弃义的行为请求芬戈尔芬原谅，坚决放弃王位，不再君临诺尔多。他对芬戈尔芬说："如果我们双方真的已经捐弃前嫌，你，作为芬维家族现在还活着的长者，就应该继承王位，这是合乎天理、顺乎民心的事情。"可是，他的几个兄弟听了都不以为然。

就这样，正如曼多斯预言的那样，费阿诺这一支成了"被剥夺者"。因为作为芬维家族的长房，他们已经将王权交给芬戈尔芬。还因为他们失去了茜玛丽尔。诺尔多精灵又一次联合起来之后，在道·达伊代罗斯边境建造塔楼，布置岗哨，对安戈班恩德要塞形成西、南、东三面包围之势。他们还派出许多使者，到贝勒里安德各地寻访联络，和居住在那儿的人们结成最广泛的联盟。

辛格尔王并不真心欢迎从西方来的这些王子。他们个个英武、强壮，而且急于建立新的王国。辛格尔王不肯打开国门，也不愿意拆除那道神奇的围墙。梅里安的智慧使他变得更聪明，他不相信莫高斯会永远躲在地下洞穴不出来作恶。只有菲纳芬这一支的王子可以进入道伊阿斯——"守卫之地"。因为他们声称和辛格尔王是近亲。他们的母亲是阿尔夸棱德的埃阿文，而埃阿文是欧尔维的女儿。

菲纳芬的第三个儿子安戈罗德是第一个走进梅内戈罗斯的流亡精灵。他作为哥哥芬罗德的信使，向辛格尔王介绍了诺尔多精灵在北方的情况：他们的数量，武器，装备。安戈罗德不但为人真诚，而且非常聪明。他认为家族之间的矛盾已经解决，便只字未提兄弟间互相残杀的事，也没有谈诺尔多精灵流亡到此的原因和费阿诺发下的毒誓。辛格尔王听完安戈罗德的介绍，在他要告别的时候，说："你可以告诉派你来的兄长，诺尔多精灵可以在海斯鲁姆居住，也可以在道舍尼奥恩和道伊阿斯以东的空旷与荒凉之地居住。但是其他地方不行。那里有我的许多子民，我不能让他们失去自由，更不能因为你们的到来，让他们背井离乡。你们这些从西方来的王子要规范自己的行为举止。我是贝勒里安德的王。不管是谁，既然到了我的地盘，就要听我的号令。谁也不能在道伊阿斯居住。只能作为我的客人来访，或者只能在急需我帮助的时候来找我。"

诺尔多精灵的诸位王公正在米思利姆商量对策，安戈罗德从道伊阿斯带回辛格尔王的旨意。看起来，他对诺尔多精灵态度冷淡，并不十分欢迎。费阿诺的几个儿子听了，气不打一处来。迈斯罗斯却笑道："他是王，当然要摆摆王的架子，否则成何体统。辛格尔王把他尚且力不能及的地方给我们，也在情理之中。其实，即使诺尔多精灵不来，他真正统治的也只能是道伊阿斯一个地方。那么，就让他统治道伊阿斯吧。他会高兴的。芬维的儿子们和他做邻居，总比莫高斯的奥克和他为邻强。至于我们大家，在别的地方居住也不错。"

但卡兰赛尔一点儿也不喜欢菲纳芬的儿子们。他是兄弟几个里面脾气最暴躁、最容易发怒的一个。他大声嚷嚷道："得了吧！别让菲纳芬的儿子们东跑西颠，钻到那个黑精灵的洞子里说长道短了。谁让他代表我们和什么辛格尔打交道呢？尽管他们的的确确到了贝勒里安德，但是不要那么快就忘记自己的父亲是诺尔多的一位君王，只记得母亲属于另外一个部族。"

安戈罗德听了非常生气，二话没说，扬长而去。尽管迈斯罗斯厉声呵斥卡兰赛尔，可是两个家族绝大多数精灵听了他的话，心里还是非常不安。他们都担心，费阿诺的儿子们脾气暴躁，动不动就说些尖酸刻薄的话，甚至拳脚相加，拔刀相向。但是，迈斯罗斯还是管住了几个弟弟，一起走出议事厅。没有多久他们就离开米思利姆，向东到阿罗斯河那边的海姆瑞恩山，并且在那儿安顿下来。那一带后来就以迈斯罗斯的名字命名。它的北部没有可以防御安戈班恩德之敌的山脉和河流。迈斯罗斯和他的兄弟们就在这边布下许多岗哨，严加防守。他们尽可能多地召集人马来这一带居住，但是和驻扎在西边的亲戚很少来往，只有在迫不得已的时候，大家才碰面。据说，这一切都是迈斯罗斯安排的。他希望尽量减少家族之间的摩擦，而且愿意把危险留给自己。倘若敌人进攻，首当其冲的就是他的营盘。他和芬戈尔芬、菲纳芬家族仍然保持十分友好的关系，经常在一起商量国务大事。然而他仍然被曾经立下的誓言束缚着，尽管那誓言暂且处于休眠状态。

卡兰赛尔驻扎在盖林河上游最东面、赖瑞尔山下海莱沃恩湖旁边。他们爬上蓝山，面向东方极目远眺，心里充满惊奇。天苍苍，野茫茫，中洲大地辽阔得难以想像。就在这儿，卡兰赛尔的精灵碰到矮人。自从莫高斯发起进攻，诺尔多到来之后，他们很少再到贝勒里安德。这两个种族的成员尽管都热爱技术，都喜欢学习，相互之间却没有多少好感。矮人神神秘秘，特别容易生气。卡兰赛尔傲气十足，毫不掩饰对矮人的轻蔑和厌恶。上行下效，臣民们自然像君主一样行事。可是，因为他们双方都惧怕并且痛恨莫高斯，便结成同盟，互惠互利，各得其所。那时候，劳戈利姆掌握了许多工艺的秘诀。贝莱戈斯特和诺戈罗德的铁匠和泥瓦匠非常有名。等到矮人重新进入贝勒里安德，开展商业和生产活动时，所有交易首先经卡兰赛尔之手。这样一来，滚滚财源都流到他的宝库。

按照太阳起落的次数计算，二十年之后，诺尔多的芬戈尔芬王举行了一次盛宴。那一天，春光明媚，伊弗林湖水清澈见底。湍急的纳罗戈河就发源于这里。北面，形成一道屏障的阴影之山下，水草丰美，满眼碧绿。在后来悲伤的日子里，人们常常想起这次盛宴的欢乐。这次宴会史称梅瑞斯-阿德沙德——"欢聚之宴"。芬戈尔芬和芬罗德家族的许多首领、大臣，费阿诺的儿子迈斯罗斯和玛戈勒以及他们的族人，东部边境的武士，凯尔丹君王带领的许多灰精灵，贝勒里安德森林里的流浪者和港湾一带的居民欢聚一堂。就连七河之地的绿精灵也从蓝山远道而来。但是道伊阿斯只来了两位使者，马布伦和戴隆，带来辛格尔王的问候。

　　欢聚之宴上，各路人马都提出许多宝贵的建议，他们还举杯盟誓，世代友好，共同抗敌。据说，那次宴会，灰精灵的语言几乎成了通用语，连诺尔多精灵也讲他们的话。因为他们很快就掌握了贝勒里安德的语言，而辛达学瓦里诺的语言却很慢。诺尔多精灵心高气傲，充满希望。在许多诺尔多精灵看来，费阿诺当初说过的话颇有道理。他们要在中洲寻求自由，创立自己的王国。在相当长的一段岁月里，这里确实和平安宁。锋利的刀剑保卫贝勒里安德，使其免受莫高斯的袭击。这个盖世魔王只能在他的大门后面作威作福。那时候，在新创造的太阳和月亮之下，大地一派生机，人们其乐融融。可是北方虽然是朗朗晴空，阴影并没有完全消失。

　　三十年过去了。芬戈尔芬的儿子图尔冈离开他的住地内夫拉斯特，在托尔·西瑞恩岛找到他的朋友芬罗德。他们对北方连绵不断的山岭感到厌倦，便沿着西瑞恩河向南走。夜幕降临，夏日天空，繁星点点，他们在河岸躺下。乌尔莫来到河边，把他们领入沉沉的梦乡。醒来之后，那梦境还困扰着他们。可是两个朋友彼此之间什么也没有说。一则因为对那梦境的记忆模模糊糊；二则，他们都认为，乌尔莫只是向自己传达了某种信息，不便明言。但是，从那以后，他们心里一直七上八下，不知道会有什么灾难降临到头上。他们经常独自在人们未曾涉足的荒野探寻，希望找到可以隐藏一支大军的地方。他们俩都觉得乌尔莫嘱咐他们为即将到来的战争早做准备。他们要建造一座可以退守的要塞。万一莫高斯冲出安戈班恩德，打败北方大军，还能有一个赖以生存的立足之地。

119

　　有一阵子，芬罗德和妹妹盖拉德丽尔常去道伊阿斯，到他们的亲戚辛格尔王那儿做客。千洞之殿所蕴藏的力量和威严让芬罗德大为惊讶。它那令人眼花缭乱的财宝、武器库和殿堂里许许多多精雕细刻的柱子都让人叹为观止。芬罗德想,他也要在大山下面建造一座秘密要塞——防守严密的大门,宽阔的厅堂,针插不进,水泼不出。他向辛格尔王透露了自己的心事,说出自己的梦想。辛格尔告诉他,纳罗戈河有一条很深的峡谷。峡谷西面陡峭的山崖下有许多山洞。芬罗德离开时,辛格尔还派了几个向导,带他到那个极少有人知道的地方实地勘察。就这样,芬罗德找到纳罗戈山洞,并且按照千洞之殿的样子大兴土木,建造武器库和殿堂。新建成的要塞叫纳戈斯隆德。建造这座要塞的时候,芬罗德得到蓝山矮人的大力帮助。矮人得到丰厚的回报,因为芬罗德从蒂伦带来的财宝比任何别的王子都要多。矮人还给芬罗德做了一条纳乌戈拉米尔——“矮人的项链”。这条项链工艺精湛,用纯金制成,上面镶满从瓦里诺带来的宝石,在远古时期非常有名。更为神奇的是,它戴在脖子上,轻得像一缕亚麻,可是把戴项链的人映衬得楚楚动人,高贵典雅。

芬罗德一家和许多族人都搬到纳戈斯隆德要塞。矮人用自己的语言管他叫费拉冈德,意思是“洞中之王”。他到死也一直用这个名字。然而,芬罗德·费拉冈德并非纳罗戈河边洞穴中居住的第一人。

芬罗德的妹妹盖拉德丽尔没有和他一起来纳戈斯隆德要塞。因为与她深深相爱的凯利博恩——辛格尔王的亲戚,住在道伊阿斯。她继续留在“千洞之殿”,和梅里安住在一起,从她那儿学到许多关于中洲的知识。

图尔冈无法忘记曾经屹立在山顶之上的那座美丽的城池——蒂伦。那里绿树成阴,塔楼和蓝天相连。他没有找到这样一个地方,只得又回到内夫拉斯特,坐在海岸边文雅玛府邸苦思冥想。第二年,乌尔莫出现在他的面前,让他独自一人到西瑞恩峡谷。图尔冈遵嘱前往,按照乌尔莫的指点,在"环抱之山"找到一条不为人知的"宽峡谷"——图木拉登。图木拉登中间有一座石头山。他没有把这个发现告诉任何人,回到内夫拉斯特之后,便开始秘密筹划,准备建设一座期盼已久的、可以与图纳山上的蒂伦城相媲美的城池。

　　莫高斯派出不少侦探,探听诺尔多精灵的动向。这些侦探报告说,诺尔多精灵到处游逛,压根儿就没想到会爆发战争。莫高斯想试探一下敌人的虚实、对战争有无准备,便又一次突然袭击。北方骤然间地动山摇,大地的缝隙冒出浓烟烈火,铁山也喷吐出熊熊燃烧的火焰。奥克潮水般袭向阿德-嘉兰平原。他们从西面穿过西瑞恩山口,从东面进入玛戈勒的领地,然后,从迈斯罗斯占领的山头和蓝山山脉之间的通道长驱直入。可是,芬戈尔芬和迈斯罗斯并没有睡大觉。别的精灵搜寻在贝勒里安德走散迷路、到处作恶的奥克时,他们从两面夹击,攻打敌人在松树之地的主力。他们打败了莫高斯的兵马,在辽阔的阿德-嘉兰平原乘胜追击,一直追到安戈班恩德要塞大门口,彻底歼灭了这群穷凶极恶的猛兽。这就是贝勒里安德之战的第三场战役,史称达戈·阿格拉瑞布——光荣之战。

　　这场战争虽然精灵取得了胜利,但是对他们也是一个警告。诸位王子清楚地认识到这一点,加强了相互之间的联盟,加强了防守和警戒,对安戈班恩德展开了一场长达四百年的包围战。光荣之战之后很长一段时间,莫高斯的喽啰不敢迈出要塞大门半步。他们害怕诺尔多精灵王。芬戈尔芬夸口说,除非内部发生叛变,莫高斯永远无法摧毁埃尔达联盟,也不会在毫无察觉的时候向他们发起突然袭击。然而,诺尔多精灵无法攻克安戈班恩德要塞,也无法夺回茜玛丽尔。事实上,形成包围之势期间,战争从来没有完全停止。因为莫高斯不断制造出新的妖魔或者玩弄新的手段,试探敌人的虚实。而且,不可能把莫高斯的要塞包围得密不透风。因为暴虐之山的一座座塔楼正好在铁山的环抱之中,左右两侧都形成屏障,山顶终年积雪,诺尔多精灵根本无法逾越。因此,莫高斯要塞的背部和北面并没有敌人,他经常派密探绕道潜入贝勒里安德。莫高斯最想干的事情是,在埃尔达精灵中播下恐惧和分裂的种子。他命令活捉能够找到的任何一个精灵,带回安戈班恩德要塞。有的精灵一看到他那凶狠的目光就吓得骨软筋酥,用不着镣铐锁链,就老老实实招供。因此,莫高斯对费阿诺反叛以来发生的所有事情都了如指掌。看到许多不和的种子正在敌人的营垒萌发,他不由得暗中高兴。

光荣之战过去大约一百年之后,莫高斯试图偷袭芬戈尔芬(因为他知道迈斯罗斯的厉害)。他派出一支军队进入北方,然后向西,再向南直插德瑞恩吉斯特河口。这条路正是当年芬戈尔芬跨越冰山林立的海峡之后走的那条路。他们以为这样就可以从西面进入海斯鲁姆王国。可是芬戈尔芬的士兵及时发现了这股敌人。芬戈尔芬的兵马从河口周围几座大山猛扑下来,大部分奥克都被赶进大海。这一仗没有被当做大战记载下来,因为奥克的数目不多,海斯鲁姆参与作战的精灵也不是很多。这以后,和平安宁又维持了好长时间,安戈班恩德要塞没有再发起新的进攻。因为莫高斯看出,没有其他兵种配合,奥克不是诺尔多精灵的对手。他又开始在心里盘算新的鬼主意。

又过了一百年,戈拉乌如恩,北方第一条火龙趁夜色走出安戈班恩德要塞的大门。这条龙尚且年轻,还没长到一半大,因为龙的寿命很长,长得很慢。可是精灵看见这个从来没有见过的怪物,吓得拔腿就跑。一直跑到阴影之山松树之地。火龙趁虚而入,横扫阿德-嘉兰大平原。海斯鲁姆的芬戈恩王子带领一队弓箭手,骑着骏马,将火龙戈拉乌如恩团团围住。戈拉乌如恩的鳞甲还没有长全,禁不住如蝗飞箭的猛射,逃回安戈班恩德要塞,好多年没有出来。芬戈恩备受赞美,诺尔多精灵士气大振。很少有人想到,这条刚刚诞生的火龙意味着什么，对他们将造成多么大的威胁。莫高斯很不高兴，责怪火龙不该羽翼未丰就暴露自己。这次失败之后，世界又平静了两百年。这当儿，没有发生什么争斗，也没有太多的冲突，贝勒里安德繁荣昌盛，越来越富裕。北方驻守着装备精良的部队，诺尔多精灵建设美丽的家园，一座座塔楼拔地而起，一幢幢房屋鳞次栉比。他们还创造出许多精美的物品。诗歌，历史，各种书籍应运而生。许多地区，诺尔多精灵和辛达精灵融为一体，说同样的语言，做同样的事情。尽管相互之间还有一些不同。诺尔多精灵心智更加发达，体魄更加健壮，出过不少了不起的武士和学者。他们用石头建造房屋，喜欢在山坡和旷野居住。辛达精灵都是金嗓子，声音甜美，长于音乐，除了费阿诺的儿子玛戈勒之外，他们都喜欢住在森林里、河水边。有的灰精灵仍然没有定居，到处流浪，边走边唱。

第十四章　　贝勒里安德和它的王国

　　这里讲述的是古时候诺尔多精灵进入中洲西北部时,那块大陆的情形。还讲述了埃尔达诸位君王如何统治各自的领地,以及贝勒里安德之战第三场战役"光荣之战"之后,结盟反抗莫高斯的故事。

　　在遥远的北方,梅尔克一直把埃雷德·英格里恩——"铁山"作为乌图木诺要塞的屏障。铁山山脉由东向西,呈弓形屹立在北部边疆,一年四季经受冰雪严寒的洗礼。铁山西端向北延伸。梅尔克在那儿建了另外一座要塞,防止来自瓦里诺的进攻。回到中洲之后,他一直住在安戈班恩德要塞,也叫"铁牢"。因为在前次的大战中,梵拉捣毁他在乌图木诺的老窝时,匆忙之中没有彻底摧毁安戈班恩德要塞,也没找到他深藏地下的密室。梅尔克在铁山下挖了一条隧道,出口在大山南面。山洞口选了一扇非常坚固的门。为了安全,他还用地下秘密熔炉的炉灰、炉渣和开凿隧道挖出来的泥土沙石,在门上堆起一座大山。这座黑山非常高,孤零零地屹立在苍穹之下,不停地喷吐黑烟和毒气。安戈班恩德要塞门前,垃圾、秽物随处可见,一直向南延伸到阿德-嘉兰平原,长达好几英里。太阳升起之后,这里长满茂盛的青草。安戈班恩德要塞被包围、山门紧闭的时候,就连这座活地狱门前的石缝坑凹也都一片碧绿。

　　塞戈罗德利姆西面是海塞洛梅——"云雾之地"。这是诺尔多语的说法。他们刚在这儿安营扎寨之后,看到莫高斯喷吐出来的团团烟雾弥漫着远山近水，便管这一带叫海塞洛梅。辛达精灵定居于此之后，按照他们的语言，叫这一带为海斯鲁姆。安戈班恩德被包围期间，这个地方祥和安宁，尽管一年四季冷风习习，冬天更是天寒地冻。云雾之地西面和埃雷德·洛明——回声之山接壤。回声之山绵延千里与大海相连。东南面，是埃雷德·威斯林——阴影之山巨大的山湾，远眺阿德-嘉兰和西瑞恩峡谷。

芬戈尔芬和他的儿子芬戈恩统治海斯鲁姆。芬戈尔芬家族的主要成员和臣民居住在梅斯瑞姆湖畔。芬戈恩被指派到道-洛明，在梅斯瑞姆山西面。他们主要的要塞在阴影之山东面的埃伊赛尔·西瑞恩。那里岗哨林立，守望着阿德-嘉兰大平原。他们的骑兵在辽阔的平原纵马驰骋。阿德-嘉兰大平原水草丰美，马匹繁殖得很快。种马大都是从瓦里诺带来的，是迈斯罗斯为了弥补他们的损失送给芬戈尔芬的。当初迈斯罗斯和他的兄弟们用船把这些马匹运载到洛斯加。

回声之山那边，道-洛明西面，德瑞恩吉斯特河口向南延伸到内陆地区。这一带叫做内夫拉斯特。辛达语的意思是"海岸这边"。后来只指德瑞恩吉斯特和塔拉斯山之间的海岸。许多年，这一带一直是芬戈尔芬的儿子、"智者"图尔冈的领地。这块土地一面临海，一面依靠回声之山作屏障，另一面是巍峨的"阴影之山"向西延伸的山峦，从伊弗林湖到耸立在海角之上的塔拉斯山。有的精灵认为，内夫拉斯特应该划归贝勒里安德而不是海斯鲁姆。因为这一带气候温和，湿润的风从大海吹来，横扫海斯鲁姆的北风被巍峨的群山阻挡在荒原那边。这里地势低凹，群山环绕，屹立在海边的座座山崖比背后的平原高出许多。内夫拉斯特没有河流，中部有一个很大的湖。这个湖没有岸，周围都是沼泽地。人们管它叫里纳伊文——"鸟之湖"，那里栖息着许多鸟儿。高高的芦苇，浅浅的水洼是它们繁衍生息的好地方。诺尔多精灵迁徙到这里之后，许多灰精灵都生活在内夫拉斯特靠近海岸的地方，特别愿意居

125

住在西南部塔拉斯山周围。因为远古时期,乌尔莫和奥赛经常来这个地区造访。大家都拥立图尔冈为王。诺尔多精灵和辛达精灵在这里相互同化,很快便融合到一起。图尔冈住在临海的塔拉斯山下、被他称为文雅玛的宫殿里。

阿德-嘉兰大平原南面是道舍尼奥恩高地。这块高地从西到东长达六十里格,那里古树参天,北面和西面的树木更加稠密。从阿德-嘉兰大平原开始,一溜缓坡逐渐上升为荒凉空旷的高地。光秃秃的石山下面许多小湖星罗棋布。这些石山比埃雷德·威斯林的山脊还要高。高原南部是一道道陡峭的山崖,和道伊阿斯遥遥相对。菲纳芬的儿子安戈罗德和埃格诺被他们的哥哥芬罗德——纳戈斯隆德的王,封为这里的王侯。他们站在道舍尼奥恩北坡上眺望阿德-嘉兰平原,心潮起伏,思绪万千。他们的百姓很少。因为这一带土地贫瘠,身后的高山被看做莫高斯不敢轻易跨越的屏障。

道舍尼奥恩和阴影山之间是一条狭窄的峡谷。峡谷西面的陡崖上长满松树。峡谷也是满眼碧绿。因为西瑞恩河从这里流过,匆匆忙忙流向贝勒里安德。芬罗德把守着西瑞恩山口,在大河中间的托尔·西瑞恩岛上建了一座高大的瞭望塔——米纳思蒂里斯,亦称"瞭望之城"、"月亮城"。纳戈斯隆德要塞建成之后,他把它交给弟弟奥罗德瑞斯把守。

西瑞恩河从贝勒里安德富饶美丽的平原流过。这条许多民歌传唱的大河发源于埃伊赛尔·西瑞恩,绕过阿德-嘉兰大平原,进入西瑞恩山口。这一路,许多山泉汇入,河水湍急,河面变宽。过西瑞恩山口之后,向南流一百三十里格,途中许多支流并入大河,河水越发滔滔滚滚,奔腾向前,从巴拉湾三角洲流入大海。西瑞恩河从北到南,右面是西贝勒里安德。西瑞恩河和泰戈林河之间是布雷塞尔森林。泰戈林河和纳罗戈河之间是纳戈斯隆德王国。纳罗戈河发源于道-洛明南面伊弗林大瀑布。在南·塔斯瑞恩——"柳树谷"流入西瑞恩河之前,已经奔流了八十多里格。南·塔斯瑞恩南部是鲜花盛开的牧草地,很少有人居住。再往前就是西瑞恩河口周围一片片沼泽和芦苇丛生的小岛。入海口的三角洲满目白沙,除了鸟儿没有别的活物。

纳戈斯隆德王国从纳罗戈河西岸延伸到内恩宁河。这条河从埃戈拉瑞斯特港湾流入大海。芬罗德成为西瑞恩河和大海之间除法拉斯之外的精灵的大王。法拉斯居住着辛达精灵。他们还非常喜欢船。造船大师凯尔丹是他们的王。凯尔丹和芬罗德友情甚笃,结成同盟。在诺尔多精灵的帮助下,布瑞桑姆巴和埃戈拉瑞斯特港湾整修一新。高高的城墙背后,这两个港湾变成两座美丽的城池和港口,石头砌成的码头和直码头错落有致。芬罗德在埃格拉瑞斯特西面的岬角建造了一座名为巴拉德·尼姆拉斯的瞭望塔,也叫"白角要塞",观察西海的动静,尽管事实证明无此必要,因为莫高斯从来没有造船,或者在海上作战。他的仆人生性怕水,除非万不得已,谁也不愿意走近大海。在法拉斯精灵的帮助之下,纳戈斯隆德又开始造船。他们乘船来到巴拉岛,进行一番实地考察,准备把这座大岛开发出来,一旦敌人攻击,可以作为退守之地。可是命中注定,他们永远不会来这里居住。

芬罗德的王国成为诺尔多精灵诸王统治中的最大的王国,尽管在芬戈尔芬,芬戈恩,迈斯罗斯和芬罗德·费拉冈德诸王中,他年纪最轻。芬戈尔芬是所有诺尔多精灵的王,芬戈恩当居第二。他们的王国在海斯鲁姆北面,他们的同胞最勇敢,最吃苦耐劳。奥克最怕他们,莫高斯最恨他们。

127

西瑞恩河左边是东贝勒里安德。从西瑞恩河到盖林河和"七河之地"之间的距离最宽,大约一百里格。西瑞恩河和明代布河之间是迪姆巴的空阔之地。克瑞沙伊格瑞姆山屹立在这里,那是鹰的栖息之地。明代布河和埃斯加尔杜因河上游之间是南·杜恩戈赛布,亦称"死亡之谷",恐怖之地。峡谷一边是道伊阿斯边境,梅里安神奇的围栏在这里筑起一道谁也无法逾越的防线。另一边是埃雷德·高格罗斯——"恐怖之山"的悬崖峭壁，那陡峭的山崖就如凝固的瀑布从松树之地飞流而下。如前所述，当年，乌戈利安特被"火魔"巴尔洛格追赶得走投无路，曾经在这儿住了一段时间。她把峡谷搞得乌烟瘴气，鬼影憧憧，死后，她那些肮脏的子孙继续盘踞在这里，织永远织不完的罪恶之网。埃雷德·高格罗斯——"恐怖之山"流下的条条细流都被毒蜘蛛污染，喝了以后非常危险。无论是谁，只要尝上一小口，心里就会充满疯狂和绝望。所有活物都远远地避开这条死亡之谷。诺尔多精灵只在万般无奈的时候，才从这里走过，而且尽量走靠近道伊阿斯边境的小路。这条路早在莫高斯重回中洲之前即已开通。如果你想走这条路，就要先向东，到埃斯加尔杜因河。河上有一座古老的石桥——伊阿恩特·伊奥尔。过了这座桥到达道·迪内恩——"寂静之地"，然后穿过阿罗塞赫——阿罗斯河可以趟水而过的浅滩，进入贝勒里安德北部地区。费阿诺的儿子们就住在那儿。

贝勒里安德南部是道伊阿斯戒备森严的森林，这里是辛格尔王的地盘。没有他的允许，谁也无法进入。道伊阿斯北部，是奈尔多雷斯森林。埃斯加尔杜因河从大森林东面和南面流过，流到这块土地中部，向西拐了个弯。阿罗斯河和埃斯加尔杜因河之间是稠密的瑞金大森林。埃斯加尔杜因河南岸是千洞之殿。大河从这里向西一直流入西瑞恩河。道伊阿斯的国土都在西瑞恩河东边，只有泰戈林河和西瑞恩河交汇处一条狭窄的林带和"曙光沼泽"在西边。道伊阿斯精灵管这片森林叫尼弗瑞姆。这里生长着高大的橡树，也在"梅里安之环"的范围之内。因此，西瑞恩河有一段完全置于辛格尔的控制之下。梅里安以此表达她对乌尔莫的敬意。

阿罗斯河在道伊阿斯西南流入西瑞恩河。河西岸有许多湖泊和沼泽。阿罗斯河在这里放慢速度，向四面八方流去，形成许多条支流。这个地方叫埃林-维阿尔——"曙光沼泽"。因为这里总是大雾弥漫，道伊阿斯的神秘力量融在湖光水色之中。贝勒里安德北部地区由高到低，一溜斜坡向南，到这一带之后，地势变得平缓，西瑞恩河湍急的河水也放慢速度，但是从曙光沼泽往南，地势骤然变得陡峭，一道瀑布把高处的西瑞恩河和低处的西瑞恩河截然分开。倘若从南向北望去，宛如一条由座座高山连成的没有尽头的锁链，从西面纳罗戈河岸的埃戈拉瑞斯特一直延伸到东面的"寂静之山"阿蒙·埃瑞布。远处的盖林河隐约可见。纳罗戈河从大山之间深深的峡谷流出，河水湍急，但是没有瀑布。西岸地势渐高，是森林覆盖的高地塔乌尔-恩-法罗斯。峡谷西面，瑞恩维尔河一路欢歌，泡沫翻滚，从法罗斯流入纳罗戈河。芬罗德在这里建造了纳戈斯隆德城堡。距纳戈斯隆德峡谷大约二十五里格，西瑞恩河从沼泽地飞流直下，突然之间流入一条地下通道。这条通道实际上是由河水落差造成的巨大力量冲刷而成的。在地下向南流了三里格之后，又带着雷鸣般的响声，和团团水雾从大山脚下乱石丛中奔涌而出。这一奇观被叫做"西瑞恩河之门"。

这一道大瀑布，犹如宏伟的城墙，保卫着这块土地，所以被叫做安德兰姆——"长城"。它位于东贝勒里安德，从纳戈斯隆德到拉姆达尔——"长城之尾"。"长城"东面渐渐地不再陡峭。因为盖林河河谷向南形成一溜长坡。盖林河整个流程没有瀑布，河水也不算湍急。但是总的说来，流速比西瑞恩河快。拉姆达尔和盖林河之间，有一座坡度不大的山，因为孤零零地耸立在河水之中，看起来比实际高度高得多，也雄伟得多。这就是阿蒙·埃瑞布——"寂静之山"。住在"七河之地"的南多精灵王代内舍死在这座山上。他是为了帮助辛格尔王反对莫高斯战死的。那时候，奥克刚刚出世，称雄一方，破坏了贝勒里安德星光之下的和平与安宁。兵败之后，迈斯罗斯一直住在这座山上。安德兰姆南面，西瑞恩河和盖林河之间的旷野之上，有一片森林。森林里无人居住，只有几个黑精灵出没其间。这片森林叫塔乌尔-伊姆-杜纳斯。意思是"河

129

中间的森林"。

　　盖林河是一条大河，有两个源头，因此，它的上游实际上是两条河流。小盖林河发源于海姆瑞恩山，大盖林河发源于赖瑞尔山。这两条河汇合后，向南流了四十里格，才有支流陆续融汇其中。盖林河流入大海之前，长度是西瑞恩河的两倍。但是河面比较窄，河水也没有西瑞恩河那么多。因为海斯鲁姆和"松树之地"道舍尼奥恩的雨量丰沛，为西瑞恩河提供了充足的水源，而东贝勒里安德历来比较干旱。从埃雷德·鲁因——蓝山，流出六条河，成为盖林河的支流。这六条河分别是：阿斯卡河（后来叫做拉斯勒瑞尔河），沙罗斯河，莱戈林河，布瑞尔舍河，杜埃尔温河和阿杜兰特河。这几条河从高山里流出，河水湍急，奔腾汹涌，涛声不绝。从北面的阿斯卡河到南面的阿杜兰特河，从盖林河到蓝山便是奥赛瑞恩德——"七河之地"。这里土地肥沃，绿草如茵。阿杜兰特河流到一半的时候，分成两股，然后又汇合到一起。两股清流中间的小岛叫做托尔·加伦——"绿岛"。贝伦和露西恩回来之后便住在这里。

　　七河之地住着绿精灵，他们在条条大河的保护之下，过着幸福安宁的日子。除了西瑞恩河，西方水系中，乌尔莫最喜欢的就是盖林河。"七河之地"的精灵对森林了如指掌，把自己隐蔽得严严实实。倘若陌生人走进他们的营地，自始至终都看不见一个精灵。他们春天和夏天穿着绿衣服，甜美的歌声盖过盖林河的涛声在蓝天下回荡。诺尔多精灵把这块美丽的土地叫做林敦——"歌舞之乡"。林敦背后的大山叫埃雷德·林敦。因为从七河之地第一眼看到的就是这一座座高山。

　　"松树之地"道舍尼奥恩的东边，是贝勒里安德最容易受到攻击的地方。这里只有几座低矮的小山，从北面防守着盖林河峡谷。这个地区驻扎着迈斯罗斯和费阿诺另外几个儿子，以及他们带来的许多人马。他们的骑兵经常在阿德-嘉兰东部，辽阔的洛斯兰恩平原纵马驰骋，防备莫高斯可能对东贝勒里安德发起的任何进攻。

迈斯罗斯最主要的要塞在海姆瑞恩山——意思是"寒冷之地"。这座山岩石裸露,一棵树也没有,山顶很平,周围有一座座小山。海姆瑞恩和松树之地之间有一道山口。山口西面非常陡峭,这就是阿格朗恩山口,通往道伊阿斯的大门。北方的寒风从这里长驱直入。凯莱戈姆和库茹芬带领重兵把守着这道关口以及从松树之地发源的阿罗斯河和从海姆瑞恩发源的凯龙河之间辽阔的土地。

玛戈勒的驻地位于盖林河的怀抱之中。这儿只有一座座低矮的丘陵,派不上什么用场。第三次战役之前,奥克就是从这儿进入东贝勒里安德的。因此,诺尔多精灵的骑兵主要布置在这一带。卡兰赛尔和他的人马驻守在玛戈勒山口东面的大山里。赖瑞尔山和林敦山之间有一个夹角。那里有一个湖。除了南边,其他三面都群山矗立,把重重山影投向湖面。这就是海莱沃恩湖,又深又黑。卡兰赛尔住在湖边。盖林河和连绵逶迤的山岭之间,赖瑞尔山和阿斯卡河之间这一块土地叫做沙戈林,意思是"盖林河那边的土地"。诺尔多精灵就是在这儿第一次碰到矮人的。过去,灰精灵管沙戈林叫塔拉斯·鲁内恩——"东边的峡谷"。

就这样,费阿诺的儿子们在迈斯罗斯的率领之下,成为东贝勒里安德的王。不过,他们的人马大都住在北面,只有打猎的时候才到南面的大森林。只有阿姆罗德和阿姆拉斯这一对孪生兄弟住在森林里,"大包围"期间,他俩很少到北方。别的精灵王却常常不辞辛苦,远道来他们这儿。因为这里风景优美,充满山野风情。在这些精灵王中,芬罗德·费拉冈德是常客。他喜欢旅游,更愿意到"七河之地"游玩,和这里的绿精灵建立了深厚的友谊。但是在他们的王国存续期间,诺尔多精灵从来不翻越林敦山看看外面的世界。因此,东方发生的事情很少传到贝勒里安德。

第十五章　　贝勒里安德的诺尔多精灵

　　如前所述,在乌尔莫的指点下,内夫拉斯特的图尔冈发现了深藏不露的图木拉登大峡谷。这条峡谷在位于西瑞恩河上游,群山环抱,峭壁相连,除了鹰王梭伦多,谁也不曾来过。在那大山之下,黑暗之中,有一条流水冲刷而成的通道。水从这个地下通道喷涌出来之后,流入西瑞恩河。图尔冈发现这条通道之后,又顺势在大山之中找到一块碧绿的平原,看到一座由光滑、坚硬的石头组成的小山,宛如孤零零的小岛伫立在绿野之上。这条峡谷在远古时期是一个大湖。于是,图尔冈心里明白,这正是他要找的理想之地。他决心在这里建一座美丽的城市,纪念图纳山上的蒂伦。回到内夫拉斯特之后,他表面上还是平平静静过日子,实际上一直在苦苦思索,怎样才能完成他的宏伟计划。

　　"光荣之战"后,乌尔莫心里点燃的那团火又燃烧起来,越发无法平静。他召集许多勇敢又肯吃苦的能工巧匠,悄悄来到那条不为人知的峡谷,秘密建造自己设计的城池。他们在四周布置岗哨,严加防守,不允许任何人走近一步。乌尔莫的神力也在西瑞恩河流淌,暗中保护他们。经过五十二年的艰苦劳动,这座城终于建成。在此期间,图尔冈大部分时间还是住在内夫拉斯特。据说,图尔冈用瓦里诺精灵语命名这座城池为欧恩德林代——"水乐之城"。因为山上流水淙淙,宛若演奏动听的音乐。可是按辛达语的说法,这个名字就变了,变成冈多林,意思是"隐藏的岩石"。图尔冈准备离开内夫拉斯特,离开他的海边宫殿文雅玛。就在这时,乌尔莫又来见他,对他说:"现在,你终于可以住到冈多林了,图尔冈。我的神力仍将在西瑞恩峡谷,在周围条条大河里保护你。所以,谁也不会知道你的行踪,谁也不会违背你的意志,发现那个秘密入口。在反对梅尔克的斗争中,埃尔达所有精灵的王国,惟有冈多林支撑的时间最长。不过,不要过分爱惜你亲手创造的这座城池。要记住,诺尔多精灵真正的希望在西方,来自大海。"

乌尔莫还警告图尔冈,他并没有从曼多斯预言的劫难中解脱。乌尔莫也没有力量帮助他解脱。"因此,"他说,"对诺尔多的诅咒失效之前,灾难一定会落到你的头上。叛逆在你的高墙之内终将出现。那时候,这座美丽的城池可能被一场大火化为灰烬。如果这场灾难确实已经逼近,会有一个人从内夫拉斯特来警告你。由于这个人的出现,精灵和人的希望将从烈火与废墟中诞生。因此,你要在这幢房子里留下武器和一把宝剑。到那个特殊的日子,他将找到这些东西,你也能辨认出这东西而不被欺骗。"乌尔莫还具体告诉图尔冈,他留下的头盔、铠甲和宝剑应该是多大的尺寸,什么样子。

然后,乌尔莫又回到大海。图尔冈把他手下所有人马以及芬戈尔芬率领的部分诺尔多精灵中辛达家族的大部分成员都带到冈多林。他们在"阴影之山"重重暗影的掩护之下,分几队人马秘密出发,神不知鬼不觉来到那条无人知晓的山谷。等大家都走了之后,图尔冈才站起身来,带领家人,悄悄地穿过一座座大山,走进一座座山门,这些大门又一扇一扇在他身后紧紧关上。

133

许多年过去了,除了胡林和胡奥谁也没有进过冈多林这座秘密城池。直到三百五十多年之后的"泪雨之战",图尔冈家族也没有一个精灵走出过冈多林终年紧闭的大门。群山环抱之中,图尔冈这一支精灵人丁兴旺,百业待举。他们辛勤劳动,不断创造,把阿蒙·戈瓦来斯山上的冈多林建设得如同仙境,完全可以与大海那边的蒂伦比美。高高的城墙刷得雪白,石头台阶非常光滑。"帝王之楼"高耸入云,十分坚固。喷泉银光闪烁,殿堂金碧辉煌。图尔冈的庭院里,摆放着他用精灵高超的工艺亲手制作的双树。黄金制作的那一棵取名为戈林加尔,挂满银花的那棵取名为贝尔塞尔。但是,胜过冈多林所有奇观的是图尔冈美丽的女儿伊德丽尔。她也被叫做凯莱布瑞达尔——"银脚"。她的头发像梅尔克入侵前的劳瑞林神树那样,金光闪闪。图尔冈生活得十分幸福,但是内夫拉斯特一片荒凉,直到贝勒里安德毁灭,那里一直空无一人。

就在图尔冈秘密建造冈多林的时候,芬罗德·费拉冈德也在纳戈斯隆德建造他的地下城堡。他的妹妹盖拉德丽尔按照哥哥的吩咐,住在辛格尔王的道伊阿斯。梅里安经常和盖拉德丽尔聊天,谈起瓦里诺,谈起过去的快乐。可是一谈到双树之死和随后暗无天日的日子,盖拉德丽尔就闭上嘴巴,不想再说。有一次,梅里安说:"你和你的亲人心里都有悲伤和痛苦。我能从你的身上看出这一点,至于痛苦从何而来或者还有别的什么情况就不得而知了。即使没有真情实景,即使没有猜测想像,我也看得见西方已经发生过和正在发生的事情:阴影笼罩了阿曼大地,一直延伸到大海这边。你为什么不告诉我更多的情况呢?"

"悲伤已经成为过去,"盖拉德丽尔说,"我不想被往事的回忆搞得心烦意乱,只想享受还剩下的这一点点快乐。也许还会有痛苦降临,尽管我相信未来将是一片光明。"

梅里安看着她的一双眼睛,说:"我不相信人们最初的传说——诺尔多精灵是作为梵拉的信使来中洲的,更不认为,他们是在我们最困难的时候来帮助我们的。因为他们从来没有提起过梵拉,也没有把曼维或者乌尔莫,或者国王的哥哥欧尔维,甚至已经到大海那边的亲人的消息告诉辛格尔。盖拉德丽尔,高贵的诺尔多精灵为什么被赶出阿曼,亡命天涯?难道费阿诺的儿子们中了邪魔?他们为什么那么狂妄、凶残?我说的难道不是事实吗?"

"是,"盖拉德丽尔说,"但有一点你说得不对。我们不是被赶出阿曼，恰恰是违背了梵拉的意志、自愿离开那里的。我们不顾梵拉反对，来这里只有一个目的，那就是向莫高斯报仇，夺回他偷走的宝贝。"

然后，盖拉德丽尔把茜玛丽尔被盗和芬维王在方梅诺斯被杀的事告诉了梅里安，但是关于他们发毒誓、兄弟间相互残杀和洛斯加火烧白船的事只字未提。梅里安说："你已经告诉我不少事情了。不过，我看到的比你讲的还要多。从蒂伦出来，漫漫长路你们投下黑色的影子。我看到了邪恶。辛格尔应该知道这些，以便防患于未然。"

"也许吧，"盖拉德丽尔说，"不过，和我无关。"

梅里安没有和盖拉德丽尔再谈这件事情，但是她把刚刚听到的关于茜玛丽尔的事都告诉了辛格尔王。"这是一件大事，"她说，"它的重要性恐怕连诺尔多精灵自己也没有意识到。因为，阿曼之光，阿尔达的命运就锁闭在这几颗宝石里面。那是费阿诺的杰作，可他已经死了。可以预言，凭埃尔达精灵自己的力量，永远不会夺回茜玛丽尔。从莫高斯手里夺回这稀世之宝之前，世界将爆发一场大战。看吧，费阿诺已经被他们杀了，我想，一定还有许多精灵被杀。但是，他们最先杀的是芬维，你的朋友。莫高斯逃离阿曼之前，先把他给杀了。"

辛格尔心里充满悲伤和不祥的预感，半晌才说："现在，我终于明白诺尔多精灵从西方来的原因了。以前，我一直心存疑惑。他们根本不是来帮助我们的（充其量正好碰上）。对于还留在中洲的精灵，除非万不得已，梵拉只能依靠他们自己解决问题。诺尔多精灵是为了报仇雪恨、夺回宝物才来这儿的。不过，这越发证明，在反对莫高斯的问题上，他们是我们可靠的同盟军。其实，我以前就想过和他们签订个什么条约。"

135

梅里安却说："他们确实是因为这些原因来这儿的。可是还有别的原因。要当心费阿诺那几个儿子！梵拉震怒的影子还笼罩着他们。我已经看出,他们做了坏事,在阿曼和自己同胞身上都作了恶。只是因为痛苦使得诺尔多几位王子暂时忘记相互之间的仇恨。"

辛格尔回答道:"这跟我有什么关系?关于费阿诺的情况,我只是道听途说,觉得他很了不起。至于他那几个儿子,我几乎一无所知,也懒得去打听。不过,有一点很清楚,他们是我们的仇敌的死敌。"

"他们的剑是双刃剑,他的话也是虚实兼备,真假难分。"梅里安说。后来,他们没再提起这个话题。

没过多久,诺尔多精灵到过贝勒里安德之前的所作所为在辛达精灵中悄悄地流传开了。谣言来自何方,不言自明。造谣者编造出许多谎言,给诺尔多精灵做的那些错事添枝加叶,描绘出一幅幅可怕的图景。可是辛格尔警惕性不高,对听到的这些话不加分析,盲目相信。也许正是因为这个原因,莫高斯把他们当做首选的打击目标。他们没和这个盖世魔王打过交道,对他的凶残狡诈知之甚少。凯尔丹听到这些暗中流传的故事之后,心里焦躁不安。他很聪明,很快就看出,这些谣传不管是真是假,都是有人出于某种目的,恶意制造的。但他认为所谓恶意制造者是诺尔多王子。他认为,这些王子嫉妒他们漂亮的府邸,坚固的塔楼。于是,他派信使把听到的流言都告诉了辛格尔王。

正巧,菲纳芬的儿子们来辛格尔家做客,因为他们想见妹妹盖拉德丽尔。辛格尔正在火头上,怒气冲冲地对芬罗德说:"你得向我解释清楚,我的亲戚,为什么如此重大的事情要隐瞒我?现在,诺尔多精灵干的坏事我已经了如指掌。"

芬罗德回答道:"我对您做什么错事了吗?大王。还是诺尔多精灵在您的王国做了什么错事,让您伤心?谁也没有对大王您,或者对您的臣民,起过什么坏念头,或者做过什么坏事。"

“你真让我惊讶，埃阿文的儿子，”辛格尔说，“你双手沾满母亲亲属的鲜血，居然还敢来见我。居然不为自己做任何辩解，也不请求原谅！”

芬罗德心里非常难过，不知如何是好，只能保持沉默。他无法为自己辩解，那样做就等于把别的诺尔多王子推上被告席。他不愿意在辛格尔面前做这种事情。可是，安戈罗德又想起卡兰赛尔说过的那些话，不觉怒火中烧，大声叫道：“大王，我不知道你听信了什么谣言，更不知道这些谣言从何而来。但是站在您面前的我们，并非双手沾满鲜血。我们问心无愧，除了也许因为愚蠢，听了凶残的费阿诺的话，就像喝醉了酒，迷迷糊糊干了些傻事。这一路，我们没有干过任何坏事，而是受了极大的委屈。对那些伤害过我们的人，我们大度宽容，不再计较。可是结果呢？谣言四起，说我们在你面前搬弄是非，说我们背叛了诺尔多精灵。其实你最清楚，这些话完全是谣言！为了保持对诺尔多的忠诚，我们一直在你的面前谨言慎行。结果惹得你怒气冲天。现在，我们不想再担这个罪名了，我要把事情真相都告诉你。”

安戈罗德怀着满腔怒火和怨恨叙述了费阿诺之子的暴行——阿尔夸棱德血洗特莱瑞，洛斯加火烧白船，以及曼多斯预言的劫难。他愤怒地叫喊着：“我们历尽千辛万苦，跨越冰天雪地的海峡，却让我们担杀害同胞、卖主求荣的千古骂名，这公平吗？”

“可是曼多斯的预言对你们也有效。”梅里安说。辛格尔沉吟良久，说道：“走吧！我现在心里很不平静，以后，如果愿意，还可以来。我们是亲戚，我不会把各位拒之门外。你们虽然受人诱惑，但还没有帮助他们做坏事。对于芬戈尔芬家族和他的子民，我仍将保持友谊。他们已经为自己的错误做了补偿。我们将化悲痛为力量，为彻底铲除造成这一幕幕悲剧的邪恶而奋斗。但是，有一点，我必须说清楚，永远不要让我再听到在阿尔夸棱德杀害我的同胞的那些家伙的鸟话！只要我在位一天，在我的国土，就不能公开使用这种语言。所有辛达必须听我的命令，不准说诺尔多的话，也不准用他们的话回答问题。所有说诺尔多话的精灵都被视为危害亲人、出卖同胞、至今不思悔改的坏蛋！"

菲纳芬的儿子们眼见得曼多斯的预言一件一件变成现实，追随过费阿诺的精灵没有一个能逃脱这场劫难，怀着沉重的心情，离开千洞之殿。辛格尔号令天下，辛达俯首听命，整个贝勒里安德都拒绝诺尔多的语言，对那些大声说诺尔多语的精灵避之惟恐不及。流亡来的精灵只得在日常生活中使用辛达语。只有诺尔多王子之间用这种"高雅的西方语言"，相互交流，表达感情。不过，凡是诺尔多精灵居住的地方，这种古老的语言还是保留了下来。人们可以从语言学的角度加以研究。

纳戈斯隆德地下城堡竣工之后（此时，图尔冈还住在文雅玛宫殿），菲纳芬的儿子们举行盛大宴会，表示庆祝。盖拉德丽尔从道伊阿斯来，住了一段时间。这时，芬罗德·费拉冈德王还没有妻子。盖拉德丽尔问他，为什么要过独身生活？她问这话的时候，芬罗德·费拉冈德好像预见到什么，说道："我起誓，并将付诸实施，否则天诛地灭。我不会娶妻生子，继承王位。"

据说，在此之前，他从来没有下过这个狠心。他一直深爱着万雅的阿玛瑞，但是她没有跟他一起流亡到中洲。

第十六章　　迈　戈　林

　　阿蕾塞尔·阿-菲尼尔——诺尔多的"白衣公主",芬戈尔芬的女儿,和哥哥图尔冈一起住在内夫拉斯特,后来又跟他到了"隐蔽王国"。她不喜欢戒备森严的冈多林。她在这里住的时间越长,越渴望在旷野纵马驰骋,在林中悠闲散步。在瓦里诺,她过的就是这样的生活。冈多林建成两百年后的一天,她向图尔冈提出离开这里。图尔冈不愿意放她走,迟迟不肯同意,但是禁不住妹妹软磨硬泡,只好让步,说:"那么好吧,如果你一定要走,就走吧。虽然这样做违背我的意愿。我预感到,你此行无论对你还是对我都会惹出麻烦。但是我必须告诉你,你只能去找我们的兄弟芬戈恩。护送你的人到达目的地之后,一定立即返回冈多林。"

　　阿蕾塞尔说:"我是你的妹妹,不是你的仆人。我想到哪儿就到哪儿,你管不着。你如果舍不得派人送我,也可以,我自己走。"

　　图尔冈说:"只要是我的东西,没有一样会舍不得给你。我只是希望,不管是谁,只要知道通往冈多林的路,就一定不要住在冈多林的高墙外面。你是我的妹妹,我当然信任你,可是别人是不是能管住自己的嘴巴,我就不敢打保票了。"

　　图尔冈派了三个家丁和阿蕾塞尔一起出发,吩咐他们一定把她送到海斯鲁姆芬戈恩那儿。"一定要提高警惕,"他说,"莫高斯虽然龟缩在北方,可是中洲还是充满凶险。对于这一切,公主一无所知。"就这样,阿蕾塞尔离开了冈多林,望着她的背影,图尔冈的心情非常沉重。

阿蕾塞尔来到西瑞恩河布瑞塞阿赫浅滩后，对她的同伴说："向南走吧，我不去北边，不去海斯鲁姆，我要找费阿诺的儿子。他们都是我过去的朋友。"三位家丁拗不过她，只好掉转马头，希望取道道伊阿斯，到东贝勒里安德。可是，防守边境的士兵不准他们入境。因为辛格尔王严令禁止除他的亲戚菲纳芬家族之外的任何诺尔多精灵进入他的防线，尤其是费阿诺儿子的朋友。那些士兵对阿蕾塞尔说："你要想到凯莱戈姆那儿，公主，绝不能取道辛格尔国王的领地。你必须绕过'梅里安之环'，向南或者向北走。最近的路是从布瑞塞阿赫浅滩往东的那条小路。穿过迪姆巴，沿辛格尔王国北部边疆继续向前，过埃斯加尔杜因桥，走阿罗斯浅滩，翻过海姆瑞恩山，就到了你们要去的地方。凯莱戈姆和库茹芬就住在那一带。你可以在那儿找到他们。不过，走那条路可是凶多吉少。"

阿蕾塞尔只好掉转马头，找位于埃雷德·高格罗斯——"恐怖之山"神鬼出没、充满危险的峡谷和道伊阿斯北部边疆之间那条小路。快到南·杜恩戈赛布——"死亡之谷"的邪魔之地时，几位骑手突然陷入重重暗影织成的大网。阿蕾塞尔和同伴们失去联系，在一片昏暗中迷了路。三位家丁找了好长时间也没有找到她，担心她落入妖魔鬼怪的圈套，或者喝了深沟里的毒水，这时，乌戈利安特凶残的野兽被三位不速之客惊动，纷纷出洞追赶。三个家丁拼命奔逃，差点儿丢了性命。他们终于逃回城堡，把发生的事情告诉大伙之后，冈多林沉浸在悲伤之中。图尔冈独自坐了好长时间，默默地忍受着悲伤和愤怒的煎熬。

140

阿蕾塞尔没找到三位伙伴，并没有气馁，而是继续策马向前。像芬维家所有孩子一样，她勇敢坚定，天不怕地不怕。她过了埃斯加尔杜因桥，又过了阿罗斯浅滩，来到阿罗斯河和凯龙河之间的海姆拉德——"凉爽的平原"。对安戈班恩德的大包围结束之前，凯莱戈姆和库茹芬就住在这里。阿蕾塞尔到达之时，凯莱戈姆和库茹芬正好不在家。他们和卡兰赛尔一起到沙戈林骑马打猎去了。凯莱戈姆的家人热情欢迎她，一定要她赏光住下，直到主人回来。起初，阿蕾塞尔心满意足，能在森林里自由自在地游逛，非常快乐。可是，过了好长时间，凯莱戈姆还没回来，她便有点儿坐不住了。她经常一个人骑着马到很远的地方，找新的道路和还没有人涉足的林中空地。到了这一年快要结束的时候，阿蕾塞尔来到海姆拉德南面的一片旷野。过了凯龙河，还没弄清怎么回事儿，就在南·埃尔摩斯大森林里迷了路。

许久许久以前，中洲大地还是一片昏暗，南·埃尔摩斯大森林的树木还是一棵棵小树的时候，梅里安经常在这里散步。岁月流逝，山河易主，只有梅里安的魔力还没有消散。现在，南·埃尔摩斯大森林的树木是贝勒里安德树木最高、最密集的森林。太阳从来没有照进这块林地。埃奥尔住在这里，人们管他叫黑精灵。从前，他本来和辛格尔是一家人，可是他不习惯在道伊阿斯过那种饱食终日无所事事的生活，在"梅里安之环"要把他居住的瑞金大森林也圈进去的时候，他便跑到南·埃尔摩斯。他生活在大森林的一片昏暗之中，喜欢黑夜和满天星光。他不愿意和诺尔多精灵打交道，认为正是他们又把莫高斯召回中洲，使原本平静的贝勒里安德又不得安宁。他比任何别的精灵都喜欢矮人。矮人从他那儿了解到埃尔达各王国发生过的许多事情。

矮人从蓝山到东贝勒里安德有两条路。北面那条经阿罗斯河浅滩，到南·埃尔摩斯大森林。埃奥尔经常在这儿和他们见面、聊天。随着时光流逝，他们之间的友谊越来越深厚。埃奥尔经常去诺戈罗德或者贝莱戈斯特矮人的地下宫殿做客，甚至住上一段时间。他跟他们学会了冶炼金属的技术，而且技艺高超。他发明了一种金属，这种金属像矮人的钢一样坚硬，但是极具韧性，可以打制得非常薄，变得非常柔软，穿在身上，刀枪不入。埃奥尔给它取了个名字：加尔沃恩。它像墨玉一样乌黑、闪亮，埃奥尔外出时总是穿在身上。埃奥尔虽然屈尊干些铁匠的活计，但他毕竟不是矮人，而是一个高大英俊的特莱瑞精灵。他面相严厉，却不失高贵，一双眼睛即使在黑暗中，也看得一清二楚。这天，阿蕾塞尔在南·埃尔摩斯大森林边缘高大的树木中迷路时，恰好被埃奥尔看到——昏暗中闪过一道白光，一个美丽的姑娘出现在眼前。他觉得这个姑娘美若天仙，很想得到她，于是对她施了魔法。阿蕾塞尔不但无法走出大森林，反而朝密林深处埃奥尔的住处越走越远。那儿有他的铁匠炉，有他昏暗的厅堂，还有许多像主人一样少言寡语的仆人。阿蕾塞尔精疲力竭，终于走到埃奥尔的门前。埃奥尔显露真身，欢迎她的到来，领她走进那幢房子。从此以后，阿蕾塞尔便留在这儿，成了埃奥尔的妻子。好长好长时间，亲人们没有听到她的消息。

没有听人说过阿蕾塞尔对这门亲事特别不情愿，或者对南·埃尔摩斯的生活非常不满意。尽管按照埃奥尔的命令，不能见阳光，但是他们可以在星光或者月牙儿的照耀下一起到很远的地方游玩。她还可以按照自己的意愿独自漫步，只是埃奥尔禁止她去找费阿诺的儿子，或者任何别的诺尔多精灵。阿蕾塞尔在南·埃尔摩斯大森林绰绰树影下，给埃奥尔生了个儿子。她用已被明令禁止的诺尔多语给孩子取了个名字：朗明，意思是"星光之子"。父亲直到孩子十二岁，才开始叫他迈戈林，意思是"犀利的目光"，因为他发现这孩子的目光比他还要犀利。他聪明至极，可以从别人闪烁其词、模棱两可的谈话中，看穿他们内心的秘密。

迈戈林长大之后，仪表堂堂，酷似母亲那边的诺尔多亲戚。可是他的气质、思想和父亲十分相像，少言寡语，城府很深，不到时机成熟，很少发表自己的意见，而一旦开口，字字千钧。支持他的人会大为感动，反对他的人则无地自容。他个子很高，头发乌黑，皮肤白皙，一双明亮的黑眼睛像诺尔多精灵的眼睛那样锐利。他经常和父亲埃奥尔一起,到林敦山东面矮人的城池里做客,迫不及待地学矮人教给他的知识,尤其是在山里找矿石的诀窍。

据说,迈戈林更喜欢妈妈。如果埃奥尔不在家,他就整天待在妈妈身边,听她讲她的同胞和亲人在埃尔达玛的故事,讲芬戈尔芬家族王子们勇敢善战、顽强拼搏的故事。所有这些故事里,他最感兴趣的是图尔冈舅舅,尤其是他没有继承人这件事情。他的妻子埃伦薇在过海尔卡拉克塞海峡时,不幸身亡,只留下一个女儿伊德丽尔。

阿蕾塞尔在讲这些往事的时候,想见亲人的欲望又被唤起。此时此刻,她简直无法想像,当年自己怎么会厌倦冈多林明媚的阳光,厌倦阳光下美丽的喷泉,以及图木拉登春风吹拂的碧绿的草地。除此而外,丈夫和儿子外出的时候,只有她自己孤零零地呆在家里,平添了几分寂寞和惆怅。听了这些故事,迈戈林第一次和父亲发生争执。妈妈绝对不会把图尔冈的住处告诉他,他也绝对不可能自己找到那个地方。因此,只能等待时机,哄得妈妈绝对信任自己,然后说出想去冈多林的心愿。或者在妈妈没有防备的时候,从她的言谈话语中解读那个秘密。可是,在达到这个目的之前,他迫不及待想见见诺尔多精灵,更想和住得不远的亲戚——费阿诺的儿子们说说话。他对父亲说了这个意思后,埃奥尔非常生气。"你是埃奥尔家族的后代,迈戈林,我的儿子,"他说,"不是冈多林的香火。这块土地是特莱瑞的土地,我不和屠杀亲人的刽子手来往,我的儿子也不能!他们侵占了我们的家园,篡夺了我们的权力。在这个问题上,你必须服从我!否则,我就把你关起来!"迈戈林没有答话,冷冷地望着父亲,打那以后,再没有和埃奥尔出去过。埃奥尔也不再信任他。

143

到了仲夏,矮人像往常一样,请埃奥尔到诺戈罗德参加他们一年一度的盛宴。埃奥尔跨上马背,扬长而去。迈戈林和妈妈终于有了一个可以随心所欲、去自己想去的地方的机会。以前,他们就骑着马,到森林边缘寻找阳光。此刻,迈戈林想永远离开南·埃尔摩斯的愿望比什么时候都强烈。他对阿蕾塞尔说:"妈妈,趁现在还有时间,我们快离开这儿吧!呆在这座森林里,你和我能有什么希望?住在这里,无异于坐牢。不会再有什么好处让我们得到了。父亲教给我的知识,矮人冶炼钢铁的技术我早已烂熟于心。我们为什么不去冈多林呢?你可以作我的向导,跨进冈多林的大门。我也一定作你的向导,走出这座迷宫!"

阿蕾塞尔听了非常高兴,不无骄傲地望着儿子,对埃奥尔的仆人说,他们要去找费阿诺的儿子。说着,便跨上马背向南·埃尔摩斯大森林北面飞驰而去。他们跨过凯龙河,进入海姆拉德,来到阿罗斯浅滩,然后沿道伊阿斯边境继续向前。

埃奥尔回来的时间比迈戈林预计得要早。发现妻子和儿子两天前就离开南·埃尔摩斯,埃奥尔气得要命,打破常规,不等天黑就去追赶他们。进入海姆拉德之后,他想起自己已经处于危险之中,努力控制住自己的情绪,小心谨慎地向前走着。因为凯莱戈姆和库茹芬都是非常强大的精灵王,他们对埃奥尔一点儿也不喜欢。特别是库茹芬脾气暴躁,经常置人于危险之地。其实,阿格朗恩山口的侦察兵早已发现迈戈林和阿蕾塞尔骑马到了阿罗斯浅滩,并且把这个消息告诉了库茹芬。库茹芬觉得这件事情十分蹊跷,便从山口出发,一路向南,在浅滩附近驻扎下来。因此埃奥尔在海姆拉德还没走到一半,就被库茹芬的骑兵挡住去路,带到主人面前。

库茹芬对埃奥尔说:"你来我的领地有何贵干?黑精灵。我想,你的差事一定非常紧急,要不然一个怕见阳光的家伙怎么会在光天化日之下,纵马疾驰呢?"

埃奥尔一肚子尖酸刻薄的话,但是想到自己的处境,话到嘴边咽到肚里。"我听说,库茹芬王子,"他说,"我不在家的时候,我的儿子和妻子——'冈多林的白衣公主'来拜访阁下。我觉得我应该和他们同来,才合乎礼仪,所以就到了阁下的领地。"

库茹芬直盯盯地看着埃奥尔哈哈大笑,说道:"他们也许觉得,有你陪伴,不会受到热情欢迎。不过没关系,他们不是专程来看我的。他们两天前就到阿罗塞赫,从那儿向西去了。看起来,你在骗我,要么就是你被他们骗了。"

埃奥尔回答道:"那么,好吧,王子,也许你会放我走,让我弄清事情真相。"

"我会放你走,但是对你实在谈不上什么友好,"库茹芬说,"你越早离开我这儿越好,我越高兴。"

埃奥尔翻身上马,说:"好吧,库茹芬王子,困难时候能有位亲戚热情帮助实在是件好事。我会记着你的好处,回来时再向你道谢。"

库茹芬阴沉着脸,看着埃奥尔。"不要拿你的妻子跟我套近乎!"他说,"那些骗走诺尔多家的女儿,不征得家长同意,不赠送聘礼就逼人家成亲的人,不是我们的亲戚。我已经放你走了。快滚吧! 按照埃尔达的法律,现在我还不能杀你。最后,让我劝你一句,快回南·埃尔摩斯森林你的住处去吧! 神灵已经发出警告,如果你还要继续追赶已经不再爱你的人,你就永远不会再回到那儿了!"

埃奥尔翻身上马,匆匆而去,心里充满对诺尔多精灵的恨。他明白,迈戈林和阿蕾塞尔一定投奔冈多林去了。他又气又恨,感到深深的屈辱,不顾一切地跨过阿罗斯浅滩,奔驰在妻子和儿子走过的那条小路上。他虽然骑着一匹日行千里的骏马,可是连迈戈林和阿蕾塞尔的影子也没有看见,直到布瑞塞阿赫浅滩,母子俩扔了他们的坐骑,才被埃奥尔发现。原来,他们的马突然大声嘶叫起来,埃奥尔的马听到以后,撒开四蹄飞奔过去。埃奥尔一眼看见阿蕾塞尔的白色长裙,悄悄地跟在后面,发现了那条通往大山深处的秘密小路。

阿蕾塞尔和迈戈林来到冈多林要塞外面的城门,被山下的岗哨挡住去路。岗哨认出来人是失踪已久的公主后非常高兴，一直领她和迈戈林走过七道暗门，在阿蒙·戈瓦来斯见到图尔冈。图尔冈王听了阿蕾塞尔的传奇经历之后，大为惊讶。他非常喜欢妹妹的儿子迈戈林，觉得完全可以把他算作一位诺尔多王子。

"阿蕾塞尔妹妹重回冈多林，我非常高兴，"图尔冈说，"现在我的城池比你离家出走时，不知道漂亮多少倍。迈戈林在我的王国将受到最高的礼遇，得到最高的荣誉。"

迈戈林深深地鞠了一躬，连声称图尔冈为王，表示要永远服从他的意志。表完这番忠心之后，他就默默地站在那儿东张西望。冈多林的金碧辉煌和快乐幸福远远超过他听了母亲叙述之后的想像。这座城池表现出来的力量，精灵之众多，以及那么多他闻所未闻的美好事物，都让他大开眼界。但是，最吸引他目光的还是国王的女儿伊德丽尔。她就坐在他身边，头发像母亲的亲戚——万雅精灵一样，金光闪闪。在他看来，她就是一轮太阳，照耀着国王的殿堂。

埃奥尔偷偷跟在阿蕾塞尔后面，找到干河和那条秘密小路，一直悄悄地爬到岗哨前面。岗哨抓住他之后严加审问。他一口咬定自己是阿蕾塞尔的丈夫，岗哨听了大吃一惊，连忙派一位信使回城。信使飞也似的跑到王宫。

"大王，"他大声说，"岗哨在黑门抓住一个形迹可疑的家伙。他说他叫埃奥尔，是一个个子很高的精灵，面皮黝黑，神色冷峻，是辛达的亲戚。他声称阿蕾塞尔公主是他的妻子，要我们带他来见你。他非常生气，很难制伏。但是，依照你的法律，我们没有杀他。"

阿蕾塞尔说："天哪！埃奥尔还是跟踪到这儿了，我最担心的就是这事儿，我们进秘密通道的时候，没有看到也没有听到有人跟踪。"她瞥了一眼那位信使，说："他说的是真话。他是埃奥尔，我就是他的妻子。他是我儿子的父亲。不要杀他，如果大王同意，就把他带到这儿,让大王明断吧。"

于是,埃奥尔被带到图尔冈的殿堂。他站在高高的宝座前面,阴沉着脸,十分傲慢。看到这个奇花异草的王国、金碧辉煌的殿堂,他的惊奇不亚于儿子。惊奇之余,他对诺尔多精灵越发充满了仇恨和嫉妒。图尔冈对他以礼相待,站起身来,握住他的手,说道:"欢迎你,我们的亲戚。我确实把你当做亲人。你可以高高兴兴住在我这儿。不过话说回来,他也只能在我这儿住下,不得离开我的王国。因为这是我的法律,不管是谁,只要进了我的城门,就不能再离开。"

埃奥尔抽回手。"我不承认你的什么法律,"他说,"你和你的亲戚根本没有权利在这儿或者别的地方,画地为牢,占山为王!这是特莱瑞的土地。你们把战争和灾难带到这里,飞扬跋扈,目空一切,全无公正可言。我并不想知道你的什么秘密。我来这儿不是为了刺探军情,而是为了要回我的人——我的妻子和儿子。不过如果你想让阿蕾塞尔,你的妹妹留下,我没有意见。让小鸟回到原先的笼子里去吧!她很快就会像上次那样,再次病魔缠身。可是迈戈林不能呆在这儿。他是我的儿子。你不能把他从我身边夺走。走吧,迈戈林,埃奥尔的儿子!父亲在命令你。离开我们的敌人和杀害我们亲人的刽子手!否则,你就被永远诅咒!"迈戈林什么话也没说。

图尔冈手操权杖,高高地坐在宝座上,用严厉的声音说:"我不和你争论,黑精灵。你那暗无天日的森林只是靠了诺尔多宝剑的保护才平安无事;你能自由自在东游西逛,也完全是因为我的同胞在这块土地筑起钢铁长城!没有他们,你早就被莫高斯抓到安戈班恩德服苦役去了!我是这儿的王。不管你愿意与否,我的话就是法律。你只有两种选择:住在这儿,或者死在这儿。你的儿子也一样!"

147

埃奥尔直盯盯地看着图尔冈王那双眼睛,面无惧色。大殿里死一样寂静，他一言不发，一动不动，站了好长时间。阿蕾塞尔心里害怕，知道现在情况危险，一触即发。突然，埃奥尔像蛇一样敏捷，从斗篷下面掏出暗藏的飞镖，朝迈戈林扔去，大声叫道："我和我的儿子都做第二种选择！凡是我的东西，你不能占有！"

阿蕾塞尔一个箭步跨过去，挡在儿子前面，飞镖射中她的肩膀。武士们一拥而上，制伏了埃奥尔，把他五花大绑，拉了下去。别的仆人手忙脚乱，护理阿蕾塞尔。迈戈林默默地看着父亲。

图尔冈王决定第二天对埃奥尔的命运做出最后的裁决。阿蕾塞尔和伊德丽尔求图尔冈免他一死。傍晚，阿蕾塞尔的伤势越来越重，没有多久就昏迷过去，到夜里就死了。她的伤虽然表面上看不重，但是飞镖头上有毒。等大家明白过来，为时已晚。

埃奥尔被带到图尔冈面前，再无宽恕可言。他们把他带到卡拉格杜尔。那是冈多林山北面一道陡峭的山崖。图尔冈要把他从高高的城墙上扔下去。迈戈林站在旁边一言不发。埃奥尔临死前大声叫喊："你背叛了父亲和他的同胞，你这个信义全无的东西！你在这儿，不会得到你所希望的东西。你将像我一样，惨死在他的手里！"

他们把埃奥尔扔下卡拉格杜尔山崖。在所有冈多林精灵眼里，这是天经地义的事情。可是伊德丽尔心里很不安。从那天起，她就不再信任自己的同胞。可是迈戈林在冈多林精灵心目中赢得很高的声誉，图尔冈王对他更是厚爱有加。他不但勤于学习，很快就从冈多林精灵那儿学了好多知识，还教给他们许多技艺。他周围集中了一批对开矿、冶炼、制作都感兴趣的精灵。他在环绕冈多林平原的埃赫里阿斯大山，找到丰富的、多种金属的矿藏。最重要的发现是埃赫里阿斯山北面的安戈哈巴铁矿山。这样一来，他就拥有了许多优质的钢铁，冈多林的武器越发精良。所有这一切在以后的日子里，给他们带来极大的好处。迈戈林不但见地深刻，经常发表些充满睿智的意见，而且关键时刻勇敢坚定。后来，在"泪

148

雨之战"最严酷的岁月里,图尔冈打开国门,发兵北上,帮助芬戈恩打仗。迈戈林不愿意留在图尔冈当摄政王,而是不顾危险,和图尔冈并肩作战。在战斗中,他表现得英勇顽强,无所畏惧。

迈戈林的前途一片光明,在诺尔多诸王子中,他的威望最高。在他们那个最强盛的精灵王国,除了图尔冈王,他是最受敬重的王子。但是,他很少向别人倾诉衷肠。尽管许多事不尽如人意,他也总是默默忍受。他把自己的情感深深埋藏在心底,除了伊德丽尔·凯莱布瑞达尔,很少有人能够解读。从来冈多林最初那段日子起,他的心就被痛苦折磨,而且随着时光流逝,痛苦与日俱增,剥夺了他所有欢乐。他爱美丽的伊德丽尔,想要得到她,可那是无望的爱。因为埃尔达精灵不能近亲结婚,以前也没有这样的先例。而且,即使可以,伊德丽尔也压根儿就不爱他。知道他的心思之后,她对他越发敬而远之。在她看来,他的思想中有一种被扭曲了的、很古怪的东西。埃尔达精灵认为,那是同胞残杀的恶果。正是这种恶果,使得曼多斯的预言扼杀了诺尔多精灵最后的希望。年复一年,迈戈林眼巴巴地看着伊德丽尔,等待着。爱在他的心里渐渐变成一团冰冷阴暗的东西。他不避艰险,拼命劳作。希望因此而排遣心中的痛苦。

就这样,在冈多林,虽然歌舞升平,其乐融融,一派繁华盛世的光景,但是一颗黑色的、邪恶的种子,已经埋在它的沃土之中。

第十七章　　人到达西方

　　自从诺尔多精灵来到贝勒里安德，三百多年过去了。在这漫长的和平岁月里，芬罗德·费拉冈德——纳戈斯隆德的王，经常和费阿诺的儿子玛戈勒、迈斯罗斯一起，到西瑞恩河东面打猎。有时候，他觉得这样追追杀杀很没劲，便独自骑着马向林敦山走去。林敦山远远望去，银光闪闪，他走矮人常走的那条路，从沙恩·阿斯兰德浅滩过盖林河再从阿斯卡河上游向南，进入"七河之地"北部地区。

　　傍晚，在山脚的一条峡谷，沙罗斯清澈的泉水旁边，芬罗德看见点点火光，听见远处传来阵阵歌声，心里非常奇怪。因为生活在这块土地的绿精灵从来不点火，也不在夜里唱歌。起初，他以为是奥克又来北方骚扰，可是悄悄走过去之后，发现不是奥克。歌者用的语言他从来没有听过，既不是矮人使用的语言，也不是奥克使用的语言。芬罗德·费拉冈德悄悄地站在树影之下，向前面那个宿营地望去，看见一个从来没有见过的怪人。

150

　　原来这是老贝奥——后来大家都这样称呼他——家族的部分成员。老贝奥是一位德高望重的族长。他带着族人在东方流浪了好长时间之后，终于翻过蓝山，成为最早进入贝勒里安德的人。他们认为已经逃脱了一切危险，终于来到一块没有恐怖的乐土，心里高兴，不由得唱起歌来。

　　芬罗德·菲拉古恩看了他们好长时间，心里不觉升起爱怜之情。但他一直藏在大树后面，等他们进入梦乡，才走到那几个熟睡的人中间,在没人照料、快要熄灭的篝火旁边坐下,拿起贝奥扔在地上那把制作粗糙的竖琴。他弹了一支曲子。这支曲子,人们都没有听过。因为谁也没有教过他们这门艺术,只有"旷野之地"的黑精灵教给过他们一点简单的弹奏方法。

那几个人醒来之后,静悄悄地听费拉冈德边弹边唱,都以为自己在做梦,直到看见旁边的伙伴也都从梦中惊醒,才明白并非梦中之人。费拉冈德还在边弹边唱,那几个人谁也没有动弹,也没有说话,因为他们从来没有听过那么美好的音乐,奇异的歌曲。精灵王的歌词充满智慧,听到他唱歌的人变得更聪明。他唱的所有那些事情——阿尔达的形成,大海那边阿曼的幸福生活,都像一幅幅图画,展现在人们眼前。他使用的精灵语言,每个人都根据自己思想深度的差别而有不同的理解。

人们都管芬罗德·费拉冈德王叫诺姆,意思是"智慧"。他是他们最早碰到的埃尔达精灵。他们管芬罗德家族的成员叫诺明,意思是"聪明"。事实上,起初他们以为费拉冈德是一位梵拉。他们曾经听人说过,梵拉住在遥远的西方。有人说,这正是他们一路西行的原因。费拉冈德和他们一起住了一段时间,教给他们许多有用的知识。他们热爱他,把他当做自己的王,一直对菲纳芬家族忠心耿耿。

埃尔达精灵比任何其他民族都善于学习语言。费拉冈德发现,他完全可以解读人希望通过语言表达的思想,因此,很快就掌握了他们的语言。还有传闻说,人类很早以前就和大山东面的黑精灵打过交道,学了好多黑精灵语,而所有昆迪的语言都出自同一个源头,因此,贝奥和他的族人说的话有好多词汇和精灵语相同。没过多久,费拉冈德就可以和贝奥交流思想了。他和他们住在一起的时候,经常聊天。可是,问到人的起源和这些年来他们的流浪生涯时,贝奥便支支吾吾。事实上,他对这方面的事情知之甚少。因为祖辈、父辈很少讲起他们的历史渊源,记忆里留下的几乎是一片空白。"我们身后是一片黑暗,"贝奥说,"我们转过脸从黑暗中走开,连想都不愿意再想过去的事情。我们的心已经转向西方,相信在那里将找到光明。"

可是,后来,埃尔达精灵传说,当太阳升起,人在海尔多瑞恩醒来时,莫高斯的暗探已经发现这个秘密,并且立刻向他报告。莫高斯觉得这是一件大事,便在阴影掩护之下,悄悄离开安戈班恩德,潜入中洲,让索隆指挥那场战争。关于莫高斯和人类有过接触的事情,那时候埃尔达精灵一无所知,后来才渐渐有所耳闻。但是,他们从第一次见到这些"精灵之友",就清楚地看到,有一层阴影笼罩着人们的心(就像兄弟残杀和曼多斯预言的阴影压在诺尔多精灵的心头一样)。莫高斯的一贯做法是拉拢腐蚀、乃至彻底消灭任何新兴的力量和事物。毫无疑问,这次和人类接触的目的也是用恫吓和造谣的手段把他们变成埃尔达精灵的敌人,煽动他们起而反对贝勒里安德的诺尔多精灵。可是他的如意算盘很难立即奏效,更不会真正成功。因为人(据说)起初数目很少,莫高斯更担心正在日益壮大的埃尔达精灵和他们相互之间结成的联盟,因此匆匆忙忙回到安戈班恩德,只留下几个仆人在那儿搞破坏。这几个家伙的能力和狡诈和莫高斯相比,当然望尘莫及。

贝奥告诉费拉冈德,还有许多和他同样的人也在向西迁徙。"我自己同宗同族的同胞已经翻过这座大山,"他说,"正在离这儿不远的地方游荡。另一个家族叫哈拉丁,他们和我们的语言不同。不敢前行,还在东山坡的峡谷里等我们的消息。另外一支人马语言和我们比较接近,常和我们打交道,在这条西行的路上走得更早,可是被我们甩在了后边。因为他们人多,又不肯分散,所以行动缓慢。这支人马的首领叫玛兰赫。"

七河之地的绿精灵听说人来到他们这个地方,都焦急不安。后来又听说从大海那边来了一位精灵王跟他们呆在一起,便派使者来找费拉冈德。"大王,"他们说,"如果你能说服这些人,就让他们原路返回,或者继续往前走。我们不愿意任何陌生人来到这块土地,打破我们平静的生活。他们见了树木就砍伐,见了动物就猎杀,不可能成为我们的朋友。如果他们不离开这儿,我们将想方设法赶他们走。"

听了使者的话,费拉冈德劝告贝奥,把正在各处游荡的家人、亲戚都召集到一起,过盖林河,在南·埃尔摩斯南面、凯龙河东岸,阿姆罗德和玛姆拉斯兄弟俩的领地居住下来。这地方离道伊阿斯边境不远。从那以后就被叫做埃斯特拉德——"营地"。一年过去了,费拉冈德想回自己的国家。贝奥求他带自己一起去。从那以后,他毕生侍奉这位纳戈斯隆德的君王。贝奥以前的名字叫巴拉恩。"贝奥"在他们的语言里,意思是"奴仆"。他把统治家族的权力移交给大儿子巴兰,自己再也没回埃斯特拉德。

费拉冈德走了没多久,贝奥说的那些人就来到贝勒里安德。最先来的是哈拉丁。看到绿精灵对他们很不友好,哈拉丁家族就转而向北,在沙戈林安顿下来。那儿是费阿诺的儿子卡兰赛尔的地盘。卡兰赛尔对他们并不特别在意,所以,日子过得还算安宁。第二年,玛兰赫带领他的人马翻过大山。玛兰赫人个子很高,是个好战的民族。他们排着整齐的队伍长驱直入,七河之地的精灵都藏了起来,没敢伏击他们。玛兰赫听说贝奥家族住在一个水草丰美、满眼碧绿的地方,便沿着矮人开辟的那条路,继续向前,在贝奥的儿子巴兰的营地东南驻扎下来,相互之间建立了深厚的友谊。

费拉冈德经常来看望他们。许多从西方来的精灵——诺尔多和辛达——也出于好奇,来埃斯特拉德看这些传说已久的"新人"。在瓦里诺,凡是谈到人出世的书籍文献、民间传说,都管"人"叫阿塔尼。在贝勒里安德,这个称呼变成艾代英,特指这三个家族的"精灵之友"。

芬戈尔芬作为所有诺尔多精灵的王,派使者对他们的到来表示欢迎。于是许多年轻人纷纷去为埃尔达的王和王子效力。他们之中有玛兰赫的儿子玛拉赫。他在海斯鲁姆住了十四年,学会了精灵语,还取了个精灵语名字阿兰旦。

艾代英在埃斯特拉德住了一段时间就不想再住了,许多人想继续往西走,但是不认识路。前面是道伊阿斯无法逾越的边境线,南面是西瑞恩河和难以通行的沼泽地。诺尔多精灵三大家族的王看中"人之子"的力量,便传出话来说,无论是谁,只要愿意,都可以和他们的臣民住在一起。这样一来,便开始了艾代英的迁徙。起初人数不多,后来便是一家一户,乃至整个家族的大搬迁。五十年后,成千上万的人进入精灵王统治的王国。许多人取道向北去的那条漫漫长路。渐渐地,那条路对他们变得非常熟悉。贝奥家族住到菲纳芬家族统治的松树之地。阿兰旦(他的父亲玛兰赫一直住在埃斯特拉德,直到去世)家族大部分成员继续向西,有的人去了海斯鲁姆。可是阿兰旦的儿子玛戈带领许多人马过西瑞恩河,进入贝勒里安德,在埃雷德·威斯林——"阴影之山"南山坡的峡谷里住了一阵子。

据说,在这件事情上,除了芬罗德·费拉冈德,谁也没去征求辛格尔王的意见。辛格尔王为此十分恼火。还有一个原因是,有人迁徙到这一带的消息还没有传到他耳朵里,他就做了一个梦,梦见"人之子"络绎不绝来到贝勒里安德。因此,他发布命令,新来的人,除了北方,不得在任何地方居住。各位王子既然允许这些人为他们效劳,就必须为他们的行为负责。他说:"只要我的王国存在一天,就不能有人进入道伊阿斯。连被芬罗德视为座上客的好朋友贝奥家族的成员也不行。"梅里安听了他的话,当时没说什么。可是后来对盖拉德丽尔说:"现在,世界正在发生剧烈的变化。人的一个成员,具体说,就是贝奥家族的一个成员将进入道伊阿斯。梅里安之环挡不住他的去路。因为派他来的命运之神的威力比我

154

大。这个人到来之后,将有一首首民歌广为传唱。而且不管中洲大地如何变化,这些歌将经久不衰。"

　　许多人仍然住在埃斯特拉德。在以后漫长的岁月里,那儿一直是人类杂居的地方,直到贝勒里安德变成一片废墟,他们被打垮或者逃回东方。虽然老年人认为流浪的日子已经成为永远的过去,希望定居于此,但是还有许多人不愿意依附精灵,情愿走自己的路。他们害怕埃尔达精灵和他们犀利的目光。于是人们相互之间发生争论。在这一场场争论中,莫高斯在他们心灵深处投下的阴影初见端倪。因为这个凶神肯定知道人已经进入贝勒里安德,也知道他们和精灵之间日益增长的友谊,必欲破坏而后快。

　　带头表示不满的是贝奥家族的贝莱戈和阿姆拉赫——玛兰赫的孙子之一。他们公开说:"我们走了很远很远的路,就是想逃脱中洲的种种危险,离开住在那儿的凶神恶煞。因为我们听说西方有温暖与光明。现在,我们知道,光明在大海那边。可是从这儿,去不了众神居住的快乐王国。因为那个凶残的黑暗之神就在前面挡着我们的去路。至于埃尔达精灵,虽然聪明,但是也很凶狠,总是没完没了和他打仗。他们说,那凶神就住在北方。我们真是逃出火海又下油锅,死亡和痛苦并没有离我们而去!我们不能再这样下去了。"

　　于是,大家决定召开一次会议。许多人闻风而来,济济一堂。"精灵之友"们回答贝莱戈的问题,说道:"毫无疑问,那个凶神、'黑暗之王'制造了许多邪恶和灾难。可是,他的目的是要统治整个中洲,我们跑到哪儿能逃脱他的手心?除非把他彻底打败,或者至少把他控制在一定范围之内。现在的情形是,只有勇敢的埃尔达精灵才能对这个凶神有所制约。也许就是为了这个目的,为了在需要的时候能够帮助他们,我们才被带到这块土地。"

　　贝莱戈说:"让埃尔达精灵做梦去吧!我们命短,禁不起折

155

腾。"这时候,猛地站起一个人。似乎是伊姆拉赫的儿子阿姆拉赫。
他恶狠狠地说出一番让所有人听了都心灵震颤的话:"所有这一切
都是精灵编的故事,欺骗毫无警惕的新来者。大海根本就没有岸,
西方也没有什么光明。你们都是跟在精灵屁股后头,走到世界尽
头的傻瓜!你们之中,有谁见过所谓的神明?有谁见过北方的'黑
暗之王'?想独霸中洲的正是埃尔达精灵!他们非常贪婪,总是在
地里挖来挖去找财宝,结果惹恼了住在下面的神神鬼鬼,给自己招
来麻烦。这些家伙过去这样,以后还是这样。让奥克拥有自己的
王国,我们也拥有我们的王国吧!这个世界大得很,只要埃尔达精
灵肯给我们一个容身之地,就万事大吉了!"

听了他这番话的人坐在那儿目瞪口呆,全都吓得胆战心惊,准
备远远地离开埃尔达王国。可是后来阿姆拉赫再见到大伙儿的时
候,矢口否认他曾经参加过那次争论,更没有说过那样的话。人们
将信将疑,大惑不解。"精灵之友"说:"现在,你们至少该相信这样
一点吧!中洲大地的确有一个黑暗之王。他派来的奸细、密探
就混在我们当中。他怕我们和他的敌人联合起来,怕我们的力量
更强大!"

有的人还坚持自己的看法,说:"不管怎么说,我们在这儿呆的
时间越长,那个凶神就越恨我们。我们卷进他和精灵王的争吵,有
百害而无一利。"这些人开始做离开埃斯特拉德的准备。贝莱戈带
领贝奥家族的一千人向南进发,自此从那个年代流传的歌曲中消
失得无影无踪。阿姆拉赫深感后悔,说道:"我在内心深处和那个
'撒谎大王'争吵不休。这场争吵将持续到我死的那一天!"后来,
他到北方为迈斯罗斯效力去了。他手下那些和贝莱戈持有相同观
点的人选了一位新的领袖。他们掉转头,翻过大山,来到埃里阿
多,渐渐地被历史遗忘了。

这期间,哈拉丁家族仍然留在沙戈林,其乐融融,心满意足。

莫高斯看到他的谎言没能离间精灵和人，非常生气，便尽其所能伤害人。他派奥克经由矮人常走的那条路偷偷摸摸翻过林敦山，直扑住在卡兰赛尔领地南部森林的哈拉丁家族。

哈拉丁家族并不是生活在某位精灵王的统治之下，也不是许多人聚居在一起，而是一家一户分散居住，各自为政。因此，他们很难一下子就团结起来，打击敌人。这个家族有一个名叫哈尔达德的人，这个人专横跋扈又非常勇敢。他把能找到的所有勇敢的人都召集到一起，撤退到阿斯卡河和盖林河之间一块狭小的陆地上，并且在两条河距离最近的地方筑起一道栅栏，把所有能救出来的妇女和儿童都安排在这里，他们被包围在这里，直到弹尽粮绝。

哈尔达德有一对双胞胎子女。姐姐名叫哈莱斯，弟弟名叫哈尔达。在保卫家园的斗争中，姐弟俩都非常勇敢，哈莱斯虽然是个女人，但是满腹韬略，力大无比。后来，哈尔达德在一次袭击奥克的战斗中，被敌人打死。哈尔达冲入敌阵抢救父亲的尸体，也被砍死在父亲身边。虽然看不到胜利的希望，哈莱斯还是把剩下的人紧紧团结起来，坚持战斗。只有个别人丧失亲人，痛不欲生，跳河身亡。七天以后，奥克向哈拉丁发起最后一次进攻，已经攻破河面上的栅栏。千钧一发之际，突然响起一阵军号声。是卡兰赛尔带领兵马从北方打了过来。他们英勇顽强，势如破竹，把奥克打得溃不成军，纷纷跳到河里，落荒而逃。

卡兰赛尔被哈拉丁人的悲壮之举深深感动，对哈莱斯非常敬佩，对她失去父亲和弟弟表示慰问。看到艾代英——人如此英勇，他对哈莱斯说："如果你们愿意到北边居住，埃尔达精灵将和你们友好相处，并且保护你们不受敌人侵犯。哈拉丁家族还可以拥有属于自己的土地。"

可是哈莱斯生性高傲，不愿意受人恩惠，被人统治。大多数哈拉丁人也是这种性格。哈莱斯向卡兰赛尔表示谢意之后，说："大王，我已经下定决心，走出这座大山到西方去。我们的同胞已经往那边去了。"哈拉丁人找回奥克进攻前逃进森林的家人和所有还活着的人,从被烧毁的家园中搜寻到一点点日常用品,推举哈莱斯为他们的头领。哈莱斯带领大家来到埃斯特拉德,在那儿住了一段时间。

但他们还是一个自成一体的家族。后来,精灵和人管他们叫"哈莱斯人"。哈莱斯活着的时候,一直是这个家族的首领。她一辈子没有结婚,家长的位置传给她弟弟哈尔达的儿子哈尔达恩。在埃斯特拉德住了一些日子之后,哈莱斯不顾大多数人的反对,坚持带领大家又一次踏上西行的道路。没有埃尔达精灵带路,也没有得到来自任何方面的帮助,他们过了凯龙河和阿罗斯河,踏上恐怖之山和梅里安之环之间的凶险之地。这块土地虽然不像后来那样遍地邪恶,险象环生,但是对于普通人来说也是无路可走、无法跨越的禁区。哈莱斯带领族人历经千辛万苦,蒙受重大的损失,完全靠着她的意志力的约束,才终于走过西瑞恩河的布瑞塞阿赫浅滩。许多人都非常后悔,可是现在已经没有退路,只好在一块完全陌生的土地上,尽可能恢复过去的生活。他们在泰戈林河岸边塔拉斯·迪内恩森林中,一家一户分散居住着。有的人一直流浪到纳戈斯隆德。但是,大多数人都热爱哈莱斯夫人,愿意跟随她走到天涯海角,在她的治理下生活。她把乡亲们带到泰戈林河和西瑞恩河之间的布雷塞尔森林。在后来乌云密布、鬼蜮横行的日子里,许多分散到各地的乡亲又回到她的身边。

布雷塞尔森林虽然不在梅里安之环划定的范围之内,但是辛格尔王宣称,那是他的土地,不愿意让哈莱斯人在那儿居住。费拉冈德和辛格尔王关系不错,听说哈莱斯人的悲惨遭遇之后,替他们求情,哈莱斯终于获准在布雷塞尔森林自由居住。条件是,守卫泰戈森渡口,打击埃尔达精灵的敌人,不允许任何一个奥克进入布雷塞尔森林。听了这个条件之后,哈莱斯说:"我的父亲哈尔达德、我的弟弟哈尔达现在在哪儿? 如果道伊阿斯的辛格尔王担心哈莱斯和杀害她的亲人的恶魔言归于好，结成联盟，那么，在我看来，埃尔达精灵的思维一定全乱套了！"哈莱斯在布雷塞尔一直住到离开人世。后人在她的坟上堆起一座像森林一样高的绿山——图尔·哈瑞沙，也叫"夫人之冢"。辛达语叫哈乌斯-恩-尼尔纳伊斯。

就这样，艾代英——人，在埃尔达的土地居住下来，有的在这儿，有的在那儿，有的到处流浪，有的一家一户，或者几户人家住在一起。大多数人很快就学会了灰精灵的语言，并且当做本民族通用的语言，因为他们都急于向精灵学习。过了一段时间，精灵王觉得让人和精灵这样毫无秩序地杂居不是长久之计，应该让他们拥有自己的土地，自己的君主。于是，他指定了一些族长，让他们按照自己的意愿，管理划给他们的土地。一旦战事爆发，他们是埃尔达精灵可靠的同盟军，但是由自己的统帅统领。许多人都和精灵建立了深厚的友谊，尽可能拖延分别的时间。年轻人还经常到精灵王的部队里服一段时间的兵役。

哈多·劳伦德尔是哈舍尔的儿子。哈舍尔是玛戈的儿子。玛戈是玛拉赫·阿兰旦的儿子。哈多很小的时候就到了芬戈尔芬王宫，很受国王的宠爱。后来，芬戈尔芬就委派他为道-洛明的王。哈多为王之后，把大部分族人、同胞都收罗到道-洛明，成了艾代英所有族长中势力最大的王。他们这个部族只讲精灵语，不过并没有忘记本民族的语言。贝奥家族居住在道舍尼奥恩——"松树之地"。这块土地叫做拉德罗斯，赐给了鲍罗米尔——鲍罗恩的儿子。鲍罗恩是老贝奥的孙子。

159

哈多的儿子是加尔多和贡德。加尔多的儿子是胡林和胡奥。胡林的儿子是图林。图林是诛杀"龙之父"戈拉乌如恩的英雄。胡奥的儿子名叫图奥。图奥是埃阿瑞恩代尔的父亲。鲍罗米尔的儿子叫布雷格。布雷格是巴拉海尔和布雷格拉斯的父亲。布雷格拉斯的儿子是巴拉古恩德和贝莱古恩德。巴拉古恩德的女儿叫莫尔温，是图林的母亲。贝莱古恩德的女儿叫瑞安恩，是图奥的母亲。

巴拉海尔的儿子是"独手"贝伦。他赢得了辛格尔的女儿露西恩的
爱情，死而复生。贝伦和露西恩生下的儿子名叫迪奥。迪奥的女
儿名叫埃尔温。后来，埃尔温嫁给埃阿瑞恩代尔为妻。努美诺尔
以后历代君王都出自他们这个家族。

　　所有这些人都陷入诺尔多精灵那张无法摆脱的命运之网。他
们曾经创造伟大的业绩，这些业绩载入了埃尔达历代君王的光辉
史册。在那个年代，人壮大了诺尔多的力量。他们心高志远，对未
来寄予无限希望。对莫高斯的包围圈越来越小。哈多家族因为长
年漂泊，不怕困难，不畏严寒，经常深入到北方很远的地方，监视敌
人的一行一动。"三大家族"都人丁兴旺，但是，最强大的是"金发"
哈多家族。他们和埃尔达精灵王的地位不相上下。这个家族的人
身材魁梧，力大无比，才思敏捷，勇敢坚定，喜怒形于色。在人类的
"青年时代"，哈多家族是"伊路瓦塔的孩子们"中势力最大的一支。
他们金发碧眼，但是图林眼睛的颜色、头发的颜色和别人不大相
同，因为他的母亲莫尔温是贝奥家族的成员。贝奥家族的头发是
黑色或棕色，眼睛是灰色。人之中，与诺尔多精灵最相似的就是贝
奥家族。诺尔多也最喜欢他们，他们好学上进，求知欲强，心灵手
巧，理解力强，记忆力好，极富同情心。住在森林里的哈莱斯家族
和他们很相像，只是个子没他们高，对知识的渴望也不像他们那样
强烈。他们不善辞令，也不喜欢凑热闹，许多人喜欢离群索居。虽
然埃尔达精灵创造的许多奇迹让他们大开眼界，但他们还是喜欢
在碧绿的森林里自由自在地漫游。他们在西方王国呆的时间很
短，而且日子过得很不快活。

160

　　按照他们自己的计算，艾代英——人到贝勒里安德之后，寿命
有所增加。但是，老贝奥活到九十三岁，还是与世长辞了。九十三
年里，他有四十四年效忠于费拉冈德国王。他没有受伤，也没有什
么悲痛，完全是年事已高，寿终正寝。埃尔达精灵第一次看到人的
生命如此短暂，第一次看到自己不曾体验的因为一生劳碌而死，心

里非常难受。老贝奥是他们忠心耿耿的好朋友。贝奥死得平静、安详。埃尔达精灵对人的命运感到很难理解。因为在他们的知识里，没有这方面的内容。人最终的结局对于他们是一个深藏不露的谜。

这三个家族的古人类很快就从埃尔达精灵那儿得到他们可以接受的艺术、文化方面的种种知识。儿孙们的智力和技巧更飞速发展，远远超过还住在大山东面的人，那些人没有见过被瓦里诺之光照耀过的埃尔达精灵。

第十八章　　贝勒里安德灭亡,芬戈尔芬失败

　　北方之王、诺尔多精灵之王芬戈尔芬看到自己的力量日益壮大,同盟者艾代英英勇顽强、人口众多,便又产生了攻打安戈班恩德要塞的念头。他知道,对莫高斯的包围之势尚未形成,这个盖世魔王正在地下坑道里日夜不停地修筑工事,制造谁也无法预料的阴谋,因此,自己的臣民百姓还处在危险之中。就当时掌握的情况而言,他有此打算也在情理之中。因为诺尔多精灵对莫高斯的力量还没有充分的认识,不明白一场没有外援的战争很难稳操胜券,无论尽快发动还是拖延一段时间。由于他的王国地大物博,富庶美丽,许多诺尔多精灵都安于现状,并且觉得把这种现状维持下去并不很难,因此并不乐意打仗。大家心里清楚,战事一起,不论输赢,总得付出生命与鲜血的代价。这样一来,很少有人支持芬戈尔芬。费阿诺的儿子们更是一百个不乐意。诺尔多众多首领中,只有安格罗德和埃格诺这兄弟俩和芬戈尔芬的想法相同。因为他们的居住地与"暴虐之山"遥遥相望,无时无刻不感觉到莫高斯的威胁。由于上述种种原因,芬戈尔芬的想法没有付诸实施,贝勒里安德的和平又延续了一段时间。

　　自老贝奥算起,已经过了六代。玛兰赫还没有完全长大成人,芬戈尔芬为王已经四百五十五年。这时候,人们担心已久的灾难终于降临到这块美丽的土地,而且比芬戈尔芬预料的来得更突然,更可怕。因为莫高斯早已暗中集结力量,心中的敌意和仇恨也越来越强烈。他不但想彻底消灭敌人,还要彻底摧毁、亵渎这块被诺

尔多精灵建设得如此美丽的土地。据说，仇恨使得他无法接受不同意见。如果他能再耐着性子等待一段时间，诺尔多就将全军覆没，陷入灭顶之灾。可是他低估了精灵的勇气，更没有把他们最可靠的同盟军——人的力量考虑进去。

　　冬天到了，月黑风高，寒星点点，辽阔的平原，从诺尔多山上的座座要塞到莫高斯的暴虐之山，一片朦胧。岗哨稀稀落落，篝火快要熄灭。海斯鲁姆骑兵的营地里，士兵们都在睡觉。突然，莫高斯喷吐出一条火的大河。这条火河比暴虐之山飞出来的火龙巴尔洛格的速度更快，眨眼之间吞没了辽阔的平原。铁山也喷发出各种色彩的烟火。那烟火带着致人死命的毒气在天空中弥漫开来。阿德-嘉兰平原满目焦土，遍地火光，碧绿的牧草被熊熊烈火吞没，呛人的烟尘让人喘不过气来。从那以后，这个地方被叫做安法乌格里斯，意思是"呛人的尘土"。尸横遍野，烧焦的骨头随处可见，许许多多诺尔多精灵来不及逃到山里，全都葬身火海。松树之地和阴影之山的高地挡住了凶猛的火河，但是和安戈班恩德遥遥相对的山坡上的树木也被点燃，浓烟四起，给那些保卫者造成极大的恐慌。就这样，开始了第四次大战，史称达戈·布拉格拉赫——"大火之战"。

　　火河前面飞翔着"龙之父"戈拉乌如恩。它腾云驾雾，一副气吞山河的架势。后面跟着许多火魔巴尔洛格。火魔后面是浩浩荡荡的奥克大军。黑压压一片，遮天盖地，诺尔多精灵从来没有见过、也不曾想像过这样的阵势。它们攻打诺尔多要塞，把安戈班恩德周围的防御工事全部摧毁，见了诺尔多精灵和他们的同盟军——灰精灵和人就杀。战争爆发的最初几天，诺尔多的几支劲旅就受到重创，被敌人打得七零八落，无法再集中力量，组成一支强大的队伍。从那以后，战争在贝勒里安德就没有真正停止过。但是随着春天的到来，大家都认为"大火之战"已告结束。那时候，莫高斯的攻势渐渐减弱。

对安戈班恩德要塞的包围就此结束,莫高斯的敌人被打得四散而去,彼此失去了联系。灰精灵的主力离开北方战场,向南逃去。道伊阿斯接纳了许多无家可归的精灵,辛格尔王的力量空前壮大。女王梅里安的魔力在边境线上大显神威,任何邪恶的东西都无法进入这个暗藏的王国。有的精灵逃到纳戈斯隆德的海边要塞避难,有的逃到松树之地躲藏起来,还有的翻过大山,在一片旷野里到处流浪。关于这场战争和安戈班恩德包围圈被突破的消息渐渐传到中洲东部人们的耳朵里。

菲纳芬的儿子们首当其冲,承受了敌人攻击的主力,损失最为惨重。安戈罗德和埃格诺被杀。除了他俩,贝奥家族的布雷格拉斯王和一大部分武士献出了生命。但是布雷格拉斯的弟弟巴拉海尔一直打到西瑞恩河口附近。这时,芬罗德·费拉冈德王和大部队失去联系,带着几名士兵匆匆忙忙从南边逃到这里,被敌人包围在塞瑞克大沼泽。巴拉海尔率领最勇敢善战的武士前来救援。他们付出沉重的代价,在芬罗德·费拉冈德王四周组成长矛围墙,杀出一道血路才使芬罗德王免于一死或成为阶下之囚。芬罗德·费拉冈德逃回纳戈斯隆德要塞之后,发誓和巴拉海尔以及他的同胞建立牢不可破的友谊,并且尽一切可能帮助他们。为了表示自己的心迹,他还把珍爱的戒指送给巴拉海尔。巴拉海尔回到松树之地后成了贝奥家族名正言顺的王,可是大多数乡亲都已经逃离家园,到海斯鲁姆要塞避难去了。

莫高斯的进攻如此凶猛,芬戈尔芬和芬戈恩无法援救费阿诺的儿子们。海斯鲁姆的大军遭受惨重损失,被敌人赶回阴影之山要塞。凭他们的力量,很难打败奥克。"金发哈多"为了保护芬戈尔芬王的后卫部队,被敌人打死在埃伊西尔·西瑞恩,享年六十六岁。和他一起牺牲的还有他的小儿子贡德。他是被敌人乱箭射死的。精灵对哈多父子不幸遇难表示深切的哀悼。"大个子"加尔多继承了父亲的王位。由于连绵逶迤的阴影之山阻挡了来势凶猛的火海,由于奥克和巴尔洛格——"火魔"无法战胜的精灵与人的勇敢,海斯鲁姆不但没有被敌人征服,反而从侧翼构成了对莫高斯的威胁。但是,强大的敌人把芬戈尔芬和他的同胞远远地分割在西边。

费阿诺的儿子们蒙受了重大损失,东边的土地几乎都被敌人占领,阿格朗恩山口被敌人夺走,尽管莫高斯的兵马为此付出沉重的代价。凯莱戈姆和库茹芬被敌人打败之后,逃到道伊阿斯西北,终于到达纳戈斯隆德,和芬罗德·费拉冈德会合,暂且找到一个栖身之地。他的人马壮大了纳戈斯隆德的力量。不过,后来的事实证明,如果他们当初留在东面、和自己的同胞呆在一起,情况会更好一些。迈斯罗斯表现出非凡的勇敢。奥克不等看见他便望风而逃。自从在暴虐之山经受了常人难以想像的痛苦的折磨,他好像死而复生,胸中燃烧着一团火焰。由于他的英勇奋战,海姆瑞恩山上的大要塞一直没有被敌人夺去。许多最英勇的战士仍然留在那里坚持战斗。他们之中有松树之地的勇士,也有东部地区的精灵,都聚集在迈斯罗斯的大旗之下。他们一度夺回阿格朗恩山口,奥克无法从这条路进入贝勒里安德,但是它们在洛斯兰恩打败了费阿诺的骑兵。因为龙之父戈拉乌如恩从这里进入玛格勒峡谷,摧毁了盖林河环抱中的所有土地。奥克占领了赖瑞尔山西山坡上的要塞,蹂躏着卡兰塞尔的土地沙戈林,污染了美丽的海莱沃恩湖。他们带着烟火和恐怖跨过盖林河,一直打到东贝勒里安德。玛格勒在海姆瑞恩加入迈斯罗斯的队伍,卡兰塞尔却找到自己被打散的人马,和阿姆罗德、阿姆拉斯两兄弟带领的猎手一起撤退到拉姆达尔。他们在阿蒙·埃瑞布——寂静之山布置了岗哨,集结了一部分力量,还得到绿精灵的帮助。奥克没有进入七河之地,也没有进入塔乌尔-伊姆-杜纳斯——"河中间的森林"以及南部旷野。

这时,消息传到海斯鲁姆:松树之地丢失,菲纳芬的儿子们被

165

打败,费阿诺的儿子们被赶出领地。芬戈尔芬觉得整个诺尔多家族已经被彻底打垮,他们遭受的损失无法弥补。他满腔怒火,翻身跨上骏马罗哈劳,不听任何人劝阻,独自飞驰而去。他像一阵风在飞扬的尘土中掠过道-努-法乌格里斯。看见他的人都惊讶万分,以为是奥罗米大驾光临。因为他怒火中烧,目光如炬,就像梵拉的眼睛放射出咄咄逼人的光芒。就这样,他单人独马来到安戈班恩德要塞门前,吹响号角,还把黄铜铸就的大门擂得山响,向莫高斯发出挑战,让他和自己单独交手。莫高斯走了出来。

在这几场战争中,这是莫高斯最后一次走出要塞大门。据说,他并不十分愿意接受芬戈尔芬的挑战,在这个世界,莫高斯尽管力大无比,但他对梵拉还是心存恐惧。不过现在,碍于面子,他无法拒绝芬戈尔芬的挑战,因为芬戈尔芬的号角震得要塞的岩石簌簌发抖,他的叫骂声清清楚楚传到安戈班恩德的地下洞穴。他骂莫高斯是胆小鬼,奴隶主。莫高斯只好从他那非常隐蔽的宝座上爬下来,拖着脚慢慢走着,好像一阵闷雷从地下滚过。他身穿黑色铠甲,头戴铁制的王冠,像一座高高的塔楼,站在芬戈尔芬面前。巨大的盾牌,漆黑如墨,没有纹章,像一团乌云投下浓重的阴影,把芬戈尔芬严严实实笼罩起来。但是,芬戈尔芬像黑暗中的一颗星,闪闪发光。因为他的盔甲镀着白银,盾牌镶嵌着宝石和水晶。他高举着的宝剑瑞恩吉尔,像晶莹的冰寒光闪闪。

莫高斯扔出他的戈朗恩德——"地狱之锤",骤然之间,就像万钧雷霆从天空滚过。芬戈尔芬一闪身,戈朗恩德在地上砸了个大坑,烟火迸射而出。莫高斯砸了许多次,芬戈尔芬都闪身躲过,就像乌云下跳跃的闪电。他举起宝剑七次刺中莫高斯,每次莫高斯都疼得大声叫喊。喊声惊天动地,在北方的深山老林、大河上下久久回荡。连安戈班恩德要塞那些妖魔鬼怪都吓得胆战心惊。

可是精灵王终于精疲力竭,莫高斯把手里的盾牌狠狠地砸在他的身上。他三次被打翻在地,三次挣扎着爬起来,举起被打坏的盾牌,戴好被打破的头盔。四周都是"地狱之锤"砸出来的大坑,芬戈尔芬跌跌撞撞,仰面朝天倒在地上,正好倒在莫高斯脚旁。莫高斯抬起左脚,踩住芬戈尔芬的脖子,就像一座大山倒下来压在他身上。芬戈尔芬举起剑,用尽平生的力气,刺向莫高斯的大脚,一股黑血伴着浓烟喷涌而出,流进戈朗恩德砸出的大坑。

就这样,诺尔多精灵的王芬戈尔芬死了。他是历代君王中最骄傲最勇敢的王。奥克不敢炫耀发生在安戈班恩德要塞门前的这场决斗,痛失大王的精灵也不愿意在歌中传唱芬戈尔芬悲壮的牺牲。可是这个故事仍然记在人们心里,因为鹰王梭伦多把芬戈尔芬战死沙场的消息送到冈多林,送到很远很远的海斯鲁姆。莫高斯举起精灵王的尸体准备喂他养的那些狼。梭伦多从克瑞沙伊格瑞姆最高峰的鹰巢闪电般俯冲下来,啄破莫高斯的脸。梭伦多的翅膀在峡谷里扇动,就像曼维的风发出震耳欲聋的呼啸。它用一双有力的爪子抓起芬戈尔芬的尸体,躲过奥克投过来的密集的标枪,向远方飞去。它把精灵王的尸体放到与冈多林那条不为人知的峡谷遥遥相对的山顶之上。图尔冈在那里为父亲建了一座很高的圆锥形石碑。从那以后,没有一个奥克敢从那座山下走过,更不敢接近芬戈尔芬的陵墓和石碑,直到冈多林气数已尽,同胞之间互相叛卖,使这座固若金汤的城堡终于灰飞烟灭。从决斗那天起,莫高斯一直跛着一只脚走路,因为芬戈尔芬留给他的深深的刀伤疼痛难忍,永难愈合,鹰王梭伦多留在他脸上的疤痕,更成了永难磨灭的、耻辱的标记。

167

芬戈尔芬被害的消息传到海斯鲁姆之后,大家都陷入无比的悲痛之中。芬戈恩满怀痛苦,接替父亲,成为芬戈尔芬家族和整个诺尔多的王,他还把自己的小儿子埃瑞伊宁(后来被叫做吉尔格拉德——"明亮的星")派到贝勒里安德海岸布瑞桑姆巴和埃戈拉瑞斯特地区。

现在,莫高斯的势力已经遍及整个北方地区,可是巴拉海尔不肯离开松树之地,仍然寸土必争地和敌人进行争夺。莫高斯残酷地涂炭生灵,最后只有很少一部分人留在那里继续战斗。这一地区北山坡的所有森林一点一点变成非常可怕的鬼魅的出没之地。就连奥克不到万不得已也不敢越雷池半步。人们管这个地方叫做代尔杜瓦斯,或者塔乌尔-奴-富银,意思是"夜幕下的森林"。被大火烧毁后又长起来的树木阴森可怖,盘根错节,像爪子一样,深进黑色的土地。一旦有人迷路走进这片森林,就像落入黑暗的深渊,被种种可怕的景象缠绕着,追赶着,直到发疯。巴拉海尔终于陷入绝境。他的妻子埃梅迪尔——"像男人一样勇敢"——情愿和丈夫、儿子并肩作战,直到牺牲。但是为了整个部族的利益,她集中起所有妇女和儿童,发给他们武器,带领他们走进身后那座大山。这一群衣衫褴褛的妇女和儿童,沿着羊肠小道,历尽千难万险,终于来到布雷塞尔森林。有的人从此和哈拉丁人生活在一起。有的人继续向前,翻越几座大山,到道-洛明投奔哈多的儿子加尔多。这些人里,有贝莱古恩德的女儿瑞安恩,巴拉古恩德的女儿莫尔温。莫尔温翻译成精灵语叫埃莱斯文。留在松树之地继续战斗的男人们一直杳无音信。他们一个接着一个被敌人杀死,最后只剩下巴拉海尔和另外十二位勇士。他们是:他的儿子贝伦,布雷格拉斯的儿子、他的侄子巴拉古恩德和贝莱古恩德,此外还有九位他们家族忠心耿耿的仆人。这九个人的名字在诺尔多的歌曲中一直广为传唱。他们是:拉斯瑞恩、戴如因、达戈尼尔、拉戈诺、吉尔多,"不幸的人"高里姆、阿沙德、乌尔赛尔和年纪最轻的哈沙尔蒂尔。他们成了一群无家可归、没有希望的亡命之徒。妻儿老小有的被杀,有的被俘,有的逃得无影无踪。他们进退维谷,既不能逃走,又不肯屈服。没有消息从海斯鲁姆传来,更谈不到有人前来救援,倒是经常有野兽追赶他们。巴拉海尔只得带领十二位侠肝义胆的同伴退到大森林上面寸草不生的高地,在山中小湖和怪石环抱的沼泽地藏身。这里远离莫高斯的探子，他的法力也无法在这荒山秃岭间施展。石楠荒原就是他们的床，乌云密布的天空就是他们的房。

"大火之战"后的两年里，诺尔多精灵仍然坚守着西瑞恩河旁边的山口。乌尔莫通过江河湖海表现出自己的威力，护佑着惨遭屠杀的精灵。米纳思蒂里斯——芬罗德当年在托尔·西瑞恩建造的"瞭望之城"顶住了奥克的进攻。但是，芬戈尔芬被杀之后，莫高斯手下最凶残、最邪恶的仆人索隆——辛达语叫高沙尔——又卷土重来，对守卫托尔·西瑞恩岛"瞭望之城"的奥罗德瑞斯发起进攻。索隆现在成了一个威力无比的可怕的巫师，魑魅鬼魅的主人。凶残、狠毒、狡诈。他还是狼人的君王，触摸到的任何东西马上就变形，统治的任何一个地方都被彻底扭曲。他的统治就是折磨。这一次，他略施小计，放出一团可怕的黑云，严严实实包裹住米纳思蒂里斯的守卫者，轻而易举便将它拿下。奥罗德瑞斯被赶出要塞，逃往纳戈斯隆德。就这样，索隆把诺尔多的"瞭望之城"变成莫高斯的瞭望塔，变成魔鬼的要塞，变成一个巨大的威胁。托尔·西瑞恩，这座美丽的小岛变成一个可诅咒的地方。人们管它叫托尔-因-加乌尔霍斯——"狼人之岛"。索隆坐在塔楼上四处张望，没有一个活物能逃脱他的眼睛，走过那条峡谷。莫高斯现在控制了通往西方的山口，贝勒里安德的田野和森林一片恐怖。海斯鲁姆辽阔的原野上，莫高斯的仆人不停地追击诺尔多精灵，找出他们的藏身之地，一个接一个夺取城堡和要塞。奥克的胆子越来越大，活动范围越来越广，西到西瑞恩河，东到凯龙河，无不留下它们的足迹，从而对道伊阿斯形成包围之势。奥克的魔爪无情地践踏着这块美丽的土地，飞禽走兽不等他们到来便逃之夭夭。从北到南，满目荒凉，死一样的寂静笼罩千山万壑。许许多多诺尔多精灵和辛达精灵被抓到安戈班恩德要塞当奴隶，强迫他们用自己的知识和技艺为莫高斯服务。莫高斯还派出许多密探，乔装打扮之后，四处活动，造谣惑众，还许以重金，骗取人们的信任。除此而外，它们极力制造恐怖，挑拨离间，让大家相互嫉妒，还用恶毒的语言攻击精灵王和各家族的族长、首领，说他们贪婪、无耻、相互叛卖。由于在阿尔夸棱德发生过兄弟残杀的悲剧，他们的谎言常常被普通百姓信以为真。事实上，随着局势日益恶化，他们制造的谣言从某种意义上讲，也有点儿道理。因为贝勒里安德精灵的心里都笼罩着绝望和恐惧的乌云。诺尔多精灵最担心的就是那些被莫高斯抓到安戈班恩德的乡亲背叛他们。莫高斯正是利用他们这种心理，达到罪恶目的。他不时故意释放几个精灵出去，实际上，施了法术，把他们的意志牢牢控制在自己手里，最终，让他们再"迷路"回到他的要塞。这样一来，如果有的精灵真的冒死逃回自己人那里，也得不到欢迎和信任，只得背井离乡，四处流浪。

莫高斯对人故意做出一副同情可怜的样子。如果有人愿意听听他派来的说客说些什么，他们立刻信口雌黄，说什么人的苦难是因为替叛匪诺尔多精灵卖命造成的。倘若和他们划清界线，效忠中洲惟一合法的君王，不但能得到丰厚的回报，君王还会厚爱有加，赐予崇高的荣誉。但是"三大家族"很少有人信他们的鬼话，即使被关进安戈班恩德土牢里受尽折磨，也不改初衷。因此，莫高斯对人恨之入骨，派出许多喽啰到山里搜寻他们。

据说，就在这个时候，东方人，也叫"皮肤黝黑的人"，第一次进入贝勒里安德。这些人里有的已经秘密投靠莫高斯，是应他之召而来的。但并不是所有人都成了这个盖世魔王的马前卒。因为关于贝勒里安德——土地、江河、战争、财富——的消息到处流传。正在向西迁徙的人们自然而然，把贝勒里安德当做暂且栖身的首选之地。这些人个子不高，胳膊很长，长得敦敦实实，身强力壮，皮肤黝黑或者灰黄，眼睛和头发都是黑色。他们的家族很多。有的家族对山里的矮人情有独钟，对精灵却不太喜欢。迈斯罗斯深知诺尔多精灵和艾代英——人的弱点,也知道安戈班恩德设下的陷阱无处不在,花样翻新,就和这些新来的人结成联盟,和众多族长中势力最大的鲍、乌尔范交上朋友。莫高斯听到这个消息十分高兴。对于他,这是求之不得的事情。鲍的儿子名叫鲍拉德、鲍拉赫、鲍沙德。他们紧跟玛斯罗斯和玛戈勒,对他们非常忠诚,没能让莫高斯如愿。"黑人"乌尔范的儿子是乌尔法斯特、乌尔瓦斯,以及"可恶的人"乌尔多。他们跟随卡兰塞尔,发誓效忠于他,可事实证明,他们是一帮背信弃义的乌合之众。

早来的艾代英和后来的"东方人"相互之间很少见面。因为新来的人在东贝勒里安德住了好长时间,哈多家族则一直将自己锁闭在海斯鲁姆。至于贝奥家族,几乎被彻底消灭。北方的战争起初没有给海莱斯人带来什么损失,因为他们住在布雷塞尔森林南面。可是现在他们跟奥克展开一场斗争。他们意志坚强,不会轻易放弃这片可爱的大森林。在诺尔多精灵节节败退的日子里,哈拉丁人的业绩,让大家永远不忘。米纳思蒂里斯被敌人占领之后,奥克从西面的山口长驱直入,完全可能将西瑞恩河口洗劫一空。但是哈拉丁王哈尔米尔把消息及时通报给辛格尔王。因为他和守卫道伊阿斯边境的精灵关系相当好。贝莱戈是一位技艺高超的弓箭手,也是辛格尔王的步兵统领,他率领用刀斧武装起来的大军,开进布雷塞尔森林。哈尔米尔和贝莱戈出其不意,从密林深处夹击奥克兵团,把它们打的落花流水。从那以后,这股从北方汹涌而来的恶流在这一地区被遏止。好多年,奥克不敢跨越泰戈林河,哈莱斯人在布雷塞尔森林过了几年相对平静的日子。在他们背后,纳戈斯隆德王国争取到一个喘息的机会。他们集结力量,准备东山再起。

这期间,道-洛明加尔多的儿子胡林、胡奥,和哈拉丁人住在一起。因为他们是同族。大火之战前,艾代英这两大家族举行了一次盛宴,"金发哈多"的儿子加尔多、女儿戈勒瑞赛尔和哈拉丁家族

171

哈尔米尔王的女儿哈瑞斯、儿子哈蒂尔同时成婚。因此，按照那时候人的习惯，加尔多的儿子们由他们的舅舅哈尔迪尔在布雷塞尔抚养。他们并肩作战，和奥克展开殊死搏斗，就连十三岁的胡奥也不听劝阻，一定要和父辈同上战场。结果，他们和大部队的联系被敌人切断，一直被敌人追到西瑞恩河上的布瑞塞阿赫浅滩。那时候，乌尔莫在西瑞河的力量还相当强大。由于他的保护，他们才幸免于难。乌尔莫施展法术，河面上升起大雾，敌人无法看清他们的行踪，一行人趁机从布瑞塞阿赫浅滩逃到迪姆巴，在克瑞沙伊格瑞姆峰下的群山中寻找一条出路。但是山高坡陡，地形不熟，他们很快就迷失方向，进退不得。鹰王梭伦多看到之后，派两只雄鹰来帮助他们。雄鹰驮着他们越过环抱贝勒里安德的崇山峻岭，来到图木拉登秘密峡谷。"隐蔽之城"冈多林就在这里，从未有人见过它的尊容。

图尔冈王听说他们是何方来客之后，接待了他们。因为水之王乌尔莫已经从大海经由西瑞恩河给他送来消息，还特地托梦警告他，灾难即将到来，劝他善待哈多家族的儿子们，关键时刻，他还需要他们的帮助。就这样，胡林、胡奥在图尔冈王的家里住了将近一年。据说，在此期间，胡林从精灵那儿学了许多知识，接受了国王的许多建议，也明白了他的意图。图尔冈非常喜欢加尔多这两个儿子，经常和他们一起聊天。他诚心诚意希望他们留在冈多林，完全是出于爱，而不是为了遵守他定的法律——发现通往秘密王国的道路，并且进入王国者，无论精灵还是人，都不得再走出城门半步，除非国王破了这条戒律，或者高墙后面的居民有必须外出的原因。

可是胡林和胡奥非常想回到自己的同胞身边，和他们并肩战斗，一起承受战争带来的巨大痛苦。胡林对图尔冈说："大王，我们是凡人，和埃尔达不同。埃尔达经得起岁月的磨蚀，可以坐等遥远的未来和敌人战斗。可我们的生命短暂，我们的希望随着岁月的流逝而变得渺茫,我们的力量随着年龄增长而消减。除此而外,我们并不是自己找到冈多林的,事实上,我们连这座城池在哪儿也不知道。我们是在慌乱与惊恐之中从天上'掉'下来的。后来又是被蒙着眼睛送到这儿的。"图尔冈王批准了他的请求,说道:"如果鹰王梭伦多同意,可以把你们接走。不过,说心里话,我舍不得你们走,虽然按照埃尔达精灵的计算,我们很快就会再见面。"

图尔冈王妹妹的儿子迈戈林在冈多林位高权重,对他们的离去却不以为然。他本来对人类任何一个家族或分支就不感兴趣,看到图尔冈王对这两个小伙子那么喜爱,越发妒火中烧。他对胡林说:"国王的仁慈和宽厚远远超过你们的想像。过去我们的法律从来没有这么宽松过。如果是过去,你们别无选择,只能在这儿住到死。"

胡林说:"国王确实宽大为怀,慈悲为本。但是如果我们的承诺还不够的话,我们可以对天发誓。"于是兄弟俩发誓,永远不向任何人透露图尔冈对他们的忠告,永远不向任何人透露在王国看到的一切,然后便告别了冈多林。雄鹰趁夜色把他们带走,黎明前送到道-洛明。家人和乡亲看见他们非常高兴。因为早就有消息从布雷塞尔森林传来,说他们已经一命归西。可是他们没有对任何人、包括父亲,解释这一年究竟到了什么地方,只是说是刚才送他们回来的雄鹰在荒山野岭救了他们的性命。加尔多说:"难道你们在荒山野岭住了一年? 还是以鹰巢为家,在洞穴里栖身? 可是我怎么觉得你们全然不像吃尽千辛万苦的流浪汉,倒像养尊处优的王子。"胡林说:"我们能平安回家,你就该心满意足了。别的就不要问了。我们发过誓,什么也不能说。"加尔多听了这话,只好闭上嘴巴不再追问。但是他和许多人似乎都猜到几分实情。没多久,胡林和胡奥的奇遇就传到莫高斯派来的奸细耳朵里。

图尔冈听说诺尔多精灵对安戈班恩德的包围之势被打破之后,并没有派人马参战,因而也没有蒙受什么损失。一来,他认为,冈多林固若金汤,牢不可破;二来,让要塞和自己的兵马公之于世的时机尚不成熟。但是他心里明白,包围圈被打破就意味着诺尔多精灵衰落的开始,除非能够得到外援。他秘密派出许多冈多林精灵到西瑞恩河口和巴拉岛,制造船只,扬帆远航,寻找瓦里诺,请求梵拉的原谅和帮助。他们请求海鸟导航,但是茫茫大海迷雾重重,鬼气森森,瓦里诺渺无踪迹,不知道隐藏在什么地方。图尔冈王派出的信使没有一个到达西方,大多数葬身大海,个别人侥幸返回。冈多林的厄运正一天天逼近。

这些消息无一遗漏都传到莫高斯的耳朵里。因此,他虽然取得了胜利,心里还是忐忑不安,特别想知道费拉冈德和图尔冈的详细情况。他们俩虽然没死,可是消失得无影无踪。他担心这两个精灵王一定躲藏在什么地方密谋策划,准备和他决一死战。关于纳戈斯隆德,他只知道名字,但是它究竟在哪儿,有多大力量,一概不知。因此,一想起图尔冈,他就头痛。他往贝勒里安德派了许多暗探,又把奥克的主力召回安戈班恩德。他知道,如果不能集结新的力量,就无法取得最后决战的胜利。他还没能正确估计诺尔多精灵的勇猛、才智,对和他们并肩战斗的人的武器装备更是知之甚少。他在大火之战以及随后几年里虽然取得重大胜利,给对手造成巨大的灾难,但是自己也损失惨重。他占领了松树之地和西瑞恩河口。埃尔达精灵已经重振旗鼓,准备夺回失去的土地。贝勒里安德南部在随后的几年里,表面上看起来平静安宁,安戈班恩德要塞里却铁锤丁当,钢花飞溅,磨刀铸剑,习武练兵,全体在积极备战。

自从第四次战役爆发,七个年头过去了,莫高斯发起新的进攻,派出大队兵马入侵海斯鲁姆。攻打阴影之山山口的战斗打得非常残酷。在埃塞尔·西瑞恩包围战中,道-洛明的君王、大个子加尔多被敌人一箭射死。他是为芬戈恩大王防守这座要塞的。不久之前,他的父亲哈多·劳伦德尔也死在这里。加尔多的儿子胡林那时候刚刚长大成人，但是身强力壮、聪明勇敢，把奥克杀得狼狈逃窜，从阴影之山一直赶到安法乌格里斯——"尘土呛人之地"。

芬戈恩王无力抵挡从北边打过来的敌人，海斯鲁姆平原上军号声声，战旗猎猎，人喊马嘶，战斗异常激烈，芬戈恩寡不敌众。就在这千钧一发之际，凯尔丹率领船队，从德瑞恩吉斯特河口逆流而上，法拉斯精灵从西边向莫高斯的兵马发起猛攻。奥克乱了阵脚，溃不成军，埃尔达的骑兵乘胜追击，一直把敌人赶到铁山那面，大获全胜。

从那以后，加尔多的儿子胡林在道-洛明统领哈多家族，侍奉芬戈恩王。胡林的个头比父亲和儿子都矮，但他体态灵活，极具耐力，这一点很像母亲哈瑞斯那方面的亲戚——哈拉丁家族。他的妻子叫莫尔温·埃莱斯文，是贝奥家族巴拉古恩德的女儿。她和贝莱古恩德的女儿瑞安恩、贝伦的母亲埃梅迪尔一起逃出松树之地。

那时候，从松树之地逃出来的人都被敌人杀害，巴拉海尔的儿子贝伦只得单枪匹马向道伊阿斯逃去。

175

第十九章　　贝伦和露西恩

　　黑暗时代流传给我们的故事大都充满悲凉和痛苦,但是有的故事也苦中有乐。死亡的阴影之下,那快乐经久不衰。在所有这些传世之作中,精灵们最喜欢的是贝伦和露西恩的故事。人们把他们的经历编成《莱伊赛安之歌》,意思是"脱离枷锁"。除了关于古老世界的史诗,这首歌最长。下面我们用简洁的文字讲述这个故事,而且没有歌。

　　前面已经讲过,巴拉海尔不肯放弃松树之地,莫高斯穷追不舍,必欲置之死地而后快。最后,他只剩下十二个伙伴。松树之地的松树向南延伸,和高原沼泽地相连。东边的高地有一个湖——塔恩·阿伊鲁银。湖的四周都是石楠荒原。这里无路可走,一片荒芜。即使漫长的和平岁月里,也没有人在这儿居住过。可是,塔恩·阿伊鲁银的湖水让人心旷神怡,肃然起敬。白天湛蓝的湖水清澈见底,夜晚平静如镜,把满天星斗尽收湖底。据说,远古时期,梅里安曾经为塔恩·阿伊鲁银湖祝圣。巴拉海尔和伙伴们逃到这里,莫高斯找不到他们的踪迹。但是,关于巴拉海尔和伙伴们的事流传的范围很广。莫高斯命令索隆找到并且消灭他们。

　　巴拉海尔的同伴之中有一位叫高里姆,他是安戈雷姆的儿子。妻子名叫埃伊丽耐尔。灾难降临之前,他们俩相亲相爱,相濡以沫。高里姆打仗回来之后,发现自己的家被洗劫一空,妻子杳无踪迹,是死是活无人知晓。他只得投奔巴拉海尔。在巴拉海尔十二个伙伴中,他最勇猛剽悍。但是,痛苦时常咬啮着他的心。他常常想，也许妻子埃伊丽耐尔还活在世上。有时候，他一个人偷偷跑回家。那幢房子还伫立在先前归他所有的森林里。后来，莫高斯的仆人知道了这件事情。

秋天的一个傍晚，他又偷偷溜回家，看见窗口透出一缕灯光。他小心翼翼走过去，看见埃伊丽耐尔站在屋里，面容憔悴，满脸悲伤，一副饥寒交迫的样子。他仿佛听见埃伊丽耐尔在抱怨他抛弃了她。他情不自禁喊了一声，一股阴风吹灭屋里的灯，狼的嗥叫声不绝于耳。突然，一只手重重地拍在肩膀上，原来是索隆手下的猎人。就这样，高里姆落入敌人的陷阱。他们把他带回营地，残酷折磨，逼他说出巴拉海尔的藏身之地。可是高里姆守口如瓶，什么也不说。后来，他们许诺，如果他投降，就放他回到妻子身边。高里姆熬不住敌人的酷刑，又思念爱妻，渐渐动摇。他们把他送到让人望而生畏的索隆面前。索隆说："听说你要和我做一笔交易，你要的价码是什么？"

高里姆说，他要找到埃伊丽耐尔，和她一起回家。他以为，埃伊丽耐尔和他一起被抓。索隆笑着说："和你的背叛相比，这个价码实在是微不足道。没问题，我答应你。说吧！"

高里姆本来想反悔，可是索隆恶狠狠地瞪了他一眼，他连忙把自己知道的情况都说了出来。索隆哈哈大笑，不无嘲讽地对高里姆说，他看到的埃伊丽耐尔是他们用魔法变出来的鬼魂，专门骗他落入陷阱。其实埃伊丽耐尔早死了。"不过，我还是要成全你，"索隆说，"你可以到你的爱妻埃伊丽耐尔那儿去，不必再为我效劳。"说着，他便用十分残酷的手段把高里姆处死。

就这样，巴拉海尔暴露了藏身之地，莫高斯撒下天罗地网。奥克在黎明时分冲到松树之地，把他们一网打尽，只有一个人幸免于难，那就是巴拉海尔的儿子贝伦。原来，巴拉海尔派贝伦去执行一件非常危险的任务——侦察敌人的动向。事发时，他在很远的地方。夜里，他在森林里睡觉的时候，做了一个怪梦，梦见沼泽地旁边光秃秃的树上,落满了吃腐肉的鸟,像树叶一样,血从它们的喙上滴下。贝伦还在睡梦中看见一个人从水那边向他跑来,那是高里姆的鬼魂。他把自己背叛和被杀的事都告诉了贝伦,要他赶快通知父亲转移。

贝伦一下子醒了过来,在茫茫夜色中飞也似的奔跑,第二天早晨回到藏身之地。一群吃腐肉的鸟从地上飞起,落在塔恩·阿伊鲁银湖畔的桤树上,呱呱呱地叫着嘲弄他。

贝伦埋葬了父亲和同伴们的遗骨,举起一块圆锥形石头,对天发誓,为父亲报仇。他首先追踪杀死父亲和亲人们的奥克,在赛瑞克沼泽那面的瑞维尔河边摸黑找到他们的宿营地。贝伦有丰富的丛林经验,神不知鬼不觉便摸到他们的篝火旁边。为首的奥克举着巴拉海尔的一只手,正在夸耀他的赫赫战功。他是为了向索隆请功才特意砍下这只手的,手指上还戴着费拉冈德送给巴拉海尔的那枚戒指。贝伦看了不由得怒发冲冠,豹眼圆睁,从那家伙身后的巨石上飞身跃下,手起刀落,要了他的狗命,拿起父亲的手拔腿就跑。命运之神保护他,奥克的箭飞蝗般射来,但没有一枝射中他。

此后,四年多,贝伦一个人仍然出没于松树之地。他成了飞禽走兽的好朋友。它们帮助他,从不出卖他。从那以后,他不吃肉,不杀生——除了为莫高斯效力的野兽。他不怕死,宁死也不愿意当俘虏。因为勇敢、顽强,他无数次逃脱死神之手和被俘的命运。渐渐地,孤胆英雄的美名传遍贝勒里安德,就连道伊阿斯也流传着他的故事。莫高斯悬赏买他的脑袋,价格不比诺尔多王芬戈恩低。可是奥克听到他的名字便望风而逃,哪里还敢四处搜寻。莫高斯只得派索隆亲自率领大部队围剿贝伦。索隆这次带的是狼人和恶神附体的凶残的野兽。

现在,这块土地充满邪恶,所有纯洁、善良的活物都离它而去。

索隆步步紧逼，贝伦最终被迫离开松树之地。冬天，一个大雪纷飞的日子，他告别父亲的坟墓，进入高格罗斯地区，爬上恐怖之山，远远地眺望道伊阿斯的土地，心里生出一个念头——到隐蔽王国去，虽然那是人迹未至的地方。

南行的路凶险异常，恐怖之山到处都是悬崖绝壁。月亮升起之前，山脚下鬼影重重。再往前是南·杜恩戈赛布——"死亡之谷"的荒野之地，索隆的妖术和梅里安的神力在那里较量，到处都是恐怖和疯狂。乌戈利安特繁殖出来的毒蜘蛛在山谷间编织看不见的大网，没有一个活物能逃脱它布下的陷阱。太阳诞生之前，漫漫长夜中孳生的妖魔鬼怪来往穿梭，瞪大无数双眼睛，捕捉猎物。在这条妖气森森、鬼怪出没的峡谷，没有精灵和人可吃的东西，等待他们的只有死亡。在贝伦诸多英雄业绩中，这一次，死亡之旅很少有人提及。因为，事情过后，他和任何人都没有讲过，生怕那可怕的记忆又上心头。谁也不知道，他是怎样找到那条任何人、任何精灵都不敢探寻的道路，最终来到道伊阿斯边境。正如梅里安预言的那样，他跨过了梅里安在辛格尔边境设下的迷宫曲径，进入秘密王国。因为，巨大的使命将落在他的肩上。

《莱伊赛安之歌》有过这样的描述：贝伦跌跌撞撞来到道伊阿斯。多年来的痛苦和一路艰辛把他折磨得面色苍白、背曲腰弯。他在夏天的奈尔多雷斯森林里慢慢走着。月亮刚刚升起，辛格尔和梅里安的女儿露西恩正在埃斯加尔杜因河边的林中空地跳舞。贝伦看见她，眼睛一亮，痛苦的记忆刹那间烟消云散，一下子便被她迷得如痴如醉。因为露西恩是伊路瓦塔创造的孩子们当中最漂亮的一个。她身着蓝色长裙，宛若一碧如洗的天空，灰眼睛像天上闪烁的星星，披风上缀着朵朵金花，乌黑的秀发就像星光投下暗影。露西恩，靓丽如树叶上的清露，清纯似泉水丁东，美丽的脸上闪着阳光，一个至纯、至美的姑娘！

可是，她突然消失。贝伦仿佛中了什么法术，一句话也说不出来，像一只迷了路的野兽，蹑手蹑脚，四处寻找她。他不知道她的名字，便在心里用灰精灵语称她为蒂努薇尔，意思是夜莺，"晨光的女儿"。他远远地看着她，宛如秋风中的树叶，冬天升起在山顶的明星，但是好像有一条锁链锁住他的手脚，令他无法接近那颗明亮的星辰。

春天即将来临的那个黎明，露西恩在绿山上跳舞。突然，她唱了起来，仿佛百灵鸟的歌声从夜的大门直冲云霄，在渐渐暗淡的星光中缭绕盘桓，迎接冉冉升起的太阳。露西恩的歌声打碎了冬天的桎梏，消融了冰冻的河水。她走过的地方，鲜花冲开冰冷的泥土，迎风绽开。

让贝伦无法说话的法术也突然解除，他大声叫喊："蒂努薇尔！"洪钟般的声音在森林里回荡。露西恩惊讶地停下舞步，不再逃走。贝伦向她走去。她看了他一眼，爱神便降临到她头上。她爱他！但是她从他的怀抱中挣脱，虽然天光已经放亮，她却消失得无影无踪。贝伦躺在地上昏了过去，好像被不期而至的幸福和悲伤击倒。他仿佛在无底的深渊睡了很久，醒来的时候，浑身像石头一样冰冷，一颗心宛如被人抛弃的土地，一片荒芜。他似乎突然失明，在寒风扫过的心田摸索，想抓住那缕已经消失的阳光。从此，他开始为命运的安排付出高昂的代价。露西恩和他搭乘了同一条命运之舟。她是精灵，却要分担一个凡夫俗子的痛苦，她是自由之身，却要和他戴上同一条锁链。任何一个埃尔达精灵都无法想像她经历了怎样的苦难。

贝伦在黑暗中无望地坐着。出乎预料，她回到他身边，把手放在他的手里。从那以后，她经常来看他。从春到夏，他们俩在森林里手挽着手偷偷地散步。伊路瓦塔的孩子们没有谁像他们那样快乐、幸福，尽管时间短暂。

辛格尔王的大臣戴隆也爱露西恩，他发现她和贝伦幽会的事情之后，就把他们出卖给了辛格尔王。辛格尔王非常生气。露西恩是他的掌上明珠,他爱她胜过所有精灵王子。而对凡人,他从来不屑一顾。他既痛苦,又迷惑不解,把女儿找来询问这件事情。露西恩守口如瓶,直到辛格尔王发誓,既不处死贝伦,也不监禁他。可是实际上他已经派仆人去找贝伦,要把他当做犯人送到梅内戈罗斯。露西恩先下手为强,亲自把贝伦带到辛格尔王的宝座前面,并且施以贵宾之礼。

辛格尔王又气又恼,十分轻蔑地看着贝伦。梅里安默不作声。"你是谁?"辛格尔王问,"竟敢像贼一样偷偷摸摸进入我的王国,还敢走近我的宝座!"

千洞之殿的辉煌和辛格尔王的威严把贝伦镇得一句话也说不出来。露西恩只好上前一步,说道:"他是人之王巴拉海尔的儿子贝伦,是莫高斯的不共戴天之敌。他们的英雄业绩已经编成歌曲,在精灵中广为传唱。"

"让贝伦自己讲!"辛格尔王说,"你一介凡夫,来这儿想干什么? 你为什么离开自己的土地,来到你这种人严禁入内的王国?你能为你的蛮横无礼和愚蠢无知免遭严惩说出理由吗?"

贝伦抬起头,看着露西恩的眼睛,又瞥了一眼梅里安,满肚子话涌到嘴边。他不再害怕,人类最古老家族的骄傲之情在他胸中涌动。他说:"大王,是命运之舟载着我经历了连精灵也不敢问津的凶险,来到您的王国。我在这里找到了不曾预料的幸福,而这幸福将陪伴我一生。它比世界上所有金银财宝珍贵一万倍。悬崖绝壁,刀山火海,莫高斯的邪恶,精灵王国的伟力都无法阻挡我得到这笔旷古未有的财富。因为,你的女儿露西恩是大千世界所有孩子里面最美的人。"

181

大殿里一片寂静,站在那儿的精灵都吓得目瞪口呆,都以为贝伦必死无疑。辛格尔王慢悠悠地说:"光凭这些话,我就可以置你于死地。要不是我在匆忙之间发了誓,现在就可以要你的狗命。你这个卑鄙的凡人,我现在真后悔不该立下那个誓言。你在莫高斯的王国学会了像他的那些密探和奴隶一样,偷偷摸摸爬来爬去,干丧尽天良的坏事。"

贝伦回答道:"无论我是否犯了死罪,你都可以处死我。但是我不会接受你强加给我的罪名,我既非卑鄙的凡人,更非暗探和奴隶。费拉冈德大王在北方战场送给家父巴拉海尔的这枚戒指就足以使任何精灵——不管他是一国之君,还是普通百姓——都没有资格这样辱骂我们。"

贝伦气宇轩昂,所有的目光都投向他高举着的那枚戒指。诺尔多精灵在瓦里诺研磨的绿宝石闪着夺目的光彩。这枚戒指像两条缠结在一起的蛇,眼睛是四枚祖母绿宝石,脑袋在金花围成的王冠下面相交,一个高昂,一个低垂。这是菲纳芬家族的标识。梅里安走到辛格尔身边,压低嗓门儿,劝他息怒。"你是杀不了贝伦的,"她说,"命运之神还要引领他走一条漫长的路。然而他的命运将和大王你的命运相互纠缠。你要当心!"

辛格尔默默地看着露西恩,心里想:"他们是什么东西!不过是些不幸的凡夫俗子。族长昏庸不堪,国王生命短暂。难道这样的人也有资格和我的女儿谈情说爱?难道能让这个碰过我宝贝女儿的家伙继续活在世上?"他打破沉默,说:"我看见那枚戒指了,巴拉海尔的儿子。我也看到,你很骄傲,认为自己了不起,可是父亲的功绩——即使他有资格效忠于我——不能成为儿子赢得辛格尔和梅里安的女儿的资本。好了,听我说!我想得到一样落在别人手里的珍宝。然而,悬崖绝壁、火海刀山、莫高斯的邪恶,阻挡了精灵王国的伟力,使我无法得到这枚宝石。可是刚才你说,这些困难吓不倒你。那么好吧!你把茜玛丽尔从莫高斯的王冠上摘下来,拿给我。那时候,如果露西恩愿意,你可以娶她为妻。你还可以得到这枚宝石。尽管阿尔达的命运就藏在茜玛丽尔里。但你仍然可以相信我是多么慷慨大度!"

就这样,辛格尔注定了道伊阿斯的命运,落入曼多斯撒下的诅咒之网。听到他这番话的精灵都明白,他不必履行自己的誓言,便将贝伦送上死路。因为谁都知道,即使对莫高斯的包围之势形成之后,所有精灵王国也没有一位武士或者大王,哪怕从远处,看见过茜玛丽尔的光芒。因为这三颗茜玛丽尔被镶嵌在莫高斯的铁王冠上,藏在安戈班恩德要塞的密室里。密室围着坚固的铁栅栏,铁栅栏外面是攻不破的高墙。高墙四周刀剑林立,火魔巴尔洛格日夜守卫,再加上莫高斯黑色的魔力无处不在,夺取茜玛丽尔谈何容易。

贝伦哈哈大笑。"价码不高,"他说,"看来精灵王为了宝石,为了人工制作的什么东西就可以出卖自己的女儿。不过,如果你愿意这样做,辛格尔,我同意你的条件。我一定会拿着从铁王冠上摘取的茜玛丽尔来见你。你对巴拉海尔的儿子贝伦实在太不了解了!"

他凝望着梅里安的一双眼睛。梅里安什么也没说。然后,他向露西恩·蒂努薇尔告别,又向辛格尔和梅里安鞠了一躬,推开身边的卫士,离开千洞之殿,扬长而去。

梅里安终于开口对辛格尔说:"大王啊,你这一招可真毒! 不过,如果我的眼睛没有看错的话,无论贝伦能否成功,这件事对你都没有好处。因为你已经给自己和女儿带来不祥之兆。现在,道伊阿斯的命运已经被一个更加强大的帝国所牵制。"

辛格尔回答道:"我绝不会把我的掌上明珠卖给任何精灵或凡人。如果有一天,贝伦真的活着走进千洞之殿,我也不会再让他看到天上的阳光。尽管我许过愿,发过誓。"

露西恩一声没吭。从那一刻起,道伊阿斯再也听不到她的歌声。森林里死一般寂静,辛格尔王国树影斜长,山影如墨。

《莱伊赛安之歌》传唱:贝伦离开道伊阿斯时,没有遇到阻碍。他终于来到埃林-维阿尔——"曙光沼泽"和西瑞恩沼泽。离开辛格尔王国之后，贝伦爬上西瑞恩大瀑布上面的大山。西瑞恩河一路喧嚣，从这里流入地下。向西极目远眺，越过烟雨迷蒙的山岭，可以看见西瑞恩河和纳罗戈河之间的塔拉斯·迪尔内恩——"守卫着的平原"。平原那面是塔乌尔-恩-法罗斯森林覆盖的高地。高地下面便是纳戈斯隆德地下城堡。别无选择，也无人可以商量，他只好转身向那里走去。

纳戈斯隆德精灵在那辽阔的平原到处布置岗哨。边境每一座山上都有许多隐蔽的塔楼和碉堡。森林里、田野上藏着许多弓箭手。这些弓箭手技艺高超，百发百中，没有谁能从他们眼皮子底下越过边境。因此，不等贝伦踏上通往他们国家的道路，精灵就已经把他尽收眼底，死神随时恭候他的到来。贝伦知道自己处于危险之中。虽然看不见一个活物，但是他心里明白，那些鬼鬼祟祟的家伙正在暗中监视他。因此他高高举起那枚戒指，隔一会儿就大喊几声："我是巴拉海尔的儿子贝伦，费拉冈德的朋友。带我去见你们的国王！"

因此，那些猎手、卫兵没有杀他，而是埋伏在路旁，命令他停下。看见贝伦手里那枚戒指，他们都向他深深鞠躬，尽管一路艰辛，饥寒交迫，他衣衫褴褛，形容憔悴，全无武士的威风，帝王的尊严。因为害怕暴露秘密通道，他们趁夜色领他向北，再向西走。那时候，纳罗戈河没有可以涉水而过的浅滩，也没有桥，只能从金利斯河和纳罗戈河汇合的地方过河。那儿河面比较窄，水流也不太急。过河之后，再向南走。精灵借着月光，把他送到秘密王国的大门前。

就这样，贝伦见到了芬罗德·费拉冈德王。费拉冈德认识他，不需要戒指引荐，就知道他是贝奥家族的后人，巴拉海尔的儿子。他们在紧闭的房门后面坐下，贝伦把父亲巴拉海尔壮烈牺牲和自己在道伊阿斯的遭遇向费拉冈德说了一遍。想起露西恩和两个人在一起的欢乐，他不由得哭了起来。费拉冈德听了他的故事心情很不平静。他知道，贝伦发下的誓言就等于将自己送上一条死路，就像很早以前他对盖拉德丽尔预言的那样。他心情沉重地对贝伦说："显然，辛格尔想让你死。但是，这一场劫难将远远超过他的本意。看来，费阿诺当年发下的毒誓又要起作用了。当年茜玛丽尔被莫高斯抢走之后，费阿诺是在满腔仇恨、怒不可遏的情况下立下誓言的。他要不惜一切代价，甚至不惜唤醒尚在沉睡之中的某种力量，夺回茜玛丽尔。而费阿诺的儿子们宁愿将所有精灵王国都变成废墟，也不允许除他们之外的任何人夺得或者拥有一颗茜玛丽尔。当年的誓言驱使他们必须这样做。费阿诺的儿子，凯莱戈姆和库茹芬现在就住在我这儿。我是菲纳芬的儿子，尽管现在是精灵王，可是这几位的力量比我还大。他们的家族和臣民人口众多，真正号令天下的是他们。关键时刻，费阿诺的儿子对我倒很友好。可是，我担心，他们对你既不会同情，也不会有什么钟爱之情。然而，我也立过帮助你们贝奥家族的誓言，因此，我们全都落入了一张无法挣脱的大网。"

费拉冈德在臣民面前发表演讲，回忆巴拉海尔的英雄业绩和他曾经立下的誓言。他宣布，现在巴拉海尔的儿子遇到了困难，他理所当然要帮助他。他还希望各位精灵家族的君主能和他一起帮助贝伦。凯莱戈姆从人群中站起来，高举宝剑叫喊道："不管他是朋友还是敌人，是莫高斯手下的魔鬼还是精灵，是人类之子还是阿尔达大地的一个活物，如果他找到茜玛丽尔，胆敢据为己有，就没有什么法律，没有什么博爱，没有什么地狱的联盟，梵拉的神力，巫师的法术保护他不受费阿诺儿子们的追杀。因为直到世界末日，茜玛丽尔只属于我们。"

185

他还讲了许多话。言辞之激烈，态度之蛮横，不亚于当年父亲在蒂伦城前发表的宣言。正是那篇宣言第一次煽动起诺尔多精灵的反叛情绪。凯莱戈姆叫嚷过之后，库茹芬开始说话。他虽然言辞比较温和，但是态度同样强硬。精灵们听了他的话，脑海里出现一幅幅烽烟四起、杀声震天、纳戈斯隆德被毁灭的景象。他在他们心底造成如此巨大的恐惧，以至于直到图林时代，这个王国的精灵都不敢公开作战。他们总是秘密行动，暗中伏击，使用巫术或者蘸了毒药的标枪袭击所有的陌生人，把亲属关系、同胞之谊统统丢到脑后。他们不再是从前勇敢刚毅、崇尚自由的精灵，脚下的土地渐渐被黑暗笼罩。

现在，精灵们暗地里流传，菲纳芬的儿子根本没有资格像梵拉那样，在这儿发号施令。他们都翻脸不认这位费拉冈德王。曼多斯的预言又开始在兄弟间显现。那几个王子心理越来越阴暗，恨不得把费拉冈德送上断头台，篡夺纳戈斯隆德的王位。因为他们是诺尔多诸王子中的"长房"。

费拉冈德看到他们都背叛了他，摘下头上的纳戈斯隆德银王冠，愤怒地摔在地上，说："你们可以不遵守效忠于我的誓言，但我必须履行我的诺言。如果劫难的阴影还没有笼罩所有同胞和弟兄，我相信，至少会有几个精灵跟我站在一起，至少我不会像乞丐一样，被扔出大门。"有十个精灵站到他那边，为首的名叫埃德拉海尔。他弯腰捡起王冠，交给一位管家，让他妥为保管，直到费拉冈德再荣登宝座。"不管发生什么事情，"他说，"你还是我的王，也是他们的王。"

费拉冈德把纳戈斯隆德王冠交给弟弟奥罗德瑞斯，让他代替自己统治王国。凯莱戈姆和库茹芬什么话也没说，但是都微笑着走出王宫。

一个秋天的傍晚，费拉冈德和贝伦带领十个伙伴离开纳戈斯隆德，沿纳罗戈河一直走到它的发源地伊弗林湖。他们在阴影之山下碰到一群奥克，趁夜色把他们一个不剩消灭在宿营地，然后换上他们的武器和服装。费拉冈德施展才艺，令大家都变得貌似奥克。这样伪装之后，他们一路向北，来到阴影之山和塔乌尔-努-富

银高原之间的西山口。塔楼上的索隆发现他们之后,觉得形迹可疑。因为按命令,所有莫高斯的部下,从这儿经过的时候必须停下来,报告前往何处,有何公干。可是这一群"奥克"却行色匆匆,只顾埋头向前。索隆派兵在路上伏击,然后把他们带到面前。于是,发生了广为人知的费拉冈德大战索隆的故事。他们不是兵戎相见,而是以歌交战。费拉冈德王的力量非常强大,可是最终还是索隆占了优势。《莱伊赛安之歌》这样唱道:

　　索隆呼风唤雨,
　　巫术之歌,锋芒毕露。
　　开膛剖肚,大刑侍候,
　　坦白交待,求荣卖主!
　　费拉冈德以歌作答,
　　精灵智慧,又展宏图。
　　守口如瓶,坚持战斗,
　　冲出牢狱,争取自由。
　　两军对垒,歌声如潮,
　　你进我退,此起彼伏。
　　夜幕低垂,黑暗如磐,
　　费拉冈德再显身手,
　　魔法奇术,玩于掌股。
　　惜哉,神兵千里,刀枪入库,
　　惟有纳戈斯隆德百鸟啁啾。
　　惊涛拍岸,白沙依旧,
　　精灵王国,又结新仇。
　　瓦里诺鲜血横流,
　　诺尔多滥杀无辜。
　　抢走白船,毁灭珍珠,

187

　　孤帆远影,沧海横流。

　　北风呼啸,狼号鬼哭,

　　乌鸦呱呱,匆匆逃走。

　　海口之冰,吱嘎作响,

　　安戈班恩德,链锁囚徒。

　　电闪雷鸣,大火冲天,

　　回天无力,英雄末路。

　　宝座尘封,光辉不再,

　　费拉冈德,一命呜呼。

　　索隆剥掉精灵的伪装。他们赤裸裸地站在这个凶神面前,非常害怕。索隆虽然已经弄清他们是精灵,但是不知道他们的名字和此行的目的。

　　他把他们扔进一个又深又黑、寂然无声的大坑里,威胁要把他们残酷地处死,除非有谁对他说出真相。黑暗中,索隆两只眼睛像鬼火一样闪烁。狼人挨个吞噬他们的伙伴,可是谁也没有出卖国王。

　　索隆把贝伦扔进大坑那一刹那,远在千洞之殿的露西恩心里突然感到一阵从未有过的惊惧。她连忙去问梅里安这是怎么回事。梅里安告诉她,贝伦被扔进了托尔-因-加乌尔霍斯——“狼人之岛”的地牢里,绝无生还的希望。露西恩明白在这个世界上,谁也不会帮她去救贝伦,便决心逃出道伊阿斯,自己去救。可是,她稀里糊涂去找戴隆讨教。戴隆出卖了她,把她的打算向辛格尔王和盘托出。辛格尔王听了又气又怕。他不愿意伤害宝贝女儿露西恩,又怕她遭到不测,便想造一幢房子,把她关起来。离千洞之殿不远是奈尔多雷斯大森林,这里浓荫如盖,古木参天,大森林有三棵柏树,更是枝繁叶茂,直入云霄,堪称树中之王,就长在千洞之殿大门旁边。树王名叫海瑞劳恩。三棵树的树干同样粗壮，树皮同样光滑，高高地屹立在大地之上。辛格尔王命令匠人在这三棵古木之间造了一座木屋，把露西恩关在半空中。她上去以后，辛格尔就撤掉梯子，下面卫兵密布，除了辛格尔的仆人给她送去必需之物，谁也不准进入木屋。

《莱伊赛安之歌》叙述了露西恩怎样从树王海瑞劳恩上的木屋逃走。她施了法术，让自己的头发长得很长很长。她用长发织了一件黑色长袍，像影子一样，包裹住自己的美丽。她还给长发施了催眠术，然后编了一条长绳，从窗口垂下去。"绳子"末端在坐在树下看守的卫兵头上晃来晃去。卫兵中了催眠术，都沉沉入睡。露西恩趁机从窗口爬出，在黑色长袍的掩护之下，瞒过所有人的眼睛，在道伊阿斯消失得无影无踪。

也就在这个时候，凯莱戈姆和库茹芬正好在"守卫着的平原"打猎。因为索隆满腹狐疑，派出许多恶狼进入精灵王国，两位王子便带着猎狗，纵马疾驰，东砍西杀。他们还寻思，凯旋而归的时候，或许还能听到一点儿关于费拉冈德王的消息。凯莱戈姆带的那一群猎狗里，最厉害的那条名叫胡安。胡安不是生在中洲，而是来自快乐王国。许久以前，奥罗米在瓦里诺把它送给凯莱戈姆。邪恶到来之前，它一直听从主人的号角，跟着他南征北战。胡安跟了凯莱戈姆之后，也是忠心耿耿，一直跟着他流亡到中洲。它的命运也因此而和诺尔多精灵的命运紧紧联系到了一起。劫难到来之时，它也必死无疑。那时候，它将遇到世界上最凶猛的狼。

189

凯莱戈姆和库茹芬正在离道伊阿斯西部边境不远的地方休息，胡安发现露西恩像一个被阳光惊动的影子，在树下逃奔。因为什么东西都逃不过胡安的眼睛和鼻子，也没有什么妖术魔法能让它心神迷乱。它白天、夜晚都不睡觉，是它把露西恩带到凯莱戈姆面前。露西恩听说他是一位精灵王子、莫高斯的仇敌之后，非常高兴。她通报了自己的姓名，脱下身上的披风，将无以伦比的美突然之间暴露在光天化日之下。露西恩光彩照人，凯莱戈姆眼花缭乱，一下子迷恋上这位美丽的姑娘。他花言巧语，满口应承，只要露西恩和他一起回纳戈斯隆德，关键时刻，一定全力以赴帮她的忙。露西恩把自己此行的原因和目的向凯莱戈姆和盘托出。凯莱戈姆不露神色，假装对贝伦和他寻找茜玛丽尔的事一无所知，绝口不提那是一件凶多吉少、九死一生的事情。

于是，他们停止打猎，回到纳戈斯隆德，立刻把露西恩关了起来。他们拿走她的披风，不允许她跨出房门，不允许她和除他们哥俩之外的任何人说话。现在，他们确信贝伦和费拉冈德已经成了阶下囚，便一心想让费拉冈德王死在莫高斯手里。他们把露西恩关在这儿，逼迫辛格尔王同意把她嫁给凯莱戈姆。这样，他们就可以进一步扩张自己的势力，成为诺尔多最强大的王子。他们不准备通过战争或者计谋夺回茜玛丽尔，也不想让任何人去做这件事情。他们认为，当务之急是把精灵王国的大权都掌握在自己手里。菲纳芬的二儿子奥罗德瑞斯根本没有力量对付他们，因为他们早已把纳戈斯隆德的民心搅乱。凯莱戈姆还派出信使，敦促辛格尔王答应他的求婚。

胡安却是一条非常真诚的猎犬。露西恩和它第一次相遇就非常喜欢它。现在看到这位美丽的姑娘失去自由，它心里非常难受，经常去她的单人囚室陪她，晚上就守在门口。因为它知道，邪恶已经降临纳戈斯隆德。露西恩十分孤单，常常和胡安说话，给它讲贝伦的故事。他是所有飞禽走兽的好朋友，是莫高斯的死敌。她说的话，胡安都懂。因为，只要是用声音表达的思想，它就能听懂。但是，它死以前，只有三次用语言表达思想的机会。

胡安想出一个帮助露西恩的计划。半夜，它给她偷来披风，第一次开口说话，讲出自己的打算。然后，它领着她从秘密通道逃出纳戈斯隆德。它屈尊让露西恩像骑马一样骑在自己身上，一起向北奔去。胡安跑起来速度非常之快，而且不知疲倦，眨眼之间就在苍茫大地消失得无影无踪。

贝伦和费拉冈德躺在索隆的地牢里，所有伙伴都已惨遭杀害。索隆之所以把费拉冈德一直留到现在没杀，是因为看出他是一位既聪明又威严的诺尔多精灵。他认为，他一定知道他们此行的目的，想从他嘴里掏出口供。可是，狼人来杀贝伦的时候，费拉冈德用尽平生的力气，挣开身上的锁链，向狼人扑去，和这个凶残的野兽扭作一团，用牙齿和双手把它杀死。他也受了重伤，在临死前对贝伦说："我要到大海和阿曼山那边的'永恒之殿'长久地安息去了，要过好长好长时间，才能再次回到诺尔多精灵中间。也许，我们生前或死后，再也无法相见了，因为诺尔多精灵的命运难测，前途未卜。永别了！"说完他便咽下最后一口气，死在一片黑暗之中，死在托尔-因-加乌尔霍斯——"狼人之岛"。这座雄伟的塔楼正是他当年亲手所建。就这样，芬罗德·费拉冈德，芬维家族最聪明勇敢、最值得爱戴的王履行了他的誓言。贝伦跪在他身边伤心、绝望、痛不欲生。

就在这时，露西恩来了。她站在通往狼人之岛的桥头，唱起一首歌，这歌没有一堵石头墙可以阻挡。头顶星光闪烁，林中夜莺歌唱，贝伦听见这歌声，以为自己在做梦。作为回应，他唱了一首自己编的赞美"七星"的歌。"七星"是瓦尔达高悬在北方天空的"梵拉镰形星座"。这个星座是莫高斯末日的象征。唱完之后，他便精疲力竭，眼前一黑，昏睡过去。

露西恩听到他的歌声，又唱了一支力量更为强大的歌。骤然间，狼嚎四起，小岛颤动，索隆站在高高的塔楼上，满脑子阴谋诡计。但是听见露西恩的歌声，他的脸上露出一丝微笑，他知道唱歌的是梅里安的女儿。露西恩的美貌和她美妙的歌声早已广为传颂。他想把她抓起来，献给莫高斯，一定会得到丰厚的犒赏。

他派一条狼到桥边。胡安悄无声息便把它杀死。索隆派了一条又一条，都被胡安咬断喉咙，送上西天。于是索隆派出德拉戈乌鲁恩。德拉戈乌鲁恩是一只最凶残的野兽,是安戈班恩德的"狼人之王"和狼人的老祖宗,力大无比,智勇双全。胡安和它打得难解难分,可最终"狼人之王"还是被胡安打败。它逃回阁楼,死在索隆脚下。临死前,它对主人说:"胡安在这儿。"索隆像所有凶神恶煞一样,清楚地知道这条瓦里诺猎犬的命运。他想亲手把它送上黄泉路。于是,他变成世界上最强壮、最凶恶的狼人,向桥那头猛扑过去。

索隆来势凶猛,胡安一闪身跳到旁边。索隆趁机向露西恩扑过去。露西恩被他眼里的凶光和嘴里的恶臭吓得昏了过去。但是就在她倒下去的那一刹,她举起黑披风在他眼前晃了几下。索隆顿觉瞌睡难忍,踉踉跄跄,打了几个趔趄。胡安猛扑过去,和狼人索隆扭作一团。狗吠、狼嚎在山谷间发出惊天动地的响声,连峡谷那边阴影之山瞭望塔的哨兵都听得一清二楚。

魔法巫术,尖牙毒液,鬼怪的伎俩,猛兽的力气都无法战胜瓦里诺的胡安。它咬住敌人的喉咙,把他摔倒在地上。索隆从狼人变成毒蛇,又从妖魔变成平常那副模样,但不管如何变化都逃不脱胡安的铁嘴钢牙。在他发臭的灵魂就要离开那副黑皮囊之前,露西恩走到他的面前说,应当剥掉他那张人皮,把鬼魂送到莫高斯面前。她说:"你那个赤裸裸的'自我'将永远被他嘲弄的目光折磨,除非你向我投降,把这座城堡的统治权交给我。"

索隆只好主动投降,露西恩接管了小岛和岛上的一切。胡安这才松开嘴巴,放走这个凶神。索隆立刻变成一个吸血鬼,像一团遮挡明月的乌云,逃到塔乌尔-努-富银,喉咙流出的鲜血滴了一路。从那以后,他就在塔乌尔-努-富银住下,把那个美丽的森林变成凶险之地。

露西恩站在桥头,宣布她是这里的统治者。骤然之间,控制小岛每一块石头的魔法被解除,大门洞开,城墙倒塌,漆黑如墨的地牢暴露在光天化日之下,许多奴隶和囚徒万分惊讶,举起手挡住惨白的月光，走出地牢。他们在索隆暗无天日的地牢里关了太久，太久。可是贝伦没有出来。胡安和露西恩在小岛上到处寻找。最后露西恩发现他和费拉冈德在一起。他那么痛苦，一动不动躺在地上，连她的脚步声也没有听见。她以为他死了，伸开双臂紧紧抱住他，也晕了过去。贝伦渐渐从绝望的深渊中清醒过来，扶起露西恩，相互凝望着。太阳从大山那边升起，明亮的阳光照在他们身上。

他们把费拉冈德的遗体埋葬在山顶之上。这原本是他的土地，现在又变得干干净净。菲纳芬的儿子芬罗德，精灵王子中至善至美的王，坟头一片碧绿，未受亵渎，不可侵犯，直到天塌地陷，沉入大海。而芬罗德和父亲菲纳芬依旧漫步在埃尔达玛的大树之下。

贝伦和露西恩·蒂努薇尔在森林里自由自在地漫步，度过许多快乐时光。尽管冬天到来，他们并不觉得刺骨的严寒。露西恩走过的地方，鲜花竞相开放，小鸟在冰封雪冻的山下歌唱。胡安对主人忠心耿耿，又回到凯莱戈姆身边。但是他们之间已经不像先前那样友好。

纳戈斯隆德一片混乱。从狼人之岛的土牢里回来许多被索隆监禁多年的精灵。大家吵吵嚷嚷，凯莱戈姆说什么都无法让他们安静下来。费拉冈德王被害使国民陷入深深的悲哀。他们都说，一位弱女子敢做费阿诺的儿子们不敢做的事情。许多精灵则认为是背叛而不是胆怯，使得凯莱戈姆和库茹芬见死不救。这样一来，纳戈斯隆德的民心向背又发生变化，大家开始拥护菲纳芬家族，都听从奥罗德瑞斯的号令。但是，他不愿意像某些精灵希望的那样，再开杀戒。因为兄弟间相互残杀只能使曼多斯的诅咒在大家身上尽快变成现实。他只是不准凯莱戈姆和库茹芬再在他的王国安安稳稳过日子，并且宣布，从今往后，纳戈斯隆德和菲阿纳之子之间再无情谊可言。

"好呀,走着瞧吧!"凯莱戈姆说,一双眼睛露出凶光。库茹芬的嘴角却挂着一丝微笑。他们翻身上马,像一团火,飞驰而去,希望在东部地区找到拥护他们的同胞。但是谁都不愿意跟他们走,就连他们的家人也都避之惟恐不及。因为大家都看出,这两兄弟邪魔缠身,气数将尽。库茹芬的儿子凯莱布瑞姆波愤怒谴责父亲和伯父的行为,继续留在纳戈斯隆德。只有胡安还跟着主人凯莱戈姆。

他们向北纵马驰骋,希望尽快穿过迪姆巴山口,沿道伊阿斯北部边境,寻找一条到海姆瑞恩最近的路。那是他们的兄长迈斯罗斯居住的地方。他们希望尽快离开这个地方,因为这儿离死亡之谷和恐怖之山都很近。

据说,贝伦和露西恩一直走到布雷塞尔森林,离道伊阿斯边境越来越近。这时候,贝伦又想起自己立下的誓言。露西恩既然已经平平安安回到父王的国家,贝伦便拿定主意,再次远征,夺回茜玛丽尔,尽管他心里一万个舍不得离开心爱的姑娘。露西恩也不愿意和他分手,说道:"你必须在这两者之中做出选择,放弃你的誓言,不要去找什么茜玛丽尔,浪迹天涯,过平静悠闲的生活;或者信守诺言,继续挑战宝座之上那个凶残的魔王。不过,无论走哪条路,我都陪伴着你,我们风雨同舟,生死与共。"

194

他们俩边走边聊,全然没有注意到周围发生的事情,更没有想到凯莱戈姆和库茹芬正骑着马从树林中急匆匆走过。还离得很远,兄弟俩就认出他们。凯莱戈姆调转马头,双腿猛夹马肚,朝贝伦冲过去,想把他撞倒。库茹芬不但身强力壮,而且马术精湛,俯身向前手臂轻扬,一把提起露西恩,把她放在马背上。贝伦的弹跳力在精灵和人中都非常有名。他躲过飞驰而来的骏马,一个箭步抢在凯莱戈姆前头。库茹芬的坐骑正好从他身边疾驰而过。贝伦飞身跃起,从后面掐住库茹芬的喉咙,把他向后猛地一扯,两个人同时从马背上摔下。骏马举起前蹄,向后趔趄着像一座小山倒了下来。露西恩就势一滚,倒在草地上。

贝伦紧紧掐着库茹芬的脖子,但是死神正向他步步紧逼。凯莱戈姆高举长矛向他猛冲过来。千钧一发之际,胡安不再为主人效劳。它反戈一击,纵身向凯莱戈姆扑去。凯莱戈姆的坐骑吓了一跳,往旁边一躲,长矛没有刺中贝伦。凯莱戈姆恶狠狠地咒骂他的坐骑和猎犬,但是胡安不为所动。露西恩从地上爬起来,不让贝伦杀死库茹芬。贝伦只好夺下库茹芬手里的武器和他的宝刀安戈瑞斯特。这把刀是诺戈罗德最著名的工匠特尔卡铸造的,没有刀鞘,削铁如泥,库茹芬总是把它挂在身边。贝伦举起库茹芬,大吼一声扔在地上,让他赶快滚回家。三亲六故或许会教给他,如何让勇敢派上更好的用场。"你的马就给露西恩当个坐骑吧,"他说,"离开你这样一位主人,它一定非常高兴。"

库茹芬指天画地,大骂贝伦。"你滚蛋吧,不得好死的家伙!"凯莱戈姆把他揪上马背让他坐在自己身后,兄弟俩骑着一匹马,似乎要离开森林。贝伦转过脸,没有注意他们说了些什么。库茹芬恼羞成怒,拿起凯莱戈姆的弓,回转身,嗖的一声向露西恩射了一箭。胡安纵身跳起,用嘴咬住那枝箭。库茹芬又射了一枝,贝伦一个箭步跨过去,挡住露西恩,呼啸而来的箭正中他的胸口。

胡安追赶着费阿诺的儿子,兄弟俩吓得拼命奔逃。胡安从森林里带回一枝药草,交给露西恩。露西恩用药草的叶子止住贝伦伤口的血。她满怀爱意,精心护理,很快就治好贝伦的箭伤,两个人终于回到道伊阿斯。贝伦心里非常痛苦,一方面舍不得离开心爱的姑娘,另一方面不得不履行自己的誓言,聊以自慰的是,露西恩已经平安无事。于是,一天早晨,太阳升起之前,他把露西恩托付给胡安照料,依依不舍地离开正在草地上熟睡的爱人。

他向北纵马疾驰,很快就来到西瑞恩河口,来到塔乌尔-努-富银——"河中间的森林"边缘,安法乌格里斯一望无际的焦土和远处暴虐之山的峰顶出现在眼前。他放开库茹芬的坐骑，让它从此告别恐惧和苦役，在西瑞恩河畔水草丰美的土地上自由驰骋。现在，只有他一个人独自面对最后一段艰险的路程，他心潮难平，做了一首《告别之歌》，赞美露西恩和苍天之光。他觉得自己将从此和爱情、和光明永别。歌中唱道：

再见了，北方的天空，
再见了，可爱的大地，
愿你浩气长存，山河秀丽。
月亮下，阳光里，
看露西恩舞影婆娑，
婀娜多姿，
她的美丽，
无与伦比。

啊，露西恩！
即使世界变成废墟，
即使太阳沉入海底，
我的心中只有你，
你就是黄昏，
你就是黎明，
你就是大海，
你就是生长万物的土地。

他大声歌唱，不在乎有谁听见。他看不到逃脱劫难的希望，决心孤注一掷，破釜沉舟。

露西恩听见他的歌声也唱了起来。贝伦一愣，做梦也没有想到，她也在森林里。原来胡安又一次充当了她的"骏马"，顺着贝伦走过的那条小路，飞也似的追了上来。胡安非常喜欢露西恩和贝伦，一直想办法助他们一臂之力。继续向北奔跑的时候，胡安又专程到了一趟索隆岛，也就是"狼人之岛"，找到了狼人德拉乌戈鲁恩的皮和苏伦威塞尔变成蝙蝠时的皮毛。苏伦威塞尔是索隆的信使，经常化作吸血蝙蝠飞到安戈班恩德要塞送信，两只巨大的翅膀铁爪密布，非常可怕。胡安和露西恩穿上这两套"衣裳"，变成德拉乌戈鲁恩和苏伦威塞尔，穿过塔乌尔-努-富银。飞禽走兽们都望风而逃。

贝伦看见来了这样两个妖魔，非常沮丧，又百思不得其解。他清清楚楚听见露西恩·蒂努薇尔由远而近的歌声，出现在眼前的怎么会是这样两个凶恶无比的怪物？他想一定是引诱他落入陷阱的幽灵。可是那两个怪物停下脚步，剥去伪装，露西恩向他跑了过来。就这样，贝伦和露西恩在荒地和森林之间又一次相见。贝伦非常高兴，半晌说不出话来。可是过了一会儿，冷静下来，他极力劝阻露西恩不要跟自己去冒险。

"我一次又一次地诅咒自己不该对辛格尔发那样的誓，"他说，"我宁愿他在千洞之殿把我绞死。也不愿意牵连你受莫高斯的迫害。"

胡安第二次开口说话。它劝贝伦："你已经无法从死亡的阴影之下救出露西恩。因为她爱你，爱的力量使她无法从你身边走开。你可以不信守誓言，带她浪迹天涯，然而有生之年，平静与安宁的生活无法和你相伴。如果你勇敢地面对这场劫难，那么摆在露西恩面前有两种可能：一种可能是丢下她一个人，孤孤单单地死去；另一种可能是，和你在一起挑战命运，虽然成功的希望渺茫，但并不是一点儿希望也没有。除此而外，我给不了你别的忠告，也不能再陪你们往前走了。但是，我预感到，你们在安戈班恩德要塞大门口看到的东西，我都能看到，再往里就是漆黑一片，什么也看不到了。也许我们走的三条路都能通往道伊阿斯，我们会有相见的

197

日子。"

贝伦看到露西恩不可能让他独自承受这场劫难,便不再劝她。按照胡安的建议,露西恩给贝伦施了法术,让他穿上狼人德拉乌戈鲁恩的"衣裳",露西恩披上苏伦威塞尔的"蝙蝠衫"。经过这番打扮,贝伦成了一个地地道道的狼人,只有那双冷峻、严厉的眼睛依然闪着真诚、纯洁的光芒。他朝身边瞥了一眼,不由得吓了一跳,光彩照人的露西恩已经变成一只巨大的蝙蝠,耷拉着两只皱皱巴巴的翅膀,正朝他哧哧地笑。贝伦在皎洁的月光下大叫一声,冲下山冈,蝙蝠张开翅膀在他头顶盘旋。

他们历经千辛万苦,一路风尘,终于来到安戈班恩德要塞前那条满目凄凉的峡谷。一条条黑色的裂缝就像痛苦扭曲的毒蛇在峡谷两边盘桓。道路两旁的悬崖峭壁犹如严阵以待的城堡的高墙,上面那些吃腐肉的鸟聒噪着,发出让人毛骨悚然的叫声。眼前就是那一座坚不可摧的大门,大门呈拱形,漆黑如墨,跨度很大。拱门之上是一千英尺高的绝壁。

贝伦和露西恩定睛细看,心中不觉生出几分懊恼。因为门口守着一头从未有人提起过的巨兽。原来,安戈班恩德要塞一直在传说,精灵王子们现在正搞无人知晓的勾当,森林里又不时传出许久以前梵拉放出来的猎狼犬胡安的吠叫声。莫高斯觉得事情蹊跷,必须尽快采取应对策略。他回想起胡安的劫数,便从狼人德拉乌戈鲁恩的幼崽中选了一只,亲自用活物喂养,并且把自己的魔力传给它。狼崽长得很快,没有一个兽穴能容得下它,便一天到晚躺在莫高斯脚下,体大如虎,饥肠辘辘,总也填不饱肚子。莫高斯用火焰和地狱之苦喂它,让它变成一个吞食一切、折磨一切、可怕而强壮的巨兽。在那个年代流传的故事里,它的名字叫卡卡罗斯——"红魔口",也叫安发乌格里尔——"嗜血的嘴"。莫高斯害怕胡安,便让这头巨兽日夜守卫在安戈班恩德要塞大门口。

卡卡罗斯远远地就看见贝伦和露西恩，心里充满疑惑。因为早有消息传到安戈班恩德，狼人之岛的德拉乌戈鲁恩已经一命呜呼。因此，贝伦和露西恩走过来的时候，它喝令他们站住，不准走进大门。它威风凛凛地走过去，嗅了嗅，发现一股奇怪的气味。突然，古老的神力从天而降，贯穿了露西恩全身，她甩掉肮脏的"蝙蝠衫"，站起身来，虽然在巨兽卡卡罗斯面前显得娇小，但是浑身放光，刺人眼目。她抬起一只手，口中念念有词，命令卡卡罗斯睡觉："哦，制造灾难的魔鬼，把什么都忘记，忘记生活中可怕的灾难。"卡卡罗斯就像被闪电击中，软绵绵地倒在地上。

贝伦和露西恩走过大门，走下那一溜长长的拐来拐去的台阶，在这座活地狱里创造了精灵和人类有史以来创造的最大的奇迹。他们来到地下洞穴最底层的大厅，向莫高斯的宝座摸过去。大厅里鬼气森森，燃着几堆忽明忽暗的火，摆满杀人的凶器和折磨人的刑具。贝伦还装作狼人，溜到莫高斯的宝座下面。但是，露西恩被莫高斯的神力剥掉伪装，露出她的本来面目。莫高斯弯下腰直盯盯地看着她。露西恩毫不畏惧，向他通报了自己的真名实姓，还要求像吟游诗人那样为他献歌。莫高斯看着她无与伦比的美丽，不由得垂涎三尺，心里琢磨一个自从逃离瓦里诺以后最狠毒的计划，结果搬起石头砸了自己的脚。因为就在他直盯盯地看着她，打着如意算盘，想入非非的时候，给她留下一个可乘之机。突然，露西恩从他眼前消失，黑暗中传来一阵异常悦耳的歌声。那歌声有一种让人心神迷乱、目无所视的力量。莫高斯侧耳静听，两个眼珠子转来转去找她，可就是什么也看不见。

199

大厅里的一切都陷入昏睡之中。所有的火都慢慢熄灭，可是莫高斯王冠上的茜玛丽尔突然放射出夺目的光彩。王冠和宝石就像整个世界，带着一种谨慎、恐惧和欲望的力量压在莫高斯的头上，连他尚存的神力也无法支撑，终于伏案而睡。露西恩披上她那神奇的披风，腾空而起，口中念念有词，就像雨打池塘，幽远而深沉。她把披风在他眼前晃了晃,让他进入梦乡。那是混沌未开的外层空间,他曾经在那儿独自漫步。突然,他像一座崩裂的山峰,又像天空滚过的惊雷,从宝座跌落到地板上。铁王冠咣啷一声,从脑袋上跌了下来。然后便是一片寂静。

贝伦像一只死兽,一动不动躺在地上。露西恩推了他一下,把他叫醒。他扔掉身上的狼皮,举起安戈瑞斯特——削铁如泥的宝刀,从王冠的铁爪上砍下一颗茜玛丽尔。

他把茜玛丽尔攥在手里,宝石的光芒穿透他的皮肉,手就像一只灯笼,但是丝毫不伤害他的筋骨。贝伦突然想,他要做得比发过的誓更好,要把费阿诺的三颗宝石都从安戈班恩德要塞夺回来。可是三颗茜玛丽尔中那两颗劫数未到,宝刀安戈瑞斯特突然断裂,一块碎片正好飞到莫高斯的面颊上。他呻吟了一声,动了动,安戈班恩德所有妖魔鬼怪一下子都从睡梦中惊醒。

贝伦和露西恩吓了一跳,顾不得伪装成狼人和蝙蝠,拔腿就跑,只想再次看到明媚的阳光。前无阻挡,后无追兵,但是大门成了难以逾越的障碍。原来,卡卡罗斯已经从睡梦中醒来,怒气冲冲站在门槛上挡住他们的去路。贝伦和露西恩还没有发觉这条恶狼,它就猛扑过来。

露西恩精疲力竭,没有时间也没有力气和恶狼搏斗。贝伦一个箭步跨到前面,用自己的身体保护着她,右手高举茜玛丽尔。卡卡罗斯心里害怕,不由自主停了一下。"快跑,"贝伦大声叫喊着,"这里面有火会烧死你的!还有许多妖魔鬼怪!"他边说边把茜玛丽尔猛地伸到恶狼眼前。

可是卡卡罗斯看了一眼这枚神奇的宝石,并不害怕。身体之内想要吞食一切的魔力竟然变成一团烈火,张开大嘴猛地咬住贝伦的手,而且把那只手齐手腕咬了下来。卡卡罗斯的内脏立刻陷入烈火之中,茜玛丽尔在它那可憎的血肉之躯里翻腾。它嗥叫着,拼命奔跑,大门前的峡谷回荡着它痛苦的嗥叫声。它疯了,非常可怕。住在峡谷里和正在路上行走的莫高斯豢养的妖魔鬼怪望风而逃。因为不管看到谁,它都一口咬死。就这样,它像一股阴风从北方一路过来,所到之处都化为废墟。安戈班恩德要塞陷落之前,贝勒里安德经受的最大的恐怖就是卡卡罗斯发疯,因为茜玛丽尔的神力藏在它的身上。

就在这万分危急的时候,深度昏迷的贝伦躺在安戈班恩德要塞门口一动不动。狼牙上的毒液正在他体内发作,死神步步紧逼。露西恩心急如焚用嘴吸吮致人死命的毒液,用手为可怕的伤口止血。身后,安戈班恩德要塞的洞窟里杀声四起,莫高斯手下的凶神恶煞,狼人火龙已经从睡梦中清醒。

对茜玛丽尔的追寻似乎将要以绝望和毁灭而告终。就在这千钧一发之际,峡谷的绝壁之上出现三只大鸟。它们正张开翅膀向北飞翔,速度比风还要快。原来,所有飞禽走兽都在传递贝伦寻宝遇险的消息。胡安更是吩咐大家密切注意事态发展,一旦贝伦遇到麻烦,立即想办法帮助。鹰王梭伦多和他的大臣、随从在莫高斯王国上空高高盘旋,看见发了疯的恶狼和身受重伤的贝伦之后,猛地俯冲下来。也就是这时,安戈班恩德从睡梦中惊醒的各种力量开始各显神通。

鹰王和他的随从驮着露西恩和贝伦直上云霄。惊雷骤起,闪电冲天,巍峨的群山不停地颤动,暴虐之山喷烟吐火,火球翻滚,所到之处立刻变成一片焦土,海斯鲁姆的诺尔多精灵吓得浑身发抖。可是梭伦多呈飞行在万仞之上,那里没有一丝云彩,白天只有妩媚的阳光,夜晚只有群星环绕的月光。他们很快就飞过道-努-法乌格里斯,飞过塔乌尔-努-富银,来到图木拉登那条无人知晓的峡谷。没有云也没有雾,露西恩从空中看下去,图尔冈居住的冈多林城就像碧玉上闪烁的一点白光。然而,她没有丝毫的宽慰,而是呜呜咽咽哭了起来。她觉得贝伦必死无疑。他一直没说话,没睁眼,更不知道高空飞行的经历。鹰王慢慢降落,把他们放在道伊阿斯边境,正好在几天前贝伦趁露西恩熟睡之机,偷偷离开她,冒死寻宝的那条小峡谷。

鹰王把她放在贝伦身边,就回到克瑞沙伊格瑞姆高峰上自己的巢穴。胡安来了,和她一起照料贝伦,就像上次他中了库茹芬的毒箭昏迷不醒时那样。可是这次他的伤势更重,中毒很深。贝伦躺了好长时间,死神就在身边徘徊。他觉得正从一个无比痛苦的梦,跌落到另一个无比痛苦的梦。可是,就在露西恩完全失望的时候,他突然醒了,抬起头看见天空下片片绿叶,听见绿叶下露西恩·蒂努薇尔在他身边轻轻地、慢慢地歌唱。春天又到了。

从那以后,贝伦改名为埃尔哈明——“独手”。痛苦在他的脸上打下深深的烙印。露西恩的爱终于把他从死神手中夺回。他站起身,又和心爱的姑娘一起在林中漫步。他们不急于离开这片森林,因为他们觉得两个人可以自由行走的地方就胜似天堂。露西恩确实不想回家,她早已把金碧辉煌的宫殿、前呼后拥的臣民、精灵王国的繁华丢到脑后,就愿意这样在旷野之地和贝伦一起游逛。有一阵子,贝伦也心满意足,可是他无法忘记回到千洞之殿的誓言,也不愿意让露西恩永远离开父王辛格尔。此外,他依然被人的观点牢牢束缚着,认为对父亲的意愿置之不理是一件很危险的事情。他还认为,像露西恩这样一位美若天仙的精灵公主不应该过凡人的生活,不应该像粗鲁的猎人那样,永远生活在森林里,没有家庭,没有地位,享受不到埃尔达里女王公主的荣华富贵。于是,过了一段时间,他就劝说露西恩回家。他们终于离开那荒无人烟之地,进入道伊阿斯,把露西恩送回家。这也是命运的安排。

这时候,灾难已经降临道伊阿斯。露西恩失踪以后,举国上下都沉浸在悲哀之中。大伙儿找了她好长时间,一无所获。据说,辛格尔王的大臣戴隆就在那个时候迷了路,再也没有人看见他。贝伦来道伊阿斯之前,露西恩唱的歌、跳的舞都是他作的曲。他深深地爱着她,把自己的思念和爱恋都融入音乐之中。他是大海东面精灵中最有名的学者和音乐家,名气比费阿诺的儿子吟游诗人玛戈勒还大。他在一条条从未走过的小路上走来走去,寻找露西恩,翻过一座座大山,来到中洲东面。许多年一直坐在清澈的河水边,编写思念辛格尔王的女儿——世界上最美丽的姑娘露西恩的歌。

辛格尔王向梅里安求教。梅里安这一次没给他出什么主意,只是说,他自己种下的苦果总有成熟的一天,现在只能坐等那一刻的到来。辛格尔听说,露西恩到了离道伊阿斯很远的地方。因为,如前所述,凯莱戈姆秘密派出信使,向辛格尔通报了费拉冈德的死讯,贝伦也死了,露西恩在纳戈斯隆德,凯莱戈姆要娶她为妻。辛格尔听了非常生气,派出暗探到处收集情报,准备对纳戈斯隆德发动战争。暗探回来之后报告说,露西恩已经逃走,凯莱戈姆和库茹芬被赶出纳戈斯隆德。辛格尔满腹狐疑,不知如何是好。他心里明白,自己根本没有力量战胜费阿诺的七个儿子,便派信使到海姆瑞恩,希望他们能帮助他寻找露西恩。因为凯莱戈姆既没有把她送回家,也没有让她平平安安跟自己呆在一起。

可是在辛格尔王国的北部地区,信使碰到了不曾预料的危险——安戈班恩德的恶狼卡卡罗斯的袭击。原来这条发了疯的恶狼从北方一路劫掠奔逃而来,像一团毁灭一切的火,滚过埃斯加尔杜因河,穿过塔乌尔-努-富银。没什么力量能阻止它,连梅里安的神力也无法阻挡它跨过道伊阿斯边境。因为命运之神驱赶着它,肚子里的茜玛丽尔折磨着它。就这样,它闯进道伊阿斯从未遭过蹂躏的森林。见到它的精灵、飞禽走兽全都逃之夭夭,只有信使马布伦——辛格尔王手下的大将逃回千洞之殿,向大王报告了这个可怕的消息。

就在这个阴云密布的时刻,露西恩和贝伦匆匆忙忙从西边回到道伊阿斯。这个消息像长了翅膀,人还没到,就传遍愁云笼罩的千家万户。他们终于来到千洞之殿门口,后面跟着许多乡亲。贝伦把露西恩送到她的父亲——辛格尔王面前。辛格尔王十分惊讶地看着贝伦，以为他早已不在人世。他面无喜色，认为道伊阿斯的灾难都是这个凡夫俗子带来的。贝伦跪在他面前，说："我已经按照我的誓言站到你的面前。现在，该你兑现你的承诺了。"

辛格尔王回答道："你寻找的东西呢？你立下的誓言呢？"

贝伦说："我已经实现了自己的誓言。茜玛丽尔就在我手里！"

辛格尔说："是吗？让我看看。"

贝伦伸出左手，慢慢伸开手指。手里什么也没有。他又举起右臂。从那一刻起，他就自称卡姆罗斯特——"空手"。

辛格尔的态度渐渐缓和下来。贝伦在他的宝座左边坐下，露西恩在右边坐下。两个人把夺宝的故事讲了一遍，在座的精灵听了都非常惊奇。在辛格尔看来，这个人和所有凡人都不同。他认识到，大千世界，虽然新鲜事层出不穷，但是露西恩这样惊天地、泣鬼神的事还闻所未闻。他还看出，道伊阿斯在劫难逃，没有什么力量可以改变。他终于做出让步，允诺了贝伦和女儿的婚事。

露西恩回到道伊阿斯给大家带来的快乐很快就蒙上一层阴影。知道卡卡罗斯发疯的原因之后，大家更害怕了。精灵都认为，这条恶狼之所以那么危险，势不可挡，难以制伏，因为它肚子里装着那颗神奇的宝石——茜玛丽尔。贝伦听到恶狼肆虐的消息后，才明白他的寻宝历险并没有结束。

卡卡罗斯离千洞之殿一天比一天近。辛格尔王开始准备消灭这条恶狼。在所有追扑野兽的故事中，这一场最为凶险。参加这场行动的有瓦里诺的猎狼犬胡安，"铁碗"马布伦，"铁弓"贝莱戈，"独手"埃尔哈明和道伊阿斯的辛格尔王。他们骑着骏马早上出发，很快就过了埃斯加尔杜因河。露西恩还在千洞之殿。一道黑影落在她的身上，她觉得一定是太阳生病，变黑了。

猎手们沿着河流向东，再向北，终于在一条黑暗的峡谷碰到恶狼卡卡罗斯。那条峡谷在埃斯加尔杜因河北边，这里河水湍急，沿着陡峭的石壁飞流直下。卡卡罗斯渴得要命，正在瀑布下喝水，它嗥叫一声,才引起猎手们的注意。恶狼没有立刻扑过去。也许因为埃斯加尔杜因河甘甜的河水暂时缓解了它肚中难挨的疼痛,狡诈和机警又在它心中觉醒。辛格尔王一行骑马向它走来的时候,它急忙藏到树丛中躲藏了起来。猎手们一字排开,把小树丛团团围住,等待着。树林里,树影斜长,一片昏暗。

贝伦和辛格尔王并肩而立。忽然,他们发觉胡安箭一般向前蹿了过去。紧接着,树丛中响起狗的吠叫声。原来胡安等得实在不耐烦,便猛冲过去,想和卡卡罗斯决一死战,可是卡卡罗斯没有正面应战,而是跳出荆棘丛,向辛格尔王扑过去。贝伦手持长矛冲到前面,把辛格尔挡在身后。卡卡罗斯躲过长矛,咬住贝伦的胸口,把他揪下马来。千钧一发之际,胡安冲进树丛,扑到卡卡罗斯身上,滚作一团,打得不可开交,从来没有如此激烈的狼狗之战,因为从胡安的吠叫声中,听得见奥罗米的号角和梵拉的怒吼,从卡卡罗斯的嗥叫声中听得出莫高斯咬牙切齿、充满仇恨的呼喊。悬崖上的巨石在它们可怕的吠叫声、打斗声中滚落下来,堵住埃斯加尔杜因河飞流而下的瀑布。它们拼死相争,胜负难分。可是辛格尔对此无动于衷,他正满腔悲愤,跪在贝伦身边,查看他的伤口。

胡安咬死了卡卡罗斯,可是,在道伊阿斯密密的森林里,它自己也气数已尽。它的伤势很重,莫高斯的毒液已经渗入体内,它走过来,倒在贝伦身边,第三次,也是最后一次对他说话,向他告别。贝伦什么也没说,慢慢伸出一只手放在猎狼犬的头上。就这样,一对好朋友在埃斯加尔河湍急的河水边永别了。

205

马布伦和贝莱戈急急忙忙赶来帮助他们的国王。可是看到眼前的情景,他们都扔下长矛,失声痛哭,马布伦拿起一把刀,剖开卡卡罗斯的肚子,发现它的内脏快要被火烧光,只有贝伦紧握宝石的手完好无损。可是,马布伦触摸那只手的时候,它突然消失,只剩下茜玛丽尔在树影绰绰的森林里放射出夺目的光彩。马布伦满怀敬畏之情拿起宝石,放到贝伦的左手里,贝伦的手碰到茜玛丽尔,便苏醒过来，把它高高举起，请求辛格尔王收下。"我已经完成使命，如愿以偿，"他说，"但是，气数已尽，在劫难逃，只能就此作别，一了百了。"说完之后便再也没有说话。

他们用树枝做了一副担架，把巴拉海尔之子贝伦·卡姆罗斯特放在上面，旁边躺着猎狼犬胡安。还没到千洞之殿，天就黑了。露西恩在古柏海瑞劳恩旁边，慢慢地走着，迎接他们。她伸出双臂搂着贝伦，吻了吻他，要他在西海那边等她。他在灵魂离开之前，看了看她的眼睛。星光暗淡，连露西恩·蒂努薇尔也被黑暗吞没。对茜玛丽尔的追寻就这样以悲剧而告终。但是《莱伊塞安之歌》——"脱离枷锁"，并没有结束。

贝伦的灵魂按照露西恩的吩咐，停留在曼多斯的厅堂里。他不愿意离开这个世界。他在等待露西恩到外海灰蒙蒙的海岸和他做最后的告别。人死后都被发配到那里，再也不能复生。露西恩的灵魂消失在黑暗之中，然后终于逃走。她的身体像一朵突然掐下来的花儿，躺在草地上，却没有枯萎。

冬天来到辛格尔王国。对于凡人，这是一个霜花遍地的季节。露西恩来到曼多斯的厅堂。西边的公馆是埃尔达精灵等待转生的地方。许多精灵坐在那儿反思自己一生的错对得失。露西恩比所有精灵都美，她的痛苦也比所有精灵更深。她跪在曼多斯面前，给他唱歌。

露西恩唱给曼多斯的是世界上最动听悦耳、最缠绵悱恻、最让人伤心落泪的歌。这歌至今还在瓦里诺传唱不衰，至今还让梵拉痛心。露西恩把两个主题糅合在一起——埃尔达精灵的悲伤，人的痛苦。在难以计数的星球中，伊路瓦塔让这两个全然不同的种族一起居住在阿尔达——地球的王国。露西恩跪在曼多斯面前歌唱的时候，泪水落在他的脚上，就像雨水打湿了石头。曼多斯深受感动。

于是,他召来贝伦。就如他临死前,露西恩说过的那样,他们在西海那边再次相见。但是曼多斯没有力量让人死后把灵魂留在世界,也无法改变伊路瓦塔的孩子们的命运,只好去找曼维——梵拉之王。他受伊路瓦塔之命,统治整个世界。曼维苦思冥想,伊路瓦塔的意志在他的思想深处显现出来。

他给露西恩指出两条路,供她选择。念她不辞辛苦,不怕危险,情真意切,满心忧伤,她可以离开曼多斯,忘记一生的悲伤和痛苦,到瓦尔玛和梵拉快快乐乐地生活在一起,直到世界末日。而仙境瓦尔玛是凡人贝伦绝对不可以去的地方,因为,死亡是伊路瓦塔对人类的馈赠。梵拉也不能让他们长生不老。另外一个选择是:她可以带着贝伦一起回中洲,但是,过什么样的生活,能否快乐,没有保证。而且露西恩必须变成凡人。她将和他一样再死一次。而且,作为人的一员,她的寿命不会很长,用不了多久,就得永远离开这个世界。她的美德只能在民歌中传唱。

她选择了后者,远离快乐王国的幸福生活,解除了与生活在那里的许多神灵的亲属关系,无论前面等待她的是怎样的悲伤和痛苦,她都义无反顾地把自己的命运和贝伦结合到一起,将两个人的生命之路一起延伸到世界那边。因此,在埃尔达精灵里,只有她像凡人一样死去,很早很早以前就离开了这个世界。但是,她的选择使两个种族结合到了一起。她是许多忠于爱情的埃尔达精灵的先驱者。尽管世界已经发生很大的变化,尽管他们失去了美丽的露西恩,但是从这些埃尔达精灵的身上仍然可以看到她的影子。

第二十章　　泪雨之战

据说,贝伦和露西恩回到中洲之后,在北方小岛住了一段时间。后来,他们身着凡人的装束,回到了道伊阿斯。看到他们的精灵既高兴又害怕。露西恩走进千洞之殿,伸出纤纤细手温暖辛格尔痛失爱女、冷如死灰的心。可是梅里安从女儿的一双眼睛里看出她已经注定的命运。带着痛苦与失望,她连忙把脸转了过去。她知道,她们母女已经是相隔在两重天里的"人",生死别离只是迟早的事情。那一刻,梅里安——圣贤迈阿尔比世上所有的人都更痛苦。贝伦和露西恩只好离开道伊阿斯。他们不怕雨雪风霜,不怕饥渴难忍,过了盖林河,来到七河之地,在阿杜兰特河中间的托尔·加伦——"绿岛"住下。后来就再也没有听到他们的消息。埃尔达精灵后来管那个地方叫迪奥·埃鲁赫尔。没有一个人再和巴拉海尔之子贝伦说过话。谁也不知道贝伦和露西恩什么时候离开这个世界,更不知道他们埋葬在哪里。

那时候,费阿诺的儿子迈斯罗斯心眼儿也开始活动。他认识到,莫高斯并非不可战胜。因为贝伦和露西恩的故事被编成许多歌曲,在贝勒里安德到处传唱,如果他们不团结起来,结成新的联盟,成立一个共同内阁,就会被莫高斯各个击破,最终全部被消灭。于是,为了振兴埃尔达,他开始四处游说,并且最终建立了一个被称为"迈斯罗斯联盟"的机构。

但是,费阿诺发过的毒誓以及因此而造成的种种恶行,影响了迈斯罗斯计划的实现。他的种种想法没有得到应有的回应和支持。由于凯莱戈姆和库茹芬坏事做尽，奥罗德瑞斯不愿意听命于费阿诺的任何一个儿子，而纳戈斯隆德的精灵仍然寄希望于他们的秘密要塞，认为只要保住要塞，就能安然无恙。因此，响应者寥寥无几。其中之一是古伊林的儿子戈文德，一位非常勇敢的王子。大火之战中他痛失兄长盖尔米尔，为报仇雪恨，他违背奥罗德瑞斯的意愿，参加了北方战役。他们佩戴芬戈尔芬家族的标志，高举芬戈恩的大旗，但是，除了一位武士，谁也没再回来。

道伊阿斯也不肯给他们帮助，因为迈斯罗斯和他的兄弟们为了履行立下的誓言，曾经以激烈傲慢的言词写信给辛格尔王，要他交回茜玛丽尔，否则彼此便永远为敌。梅里安劝辛格尔王把茜玛丽尔还给他们，以免战事再起，生灵涂炭。可是费阿诺的儿子们傲慢无礼，恶意威胁，让辛格尔十分生气，尤其是想起为了夺回这件珍宝，露西恩经历了千辛万苦，贝伦献出了鲜血和生命，他对凯莱戈姆和库茹芬的威胁更是嗤之以鼻。而茜玛丽尔让他越看越爱，越爱越想据为己有。于是他把费阿诺儿子们派来的信使大肆嘲讽一番，赶出千洞之殿。迈斯罗斯没说什么。因为那时候他已经打算建立精灵联盟。可是凯莱戈姆和库茹芬四处扬言，等他们从战场凯旋而归，辛格尔还不把茜玛丽尔主动交还，就要杀死这个昏君，消灭他的臣民。于是辛格尔王加紧修筑工事，保卫自己的领土。他没有去打仗，道伊阿斯除了马布伦和贝莱戈谁也没去。马布伦和贝莱戈不愿意错过和盖世魔王莫高斯大决战的机会。辛格尔同意他们参战，但是有一个条件，不能在费阿诺儿子麾下。于是他们到了芬戈恩的部队。

迈斯罗斯得到了劳戈利姆的帮助，包括武装力量和大批武器。那些日子，诺戈罗德和贝莱戈斯特的工匠日夜不停地打造武器。迈斯罗斯召集起所有兄弟和愿意跟他一起出征的精灵。鲍和乌尔范家族的凡人也集结起来日夜训练准备参战。他们还从东方召来许多乡亲。除此而外，西面的芬戈恩——一直是迈斯罗斯的好朋友——也和海姆瑞恩要塞迈斯罗斯的兵马达成共识。在海斯鲁姆，诺尔多精灵和哈多家族也在积极备战。在布雷塞尔森林，哈莱斯人的君王哈尔米尔也召集起自己的人马，磨刀霍霍，习武练兵。可惜，哈尔米尔战事未起身先亡，只好由他的儿子哈尔迪尔统帅全军。各路兵马积极备战的消息也传到冈多林图尔冈王的耳朵里。

可是迈斯罗斯不等时机成熟就发兵莫高斯，虽然把奥克赶出贝勒里安德北部地区，甚至一度收复松树之地，可是莫高斯因此而提高了警惕。他意识到埃尔达精灵和精灵之友已经结成联盟向他发难，于是派出大批侦探、间谍打入敌人内部收集情报，造谣惑众。而现在，他干起这事儿更是易如反掌。因为乌尔范家族有不少人暗地里早就向他表忠心，并且已经深入到费阿诺儿子亲自率领的部队，把他们的动向摸得一清二楚。

迈斯罗斯把能够集结起来的精灵、人和矮人都集结起来之后，便决定分东西两路夹击安戈班恩德要塞。一路由他亲自率领，从安法乌格里斯平原长驱直入。他故意大造声势，战旗猎猎，杀声震天，鼓角相闻，希望莫高斯的大军从正面和他交锋。然后，芬戈恩出其不意，从海斯鲁姆山口率大军夹击，犹如榔头与铁砧，把敌人砸个粉碎。两军的联络信号是在松树之地的烽火台上燃起一堆大火。

在约定好的时间——仲夏一天的早晨，埃尔达的军号迎着初升的太阳吹响。东边，费阿诺儿子们的军旗猎猎迎风；西边，精灵王芬戈恩的军旗漫天飘扬。芬戈恩从埃塞尔·西瑞恩的峭壁上极目远眺。他的人马埋伏在阴影之山东面的峡谷和森林里，隐蔽得不露痕迹，躲过了敌人的眼睛。尽管那是一支浩浩荡荡的大军。那里集中了海斯鲁姆的诺尔多精灵，法拉斯精灵和戈文德从纳戈斯隆德带来的部队。还有一支力量强大的人的部队：右面是道-洛明哈多家族和胡林、胡奥两兄弟率领的武士。布雷塞尔森林的哈尔迪尔也带来许多居住在森林里的勇士,加入到他的部队。

芬戈恩向暴虐之山望去,乌云笼罩着山顶,黑烟冲天而起。由此可见,莫高斯已经接受了精灵王的挑战,正在发泄心中的怒火。芬戈恩顿生疑云,掉转头向东望去,并没有看见迈斯罗斯的铁军在安法乌格里斯平原扬起遮天蔽日的黄尘。他没想到迈斯罗斯在发兵之时,上了"可恶的人"乌尔多的当。乌尔多骗他说,莫高斯已经从安戈班恩德发起进攻。

突然,南边响起声声呐喊。那惊天动地的喊声盖过风的呼啸从一条峡谷传到另一条峡谷。精灵和人又是惊讶又是高兴,都叫喊起来。原来是图尔冈打开冈多林的大门,带领十万精兵前来参战。这可是大家不曾预料的事情。只见骏马奔腾,银盔闪闪,刀剑和长矛森林般举起。芬戈恩听到他的兄弟图尔冈的军号声,顿觉云消雾散,心胸豁然开朗,振臂高呼:"这一天终于来到了!看吧,埃尔达的臣民、人之父,这一天终天来到了!"听见他呼喊的精灵和人也都欢呼起来,欢呼声在山谷里久久回荡:"长夜已经过去!"

莫高斯对敌人的计划了如指掌,正在选择最好的战机。他一方面让混在迈斯罗斯队伍中的奸细制造舆论,拖住迈斯罗斯的后腿,阻止两支大军对他形成东西夹击之势;另一方面派出一支貌似强大的队伍(实际上只是主力部队中很小的一部分),直插海斯鲁姆。他们都身穿暗褐色衣服,遮以钢铠铁甲,直到过了安法乌格里斯那道沙梁,敌人才发现他们已经兵临城下。

诺尔多精灵个个摩拳擦掌,热血沸腾,各路头领纷纷请战,要和敌人在平原上决一雌雄。但是胡林表示反对,要大家警惕莫高斯的阴谋诡计。因为这个魔王从来不轻易暴露自己的真实目的,他的兵马也总是比表面上看起来强大得多。这时,迈斯罗斯还没有发出信号,将士们等得很不耐烦。胡林还是不让他们轻举妄动,等奥克向山上攻击时,兵力自动分散,再各个击破。

莫高斯却严令带领这支兵马的大将不惜一切代价、利用一切

211

手段，尽快把芬戈恩引出大山，然后一网打尽。他们继续前进，直到先头部队已经到达埃伊西尔·西瑞恩要塞和流入塞瑞克大沼泽的瑞维尔河之间那一片开阔地。岗楼上的士兵连敌人的眼睛也看得清清楚楚。可是他们并不应战。要塞下面的奥克不停地辱骂、嘲弄，无人理睬，只得眼巴巴看着要塞的高墙和暗藏伏兵的山岭，偃旗息鼓。过了一会儿，莫高斯手下这位大将派出几个骑兵，高举要求谈判的旗帜来到巴拉德·埃伊西尔要塞外围的工事前面。他们还带来古伊林的儿子盖尔米尔。盖尔米尔在大火之战中被俘，敌人弄瞎了他的眼睛。安戈班恩德的传令官把他推到前面，大声叫喊道："像这样的俘虏，我们那儿多的是。如果你们想救他们一条活命，必须马上行动。因为我们班师回营之后，就把他们统统杀死！"说着那些凶恶的刽子手先砍掉盖尔米尔的手和脚，然后砍掉他的脑袋，把尸体扔在血泊中扬长而去。

事有凑巧，守卫巴拉德·埃伊西尔要塞外围工事的正是盖尔米尔的弟弟，纳戈斯隆德的戈文德。看到哥哥被敌人残酷杀害，他怒不可遏，翻身上马，冲入敌阵，许多武士相随而去。他们追上那几个传令官，手起刀落，杀了个片甲不留，砍杀间已与敌人的主力相接。诺尔多精灵见此情况，立刻出兵。芬戈恩戴上白色头盔，吹响军号，海斯鲁姆百万雄兵立刻从崇山峻岭间冲向安法乌格罗斯。杀声震天，旌旗蔽日，诺尔多精灵的刀剑在阳光下闪闪发光，犹如着了火的芦苇丛，映photos着辽阔的平原。他们势如破竹，出其不意，莫高斯的如意算盘就要落空。他还来不及派部队增援，芬戈恩就已经将他们打得落花流水。精灵勇士乘胜追击，横扫安法乌格里斯大平原，芬戈恩的大旗直指安戈班恩德要塞的高墙。戈文德率领的纳戈斯隆德精灵一直冲在最前面，打到要塞跟前，还不肯撤兵。他们冲进城门，杀死台阶上的卫兵，奋力敲打安戈班恩德的铁门。莫高斯躲在最底层的洞窟里吓得发抖。也就在这里，他们陷入重重包围，戈文德被生擒，其他勇士全部被杀，芬戈恩自己也落入陷阱，无法求援。因为暴虐之山有许多秘密出口，莫高斯藏在这里等待时机的主力已经蜂拥而出，芬戈恩拼死抵抗，突出重围，遭受了极大的损失。

战争爆发的第四天，尼厄纳伊斯·阿诺埃迪阿德——"泪雨之战"在安法乌格里斯平原展开一幅幅浸透血泪的画卷。苍天垂泪，碧水东流，没有一首歌，没有一个故事能承载那如山似海的深重苦难。芬戈恩兵败之后，很快就撤到沙梁这边。殿后的哈拉丁君王哈尔迪乌被杀，绝大部分布雷塞尔人也都成了莫高斯的刀下之鬼，再也没能回到他们可爱的森林。第五天，夜幕降临的时候，他们离阴影之山还很远，奥克包围了海斯鲁姆残部。战斗非常激烈，一直打到天亮，包围圈越来越小。希望随着黎明的曙光升起。图尔冈的号角响彻远山近水。冈多林的主力部队飞驰而来。他们一直驻扎在南面，防守西瑞恩山口。图尔冈王有效地制止了他部队的鲁莽行动，才保存下这样一支劲旅。现在，他急急忙忙来救援自己的兄弟。冈多林的勇士们披铠戴甲，在阳光下犹如钢铁的洪流奔涌向前。

卫队打开奥克的防线，图尔冈王杀开一条血路冲到他的兄弟芬戈恩身边。那时候，胡林正在芬戈恩身边。激战中，图尔冈和他相见非常高兴。精灵心中又升起希望。上午第三个时辰，蓝天下响起迈斯罗斯的军号声，费阿诺的儿子们高举战旗，抄了敌军的后路。有人说，如果那天大家精诚团结，没有相互出卖，埃尔达精灵还有可能赢得那场战争。因为敌人已经军心动摇，他们的进攻被多次打退，有的奥克掉转屁股逃命。就在迈斯罗斯的先锋队与奥克激战的时候，莫高斯孤注一掷，把最后的力量投入战斗，安戈班恩德成了一座空城。狼人，巴尔洛格——火魔，恶龙，戈拉乌如恩——"龙之父"倾巢出动。"大虫"戈拉乌如恩力大无比，非常可怕，精灵和人看了都吓得直往后缩。它嗥叫着，从天而降，把迈斯罗斯的兵马和芬戈恩残部截成两段，使其首尾不能相接。

　　然而，如果不是人的背叛，无论狼人、火魔，还是恶龙，都无法让莫高斯如愿以偿。乌尔范的阴谋从这时候起开始暴露。许多东方人满肚子谎话和恐惧，掉转头逃之夭夭，而乌尔范的儿子们突然之间公开投靠莫高斯，趁其不备，从背后袭击了费阿诺的儿子们，混乱之中，又向迈斯罗斯的军旗接近。可惜，他们没能得到莫高斯的犒赏，因为激战中，玛戈勒杀死了叛军首领、"可恶的人"乌尔多。鲍的儿子们在他们被杀害之前，杀了乌尔法斯特和乌尔瓦斯。可是，乌尔多招募来一直藏在东山里的恶人现在蜂拥而至，迈斯罗斯三面受敌。他们奋起反击，仍被叛匪打得七零八落，四散而逃。命运之神救了费阿诺的儿子们。几位王子尽管都负了伤，但是没有一个被敌人杀死。他们兄弟几个聚集在一起，在诺尔多精灵残部和矮人的保护之下，杀开一条血路，逃向东面的多尔梅德山。

　　东线坚持战斗到最后一刻的是贝莱戈斯特的矮人，他们因此而青史留名，他们的业绩也广为传颂。矮人比精灵和人更不怕火，除此而外，他们有个有趣的习惯，打仗的时候喜欢戴很大的面具，看起来非常可怕，因此，和龙作战时颇具优势。如果没有他们的英勇奋战，戈拉乌如恩和它的龙子龙孙一定能把剩下的诺尔多精灵消灭得干干净净。大虫戈拉乌如恩袭击诺尔多精灵的时候，矮人把它团团围住。事实证明，它那刀枪不入的鳞甲也禁不住矮人利斧的劈砍。戈拉乌如恩气得要命，一转身，把贝莱戈斯特矮人之王阿扎哈尔打倒在地，并且将它那山一样的身躯压了上去。阿扎哈尔临危不乱，用尽平生力气，向恶龙肚子猛刺一刀。戈拉乌如恩挨了这一刀，不敢恋战，拔腿就跑，安戈班恩德的其他人也都跟在它身后狼狈而逃。矮人抬起阿扎哈尔的遗体，迈着沉重的脚步向远方走去，边走边用低沉、浑厚的声音唱着挽歌。这是矮人为自己的王举行葬礼时隆重的仪式。他们没有再管四散而逃的敌人，也没有谁敢阻止他们。

　　西线的战事更为激烈，敌人以超出芬戈恩和图尔冈三倍的力量发起新的攻击。

高斯莫戈，巴尔洛格的王，安戈班恩德的大将亲自出马。他将精灵大军分割成两个部分，把芬戈恩王团团包围，把图尔冈和胡林赶到赛瑞克大沼泽，然后掉转枪头，向芬戈恩扑来。这是一次残酷无情的相遇。战场上，终于只剩下芬戈恩一个人，周围都是战死的卫兵。他和高斯莫戈打得难解难分，直到另外一个巴尔洛格蹿到他的身后，烧起一团大火。高斯莫戈举起手中的黑斧向他砍去。芬戈恩的银头盔被劈成两半，一股白色的火焰腾空而起，诺尔多大王就这样死于非命。他们用铁头锤使劲砸他的尸体，直到化做尘泥，还把诺尔多精灵蓝银两色相间的旗帜扔到血水与泥浆之中，踩得不见踪影。

大块大块的土地被敌人夺走，但是胡林、胡奥和哈多家族所剩无几的勇士还坚定不移地和冈多林的图尔冈王站在一起。莫高斯还没能攻克西瑞恩山口。胡林对图尔冈王说："趁现在还来得及，你快走吧！你活着，埃尔达精灵就有希望；冈多林在，莫高斯就心病难除，惊魂难定。"

图尔冈回答道："冈多林隐藏不了多久了，一旦被敌人发现，它就必定落入莫高斯之手。"

胡奥说："但是，它只要存在一天，精灵和人就有希望。请你相信我，君王，我们虽然就此诀别，我虽然再也看不到冈多林的白墙，但是，你和我之间将升起一颗新星。永别了！"

图尔冈妹妹的儿子迈戈林站在旁边，一声未吭，但是把这番话牢牢记在心里。

图尔冈听了胡林和胡奥的劝告，召集起自己的残部和能找到的芬戈恩被打散的人马，撤离西瑞恩山口。他的两员大将埃克赛林和格洛芬德尔在左右两侧保护他们，所以没有遭到敌人的袭击。道-洛明人按照胡林、胡奥的愿望，一直走在队伍最后面。一则，为了保护精灵王；二则，舍不得离开北方的土地。如果不能收复家园，他们宁愿战斗到最后一刻。由于乌尔多叛变造成的巨大损失，因此而得到一点补偿。"人之父"在为埃尔达精灵的利益而战的斗争中，最负盛名的就是道-洛明人英勇顽强、战斗到底的业绩。

就这样，图尔冈在胡林和胡奥的掩护下，过西瑞恩山口，一路向南，逃过莫高斯的眼睛，在崇山峻岭中消失得无影无踪。胡林、胡奥两兄弟带领哈多家族所剩无几的残兵败将一直撤退到赛瑞克大沼泽与瑞维尔河之间的死角，再也无路可退。

安戈班恩德的妖魔鬼怪、狼人、火龙，蜂拥而至。他们用死人在瑞维尔河上堆起一座桥，像潮水环绕巨石一样，把海斯鲁姆剩下的人马团团围住。第六天日落时分，阴影之山投下的影子浓重如墨。胡奥眼睛中了毒箭，倒地身亡，哈多家族被杀死的勇士成堆成堆地躺在他的周围。奥克把他们的头砍下来堆成一堆。落日的余辉中，那头颅堆成的小山闪着金光。

最后，只剩下胡林一个人还挺立在战场之上。他扔下盾牌，两手紧握一把利斧挥舞着。歌中唱道，他的利斧每次砍到巨兽高斯莫戈身上，就会冒出一股黑血。黑血中升起一缕黑烟，直到利刃变钝，再也无法穿透铁甲。胡林每砍一次就大喊："天还会亮的！"他整整喊了七十次，最后还是被敌人生擒活捉。因为莫高斯有令，要"捉活的"。奥克和胡林徒手搏斗，这些凶残的野兽被胡林砍下胳膊，还纠缠着他不放开。他们的数量越来越多，直到把他压倒在地动弹不得。高斯莫戈把他捆绑起来，拉到安戈班恩德。

"泪雨之战"就这样结束了。太阳沉没在大海那边。黑暗笼罩了海斯鲁姆，风暴从西方席卷而来。

莫高斯大获全胜，如愿以偿。人相互残杀，出卖埃尔达精灵。本来可能团结起来反对他的各种势力互相猜忌，互相戒备，已是一盘散沙。从那以后，精灵和人之间的隔阂日益加深，只把艾代英"三大家族"引以为友。

芬戈恩王国不复存在，费阿诺的儿子们如被秋风横扫的落叶，四处飘零。他们武器失散，联盟破裂，只能和"七河之地"的灰精灵混杂在一起，在林敦山下过着丛林人的生活。昔日的强大与辉煌已是古老的传说。为数不多的哈拉丁人在森林的保护之下仍然生活在布雷塞尔，哈尔迪尔的儿子哈恩蒂尔是他们的头领。但是芬戈恩家族的精灵，哈多家族的人，没有一个再回到海斯鲁姆，关于战争和他们的君王的消息也从未传到那里。莫高斯把曾经为他效劳的"东方人"发配到那儿，不肯把这些野心勃勃的家伙垂涎已久的贝勒里安德富庶的土地赐给他们。莫高斯只准他们住在海斯鲁姆，不得随意迁徙。他们出卖迈斯罗斯得到的犒赏是，可以任意掠夺哈多家族留在那里的妇女、儿童、老人。还留在海斯鲁姆的埃尔达精灵被送到北方的矿山里像奴隶一样服苦役。只有少数精灵逃进深山老林，风餐露宿，漂泊四方。

奥克和狼人在北方自由自在地行走，甚至南下进入贝勒里安德，来到南-塔斯瑞恩——"柳树谷"和"七河之地"边境。从此以后，这一带再无安全可言。道伊阿斯依然存在，纳戈斯隆德王宫还隐藏得严严实实。莫高斯对于它的存在没太注意。也许因为他对道伊阿斯知之甚少，也许因为他们劫数未到，还没成为莫高斯的眼中钉、肉中刺。现在，许多精灵都逃到海港，到凯尔丹那儿避难。船儿沿着海岸来来往往，不时有难民上岸，搞得敌人不得安宁。第二年，冬天还没到，莫高斯派出众多兵马围剿海斯鲁姆和内夫拉斯特。他们沿布瑞桑恩河和内恩宁河一路烧杀，残酷地践踏法拉斯美丽的土地，包围了布瑞桑姆巴和埃戈拉瑞斯特城堡。他们随军带来许多工匠、矿工和爆破手，在城墙下面支起挖掘机，开始攻城。虽然遭到英勇反抗，但是莫高斯的人马终于炸开城墙，海港被炸成废墟，巴拉德·尼姆拉斯要塞夷为平地。凯尔丹领导的大部分人被杀或者被抓去当奴隶，只有少数人坐船从海上逃走。这些逃亡者之中有芬戈恩的儿子埃瑞伊宁——吉尔格拉德。大火之战后，父

217

亲就把他送到海港。这些幸存者和凯尔丹一起向南航行到巴拉岛，在那里建立了根据地，为所有设法逃到这儿的精灵提供了避难之所。他们在西瑞恩河口还有一个藏身之地。那儿有一个密集的芦苇荡，芦苇荡里藏了许多大大小小的船只。

图尔冈听到这个消息之后，派信使来到西瑞恩河口，请求"造船大师"凯尔丹帮助。凯尔丹按照图尔冈的要求，造了七艘快船，向西方驶去。可是除了最后一艘之外，其余六艘都杳无音信。这条船上的水手在海上漂泊了好长时间，无法到达目的地，彻底绝望之后，准备返航。快到中洲海岸的时候，遇到暴风雨，快船进水沉没，只有一个人被乌尔莫从盛怒之下的奥赛手中救出。海浪把他抛在内夫拉斯特海岸上。他的名字叫沃伦维，是图尔冈从冈多林派出的信使之一。

现在，莫高斯把注意力集中到图尔冈身上。在所有仇敌中，他最想抓住、最想消灭的就是图尔冈，可恰恰让他逃之天天了。莫高斯一想起这事就心烦，胜利的喜悦因此大打折扣。因为图尔冈是芬戈尔芬家族的王子。现在芬戈恩一死，他就是整个诺尔多精灵名正言顺的首领。莫高斯对芬戈尔芬家族又恨又怕，因为他们和他的死敌乌尔莫关系最好，还因为芬戈尔芬临死前刺他那一刀至今令他疼痛难忍。在芬戈尔芬家族中，他最怕图尔冈的原因在于，很久很久以前，在瓦里诺，他的目光和他偶然相遇。从那以后，只要有阴影向他的灵魂逼近，他就有一种预感，图尔冈将是他的克星，只是何时显灵还不得而知。

于是，胡林被带到莫高斯面前。莫高斯知道，胡林是图尔冈王的好朋友，从他的嘴里或许能掏出点情况，可是胡林对他大加嘲弄，根本就不把这位盖世魔王放在眼里。莫高斯气得要命，诅咒他和莫尔温以及他们的子子孙孙在黑暗和痛苦中煎熬，永世不得翻身。他把胡林从监狱里弄出来，让他坐在暴虐之山最高峰的一把石椅上。莫高斯用自己的魔力把他捆绑在那里,站在他身边,再一次诅咒:"坐在这里,极目远眺,你将看到灾难降临到你爱的那些人头上。你居然敢嘲笑我,敢对梅尔克——主宰阿尔达命运的帝王——的权力提出疑问!那么好吧,你将用我的眼睛看世界,你将用我的耳朵听这个世界发生的一切,你将永远无法离开这个石椅,直到一切的一切以痛苦而告终。"

胡林并没有被莫高斯吓倒。他既没有为自己也没有为家人求他宽恕,或者求他赐自己速死。

奥克按照莫高斯的命令,花了好大力气把大战中牺牲者的尸体、武器、马具集中起来,堆在安法乌格里斯中部,远远看去像一座山。精灵们管它叫哈乌斯-恩-恩邓金——"万人之冢",也叫哈乌斯-恩-尼尔纳伊斯——"眼泪之冢"。在莫高斯一手制造的荒凉之地,只有这座山芳草青青,一片葱绿。莫高斯豢养的鬼怪、野兽,谁也不敢再踏上这块土地。因为那土地掩埋着埃尔达和人,还有锈渍斑斑的刀剑。

第二十一章　　图林·图拉姆巴

瑞安恩是贝莱古恩德的女儿,加尔多的儿子胡奥的妻子。胡奥和他的哥哥胡林参加"泪雨之战"前两个月,她和胡奥结婚。丈夫这一走杳无音信,她悲痛欲绝,一个人跑到荒郊野外。米思利姆的灰精灵帮助了她。她生下儿子图奥之后,就由他们抚养,自己则离开海斯鲁姆,跑到万人之冢,躺在山下死去。

莫尔温是巴拉古恩德的女儿,道-洛明君主胡林之妻。他们的儿子名叫图林,生在贝伦和露西恩在奈尔多雷斯森林相遇的那一年。他们的女儿,名叫拉莱斯,意思是"笑声"。哥哥图林非常喜欢她,可是,她三岁那年,一股恶风从安戈班恩德吹来瘟疫,"笑声"不幸夭折。

泪雨之战后,莫尔温还住在道-洛明,因为图林才八岁,她又有孕在身。那时候,日子非常艰难。东方人来到哈斯鲁姆之后,肆无忌惮地剥削、压迫哈多家族的幸存者。他们抢占哈多人的土地、财物,强迫他们的孩子当奴隶。但是道-洛明的"第一夫人"莫尔温的美丽和威严令东方人不敢对她轻举妄动,也不敢对她的家人下手,只是暗地里在他们自己人中制造流言飞语,说这个女人很危险,不但会巫术,还和精灵勾勾搭搭干坏事。其实莫尔温现在完全处于穷困之中,没有人给她帮助。只有胡林一位亲戚偷偷摸摸帮她点儿忙。这个女人名叫埃林,东方人布罗达娶她为妻。莫尔温最担心的是儿子图林被他们抓去当奴隶。因此,她想把图林秘密送到辛格尔王那儿暂避一时。因为,巴拉海尔的儿子贝伦是她父亲的亲戚,灾难降临之前还是丈夫胡林的朋友。于是,"泪雨之战"爆发那年秋天,莫尔温派两个年长的仆人送图林翻山越岭去找辛格尔王。莫尔温嘱咐仆人一定要千方百计找到进入道伊阿斯的通道。图林的命运就这样发生了戏剧性的变化。关于这件事情,《胡林的孩子们》中有详细的叙述。这首歌是那时候民间流传的最长的歌谣。下面的故事只是一个梗概,因为和茜玛丽尔以及精灵的命运有关,所以呈献给读者诸君。这个故事的题目是《伤心的故事》。它充满了悲剧色彩,莫高斯·巴乌戈里尔的邪恶、残暴也在这里表现得淋漓尽致。

这年年初,莫尔温生下她和胡林的女儿,并为她取名为妮埃诺,意思是"服丧者"。图林和两位老仆人经历了千难万险,终于来到道伊阿斯边境。辛格尔王的卫队长、"铁弓"贝莱戈发现之后,把他们带回千洞之殿。辛格尔王收留了图林,为了表达对壮士胡林的敬意,把他当做自己的义子。辛格尔现在对精灵之友的态度发生很大的变化。他又派信使北上海斯鲁姆,劝莫尔温离开道-洛明,来道伊阿斯生活。可是莫尔温舍不得离开和胡林共同生活过的家园,没有和来接她的精灵一同前往,只是把道-洛明的龙盔——哈多家族的传家之宝捎给了儿子。

图林在道伊阿斯长得十分健壮,但总是郁郁寡欢。他在辛格尔的王宫里住了九年,随着时光的流逝,心情开朗了许多。因为不时有信使到海斯鲁姆,回来的时候,总能给他带来妈妈和妹妹妮埃诺的好消息。可是终于有一天,派到北方的信使没有回来,辛格尔也没有再派人去打探消息。图林非常担心妈妈和妹妹的安全,怀着一颗痛苦而又刚毅的心,请求辛格尔王给他铠甲和宝剑。他戴上道-洛明的龙盔,为保卫道伊阿斯和"铁弓"贝莱戈并肩战斗。

221

三年过去了,图林又回到千洞之殿。因为刚从边防线上回来,经过长途跋涉、一路风尘,他蓬头垢面,衣衫褴褛。这期间,道伊阿斯来了一位南多精灵,名叫塞罗斯,是辛格尔王的首席顾问。他一直对辛格尔王收图林为义子耿耿于怀,此时,便趁机对他大加嘲弄,说道:"如果海斯鲁姆的男人都这样野蛮、粗鲁,那儿的女人该是什么样子呢? 大概都像牡鹿一样,一丝不挂到处奔跑吧!"图林气得怒发冲冠,举起酒杯朝塞罗斯扔过去,在他脑袋上砸开个口子。

第二天,图林从边境回来到千洞之殿。塞罗斯在路上伏击他。可他哪里是图林的对手,几个回合便被图林打得落花流水,像一头被追赶的野兽,光屁股逃进森林。仓皇之中他又掉进一条小河,被水中的巨石划破身子。不少精灵都看到了这一幕,马布伦是其中之一。他劝图林跟他一起回千洞之殿,让辛格尔评理,请求大王原谅。可是图林认为自己伤了国王的重臣,已属不赦之列,怕被他们抓回去关进大牢,便拒绝马布伦的建议,转身向密林深处逃去。他跨过梅里安之环,进入西瑞恩河西面的森林,碰到一帮无家可归的亡命之徒。这些人都是大难临头时逃进森林的幸存者。他们视精灵、人、奥克为仇敌。谁碰到他们手下,都被视为敌人。图林成了他们中的一员。

辛格尔听说这件事情之后,不但原谅了图林,还认为他受了委屈。这时候,"铁弓"贝莱戈从北部边疆回来,找图林回去一起成边。辛格尔对他说:"我很难过,贝莱戈。我一直把胡林的儿子当做自己的儿子。以后也还是这样,除非胡林逃脱灭顶之灾,要我归还他的儿子。图林是受了不白之冤才跑到森林里的。他如果能回来,我求之不得。因为我爱他。"

贝莱戈说:"我去找图林。如果办得到,一定把他带回千洞之殿,因为我也爱他。"

贝莱戈离开千洞之殿,经历了许多危险,来到贝勒里安德,可是一无所获。

这当儿,图林一直和那帮化外之民住在一起,成了他们的首领,自称"内伊山",意思是"被错怪的人"。他们在泰戈林河南面森林覆盖的山野里藏身，行动诡秘，无人知晓。图林逃离道伊阿斯一年之后，有一天夜里，贝莱戈找到他们的巢穴。那天，图林正好不在营地，那帮亡命之徒以为贝莱戈是道伊阿斯国王派来的暗探，把他捆绑起来，残酷折磨。图林回来之后，见此情况，非常生气，而且对他们无法无天的流寇行为深感内疚。他命令手下的喽啰立刻放开贝莱戈。两位朋友相见，此时此地、此情此景让他们百感交集。图林发誓，从此以后，除了对莫高斯的走卒，对任何人不得动武，更不能肆意蹂躏。

贝莱戈向图林转达了辛格尔王的原谅之意，费尽口舌劝他跟他一起回道伊阿斯。他说，北部边疆非常需要他这样武艺高强、勇敢善战的斗士。"最近，奥克发现了通往塔乌尔－努－富银的道路，"他说，"还在阿纳赫山口开出一条通道。"

"我已经记不得这些事了。"图林说。

"我们从来没有去过离边境那么远的地方，"贝莱戈说，"可是你看见过克瑞沙伊格瑞姆巍峨的山峰，看见过东面高格罗斯的峭壁。阿纳赫山口就在这山峰与峭壁之间，离明代布河上游不远。那是一条艰难、危险的道路，可是现在顺着它来了许多人。西瑞恩河和明代布河之间的迪姆巴过去一片和平安宁的景象，现在却动荡不安，布雷塞尔人遇到很大的麻烦。他们需要我们的帮助。"

图林心高气傲，不愿意接受辛格尔王的原谅。贝莱戈磨破了嘴皮也没能让他改变主意。他反而劝贝莱戈和他一起留在西瑞恩河西岸。贝莱戈不答应，说道："你这个人太固执了，图林。现在主动权还掌握在我的手里。你如果真的想让'铁弓'在你身边，就来迪姆巴找我。我很快就回那儿去了。"

223

第二天，贝莱戈要走了，图林送了一程又一程，但是什么话也没说。"看来，只有告别了，胡林的儿子。"贝莱戈说。图林向西面眺望着，看见远处的阿蒙·茹斯——秃山，深感前途未卜，命运难测，说道："你刚才说，'到迪姆巴来找我。'我却告诉你：来秃山找我！否则，这就是我们最后的一面了。"他们依依不舍地告别，心里都非常难过。

贝莱戈回到千洞之殿，把发生的这一切都告诉了辛格尔和梅里安，只是没有讲图林手下那帮亡命之徒捆绑、折磨他的事。辛格尔叹了一口气，说："图林还想要我做什么？"

"再让我去一趟，大王，"贝莱戈说，"我要尽自己最大的努力保护他，指导他。我们不能让人家说精灵说话不算数。我也不希望这样一支力量白白浪费在荒山野岭。"

辛格尔同意贝莱戈的意见，说道："贝莱戈·库沙林，你为我做过许多事情，件件都值得千恩万谢。但是所有这一切加起来也抵不上找到我的义子图林。值此分别之际，你向我要一件礼物吧，无论什么，我都会给你。"

"我只要一把好刀，"贝莱戈说，"现在奥克太多，距离又近，光靠弓箭很难抵挡住它们，而我那几把刀砍不透它们身上的铠甲。"

"随你挑，"辛格尔说，"除了我自己那把阿兰鲁斯。"

贝莱戈选中安戈拉海尔。这是一把价值连城的宝剑，之所以叫这个名字，因为它是用天上掉下来的一颗流星制造而成的，锋利无比，削铁如泥。这样的宝剑中洲还有一把，不过和我们这个故事没有多大关系，尽管它是用同样的材料、由同一个工匠制造的。这位工匠是黑精灵，名叫埃奥尔，娶图尔冈的妹妹阿雷赛尔为妻。他把安戈拉海尔送给辛格尔王作为居住在南·埃尔摩斯的费用。这样一把宝剑送给别人他当然舍不得，不过没有办法，只得忍痛割爱。另外一把名叫安古瑞尔，一直在他手里，直到后来被他的儿子迈戈林偷走。

辛格尔把安戈拉海尔递到贝莱戈手里的时候，梅里安看着刀锋，说："这把宝剑凶光未尽，工匠的狼子野心还暗藏其中。它不会喜欢握着剑柄挥舞它的那只手，也不会与你长久相伴。"

"没关系，只要它在我手里一天，我就要东砍西杀，尽情挥舞。"

"我还要送你一件礼物,库沙林,"梅里安说,"它将在荒野之中帮助你,也帮助与你同行的人。"她边说边递给他一包莱姆巴斯——宽叶车前。这包东西用银叶子包着,捆扎小包的线打了一个结。结上有白色蜡封,那是女王的图章——一朵特尔佩里翁上的白花。按照埃尔达精灵的习惯,莱姆巴斯只有女王才有资格保存或者赠给别人。这件礼物比任何别的馈赠都表现出梅里安对图林的关爱。因为埃尔达精灵以前从来没有让人用过莱姆巴斯——宽叶车前,以后也很少发生这样的事情。

贝莱戈带着这两件礼物离开千洞之殿,回到北方边疆,那儿他有自己的住处,还有许多朋友。他们把奥克赶出迪姆巴。安戈拉海尔似乎也喜欢终于"扬眉出剑"。等到冬天,战事停止,伙伴们突然发现贝莱戈不见踪影,后来也没有再回来。

贝莱戈离开那群亡命之徒,回到道伊阿斯之后,图林带领他们一路向西,离开西瑞恩峡谷。因为大家都厌倦了这种没有休息、成天提心吊胆的流亡生活,想找一个比较安全的地方。有一天傍晚,他们碰到三个矮人。那几个家伙看见他们,拔腿就跑。跑在最后面的那个被他们抓住,按倒在地。不知是谁朝那两个消失在暮色中的矮人放了一箭。被他们抓住的矮人名叫米姆。米姆哀求图林给他留条活命,答应带他们去他的秘密住所。那地方除了他,谁也找不到。图林看他可怜便饶他一命,问:"你的房子在哪儿?"

米姆回答道:"我的房子在大山上。这座山现在叫阿蒙·茹斯——秃山。精灵把这一带的地名都改了。"

第二天,他们就跟着米姆向秃山进发。这座山屹立在西瑞恩河谷和纳罗戈河谷之间高沼地的边缘。山坡上,怪石嶙峋,布满石南属植物。光秃秃的峰顶倚天而立,除了红色的赛瑞根花点缀陡峭的石壁,别无他物。图林和他的人马向秃山走去的时候,夕阳西斜,冲破云层,照耀着光秃秃的山顶,赛瑞根花在阳光的照耀之下竞相开放。他们之中有一个人说："山顶上有血。"

米姆领着他们，沿一条无人知晓的羊肠小道爬上秃山陡峭的山坡，在一个洞口向图林鞠了一躬说："请进巴-恩-丹维斯，'赎罪之屋'。是的，以后这就是它的雅号。"

这时，从洞里走出一个矮人，手里提着一盏灯笼迎接他们。那人和米姆说了几句话，便急匆匆向漆黑的山洞走去。图林跟在后面，走了很远才走进一间密室。天花板的链子上吊着几盏昏暗的灯。他看见米姆跪在紧靠墙壁放着的一张石头长椅上，一边揪扯着长长的胡须，一边不停地哭喊着一个名字。石头长椅上躺着一个人。图林站在米姆身旁，想帮他点忙。米姆起头，看着他说："你什么忙也帮不了。他是我的儿子凯姆。他死了。是被人拿箭射死的。我的另一个儿子伊布恩告诉我，他是日落时分死的。"

图林听了，怜悯之情油然而生。他对米姆说："哎呀，如果还有什么办法，我一定让他起死回生！现在，你的宅子真成了名副其实的巴-恩-丹维斯——'赎罪之屋'了。如果以后我发了财，一定给你黄金，以表示我们对造成你爱子之死的悲痛之情。尽管我深知，再多的黄金也无法弥补你的损失于万一。"

米姆站起身来，盯着图林看了半晌。"你的话我都听到了，"他说，"你这些话，就像古时候矮人的君王所说。这可真让我惊讶。现在我已经冷静下来，当然，毫无快乐可言。如果愿意，你们可以住在这个宅子里。因为，我将用它作为我的赎罪之物。"

226

就这样，图林在秃山米姆的秘密洞穴里安顿下来。他经常在洞口的草地上走来走去，向东，向西，向北，极目远眺。向北，布雷塞尔森林遥遥在望。碧绿的树林宛如环绕阿蒙·欧贝尔山的一条玉带。图林的目光经常被那一片绿色吸引，连自己也不明白为什么。按理说，他更应该思念西北方向辽阔苍穹下的阴影之山，那儿是他的家乡。傍晚，图林向西眺望。红日西沉，遥远的海岸燃烧起美丽的晚霞，纳罗戈河谷静悄悄地躺在越来越暗的山影之中。

　　红霞退尽,夜幕降临,图林常常和米姆一起长谈。两个人比膝而坐,米姆侃侃而谈,把他的生活经历、民间传说、山林知识都告诉图林。米姆属于古时候住在东方的矮人。后来,他们这一族被人家从大城市里驱逐出来,到处流浪。莫高斯还没回中洲之前,他们就向西流落到贝勒里安德。渐渐地,他们的个子变小,工匠手艺也大不如前。他们喜欢隐居,走起路来弯腰驼背,一副鬼鬼祟祟的样子。诺戈罗德和贝莱戈斯特的矮人翻山越岭来到这一带之前,贝勒里安德的精灵不知道米姆这一族到底是什么人,因此经常猎杀他们。随着时间流逝,大家都习以为常,才不再打搅他们。辛达语管他们叫尼奥盖斯·尼宾——"小矮人"。小矮人除了爱自己,不爱任何人。如果说他们害怕、痛恨奥克的话,对埃尔达精灵的憎恨有过之而无不及,尤其对流亡精灵的痛恨。他们说,诺尔多精灵抢走他们的土地,毁坏他们的家园。芬罗德·费拉冈德王远涉重洋来这一带之前,他们早就发现了纳戈斯隆德的山洞,并且继续挖掘。漫长的岁月中,小矮人还用自己的双手在秃山下面挖了许多山洞。森林里的灰精灵和他们相安无事。可是现在,在中洲大地,他们濒临灭绝。除了米姆和他的两个儿子之外,小矮人已经所剩无几。即使按矮人的寿命标准衡量,米姆也已是垂暮之年。在他的宅子里,好几个工匠奇懒无比,利斧早已生锈。他们的名字只有在关于道伊阿斯和纳戈斯罗姆的古老传说里才能看到。

　　眨眼之间到了这年的冬天,北方的雪比他们过去住过的河谷里的雪大得多。秃山更是冰封雪盖,天地间一片银白。人们说,由于安戈班恩德的势力越来越大,贝勒里安德冬天的日子也越来越不好过。只有最勇敢、武功最高强的人才敢出去活动。大家都饥寒交迫,有的人还生了病。有一天傍晚,突然来了一个人。这个人身材魁梧,膀大腰圆,身穿带帽兜的白色斗篷。人们都吓得跳了起来。来人却哈哈大笑,摘下帽兜。图林定睛细看,借着火光认出原来是贝莱戈·库沙林!

227

　　就这样,贝莱戈又回到图林身边。老友相逢自是十分高兴。贝莱戈还给图林带来道-洛明的龙盔,希望这件宝物能让他回想起身为小分队队长时的战斗岁月。可图林还是不愿意跟他回道伊阿斯。感情代替了理智,贝莱戈没有离开他,而是继续跟他呆在一起。这当儿,他不辞辛苦,帮了图林和他手下那帮人很大的忙。他给他们治病、疗伤,把梅里安送给他的莱姆巴斯——宽叶车前给他们吃。他们很快就恢复了健康。因为,虽然灰精灵的知识和技能比不上从瓦里诺流亡来的诺尔多精灵,可是在中洲大地,他们的聪明才智远远超过人。贝莱戈身强力壮、吃苦耐劳、见多识广、目光远大,在那帮绿林好汉中享有崇高的威望。可是米姆对这个不速之客的仇恨与日俱增。他和儿子伊布恩坐在最阴暗的角落,谁都不理。图林没怎么注意这个小矮人的变化。冬去春来,他们还有更繁重的工作要做。

　　有谁能知道莫高斯心里打的什么主意呢? 有谁能把握他的思想脉络呢? 他曾经是“万物之父”伊路瓦塔创造的阿伊诺——“圣贤”,而且是最神通广大的“圣贤”。现在,这个盖世魔王独霸北方,满怀仇恨分析搜集来的各种情报,把敌人的动向摸得一清二楚。除了女王梅里安,最聪明的对手也想不到他会奸诈狠毒到什么程度。莫高斯也经常想到梅里安,只有想到她的时候,思想的锋芒才会被无形的利剑斩得七零八落。

　　现在,安戈班恩德又蠢蠢欲动。莫高斯的先头部队就像一只大手长长的手指,伸向通往贝勒里安德的各条道路。他们穿过阿纳赫山口,夺走了迪姆巴和道伊阿斯北部边境所有的土地,沿古道,进入西瑞恩河狭长的峡谷,过西瑞恩岛上芬罗德当年建造的“瞭望之城”米纳思蒂里斯,穿过玛尔杜因河和西瑞恩河之间那块平原,绕过布雷塞尔森林,到达泰戈林河与从西瑞恩山口向南延伸过来的那条路的交叉地带。沿着这条路便可进入纳戈斯隆德北面“守卫着的平原”——塔拉斯·迪尔内恩。不过奥克还没有深入到这一带。因为这荒野之中还隐藏着一支人马，红山之上一双双警惕的眼睛正注视着他们，而这些凶残的野兽对此尚且一无所知。图林又戴上哈多家族的头盔。在贝勒里安德，流言像一阵风从森林刮到河边，从河边刮过山口，人们都在悄悄地说，在迪姆巴失败的"盔"与"弓"又重新崛起。那时正是群龙无首，许多不怕死的散兵游勇听到这个消息，心中升起希望之火，都来找这两位大将。那时候，从泰戈林河到道伊阿斯西部边疆辽阔的平原被叫做道·库阿舍尔——"弓与盔之地"。图林给自己取了个名字——高舍尔，意思是"可怕的头盔"。他又变得雄心勃勃。在纳戈斯隆德的千洞之殿，在秘密王国冈多林，这两位武士的英雄业绩都成了朝野上下最为关注的话题。这些消息自然也传到安戈班恩德。莫高斯听了哈哈大笑，因为龙盔的出现就意味胡林之子又暴露在他的面前。没过多久，秃山周围就来了许多密探。

秋末冬初，小矮人米姆和他的儿子伊布恩离开家到野地里挖根菜之类的东西，准备越冬之用。结果落到奥克手里。米姆第二次许诺要带他的敌人通过那条秘密小道去秃山他的家。但是他没有马上付诸实施，而是要奥克答应一个条件，不能杀死高舍尔。奥克的头领听了仰面大笑，对米姆说："没问题，图林是胡林的儿子。我们会给他留条活命的！"

巴-恩-丹维斯就这样出卖给了奥克。一天夜里，米姆带着他们神不知鬼不觉爬上秃山。图林的许多伙伴睡梦中就被送上西天，也有一部分人从山洞里面的台阶，爬上山顶，和敌人展开激烈的搏斗，直到全部壮烈牺牲，鲜血染红了岩石上的赛瑞根花。图林落入奥克撒下的大网，被敌人活捉。

终于，一切归于沉寂，米姆从他黑暗的洞穴爬出来。西瑞恩河笼罩着轻纱般的雾霭。太阳从雾霭中冉冉升起。山顶上死尸成堆。米姆站在死人堆旁发现，并不是所有人都已经死去。有人正在盯着他看。米姆定睛细看，原来是精灵贝莱戈。多年来对精灵

229

的仇恨在他的心底陡然升起,米姆向贝莱戈走去,捡起他身边的宝剑安戈拉海尔。贝莱戈挣扎着爬起来,夺过宝剑,向小矮人刺去。米姆吓得号叫着,拔腿就跑。贝莱戈望着他的背影怒吼:"哈多家族必将找你报仇雪恨!"

贝莱戈伤势很重,但是在中洲的精灵中,他最为强壮。除此之外,他还是治疗伤口的专家,因此,他不但没死,还慢慢地恢复了体力。他想找到好朋友图林的尸体安葬在秃山上。可是没有找到。他由此猜想,胡林的儿子一定没死,而是被生擒活捉,掳到安戈班恩德要塞去了。

贝莱戈虽然不抱多大希望,还是想方设法营救图林。他离开秃山向北,沿着奥克留下的足迹,一直走到泰戈林河那个路口。过了布瑞塞阿赫浅滩,穿过迪姆巴平原,直奔阿纳赫山口。现在离前面的敌人已经不远。因为他日夜兼程,而奥克走走停停。他们没有后顾之忧,不怕什么追兵,常常在路上打猎作乐。贝莱戈沿着他们走过的小路快步走着,就是在可怕的塔乌尔-努-富银大森林,也没有迷路。有一天夜里,他在穿过那片邪恶的土地时,看见有人躺在一棵巨大的枯树下面睡觉。贝莱戈停下脚步,弯腰细看,发现是个精灵。他给他吃了点莱姆巴斯,问他怎么会跑到这个可怕的地方。精灵通报自己的姓名,原来是古伊林的儿子戈文德。

贝莱戈看见他那副模样,心里非常难过。"泪雨之战"时,这员纳戈斯隆德的大将英勇无畏,气吞山河,向安戈班恩德要塞的大门发起一次又一次攻击,现在却形容憔悴,骨瘦如柴,宛如当年那位英雄投在地上的一个可怕的影子。戈文德是在要塞被敌人活捉的。莫高斯很少处死被俘的诺尔多精灵。因为他们在开矿、铸造、切割研磨宝石方面技艺高超。戈文德也幸免一死,被送到北方开矿。这些被残酷奴役的精灵一边开矿一边挖秘密通道,遇有机会便从暗道逃走。因此,贝莱戈才有可能在迷宫般的塔乌尔-努-富银大森林碰到戈文德。

戈文德告诉贝莱戈，他在树丛里藏着的时候，看见一大群奥克向北去了，还有许多恶狼跟他们在一起。这些坏蛋押着一个被镣铐锁着的人，还不时用皮鞭抽打他。"那个人个子很高，"戈文德说，"像海斯鲁姆云雾缭绕的大山里居住的山民那样魁梧。"然后，戈文德给他讲了自己流落到塔乌尔-努-富银的经过，极力劝贝莱戈放弃追寻图林。他说，这样做不但救不了图林，只能自投罗网，落入敌人之手。但是贝莱戈无论如何不肯丢下图林不管。他不但没有被戈文德说服，反而在戈文德心里点燃起希望之火。他们跟着奥克留下的足迹继续搜索，直到爬上那道与安法乌格里斯荒凉沙丘相连的高坡。暴虐之山遥遥在望。暮色渐浓，奥克在一条峡谷里宿营。安排狼在周围放哨之后，他们便开始狂饮滥喝。贝莱戈和戈文德向那条峡谷悄悄爬过去。远处，阴影之山电闪雷鸣，暴风雨正从西边席卷而来。

营地里的奥克进入梦乡之后，贝莱戈趁夜色拉弓搭箭，向狼哨兵射去。他一箭一个，一箭一个，不一会儿就把恶狼消灭得干干净净。他们冒着极大的危险摸进敌人的营地，发现图林戴着镣铐被奥克绑在一株枯死的大树上。树干上，图林上下左右，密密麻麻全是钢刀。他精疲力竭，早已昏睡过去。贝莱戈和戈文德砍断捆绑图林的绳索，扛起还在昏睡中的朋友冲出山谷。可是他们只能把他扛到不远处荆棘丛生的小树林里。暴风雨将临，贝莱戈把图林放在地上，抽出安戈拉海尔，砍图林的脚镣。真是天意难违，劫数难逃，那把宝剑在镣铐上一滑，刺破了图林的脚。图林一下子从昏睡中醒来，惊吓之中看见有个黑影手拿钢刀，弯腰曲背站在面前，便大吼一声跳了起来，以为一定是奥克又来折磨他。黑暗中，他和贝莱戈扭在一起，一把夺过安戈拉海尔，刺死"铁弓"贝莱戈。

他站起来，发现已经自由，准备不惜一切代价，和想像中的敌人决一死战。天空中突然亮起一道闪电。借着那道明亮的白光，他看见贝莱戈那张熟悉的面孔。他凝视着惨死在血泊中的贝莱

231

戈,一下子明白自己干了什么事情。石头般伫立着,一句话也说不出来。电闪雷鸣,狂风呼啸,雷电之光的映照之下,图林那张脸十分可怕。戈文德蜷缩在地上,连一眼都不敢看他。

这时,山谷里奥克已经被惊醒,营地里乱作一团。这些凶残的野兽害怕从西天奔涌而来的万钧雷霆,认为大海那边更为强大的敌人要来袭击他们。北风呼啸,大雨滂沱,山洪从塔乌尔-努-富银高地飞泻而下。暴风雨中,图林坐在贝莱戈·库沙林的尸体旁边欲哭无泪,一动不动。戈文德警告他,大难临头,赶快逃跑,他还是一声不吭。

清晨,暴风雨向洛斯兰恩东移。秋天的太阳高高升起,明亮的、暖融融的阳光普照大地。奥克认为图林早已逃走,留下的踪迹被雨水山洪冲得干干净净,便不再搜寻,急急忙忙离开那条峡谷。戈文德看见他们翻过安法乌格里斯座座沙丘,向远方走去。就这样,他们两手空空回到安戈班恩德,留下胡林的儿子一动不动坐在塔乌尔-努-富银的山坡上。他像发了疯一样,对什么也没有感觉,精神上的负担比浑身的镣铐还要沉重。

戈文德要图林帮助他掩埋贝莱戈的尸体。图林仿佛还在梦中,站起身,漫无目的地走着。他们把贝莱戈安放在一个浅浅的坟坑里,把他的弓"贝尔斯罗丁"放在身边。这把弓用紫杉木制成,坚硬无比,号称"铁弓"。戈文德拿起那把可怕的宝剑安戈拉海尔说,与其把它埋在地下,不如用它向莫高斯的走卒们报仇。他还拿上梅里安给贝莱戈的莱姆巴斯,以便在荒野强身健体。

232

就这样,"铁弓"贝莱戈,为人最真诚的君子、埃尔达时代隐藏在贝勒里安德森林里武艺最高强的武士,死在他最爱的朋友手中。痛苦像刀刻在图林脸上,再也没有消失。但是,纳戈斯隆德的精灵戈文德又变得力大无比、勇敢坚定。告别了塔乌尔-努-富银,他领着图林,向远方走去。在那条漫长的伤心之路,图林一句话也没有说过。他目无所视,心无所想,像一个没有知觉的木头人,跟在戈文德身旁默默地走着。戈文德一直守护着他,不敢有丝毫懈怠。他们过了西瑞恩河,终于来到埃伊赛尔·阿维瑞恩。这里有清冽的甘泉,是阴影之山下纳罗戈河的发源地。戈文德对图林说:"醒一醒,胡林·沙林之子图林! 阿维瑞恩湖荡漾着银铃般的笑声。水晶泉源源不断流到这里,'水之王'乌尔莫保护它永远不受污染。因为正是他在古老的年代创造了这个美丽的湖泊。"图林跪在湖边喝水。突然,他扑倒在地,眼泪像泉水一样迸涌而出,心头的创伤开始愈合,他终于不再发疯。

为了纪念贝莱戈,图林作了一首歌——《"铁弓"之歌》。他引吭高歌,全然不顾仍然处于危险之中,戈文德把宝剑交给他。图林知道,这把沉甸甸的宝剑非比寻常,可是它的刀锋发黑,看起来很钝。戈文德说:"这把剑很怪,和我在中洲看到的任何一把宝剑都不一样。它像你一样,总是沉浸在失去贝莱戈的痛苦之中。不过没关系,我要回菲纳芬的纳戈斯隆德王国。你跟我一块儿去,我们可以把这把宝剑重新打造一番。"

"你是谁?"图林问。

"一个四处流浪的精灵,死里逃生的奴隶。贝莱戈碰到我,救助了我,"戈文德说,"但我是古伊林的儿子戈文德,纳戈斯隆德的大将。在'泪雨之战'中被俘之后,一直在安戈班恩德服苦役。"

"这么说,你一定见过加尔多的儿子胡林,道-洛明的武士?"图林说。

"没见过,"戈文德说,"可是在安戈班恩德,关于他的传言很多。人们都说,他至今不把莫高斯放在眼里。莫高斯已经发了毒誓,诅咒他和他的家人。"

"这我相信。"图林说。

他们站起身,告别了美丽的埃伊赛尔·阿维瑞恩湖,沿着纳罗戈河向南行走,直到被纳戈斯隆德的哨兵捉住,像押解犯人一样,押解到那个无人知晓的要塞。就这样,图林来到纳戈斯隆德。

233

　　起初，同胞们不认识戈文德。他离家时年轻力壮，回来时却像一个上了年纪的凡人。因为他在安戈班恩德受尽折磨，后来又一直在服苦役。可是国王奥罗德瑞斯的女儿芬杜拉斯知道他，并且热情地欢迎他。早在"泪雨之战"前，芬杜拉斯就深深地爱着他。戈文德也非常爱她，管她叫法伊莱弗林，意思是"伊弗林湖上的阳光"。因为戈文德的缘故，图林也被允许进入纳戈斯隆德。精灵们对他都以礼相待。但是，戈文德要说出他的名字时，他慌忙打断，说："我是乌玛斯的儿子阿格瓦伊恩（意思是：'厄运'的儿子'染血者'），森林里的猎人。"纳戈斯隆德精灵没再问什么。

　　随后的日子里，图林深得奥罗德瑞斯王的赏识，也受到纳戈斯隆德几乎所有精灵的爱戴。他年轻，实际上刚刚成年。因为是莫尔温的儿子，所以他满头黑发，皮肤白皙，灰眼睛，比那个年代任何一位凡人都英俊。他的言谈举止完全是道伊阿斯古老王国骑士们的派头。就是在精灵当中，也会被当做诺尔多豪门的后裔。因此，大家都管他叫阿尔达尼赛尔——"精灵人"。纳戈斯隆德最好的工匠为他重新打造了安戈拉海尔。新宝剑虽然还是通体如墨，但是刀锋闪着雪白的寒光。图林把这把宝剑命名为古尔沙恩——"死亡之铁"。在纳戈斯隆德"保卫着的平原"，他武功高强，盖世无双，人称莫梅吉尔——"黑剑"。精灵们都说："莫梅吉尔不可能被杀死。只有天降之灾，或者远方射来的毒箭，才有可能置他于死地。"因此他们送给他矮人制造的铠甲，让他穿在身上供避箭之用。他还怀着一种冷酷而肃穆的心情到武器库里挑了一个镀金面具。打仗的时候他便戴在头上，敌人见了望风而逃。

　　芬杜拉斯的心渐渐变了。她对戈文德的爱转到图林身上，尽管从某种意义上讲，这似乎并非她的本意。可是图林对这种变化一无所知。感情纠葛把芬杜拉斯搞得非常痛苦。她脸色苍白，形容憔悴，一天到晚眉头紧锁，默然无言。戈文德也闷闷不乐，在心

234

里盘算如何挽回败局。有一次,他对芬杜拉斯说:"菲纳芬家族的女儿,不要让悲伤横在你我之间。尽管莫高斯毁了我的一生,但我依然爱你。至于你,凭着感觉走吧,可你要当心!伊路瓦塔创造的精灵无法和凡人成婚。即使可以,也非明智之举。因为他们的寿命很短,用不了多久就撒手人寰,扔下你一个人守寡,实在不值得。再说,命运之神也不允许你这样做。当然,由于我们无法领悟的原因,有过那么一两个例外。可是,这个人不是贝伦! 命运之神已经光顾于他。这一点,从他的眼睛里面就看得出。可那绝非好运,而是一场劫难。千万不要把你自己也搅进去。如果一意孤行,爱情将把你出卖给痛苦和死亡。听我的话吧! 尽管他自称是乌玛斯的儿子阿格瓦伊恩,实际上他是胡林之子图林。胡林至今被莫高斯关在安戈班恩德。莫高斯立下誓言,恶毒地诅咒他和他的亲属。不要怀疑莫高斯·巴乌戈里尔的威力! 看看他把我迫害成什么样子就可见一斑了。"

芬杜拉斯许久没有说话,后来终于神情黯然地说:"胡林之子图林不爱我。以后也不会爱我。"

图林从芬杜拉斯那儿听说此事情后非常生气,对戈文德说:"你救了我的命,一直保护我,我打心眼儿里敬重你。可是这件事情你做得不对,朋友。你不该把我的真名实姓说出去。这样做,只能把厄运召到我的头上。你知道,我一直在努力躲避这场劫难。"

戈文德回答道:"人的气数和命运本身有关,并不在于叫什么名字。"

235

奥罗德瑞斯知道这位莫梅吉尔原来是胡林·沙林的儿子之后,对他越发厚爱有加。纳戈斯隆德民众对他也越发爱戴。但是他不喜欢他们打仗的方式——伏击,偷袭,用毒箭从暗处射杀敌人。他渴望在战场上刀对刀、枪对枪地厮杀。随着时间的推移,国王越来越倚重这位年轻武士。纳戈斯隆德的精灵们放弃游击战,开始打阵地战。他们制造了许多武器,还按照图林的建议在纳罗戈河上造了一座非常结实的大桥,和费拉冈德城堡的大门相连,这样部队可以迅速出击。于是,东到纳罗戈河与西瑞恩河之间的辽阔平原,西到内恩宁河和法拉斯荒凉的海岸,安戈班恩德的喽啰、走卒都被赶了出去。尽管戈文德一直在国王面前反对图林的做法,认为这是完全错误的战略,但是他已经失宠,势单力薄,对武器也不甚精通,谁也不听他的意见。就这样,纳戈斯隆德完全暴露在满怀仇恨与愤怒的莫高斯面前。图林一直祈祷自己的真名实姓不要让人提及,因此,虽然他的事迹一直传到道伊阿斯,传到辛格尔王耳朵里,但是大家只知道纳戈斯隆德出了一个"黑剑",不知道图林其人。

由于莫梅吉尔的努力,莫高斯的力量在西瑞恩河西面暂时得到遏止。希望又在人们心中升起。莫尔温终于和女儿妮埃诺一起逃出道-洛明,一路跋涉,来到辛格尔的宫殿。可是新的痛苦在等待着她。她没有找到图林。自从龙盔在西瑞恩河西面消失,就再没有图林的消息传到道伊阿斯。莫尔温和妮埃诺只好以辛格尔和梅里安的客人的身份在道伊阿斯住下。大家都把她们待为上宾。

自从月亮升起,四百九十五个年头过去了。这年春天,纳戈斯隆德来了两个精灵。一个叫盖尔米尔,另一个叫阿米纳斯。他们都是安戈里德的精灵,"大火之战"之后,一直在南方和"造船大师"凯尔丹住在一起。他们走了好长好长的路,带来很坏很坏的消息。阴影之山和西瑞恩山口一带发现许多奥克。他们还说,乌尔莫去过凯尔丹那儿,警告说,一场巨大的灾难正逼近纳戈斯隆德。

"听听'水之王'是怎么说的!"他们对国王说,"他对'造船大师'凯尔丹说:'北方的恶魔污染了西瑞恩的条条泉水。我的威力在那日夜流淌的河水中已经不复存在。还有更糟糕的事儿呢!请你们转告纳戈斯隆德的国王,关闭要塞所有大门,谁也不要出来。把那座他们引以为骄傲的石头桥拆掉,把石头扔到河里,那些凶神恶煞就找不到要塞的大门了。'"

奥罗德瑞斯听了两位信使的话,非常着急,可是图林对他们的话充耳不闻。最让他无法容忍的是拆毁那座大桥。他现在已经变得既狂妄又严厉,总是按照自己的意愿发号施令。

不久,奥克入侵布雷塞尔,哈恩蒂尔王奋起反抗,被敌人杀害。布雷塞尔人被打败,逃回森林。这年秋天,莫高斯寻机派出准备已久的大军,向纳罗戈人发起进攻。戈拉乌如恩——乌鲁洛凯("火龙")席卷安法乌格里斯平原,进入西瑞恩河北面的峡谷,烧杀掳掠,无恶不作。在阴影之山山影的掩护之下,他污染了美丽的埃伊赛尔·阿维瑞恩湖,进入纳戈斯隆德王国。把纳罗戈河和泰戈林河之间的塔拉斯·迪尔内恩——"守卫着的平原"变成一片焦土。

纳戈斯隆德的武士们开始迎战敌人。这一天,图林看起来格外魁梧、威严,让人望而生畏。奥罗德瑞斯王亲自出征,骑着骏马与图林并辔而行,军心大振。但是,莫高斯大军离他们的距离比侦察兵提供的情报远得多。而且除了图林因为头戴矮人的面具,可以向火龙戈拉乌如恩发起进攻之外,谁也无法靠近这个喷烟吐火的庞然大物。精灵大军被奥克赶到金利斯河和纳罗戈河之间的图木哈拉德峡谷,犹如落入陷阱的巨兽。这一天,纳罗戈大军被打得七零八落,威风扫地。奥罗德瑞斯王战斗在最前线,没多久便被敌人杀死。古伊林的儿子戈文德身受重伤,命在旦夕。精灵们东奔西跑,各自逃生去了,只有图林跑来救他。他背着戈文德离开战场,逃进一片树林,把他放在草地上。

237

戈文德对图林说:"真是一报还一报。不过我气数已尽,你救也无用。我的伤势太重,只能离开中洲了。我虽然爱你,胡林之子,可是我十分后悔,那天不该把你从奥克手里救下。要不是你勇猛和骄傲,我仍然拥有甜蜜的爱情、美好的生活,纳戈斯隆德仍然可以支撑一阵子。可是现在,一切都完了。哦,胡林之子,如果你爱我,就离开我!赶快回纳戈斯隆德去救芬杜拉斯。这是我对你最后的忠告:只有她才能阻挡你的厄运。如果你找不到她,厄运就会找到你的头上，永别了！”

图林匆匆忙忙向纳戈斯隆德赶去，把路上碰到的散兵游勇又召集到一起。秋去冬来，满目萧瑟，风卷残云，黄叶飘零。奥克大军和火龙戈拉乌如恩比图林早到一步。所剩无几的卫兵还没有意识到图木哈拉德发生了什么事情，敌人就已经兵临城下。那天，事实证明纳罗戈河上的大桥是个祸害。这座桥非常结实，很难一下子拆除。奥克蜂拥而至，冲过大桥。戈拉乌如恩喷吐着熊熊烈火，焚烧费拉冈德一座座大门。大门倒塌，敌军呐喊着，长驱直入。

图林赶来的时候，敌人对纳戈斯隆德可怕的劫掠已近尾声。奥克屠杀或者赶跑了所有武装人员，正在洗劫捣毁宫殿和密室。没有烧死和杀死的妇女、少女都被赶到门前的台阶上，准备带到莫高斯的洞穴里当奴隶。看到眼前的废墟和悲惨的场面，图林怒不可遏。他挥舞着宝剑，奋勇冲杀，如入无人之境。冲过大桥之后，又一路砍杀，向被俘的妇女儿童冲过去。现在只有他一个人站在烟火缭绕的城堡前面。跟在后面的几个精灵早已逃之夭夭。火龙戈拉乌如恩走出洞开的城门，在图林和大桥之间卧了下来。突然，他身体之内那个恶神借着他的一张血盆大口开始说话：“喂，胡林之子。见到你很高兴。”

图林挥舞着宝剑猛冲过去。古尔沙恩的刀锋燃烧着白色的火焰。戈拉乌如恩咽下一口要喷吐而出的烟火，睁大那双蛇眼，直盯盯地看着图林，图林面无惧色，高举宝剑凝视着那双眼睛。就在那一刻，火龙没有眼睑的眼睛向他施了魔法，他站在那儿动弹不得，就像一尊石头雕像。他们就那样，在纳斯罗恩德的大门前僵持着。过了一会儿，戈拉乌如恩打破沉默，奚落图林。他说：“胡林之子，你真是坏事做尽。身为义子，对养父母毫无感激之情。打伤国王重臣，亡命天涯。杀死救命恩人，抢夺朋友所爱，篡夺纳戈斯隆德王的大权，狂妄自大，有勇无谋。贪图功名，抛弃亲人，母亲和妹妹在道-洛明当牛做马，衣衫褴褛，食不裹腹，你却在这里过着王子般的生活。她们望眼欲穿，盼望你早日救她们脱离苦海，你却全不计较骨肉之情。你的父亲如果知道有你这么个儿子，一定万分欣慰！"图林被戈拉乌如恩的魔法控制着，在他的冷嘲热讽中，仿佛从被仇恨扭曲了的哈哈镜里看到自己的形象。他讨厌镜子里看到的那一切。

就在火龙直盯盯地看着他，折磨他心灵的时候，奥克赶着一群俘虏从图林身边走过，径直向石桥走去。芬杜拉斯也在其中。她边走边朝图林大声呼救。可是直到她的叫喊和俘虏们的哭声消失在通往北方的道路，戈拉乌如恩才解除了对图林所施的魔法。他故意让他听到那凄惨的哭喊声。日后，那撕心裂肺的声音将时时萦绕在他的耳边。

戈拉乌如恩突然把目光从图林身上移开，等待着。图林好像刚从噩梦中醒来，慢慢挪动着脚步。等完全摆脱魔法之后，大喊一声，向火龙扑去。戈拉乌如恩哈哈大笑，说道："如果我想让你死，岂不易如反掌？不过，这样做，对莫尔温和妮埃诺来说未免太不公平。刚才那位精灵公主向你大声呼救时，你连看都没看她一眼。现在你难道连自己的亲骨肉也不管不顾了吗？"

图林举起宝剑，向火龙的眼睛刺去。戈拉乌如恩往后闪了一下，像一座小山耸立在他的面前，说："啊，你至少是条汉子，比我见过的所有人都勇敢！人们造谣说，我们不敬佩勇敢的敌人。现在就让他们看看！我给你自由。找你的亲人去吧，如果能找到。滚吧！如果你拒绝我的好意，精灵或者人日后把现在发生的事情编成故事的话，肯定会对你大加嘲笑。"

图林被火龙那双眼睛搞得困惑不解，觉得他似乎是和一个懂得怜悯的敌人打交道，于是相信了戈拉乌如恩的鬼话，转身匆匆忙忙走过那座大桥。戈拉乌如恩在他身后恶狠狠地喊道："快去吧，胡林之子，到道-洛明！要不然奥克又抢到你前头了！如果你为救芬杜拉斯耽搁了时间，就再也见不到你的母亲莫尔温和妹妹妮埃

239

诺了。她们会骂你一辈子!"

图林踏上通往北方的大路之后,戈拉乌如恩又一次仰天大笑。他圆满完成了主人交给他的任务,然后开始自娱自乐——喷吐出浓烟烈火,把周围的一切烧得干干净净,又把正在大肆抢劫的奥克都叫到面前,强迫他们把稍稍值钱的东西都留下之后,便将他们统统赶走。他推倒大桥,把一块块巨石扔进波浪翻滚的纳罗戈河。就这样,这座固若金汤的要塞成了他独霸的天下。他把费拉冈德所有财富都收敛到最里面的大厅,舒舒服服躺在上面,睡起觉来。

图林急急忙忙向北走着。纳罗戈河和泰戈林河之间的平原一片荒凉。这一年,秋天还没有过去,严冬就已经降临。春天姗姗来迟,冰雪久久不肯消融。图林顶风冒雪艰难跋涉,耳畔始终响着芬杜拉斯的呼喊。森林、大山也都呼唤着图林的名字。他的心无时无刻不在痛苦中煎熬。可是戈拉乌如恩的谎话也在耳边回荡。他仿佛看见奥克正在焚烧胡林的房屋,折磨母亲莫尔温和妹妹妮埃诺。他咬着牙一直往前走,没敢偏离半步。

路途遥远,心急如焚(他总是一口气走四十多里格),他终于累得精疲力竭。伊弗林湖刚刚开始结冰的时候,他来到湖畔。清冽的甘泉曾经治好他心灵的创伤,现在却已是冰冻的泥沼。无法再从那儿取水饮用。

就这样,踏着北国深深的积雪,取道道-洛明山口,图林又回到度过童年的那块土地。满目荒凉,一片萧瑟,哪里有莫尔温的踪影! 蜷缩在寒风中的那幢房子空空如也,几近坍塌。周围渺无人迹,图林只好去找"东方人"布罗达,他的妻子埃林是胡林的亲威。一位年老的仆人告诉他,莫尔温早就走了。她是和妮埃诺一起离开道-洛明的。除了埃林,谁也不知道她的去向。

图林走到布罗达的桌子旁边,揪着他的衣领,拔出宝剑,要他说出莫尔温的下落。埃林告诉图林,她到道伊阿斯找儿子去了。

"因为那时候,南方有个叫'黑剑'的人赶走了我们这一带的妖魔鬼怪、狼人、奥克,路上比较平安,她们就去了,"她说,"后来,听说那个叫'黑剑'的人死了。"图林听了豹眼圆睁,终于明白自己上了戈拉乌如恩的当。怒从心头起,恶向胆边生,对压迫过莫尔温的人的仇恨更如一瓢油,浇在烈火之上。图林一时性起,不问青红皂白,杀了布罗达和来他家做客的那几个东方人。杀人之后,他便向冰封雪冻的山野逃去,幸亏得到哈多家族幸存的几个乡亲的帮助,他才迎着漫天飞雪,逃到道-洛明南部崇山峻岭中亡命之徒的一个藏身之地。从那儿走过童年时代熟悉的土地,回到西瑞恩峡谷。图林心里非常痛苦。因为他给还留在道-洛明的同胞带来更大的灾难。乡亲们巴不得他赶快离开那个地方。惟一的安慰是,由于"黑剑"的勇敢,母亲莫尔温才有可能离开这块多灾多难的土地,前往道伊阿斯。他在心里说:"看来我的所作所为并不是给所有人都带来了灾难。即使我早就来到此地,又能给亲人们带来什么好处呢?如果'梅里安之环'被突破,最后的希望也没有了。哦,一切听其自然吧。既然我到哪儿,就给哪儿带来麻烦,只好让梅里安先照顾她们,让她们平平静静过上一段日子。"

图林从阴影之山出发,像一只机警的野兽在大山下的森林里走来走去,寻找芬杜拉斯。他还埋伏在每一条通往西瑞恩山口的小路上,希望截获什么人,或者找到什么线索。可是一无所获。他来得太晚了。所有足迹都已经被荒草掩没,或者被冰雪覆盖。沿泰戈林河向南走的时候,他碰上一群被奥克包围的布雷塞尔人。他解救了他们。因为奥克一见古尔沙恩便逃之夭夭。图林自称"森林野人"。布雷塞尔人恳求他到他们那儿居住。他说,他还有一件重要差事没有完成——寻找纳戈斯隆德罗德瑞斯国王的女儿芬杜拉斯。那些森林人的头领道拉斯告诉他,芬杜拉斯公主早已不在人世。原来布雷塞尔人曾经在泰戈林河交叉路口伏击押解俘虏的奥克,想解救那些可怜的妇女儿童。可是,他们还没来得及动手,奥克就残酷杀害了那些可怜的精灵。芬杜拉斯死得最惨,奥克用长矛把她钉在树干上,让她受尽折磨。临死前,她说:"告诉莫梅吉尔,芬杜拉斯在这儿!"布雷塞尔人把她埋在那棵大树旁边。取名为哈乌斯-恩-埃莱斯,意思是"精灵公主之墓"。

图林求他们带他去看看精灵公主之墓。见了那座坟,他悲痛欲绝,差点儿昏死过去。这时,道拉斯看到他那把黑剑。这把宝剑的美名广为传颂,连布雷塞尔森林深处居住的人们也不陌生。再加上眼前这个人历经艰辛,寻找国王的女儿,他们断定,所谓"森林野人"一定是纳戈斯隆德的莫梅吉尔。而关于莫梅吉尔他们早有耳闻,知道他不是别人,正是道-洛明胡林的儿子。于是,他们把他放在一个架子上,抬回营地。这些人住在密林深处的高地之上,四周围着栅栏。人们称之为阿蒙·欧贝尔的埃菲尔·布兰蒂尔——"布兰蒂尔的围栏"。由于战争,哈莱斯人的人口越来越少。哈恩蒂尔的儿子布兰蒂尔是他们的统治者。他生性温和,自幼就是个瘸子。为了保住自己的土地和族人不受北方恶势力的侵犯,他的方针是退避三舍,隐蔽生存,不和敌人做公开的斗争。因此,道拉斯带回来的消息让他十分不安。看着躺在担架上的图林,一团不祥的乌云笼罩心头。可是图林痛失亲人的悲伤让他感动,于是把他带回自己家,精心照料,因为他也是长于治病的高手。开春之后,图林已经从那黑暗的深渊挣扎出来,身体渐渐康复。他想继续在布雷塞尔躲藏下去,让时间冲淡心中的痛苦,忘记过去的悲伤。于是,给自己新取了个名字——图拉姆巴,意思是"命运的主人"。他请求这些"森林人"不要再把他当做陌生人,忘记他还有过别的名字。但是他不可能把战争完全丢到脑后。因为他无法忍受奥克肆无忌惮跨过泰戈林交叉路口,或者逼近哈乌斯-恩-埃莱斯。他把这个地区变成让奥克望而生畏、避之惟恐不及的地方。但是,他把黑剑收了起来,更多的时候是使用弓箭和长矛。

关于纳戈罗恩德，又有新消息传到道伊阿斯。因为有些精灵
死里逃生，在荒郊野外熬过严冬，终于来到辛格尔王的领地，寻求
保护。卫兵把他们带到辛格尔面前。有的说，敌人都撤回北方了，
有的说火龙戈拉乌如恩仍然呆在费拉冈德的宫殿。有的说，莫梅
吉尔被杀了，有的却说，他中了戈拉乌如恩的魔法，变成一尊石像，
一动不动站在要塞门口。不过，有一点大家的意见一致，那就是，
莫梅吉尔是道-洛明胡林的儿子图林。

莫尔温听了非常伤心，不顾梅里安的劝阻，单人独马驰向茫茫
荒野，寻找心爱的儿子，至少要打听到关于他的真实情况。辛格尔
王派马布伦率领一支精兵去寻找她，保护她，同时尽可能打听一些
新消息。但是辛格尔王不准妮埃诺和他们一起前往。妮埃诺和她
那个家族其他成员一样，天不怕地不怕。她化装成辛格尔的士兵，
和他们一起溜出城门，开始这次运气不佳的旅程。她希望妈妈看
到女儿和她共赴艰难，会放弃冒险，回到道伊阿斯。

他们在西瑞恩河岸找到莫尔温。马布伦恳求她回千洞之殿。
可是一切都已命中注定，怎么劝告也没有用处。这时，妮埃诺才显
露身份。尽管莫尔温严令女儿回去，可她就是不听。马布伦没有
别的办法，只好带她们到星光之沼，找到藏匿已久的渡船之后，一
起渡过西瑞恩河。经过三天的艰难跋涉，他们来到阿蒙·埃瑟尔。
阿蒙·埃瑟尔很久以前是费拉冈德费了好大力气在纳戈斯隆德要
塞门前堆起的一座大山。马布伦留下几个卫兵保护莫尔温和她的
女儿，让他们原地等待，不准离开半步。从山上望去，看不到有敌
人活动，马布伦便带着侦察兵偷偷地向纳罗戈河摸去。

其实，戈拉乌如恩把这一切都看在眼里。他怒火中烧，扑通一
声跳进河里，河面上顿时升起浓烟大雾，团团臭气。马布伦和他的
侦察兵眼前一片漆黑，不知去向。戈拉乌如恩跳出纳罗戈河，向东
扑过去。

阿蒙·埃瑟尔山上的卫兵看见火龙从天而降，领着莫尔温和妮

埃诺急急忙忙向东逃去。可是狂风骤起,妖雾迷蒙,火龙的恶臭把他们的坐骑呛得四散奔逃。众人有的撞在树上,一命呜呼,有的跑得无影无踪。两个女人不知去向。从那以后,没有任何关于莫尔温的消息传到道伊阿斯。妮埃诺被她骑的那匹骏马摔到地上之后,没有受伤,又跑回阿蒙·埃瑟尔山等马布伦。因此,她逃脱扑鼻的臭气,走进明媚的阳光。戈拉乌如恩的脑袋放在山顶之上,妮埃诺向西眺望,凝视着它那双血红的眼睛。

妮埃诺是个勇敢的姑娘,她就那样直盯盯地看着火龙的眼睛毫不畏惧。知道妮埃诺的身份之后,戈拉乌如恩开始施展魔法,强迫她把目光集中到他的眼睛上,让她在瞬息之间失去记忆,把以前发生过的事情,她自己的名字,别人的名字都忘得干干净净。许多天,她听不见,看不见,动弹不得。戈拉乌如恩把她一个人留在阿蒙·埃瑟尔山上,自己又回纳戈斯隆德去了。

马布伦趁戈拉乌如恩出动肆虐的时候,潜入纳戈斯隆德搜索一番,赶在它回来之前,又急急忙忙回到阿蒙·埃瑟尔。这时,太阳已经落山,夜幕降临。除了妮埃诺,谁也没有找到。而妮埃诺好像一尊石像,站在星光之下一动不动。她一句话也不说,也听不见别人说话。但是如果拉着她的手,就会跟你走。马布伦十分难过,只得拉起她的手,向前走去。一切努力似乎都没有用处。荒野茫茫,孤独无助,等待他们的只有死亡。

危难之际,马布伦的三个同伴找到他们。一行五人慢慢地向北、再向东走去。过西瑞恩河之后,便来到道伊阿斯的守卫之地。前面不远就是埃斯加尔杜因河上那座卫兵把守的大桥。离道伊阿斯越近,妮埃诺的体力恢复得越快。但她还是不能说话,也听不见别人说话,只是任凭别人领着向前走。快到那道围栏的时候,她终于闭上目光呆滞的眼睛,想要睡觉。他们让她躺下,自己也都精疲力竭,没有多想,倒头便睡。结果遭到一群奥克的袭击。因为现在奥克胆子越来越大,经常在这一带出没。妮埃诺恰恰在这时恢复了听力和视力。她被奥克的嗥叫声惊醒,吓得一骨碌爬起来,不等奥克向她扑来撒腿就跑。奥克穷追不舍。马布伦和他的三个伙伴拼命追赶,终于在那群猛兽伤害妮埃诺之前,追上并且把他们全部杀死。可是妮埃诺并没有停下脚步。她发了疯似的奔跑,速度比鹿还快。她向北奔跑,边跑边撕扯身上的衣服,直到一丝不挂,眨眼之间便消失得无影无踪。马布伦和他的三个伙伴找了好长时间,还是渺无踪迹,只得回到千洞之殿,报告了这个不幸的消息。辛格尔和梅里安都很难过。马布伦自告奋勇,继续寻找,也还是没有关于莫尔温和妮埃诺的任何消息。

妮埃诺跑进森林,直到精疲力竭,倒在地上,进入梦乡。醒来之后,已是阳光明媚的早晨。沐浴着温暖的阳光,她非常快乐。对于她,阳光和周围的一切都那么新奇,都叫不上名字。除了留在身后的黑暗和恐惧,她已经忘记整个世界。她像一头被追赶的野兽,在森林里小心翼翼地走着。她没有食物,也不会寻找食物,饿得面黄肌瘦。后来,她终于走到泰戈林河上的渡口。过河之后,她走进布雷塞尔森林,想找几株可以藏身的大树。她特别害怕,似乎刚刚逃脱的黑暗正向她压过来。

其实那是从南边席卷而来的狂风暴雨。惊雷滚滚,妮埃诺两手捂着耳朵,趴在哈乌斯-恩-埃莱斯——精灵公主之墓上。瓢泼大雨浇在她的身上,她像一头将死的野兽躺在坟丘之上。就在这时,图拉姆巴发现了她。听说奥克在这一带出没之后,他来到泰戈林渡口。电闪雷鸣中,看见芬杜拉斯的坟墓上躺着一个被杀害了的少女,他的心不由得一阵震颤。"森林人"把她抬起来之后,发现她还活着,图拉姆巴连忙用自己的斗篷把她裹住,大伙儿七手八脚把她抬进不远处一个小窝棚里,暖和过来之后,又给她东西吃。她一看见图拉姆巴,就感到极大的慰藉,似乎终于找到在黑暗中寻觅已久的光明,再也不想和他分开。图拉姆巴问她姓甚名谁,家住哪里,怎么遇到这次不幸。她却心情烦乱,就像一个想回答问题、却

245

不解题意的孩子,后来竟嘤嘤啜泣起来。图拉姆巴说:"不要着急。这些事儿以后再说。不过,我可以给你取个名字:尼妮埃尔——'泪人儿'。"她摇了摇头,但是顺口说出"尼妮埃尔"四个字。这是她从黑暗之中挣脱后第一次开口说话。后来,在"森林人"中,尼妮埃尔就成了她的名字。

第二天,他们带她到埃菲尔·布兰蒂尔,途中经过迪姆罗斯特——"星雨瀑布"。星雨瀑布由凯莱布罗斯泉水形成,泡沫翻滚,清流直下,从这里流入泰戈林河。看到这般跳荡的流水,妮埃诺浑身上下颤抖起来。从那以后,这个地方就被叫做内恩·盖瑞斯——"颤抖的水"。到达"森林人"在阿蒙·欧贝尔山上的村落之前,妮埃诺又发起高烧,躺了好长时间。布雷塞尔女人不但精心护理这个可怜的姑娘,还像教孩子一样一句一句教她说话。秋叶飘零之前,经过布兰蒂尔的治疗,她已大病初愈,并且学会说话,但是图拉姆巴在精灵公主之墓发现她之前的事情,她已经忘得一干二净。布兰蒂尔爱她,但她把一颗心都交给了图拉姆巴。

这期间,"森林人"没有受到奥克的袭扰,图拉姆巴也没有去打仗,布雷塞尔一派和平景象。图拉姆巴开始把心思放在尼妮埃尔身上,向她正式求婚。可是尽管她爱他,这一次却没有答应马上和他成婚。布兰蒂尔有一种预感,这桩婚事会带来一场灾难。尽管连他自己也不明白怎么会有这样一种感觉。他极力劝阻尼妮埃尔,不是为了自己的利益,也不是因为嫉妒图拉姆巴,完全是替她着想。他告诉她,图拉姆巴是胡林的儿子图林,尽管她不知道这个名字对她意味着什么,但她觉得一层阴影笼罩心头。

自从纳戈斯隆德被洗劫,三年过去了。图拉姆巴再次向尼妮埃尔求婚,还发誓,如果不能和她结婚,就去打仗且不再回来。这一次,尼妮埃尔高高兴兴答应了这门婚事。仲夏他们正式结婚,布雷塞尔人为他们举办了盛大的婚礼。这年年底,戈拉乌如恩又派出奥克袭击布雷塞尔。图拉姆巴坐在家里,没有参加战斗。因为他答应过尼妮埃尔，除非自己的家园被敌人侵略，再也不上战场。"森林人"首战失利，道拉斯指责图拉姆巴见死不救，不肯帮助曾经给予他那么多帮助的布雷塞尔人。图拉姆巴又一次举起黑剑，集合起许多布雷塞尔人彻底打败了奥克。可是戈拉乌如恩由此得知"黑剑"在布雷塞尔，又开始在心里打起鬼主意。

　　这年春天，尼妮埃尔怀孕了。她脸色苍白，心情郁闷。与此同时，关于戈拉乌如恩离开纳戈斯隆德的消息传到埃菲尔·布兰蒂尔。图拉姆巴派侦察兵到很远的地方侦察敌情。现在，大家听他发号施令，很少有人理睬布兰蒂尔的想法。快到夏天的时候，戈拉乌如恩已经接近布雷塞尔边境，在泰戈林河西岸呆了下来。布雷塞尔人心惶惶。现在，情况已经很清楚，大虫是来袭击他们、洗劫他们的土地，而不是像大家希望的那样，在回安戈班恩德途中路过这里。他们去找图拉姆巴商量对策。图拉姆巴说，即使把所有力量都投入战斗，也打不过戈拉乌如恩，只有凭智慧，凭好运气，才有可能打败他。他自告奋勇，到布雷塞尔边境找那条恶龙，其余人都留在埃菲尔·布兰蒂尔，随时准备逃跑。因为，如果戈拉乌如恩得胜，他第一件要做的事情就是摧毁"森林人"的家园，而他们根本无力抗拒，只能四散而逃。只有这样，大多数人才能保住性命。戈拉乌如恩不可能在布雷塞尔安营扎寨，很快就会回到纳戈斯隆德。

　　图拉姆巴问大家，谁愿意跟他去冒险，结果，除了道拉斯，没有一个人敢站出来跟他走。道拉斯指责大伙儿，嘲笑布兰蒂尔胆小如鼠，没有资格当哈莱斯家族的继承人。布兰蒂尔在族人面前大丢其脸，心里充满对道拉斯的仇恨。布兰蒂尔的亲戚胡恩舍愿意代替族长出征。于是图拉姆巴告别尼妮埃尔，准备出发。尼妮埃尔有一种不祥的预感，十分害怕。分别时，他们依依不舍，离愁别绪尽上心头。但是图拉姆巴最终领着两个同伴坚定地向内恩·盖瑞斯奔去。

247

　　尼妮埃尔无法忍受心中的恐惧，又不愿意在期盼图拉姆巴归来的痛苦中受煎熬,便想追随丈夫战斗。许多人都要相随而去。布兰蒂尔心里越发害怕,极力劝说她和那些要跟她一起参战的人,不要鲁莽行事。但是没有人听他的话。于是他放弃族长的地位和对那些嘲讽他的人的仁爱,佩戴上宝剑去追尼妮埃尔。除了对她的爱,他已经一无所有。但是因为腿瘸,他被远远地甩在后面。

　　图拉姆巴在日落时分来到内恩·盖瑞斯。人们告诉他,戈拉乌如恩昼伏夜出,平常都躺在泰戈林河高高的河岸上。他觉得这个消息听起来还不错。因为恶龙躺在卡贝德-恩-阿拉斯,那是一条很深但很窄的河谷,被追赶的鹿一纵身就能跳过去。图拉姆巴觉得没有必要再东找西找了,他可以从这儿设法越过那条河谷。于是,他打算趁夜色爬下峡谷,跨过湍急的河水,攀上对面的山崖,躲过卫兵的眼睛,出其不意,攻其不备,夺取胜利。

　　大家都同意他的想法。可是来到夜幕笼罩的泰戈林河边时,道拉斯害怕了。河水湍急,他不敢过河,躲进森林里,羞愧得无地自容。咆哮的河水吞没了别的声音,图拉姆巴和胡恩舍平平安安过了河。戈拉乌如恩还在睡觉。夜半时分,火龙开始行动。他喷烟吐火,发出巨大的响声,先让前半截身体过了峡谷。然后,将长长的尾巴横扫过去。图拉姆巴和胡恩舍急急忙忙向戈拉乌如恩摸过去,差点儿被他喷吐的烈火烧死,又差点被他散发的臭气熏死。巨龙过峡谷的时候,碰下一块大石头,正好砸在胡恩舍的头上,哈莱斯家族的一位勇士就这样掉在河里淹死了,死得一点儿也不壮烈。

　　图拉姆巴鼓起勇气,一个人向悬崖爬去,一直爬到火龙肚子下面,然后抽出宝剑古尔沙恩,满怀仇恨,用尽平生力气,向大虫柔软的肚子刺去,只留下剑柄抓在手里。戈拉乌如恩觉得一阵剧痛,怒吼着,翻腾着,滚过峡谷,在草地上缩作一团,翘起尾巴不停地抽打着绿草间的嶙峋怪石,喷吐出熊熊烈火,把周围烧成一片废墟,直到烟火消散,他终于一动不动躺在地上。

戈拉乌如恩痛苦地扭动时,巨大的力量把宝剑从图拉姆巴手里带了出去。宝剑把火龙的肚子剖成两半,深深地插在肚子里。图拉姆巴又一次过河,想把宝剑拿回来,同时看看恶龙是不是已经一命呜呼。恶龙仰面朝天躺在地上,古尔沙恩插在肚子上。图拉姆巴一只脚踩着火龙的肚子,一边抓住剑柄往外拔,一边用他当年在纳戈斯隆德嘲讽自己的话嘲笑他:"你好呀,莫高斯的大虫! 见到你真高兴! 现在你要死了,要被黑暗吞没了! 胡林的儿子图林报仇雪恨了!"

他拔出宝剑,一股黑血从刀口喷出,滴在他手上。那是毒液,他的手立刻被烧伤,疼痛难忍。戈拉乌如恩慢慢地抬起眼睑,恶狠狠地盯了他一眼。图拉姆巴觉得好像有一根棍子重重地打在身上,眼前一黑,猝然倒地,就像死了一样。宝剑压在身下。

戈拉乌如恩的怒吼声响彻峡谷、森林,惊动了正在内恩·盖瑞斯焦急等待的人们。他们远远地望去,看见峡谷那边大火冲天,烟雾缭绕,以为戈拉乌如恩一定正在那儿肆虐,残害攻打他的人们。尼妮埃尔坐在瀑布旁边,浑身颤抖,戈拉乌如恩可怕的吼叫声又把她投入那张黑网,坐在那儿动弹不得。

布兰蒂尔一瘸一拐、气喘吁吁,终于赶到内恩·盖瑞斯找到尼妮埃尔。听说火龙已经过河并打败了攻击者,布兰蒂尔对她不由得生出怜悯之情。他随之又想:"图拉姆巴死了,可尼妮埃尔还活着。现在她也许不会再拒绝我的爱了。我要带她一起逃走。"过了一会儿,他站在尼妮埃尔身边,说:"好了! 该走了。如果你愿意,我带你走。"他挽起尼妮埃尔的手。尼妮埃尔默默地站起身,跟着他消失在黑暗之中。夜幕下,谁也没有看见他们的踪影。

他们向渡口走去的时候,月亮刚刚升起,清冷的月光洒在大地之上。尼妮埃尔问:"是这条路吗?"布兰蒂尔回答说,他不知道还有没有什么能找到图拉姆巴的道路,除非他们已经龙口脱险,逃到荒野之中。尼妮埃尔说:"'黑剑'是我心爱的人,我的丈夫。只有去找他我才跟你走。你难道还有别的想法吗?"她拔腿就跑,一直跑到泰戈林河渡口。月光下,哈乌斯-恩-埃莱斯——精灵公主芬杜拉斯之墓出现在眼前。她非常害怕,叫喊着,掉转头甩掉斗篷,沿着泰戈林河向南跑去,白色长裙在月光下犹如一道闪电。

布兰蒂尔从山坡上看着她,想挡住她的去路。可是,直到她已经接近卡贝德-恩-阿拉斯大峡谷旁边身受重伤的火龙时,他还没能追上她。尼妮埃尔看了一眼躺在地上的火龙,径直向他旁边躺着的图拉姆巴走去。她大声喊着他的名字,全然无用。后来发现他手上的伤,她便用眼泪轻轻地洗刷,还从裙子上扯下一条布包裹起来。她一遍又一遍吻着他,呼喊着,让他快快醒来。戈拉乌如恩挣扎着,临死前最后蠕动了一下,说出一番话来:"你好,妮埃诺,胡林的女儿。临死前我们终于见面了。恭喜你,总算找到你哥哥了。现在,你该知道他是个什么东西了:黑暗中杀人的刽子手,叛徒,出卖朋友的坏蛋,给亲人带来厄运的丧门星,胡林的儿子图林!当然他的劣迹中还有一样最丧尽天良,那你自己最清楚。"

戈拉乌如恩说完这番话就死了,他在她身上施的魔法也随之消失。她一下子想起所有的往事,看着图林,大声喊道:"永别了,亲爱的!厄运缠身而又制造厄运的人!哦,让我死吧,去那极乐之地!"这些话布兰蒂尔都听得一清二楚,站在那一片废墟之上惊得目瞪口呆,半晌才急匆匆地向她跑去。她悲痛欲绝,发疯似的跑到卡贝德-恩-阿拉斯大峡谷旁边,纵身跳下。

布兰蒂尔朝深不见底的峡谷和峡谷里奔腾翻滚的河水看了一眼,吓得转身就跑。尽管他也痛不欲生,但是不想在咆哮的河水里结束自己的生命。从此以后,没有人再敢看卡贝德-恩-阿拉斯大峡谷一眼,没有飞禽走兽再敢接近那云遮雾障的悬崖峭壁。焦土之上,连树也不再生长。人们管它叫卡贝德·纳爱拉玛斯——"生死崖"。

布兰蒂尔想把这些消息带给还在内恩·盖瑞斯等待的乡亲,回去的路上在森林里碰到道拉斯，一刀结果了他的性命。这是他第一次，也是最后一次杀人。到了内恩·盖瑞斯，人们都朝他大声嚷嚷："你看见她了吗？尼妮埃尔不见了。"

他回答道："我们再也看不见尼妮埃尔了。火龙死了。图拉姆巴也死了。这消息还不错嘛！"大伙儿听了他的话议论纷纷，都说他疯了。布兰蒂尔继续说："听我把话说完！可爱的尼妮埃尔也死了。她不想活，跳进泰戈林河结束了自己的生命。因为她已经弄明白，她不是别人，而是道-洛明胡林的女儿妮埃诺，图拉姆巴是她的亲哥哥，胡林的儿子图林！"

他停顿了一下，人们都哭了起来。就在这时，图林出现在大家面前。原来，火龙一死，他便从昏迷中清醒过来，可是因为累得精疲力竭，又进入梦乡，直到夜晚寒气袭来，宝剑古尔沙恩的剑柄把他硌得生疼，才从睡梦中醒来。他发现有人给他包扎过伤口，可是又让他一个人躺在冰冷的草地上，心里好生奇怪。他头晕眼花，浑身无力，大声呼喊，没有人答应，只得下山求助。

人们看见他，吓得直往后退，以为那是他的鬼魂。图拉姆巴说："你们应该高兴才对！火龙已经死了，我还活着！可是，有一点我不明白，你们为什么一方面嘲笑我的建议，另一方面又跑到这个危险之地？尼妮埃尔上哪儿去了？我要见她。我想，你们肯定不会把她带到这儿吧？"

布兰蒂尔说，不幸被他言中，尼妮埃尔真的来过这儿，可惜她已经死了。道拉斯的妻子大声叫喊："别听他胡说！他疯了。刚才还说你死了，而且说这是好消息。可你不是好端端地活着吗？"

251

图拉姆巴非常生气。他认为布兰蒂尔的所作所为都是对他和尼妮埃尔的爱情的仇视和嫉妒的结果。他恶狠狠地骂布兰蒂尔是该死的瘸子。布兰蒂尔便把他听到的话学说了一遍。他说尼妮埃尔是胡林的女儿妮埃诺，还朝图拉姆巴大声叫嚷着，用戈拉乌如恩临死前说的最后那句话骂他，称他是给他的亲人和所有保护过他的人带来灾难的"丧门星"。

图拉姆巴听了气得要命。他仿佛从他的叫骂声中听到厄运步步紧逼的脚步声。他指责布兰蒂尔一手造成了尼妮埃尔的死亡。他认为是这个该死的瘸子把戈拉乌如恩的谎言告诉了那个天真无邪的姑娘——如果那些谎话确实不是他自己编造的话。他诅咒布兰蒂尔，举起宝剑将他杀死，然后逃进森林。冷静下来之后，他来到哈乌斯-恩-埃莱斯，坐在坟头，回想自己一生的所作所为。他叫喊着，求芬杜拉斯指点迷津。因为他不知道是该到道伊阿斯寻找亲人，还是永远离开她们，直到战死沙场。

就在他坐在这里时，马布伦带着一队灰精灵，来到泰戈林渡口。他已经听说戈拉乌如恩来到这一带，而且知道这条恶龙已经进入布雷塞尔森林。他还接到报告说，纳戈斯隆德的"黑剑"现在就住在这儿。他来就是要告诉图林这个消息，如果需要就帮助他。可是图林说："你来得太晚了。火龙已经死了。"

马布伦和他带领的灰精灵听了都非常惊讶，对他大加赞扬。图林不以为然，说道："我只想知道家人的消息。在道-洛明的时候，听说她们到隐蔽王国去了。"

马布伦神情沮丧，只得告诉图林，莫尔温如何失踪，妮埃诺如何中了魔法失去记忆，如何逃离道伊阿斯边境，向北方奔去。图林终于明白，厄运早已降临到他的头上。他错杀了布兰蒂尔。戈拉乌如恩对他的诅咒已经接二连三变成现实。他发了疯似的大笑着，叫喊："这个玩笑开得太狠毒了！"他命令马布伦赶快离开这儿，回道伊阿斯，而且恶狠狠地诅咒那个隐蔽王国。"我也诅咒你的这趟差事！"他叫喊着。"让黑夜降临吧！"

他像一阵风从灰精灵身边跑开。他们都很惊讶，纳闷他中了什么邪魔，只得跟在他后面向道伊阿斯走去。可是图林早已不见踪影。他来到卡贝德-恩-阿拉斯大峡谷，听见河水咆哮，看见树叶掉得精光，就像严冬已经降临。他拔出宝剑。现在除了这把剑他已别无他物。他说："喂，古尔沙恩！除了铸造你的那个人是你的主人，你不属于任何君王，也无须对任何人忠诚不二。在任何人的鲜血面前你都不会退缩。你会取下图林·图拉姆巴的首级吗？你会让我速死吗？"

刀锋发出一个冷冰冰的声音："是的，我很高兴饮你的鲜血。只有这样，才能忘记我的主人贝莱戈的鲜血。还有被你滥杀的布兰蒂尔的鲜血。我会让你速死。"

图林把刀柄固定在山石之间，然后朝古尔沙恩的刀尖猛扑过去。黑色的刀剑夺去他的性命。马布伦和精灵赶来的时候，他早已命归西天。看着躺在地上的恶龙戈拉乌如恩和图林，他们都非常难过。布雷塞尔人来了之后，他们才弄明白图林发疯和自杀的原因，一个个惊得目瞪口呆。马布伦难过地说："我也落入了莫高斯为胡林独生女撒下的这张灾难之网。是我带来的消息，把我的好朋友送上绝路。"

他们抬起图林的尸体，发现古尔沙恩已经断成几截。灰精灵和布雷塞尔人抬来许多木头，点起冲天大火，把恶龙烧成灰烬。他们把图林安葬在一座高高的山丘上，古尔沙恩的碎片放在他身边。做完这一切之后，精灵们为胡林的独生女唱起挽歌。又在山上立起一块巨大的灰颜色的石头。上面用道伊阿斯的如尼文刻着：

图林·图拉姆巴——杀死戈拉乌如恩的英雄

下面又写了一行字：

妮埃诺·尼妮埃尔

但她没有埋在这儿，也没有人知道泰戈林冰冷的河水把她带到何方。

第二十二章　　道伊阿斯的毁灭

　　图林·图拉姆巴的故事就这样结束了。可是,莫高斯没有睡大觉,也没有停止作恶。他和哈多家族之间的账还没有算清。他觉得仇未报,根未消,尽管胡林就在他眼皮子底下受折磨,莫尔温悲痛欲绝,在旷野里四处游荡。

　　胡林命中注定只有痛苦和不幸。因为,尽管莫高斯知道,胡林对他的险恶用心一清二楚,但他还是极力混淆黑白,把事情搞得真假难辨,是非难分。他对辛格尔和梅里安又恨又怕,总是千方百计给他们的所作所为蒙上一层邪恶的色彩。等到他认为时机成熟,便把胡林从枷锁之中"解放"出来,告诉他,想到哪儿就到哪儿。他装出一副对一个被他彻底打败的敌人怜悯同情的样子。实际上,他的目的是想进一步利用胡林,让胡林死之前对精灵和人都产生仇恨。

　　胡林当然不相信莫高斯的鬼话。他十分清楚,这个盖世魔王并不是因为心生怜悯才给他自由。他满腔悲愤离开囚禁之地。莫高斯的话更让他痛苦万分。儿子图林已经死了一年。他在安戈班恩德被关了二十八年,满脸冷峻,长长的白发、长长的胡须。但是他走起路来,依然腰板笔直,手拿一根手杖,腰挂一把宝剑。就这样,他进入海斯鲁姆。东方人的酋长们听说,从安戈班恩德来了一支大军,已经越过安法乌格里斯的沙漠地带。和他们同来的有一个老头,似乎深得那些家伙的尊敬。因此,他们没敢打搅胡林,而是让他在那片土地自由行走。他们此举似乎很聪明。因为胡林部

254

族的幸存者听说他已经投靠莫高斯，避之惟恐不及。

这样一来，自由只给胡林增加了心灵的痛苦。他离开海斯鲁姆，来到荒山野岭，站在高山之巅放眼望去，白云深处，克瑞沙伊格瑞姆山峰依稀可见。他又想起图尔冈，很想去冈多林秘密王国。他从阴影之山走下，全然不知莫高斯的走卒正观察他的一举一动。他过了布瑞塞姆赫浅滩，进入迪姆巴，来到埃赫里阿斯山山脚。站在悬崖峭壁之下举目四望，一片荒凉，看不到多少希望。他不知道，这是那条古老"逃路"惟一留存下来的遗址。"干河"早已被封锁，拱门被黄土掩没。胡林抬起头看着灰蒙蒙的天空，心里想，或许还能像年轻时那样发现翱翔的雄鹰。可是，他只看见从东方吹来的暮色、悬崖峭壁四周缭绕的云彩，只听见风在山石间的呼啸。

实际上，雄鹰现在布置的岗哨比先前增加了两倍。高天之上，他们早就看见渐渐浓重的暮色中，孤零零一个人踟蹰徘徊的胡林。由于事关重大，鹰王梭伦多亲自飞往冈多林，向图尔冈报告。图尔冈说："莫高斯会睡大觉吗？一定是你看错了。"

"错不了，"梭伦多说，"如果曼维大帝的雄鹰会出这种错，你的藏身之地早就完蛋了。"

"如果你看见的人真是胡林，"图尔冈说，"那就只有一种可能，连胡林·沙林这样铁打的汉子也会屈从于莫高斯的意志。我心灵的大门就要关闭，不想再听你唠叨了。"

梭伦多走了之后，图尔冈心烦意乱，坐在那儿想了好久。道-洛明胡林的英雄业绩历历在目。他又敞开心灵的大门，让鹰王去寻找胡林，如果能找到，就把他带回冈多林。可是太晚了，无论白天还是黑夜，明处还是暗处，鹰王都没有看见他的踪影。

255

胡林十分绝望，默默地站在埃赫里阿斯绝壁。夕阳西下，霞光穿透云层，染红胡林的满头白发。突然，面对如血的残阳，他叫喊起来，恶狠狠地咒骂无情的大地，全然不管是否隔山有耳。他站在一块高耸入云的巨石之上，面对冈多林大声叫喊："图尔冈，图尔冈，你还记得赛瑞克大沼泽吗？哦，图尔冈，从你的秘密宫殿，听得见日落时分赛瑞克嘶嘶的响声吗？"然而，除了萋萋白草之上瑟瑟的风声，什么声音也没有。就在他这样大声叫喊的当儿，太阳沉没在阴影之山背后，四周一片黑暗。风停了，荒原死一样寂静。

正所谓隔山有耳，胡林说的这些话很快就被报告到盖世魔王那儿。莫高斯听了脸上露出微笑。现在，他终于搞清图尔冈的方位。以前，他尽管派出许多侦探，可是由于雄鹰及时通报，图尔冈严加防范，他们始终没能看到"环山"那面的情景。这是胡林获得自由之后，造成的第一个恶果。

夜幕降临，胡林跌跌撞撞从山崖上爬下来，伤心至极，精疲力竭，躺在地上，沉沉入睡。睡梦中，他听见莫尔温边哭边喊他的名字，那声音似乎是从布雷塞尔传来的。天亮之后，他便起身掉转头向布雷塞阿赫浅滩走去。他沿着布雷塞尔森林边缘走了一天，夜半时分才赶到泰戈林河渡口。值夜班的哨兵看见他，一个个吓得要命，以为这个白发老人是从古战场游荡来的鬼魂，谁也不敢阻挡。胡林终于来到焚烧恶龙戈拉乌如恩的山崖，看见卡贝德·纳爱拉玛斯——"生死崖"旁边立的那块巨石。

胡林不用看巨石上的文字，也知道上面写的是什么。他发现并不是他一个人在这儿。巨石的暗影之下还坐着一个女人，两手抱膝，低头弯腰。胡林默默地站在那儿，女人把破破烂烂的帽兜推到脑后，抬起头来。她满头白发，十分苍老，一双眼睛直盯盯地看着他。他认出了她。尽管那双眼睛充满了恐惧和疯狂，但是还像许多年以前，闪烁着清澈明亮的光芒。正是这光芒，为她赢得埃莱斯文的美名——凡人中最骄傲、最美丽的女人。

"你终于来了，"她说，"我等了太久，太久……"

"那是一条黑暗的道路。我几乎耗尽整个生命才走到这里。"他回答道。

"可是太晚了，"莫尔温说，"他们都没了。"

"我知道，"他说，"可是你还活着。"

莫尔温说："我也不行了。我将和太阳一起沉没。留下的时间不多了。如果你知道，就告诉我！她是怎么找到他的？"

胡林没有回答她的问题。他们坐在那块巨石旁边，没有再说话。太阳落山的时候，莫尔温叹了一口气，紧紧抓住他的手，一动不动。胡林知道她死了。暮色苍茫，他俯身看着她，艰辛、痛苦留在脸上的印迹已经不复存在。"她没有被征服。"他说。他合上她的一双眼睛，默默地坐在她身边，直到深夜。卡贝德·纳爱拉玛斯——"生死崖"下河水咆哮。但是他什么也没听见，什么也没看见，什么感觉也没有，胸腔里的心犹如冰冷的石头。一阵寒风夹着冷雨吹打到脸上。他站起身来，愤怒像一团烟雾在胸中缭绕，包裹住最后一点理智。他只有一个愿望，为自己的冤屈、家人和整个部族的冤屈报仇雪恨。痛苦中，他愤怒地指责所有和他打过交道的人。他在"生死崖"那块巨石西边，为莫尔温造了一座坟，在巨石上刻下这样一行字：这里长眠着莫尔温·埃莱斯文。

据说，布雷塞尔一位名叫戈利尔胡英的竖琴弹奏者作了一首歌。歌中唱道，那块用以纪念图林和妮埃诺的"不幸之石"，绝不能让莫高斯玷污，即使大海把整个世界淹没，它也应该傲然屹立。后来，梵拉大发雷霆，海水暴涨，形成新海岸线的时候，整个世界一片汪洋，只有托尔·莫尔温——莫尔温岛屹立于波涛汹涌的大海之中。但是胡林没有埋葬在那里。他气数未尽，厄运跟着他寸步不离。

胡林跨过泰戈林河，踏上通往纳戈斯隆德那条古老的道路。向东眺望，秃山阿蒙·茹斯孤零零地仁立在云雾之中。他知道那里曾经发生过激烈的战斗。他终于来到纳罗戈河岸，踩着石桥倒塌后残留水中的石块，冒险来到对岸。在他之前，道伊阿斯的马布伦也是这样跨过纳罗戈河的。他拄着手杖，站在费拉冈德要塞破烂的大门前。

必须交待的是，恶龙戈拉乌如恩离开这儿之后，矮人米姆找到通往纳戈斯隆德的路，一直爬进被毁坏了的殿堂，把要塞据为己有。那里的金银财宝多得让人难以置信。他一天到晚两只手插在珍宝堆里，享受拥有财富的快乐。戈拉乌如恩已经变成一堆灰烬，但是人们心有余悸，都怕他阴魂不散，谁也不敢走进地下宝库和他争财夺宝。可是现在来了一位，就站在门口。米姆走过来，问他有何贵干？胡林说："你是什么人？敢阻挡我走进芬罗德·费拉冈德的宫殿？"

矮人回答道："我叫米姆。那些目空一切的家伙从大海那面来这儿之前，矮人已经在努鲁凯兹丁，也就是你们说的纳戈斯隆德开山挖洞，建造厅堂。现在我不过是荣归故里，收回属于我的财富。因为，我是我们这个家族最后一个传人。"

"倘若这样，你就得放弃继承权了，"胡林说，"因为我是加尔多的儿子胡林，刚从安戈班恩德回来。我的儿子是图林·图拉姆巴。你想必还没有忘记这个名字。他杀死了恶龙戈拉乌如恩。而你现在正坐在戈拉乌如恩盘踞、蹂躏过的厅堂，以为我压根儿就不知道是谁出卖了道-洛明的龙盔。"

米姆一听，吓得魂不附体，连忙求胡林饶命，至于这里的财富，只要放他一条生路，想要多少都可以。胡林哪里肯听，一刀把他杀死在纳戈斯隆德门前。他走进大厅，在那个可怕的地方站了一会儿。黑暗中，精灵从瓦里诺带来的财富扔得到处都是。据说，胡林从纳戈斯隆德一片废墟中出来，再站在蓝天之下时，万千财富都扔在身后，只拿了一样东西。

258

胡林向东走，来到西瑞恩大瀑布那边的星光之沼。他在这儿被守卫道伊阿斯西部边境的卫兵抓住，带到千洞之殿辛格尔王面前。辛格尔见到他，既惊讶又悲伤。他知道，这个白发白须、满脸沧桑的老人就是胡林·沙林，莫高斯的囚徒。他以礼相待，对他表现出极大的敬意。胡林没有回答辛格尔王的问候，而是从斗篷下面拿出他从纳戈斯隆德带出来的惟一一件宝物，纳乌戈拉米尔——"矮人的项链"。这条项链是很久很久以前，诺戈罗德和贝莱戈斯特的工匠为芬罗德·费拉冈德制作的。在埃尔达精灵兴盛时期，这条项链在他们制作的所有工艺品中最负盛名。芬罗德活着的时候，在纳戈斯隆德所有财宝中最珍爱的也是这条项链。胡林把它扔在辛格尔王脚下，说出一番非常尖刻的话来。

"收下你应该得到的报偿，"他大声说，"你收留了我的独生女和妻子！这是纳乌戈拉米尔，它的大名许多精灵和人都知道。我从纳戈斯隆德一片黑暗中找到它，特意给你带来。你的同胞芬罗德和巴拉海尔的儿子贝伦为了完成道伊阿斯辛格尔王交办的差事，不得已离开了那座要塞！"

辛格尔看了一眼那价值连城的珍宝，知道千真万确是"矮人的项链"，也十分清楚胡林的用心。但他心里充满了对胡林的怜悯和同情，强压怒火，没有发作，任凭他冷嘲热讽。梅里安终于说："胡林·沙林，莫高斯对你施了魔法。因为凡是看过莫高斯那双眼睛的人，自觉不自觉都会歪曲他再看到的东西。你的儿子图林作为我们的义子，在千洞之殿生活了好多年。国王像爱自己亲生儿子一样爱他。他离开道伊阿斯，不是国王的意愿，也不是我的意愿。后来，你妻子和女儿来这儿住了一段时间，一直得到大家的尊重和善待。我们曾经费尽口舌，劝莫尔温不要去纳戈斯隆德，可她就是不听。你现在完全是用莫高斯的口吻谴责你的朋友。"

259

胡林站在那儿一动不动，久久地凝视女王那双眼睛，听她把话说完。千洞之殿还在"梅里安之环"的保护之下，敌人的黑暗无法侵入，因此胡林从那双眼睛里看到事实真相，终于完完整整吞下魔王莫高斯为他制造的这枚苦果。他没有再提过去发生的事情，而是弯下腰捡起扔在辛格尔椅子前面的项链，双手捧着送到国王面前，说："收下吧，大王。这是'矮人的项链'。权当我，一个一无所有的人送给你的礼物，也是对道-洛明的胡林的纪念。我的气数已尽，莫高斯如愿以偿。但我再也不是他的奴隶了！"

他回转身走出千洞之殿。精灵们后退着都不敢看他那张铁青的脸，也不知道他去了什么地方。不过人们都说，胡林孤苦零丁，心如死灰，再也不想活在世上，最后投海自尽。就这样，凡人中的一代英雄，在撕心裂肺的痛苦中结束了自己的生命。

胡林离开千洞之殿之后，辛格尔凝视着膝盖上放着的那件无价之宝，默默地坐了好长时间。他想，应该重新改造一下这条项链，把茜玛丽尔镶嵌进去。虽然许多个年头过去了，但是费阿诺创造的稀世之宝仍然经常出现在辛格尔的脑海之中，最近更是挥之不去。他再也不想把它再藏在宝库里不见天日。他要把它永远带在身边，不管睡觉的时候，还是醒来之后，都不分离。

那时候，矮人还经常从林敦山的寓所进入贝勒里安德。他们在沙恩·阿斯兰德——"涉水而过的浅滩"越过盖林河，然后沿着那条古老的道路进入道伊阿斯。他们的铁匠手艺和石匠手艺都非常精湛，千洞之殿非常需要这些工匠来给他们干活。但是现在不像从前。那时候，他们三五成群就敢离家外出。现在，阿罗斯河与盖林河之间常有奥克出没，十分危险，他们都是大队人马，全副武装去道伊阿斯，到达之后，就住在专门拨给他们的宿舍和作坊里。就在辛格尔动了重新制作项链的念头时，诺戈罗德最著名的工匠来到道伊阿斯。国王把他们叫到面前，说明自己的意愿——如果他们的手艺足以重新打造纳乌戈拉米尔，就在这里显显神手，把茜玛丽尔镶嵌进去，做一条举世无双的珍奇项链。矮人因而得见父辈的杰作，并且万分惊讶地看到费阿诺制造的那枚异彩奇光不停闪烁的宝石。他们怦然心动，想把这两样宝物据为己有，带回崇山峻岭中自己的家。但是他们不动声色，表示愿意接受这项工作。

他们干了好长时间，辛格尔王总是一个人跑到地下很深的作坊里，坐在那儿看他们干活。他终于实现了自己的愿望——精灵和矮人的杰作合二为一。纳乌戈拉米尔和茜玛丽尔交相辉映，光华四射，创造出无与伦比的美。作坊里，除了辛格尔都是矮人。他想把项链戴到脖子上，可是矮人一把夺过，声称他应该把这件宝物归还他们："精灵王有什么权利把纳乌戈拉米尔据为己有？这是我们的父辈为芬罗德·费拉冈德制造的。可是费拉冈德已经死了。项链是道-洛明的胡林像贼一样从纳戈斯隆德黑暗之中偷来送给你的。"辛格尔看透了这些家伙的用心，知道他们的真实目的是想把茜玛丽尔弄到手，别的都是借口。他义愤填膺，傲气十足，全然忘记自己身处危险之中，用嘲弄的口吻说："你们这些粗野的丑鬼怎么敢向我——贝勒里安德的君王，埃鲁·辛格尔要东西？你们这群发育不良、长不高的家伙的老祖宗还没有出生之前，我们就已经在碧波连天的'觉醒之水'幸福生活了许多年。"他站在矮人中间，一副鹤立鸡群的架势，不但分文不给，还以羞辱的言辞要他们马上离开道伊阿斯。

辛格尔王的话激怒了矮人。他们一起向他扑过去，不等他还手就把他杀害。就这样，道伊阿斯的国王——灰袍埃尔维，命归梅内戈罗斯。在伊路瓦塔所有的孩子里，只有他和圣贤结为夫妇。在所有"被遗弃的精灵"里，只有他见过瓦里诺双树之光，只有他把最后凝视的目光落在茜玛丽尔上。

矮人们拿着纳乌戈拉米尔逃出千洞之殿，向东逃进瑞金大森林。可是消息早就传遍森林。大部分矮人向东择路而逃的时候已经成了刀下之鬼，只有少数几个过了阿罗斯河。纳乌戈拉米尔被夺了回来，精灵们满怀悲愤之情，把它送到梅里安女王面前。那些杀害辛格尔的矮人有两个逃脱精灵的追杀，终于逃回蓝山。他们在诺戈罗恩德谎报军情，说精灵王不想支付工钱，便把矮人都杀死在道伊阿斯。他们俩跑得快，才捡了一条命。

诺戈罗恩德的矮人一下子死了这么多亲人和最好的工匠，又气又恨,万分悲痛,撕扯着胡子,号啕大哭。他们坐了好长时间,商量如何报仇。据说,他们曾经到贝莱戈斯特寻求帮助。贝莱戈斯特的矮人劝他们不要轻举妄动,可是没人听他们的劝阻。没有多久,一支大军就浩浩荡荡从诺戈罗恩德出发,跨过盖林河,向贝勒里安德进发。

道伊阿斯天低云暗,梅里安默默地坐在辛格尔王旁边,思想又回到那个遥远的、星光灿烂的年代。那时候,她在南·埃尔摩斯大森林夜莺婉转的歌声中第一次和他相见。她知道,和辛格尔的分别只是更为凄惨的分别的预兆,灾难正向道伊阿斯步步紧逼。梅里安是神,是有巨大力量与智慧的迈阿尔,属于梵拉。但是为了爱情,她把自己变成伊路瓦塔的孩子——精灵的模样,与灰袍埃尔维结婚。这种结合,使她和阿尔达血肉相连,宛如一条挣不脱的锁链将她束缚在这大地之上。她以精灵的身份为他生下露西恩·蒂努薇尔,并且掌握了管理阿尔达山水、财物的大权。在漫长的岁月里,道伊阿斯因为有了"梅里安之环"的保护,免受邪恶势力的侵犯。可是现在,辛格尔已经撒手而去,灵魂到了曼多斯的殿堂。他的死也使梅里安发生了很大的变化。首先,她的威力在奈尔多雷斯大森林和瑞金大森林不复存在。施了魔法的埃斯加尔杜因河,发出与先前全然不同的涛声。道伊阿斯已经失去防御能力,完全向敌人敞开了大门。

从那以后,梅里安除了马布伦,和谁也不说话。她要他注意保管好茜玛丽尔,尽快捎话给七河之地的贝伦和露西恩,告诉他们这些悲惨的事情。安排完这两件后事,她就在中洲消失得无影无踪,越过千山万水,到了西海那边梵拉的领地,住在萝林花园里,想那些伤心事。以后没有人再提到关于她的故事。

就这样,劳戈利姆——矮人的大军跨过阿罗斯河,长驱直入,很快就占领了道伊阿斯一片片大森林。他们人数众多,十分凶猛,把灰精灵的将领们打得手足无措，东躲西藏。矮人却按既定路线，势如破竹，冲过大桥，进入千洞之殿。在第一纪诸多悲惨事件中，这一出悲剧最为惨烈。千洞之内，洞洞激战，血流成河，死了许多精灵和矮人。地下洞窟的恶战至今不曾被人忘记。矮人大获全胜，把辛格尔王的宫殿洗劫一空。铁腕英雄马布伦战死在宝库门前，那里面藏着纳乌戈拉米尔。就这样，茜玛丽尔落入矮人之手。

这时候，贝伦和露西恩还住在托尔·加伦——绿岛。绿岛在发源于林敦山最南面的阿杜兰特河，是盖林河的一条支流。他们的儿子迪奥·阿兰内尔娶尼姆洛斯为妻。尼姆洛斯是道伊阿斯的王子凯利博恩的亲戚。凯利博恩娶盖拉德丽尔夫人为妻。迪奥和尼姆洛斯有两个儿子。一个叫埃鲁瑞德，一个叫埃鲁林。他们的女儿名叫埃尔温，意思是"星光照耀的水花"。因为她出生的那个夜晚，星光灿烂，照耀着父亲那幢房子旁边的兰赛尔·拉玛斯瀑布溅起的朵朵水花。

矮人披铠戴甲、走出大山、打过盖林河的消息很快就传到七河之地精灵们的耳朵里。贝伦和露西恩也听到这个消息。与此同时，从道伊阿斯来的信使一路风尘匆匆而来，报告了那里发生的惨剧。贝伦听了立刻动身，离开绿岛，召来儿子迪奥，向北面的阿斯卡河奔去。七河之地的许多绿精灵都跟着他们迎战敌人。

诺戈罗恩德的矮人经过这番征战，损失了不少兵马，来到沙恩·阿斯兰德时，又中了绿精灵的埋伏。他们带着从道伊阿斯掠夺来的财富刚刚爬上盖林河岸，伏兵四起。森林里回荡着精灵的号角声，箭从四面八方飞蝗般射来。许多矮人还没弄清楚怎么回事便中箭身亡。侥幸逃出伏击圈的矮人聚集在一起，向东面的大山逃去。他们爬上多尔梅德山下一溜长坡时，正好碰上"林中牧羊犬"，他们被这些凶猛无比的野兽赶进林敦山密密的森林之中。据说，没有一个矮人能活着爬过那道山口，逃回故乡。

263

在沙恩·阿斯兰德之战中，贝伦打了平生最后一仗。他亲手杀死诺戈罗恩德君王，从他手里夺回"矮人的项链"，恶狠狠地诅咒给人们带来一场又一场灾难的财宝。他惊讶地凝望着自己从莫高斯铁王冠上砍下来的那枚费阿诺的宝石，镶嵌在矮人巧夺天工之手制造的项链中。他在河水里洗净那稀世之宝上的血迹。洗完之后，又让这道伊阿斯的珍宝在阿斯卡河里浸泡了一会儿。从那时候起，这条河又有了一个新名字：拉斯罗瑞尔——"金床"。贝伦收好纳乌戈拉米尔，回到绿岛。听到诺戈罗恩德的君王和许多矮人被杀的消息，露西恩没有感到丝毫的宽慰。不过，后来有民歌传唱，露西恩戴上了这条项链。那非凡的宝石显现出瓦里诺王国之外，从未有过的华美。有一段时间，"生死之地"变得像梵拉王国那样秀丽、富庶，充满阳光。

迪奥·辛格尔的继承人告别了贝伦和露西恩，和妻子尼姆洛斯一起离开兰赛尔·拉玛斯，到梅内戈罗斯——千洞之殿住了下来。和他们同去的还有儿子埃鲁瑞德、埃鲁林，女儿埃尔温。精灵们满怀喜悦之情欢迎他们，终于走出失去国王和亲人的痛苦，走出梅里安不辞而别留下的惆怅与思念。迪奥·埃鲁赫尔决心重振山河，复兴道伊阿斯王国。

一个秋天的夜晚，夜已经很深，千洞之殿传来急促的敲门声。敲门者声称要见国王。他是从七河之地匆匆赶来的绿精灵的君主。迪奥独自一人坐在接待室，门卫把来客带到他的面前。绿精灵君主交给迪奥一个盒子，什么也没说就走了。盒子里放着"矮人的项链"，上面镶嵌着茜玛丽尔。迪奥看着这件宝物，断定贝伦·埃尔哈明和露西恩·蒂努薇尔已经离开人世，到人死后要去的地方去了。

迪奥久久地凝视着茜玛丽尔。他知道，父亲和母亲在根本没有希望的情况下，冒着九死一生的危险，才从莫高斯头上夺下这件宝物。他非常难过，没想到双亲这么快就撒手人寰。后来，有一位智者说，茜玛丽尔加速了他们的死亡。因为，露西恩戴上项链之后，放射出无与伦比的美丽的光芒。那光芒对于凡夫俗子、芸芸众生而言实在是太明亮了。

迪奥站起身来，把纳乌戈拉米尔戴在脖子上，珠光宝气，美不胜收，他成了世界上最英俊的小伙子。因为他身上兼有三个不同种族的美：人，精灵和"快乐王国"的迈阿尔。

在贝勒里安德，被打散的精灵盛传迪奥·辛格尔的继承人把纳乌戈拉米尔戴在了自己的脖子上。他们说："费阿诺的茜玛丽尔又要在道伊阿斯的森林里燃起熊熊大火了！"费阿诺的儿子们当年立下的誓言，又一次从沉睡中觉醒。露西恩戴"矮人的项链"时，他们不敢轻举妄动。现在听说迪奥狂妄自大，不可一世，扬言复兴道伊阿斯，七位流落山野的王子便聚到一起，派信使索要茜玛丽尔。

迪奥没有理睬费阿诺这几个儿子。凯莱戈姆煽动弟兄们进攻道伊阿斯。进入冬天之后，他们出其不意攻打迪奥，爆发了精灵第二次自相残杀的战争。迪奥杀了凯莱戈姆，库茹芬和卡兰赛尔也都战死沙场，而迪奥和他的妻子尼姆洛斯也被敌人杀死。凯莱戈姆手下凶残的仆人抓走他们年幼的儿子埃鲁瑞德和埃鲁林，扔到森林里，让他们去受饥寒之苦。对于这件事，迈斯罗斯倒是很后悔，他到道伊阿斯森林里找了他们好长时间，但是一无所获。那两个孩子的命运，无人知晓。

265

就这样，道伊阿斯被毁，再也没能崛起。但是，费阿诺的儿子们并没有达到目的。因为在他们进攻之前，有一小股人马已经逃走。和他们一起亡命天涯的还有迪奥的女儿埃尔温。他们带着茜玛丽尔，走海路及时赶到西瑞恩河口。

第二十三章　　图奥和冈多林陷落

据说,胡林的兄弟胡奥在"泪雨之战"中被杀。那年冬天,他的妻子瑞安恩在米思利姆荒野里生下一个孩子,取名为图奥。还住在那一带的灰精灵安奈尔收养了他。图奥十六岁那年,精灵们想离开安德罗斯,秘密搬迁到南边遥远的西瑞恩港,结果遭遇奥克和"东方人"的袭击,图奥被俘,送到海斯鲁姆给"东方人"的头领劳干恩作奴隶。他在那儿整整受了三年非人的折磨,终于逃出虎口,一个人回到安德罗斯,在山洞里住下。"东方人"觉得图奥脱逃对他们简直是莫大的讽刺,劳干恩出重金悬赏他的脑袋。

图奥这样孤孤单单过了四年逃亡生活之后,乌尔莫在冥冥之中授意他离开父辈生活过的这块土地。因为乌尔莫已经选中图奥充当实现他的意图的工具。就这样,图奥再次离开安德罗斯山洞,向西跨过道-洛明,找到盖莱斯之安诺恩——"诺尔多之门"。所谓"诺尔多之门"是许多年前图尔冈在内夫拉斯特居住时建造的一条秘密通道。那条隧道伸手不见五指,穿过巍峨的高山,进入凯瑞斯·宁尼阿赫——"彩虹崖"。山崖下,湍急的河水流向西海。图奥这次逃离安德罗斯没有引起任何人或者奥克的注意,莫高斯也没有听到半点风声。

图奥来到内夫拉斯特之后,眺望着贝莱盖尔——西海,不觉心旷神怡。从那以后,滚滚涛声一直在他的耳边回荡,对大海的渴望一直在心中涌动。激动不安终于把他带到乌尔莫王国深处。他一个人在内夫拉斯特住下。夏天过去了,灾难正向纳戈斯隆德逼近。

秋天来临,他看见七只巨大的天鹅向南飞去。他知道,这七只天鹅就是自己期待的"领路人",于是跟着它们沿海岸向前走去。来到塔拉斯山下的文雅玛之后,他走进那座早已破败不堪的宫殿,找到图尔冈当年按照乌尔莫的旨意留下的盾牌,锁子甲,宝剑,头盔。图奥披盔戴甲,拿起盾牌和宝剑,向海岸走去。这时,狂风暴雨从西边席卷而来。"水之王"乌尔莫走出暴风雨,十分威严地对站在海边的图奥发号施令,要他寻找冈多林秘密王国。他还给了图奥一件很大的斗篷。穿上这件斗篷就可以躲过任何一个敌人的眼睛。

早晨,风暴停息之后,图奥看见文雅玛墙外站着一个精灵。他是冈多林阿兰维的儿子沃伦维。他是当年图尔冈最后一次派到西方寻求帮助的水手,回来的路上遇到风暴。那时,中洲大地已是遥遥在望,乌尔莫没有管船上别的水手,只把他一个人从汹涌的波涛中捜出来,扔到离文雅玛不远的海滩上。听到"水之王"对图奥的命令,沃伦维十分惊讶。图奥请他带路到冈多林,沃伦维欣然应允。两个人立刻出发。这时严冬已经到来,朔风吹,林涛吼,他们只得沿阴影之山小心翼翼地向东前进。

他们终于来到伊弗林河。清澈的湖水已经被火龙戈拉乌如恩污染,让人看了心痛不已。就在他们这样定睛细看的时候,有一个身穿黑衣,腰挂黑剑的高个子男人向北面匆匆走去。他们不知道他是谁,也不知道南面发生了什么。那人从他们身边走过的时候,谁也没有说话。

267

在乌尔莫赋予的神力帮助之下,图奥终于来到冈多林那道暗门前面。他们走过长长的隧道,到达里面一扇大门。卫兵把他们捉住,当俘虏一样送进奥法尔赫·埃考大峡谷。大峡谷有七重大门。图奥沿着那条一直向上攀升的道路,走到最后一扇大门前面,见到负责看守的埃克赛林,脱下斗篷,露出从文雅玛带来的武器与盔甲。精灵们确信,他是乌尔莫派来的人。图奥俯瞰脚下连绵透

迤的山岭，看见美丽的图木拉登峡谷宛如一块碧玉镶嵌在群山环
抱之中。远处，冈多林城雄踞于阿蒙·戈瓦来斯山岩石裸露的巅峰
之上。这座城池有七个名字，是中洲大地所有精灵居住之地，冈多
林业绩辉煌、名声最响，被人们世代传唱。按照埃克赛林的吩咐，
城门楼上吹响了号角。号角声在崇山峻岭回荡。那座白墙环绕的
城池也响起号角声，虽然遥远，但清晰可闻。这时，曙光升起，把洁
白的围墙映得一片绯红。

　　就这样，胡奥之子跨过图木拉登峡谷，来到冈多林城门前。台
阶很宽，他拾级而上，终于被带到国王面前，还看见瓦里诺双树的
塑像伫立于殿堂之上。图奥站在诺尔多精灵的大王——芬戈尔芬
之子图尔冈面前。图尔冈右面站着他姐姐的儿子迈戈林，左面坐
着女儿伊德丽尔·凯莱布瑞达尔。听到图奥的声音，他们都非常惊
讶。因为这不可能是凡夫俗子的声音，而是"水之王"借他之口传
达的信息。他警告图尔冈，曼多斯的预言很快就要全部变成现实
了，那时候，诺尔多精灵所有的城池、建筑都将夷为平地。他要图
尔冈放弃他一手建造起来的这座美丽的城池，赶快沿西瑞恩河西
行到大海。

　　听了乌尔莫的警告，图尔冈沉吟良久，又想起当年乌尔莫在文
雅玛对他说的那番话："不要舍不得你一手创造的厅堂楼榭，美丽
城池，也不要沉湎于你那些奇思妙想，宏伟计划。记住，诺尔多精
灵的希望在西方，在大海！"可是图尔冈变得十分骄傲，美丽的冈多
林就像精灵的蒂伦城留在他脑海里的记忆。尽管有一位梵拉提出
异议，他也仍然相信冈多林不为人知，固若金汤。"泪雨之战"后，
臣民们再也不愿意卷入城外精灵和人的悲伤与苦难，也不愿意冒
险回到西方。逃脱莫高斯的追寻之后，他们越发把自己封锁在没
有任何道路可走、并且施以魔法的群山之中，不允许任何人越雷池
半步。大山那边的消息很少传到冈多林。安戈班恩德的侦探四处
搜寻，也没找到这座城池的蛛丝马迹。冈多林似乎只是一个遥远

268

的传说,一个无人知晓的秘密。迈戈林在国王面前极力反对图奥的说法,他的话自然更对国王的胃口。最后,图尔冈断然拒绝了乌尔莫的建议。不过,从梵拉的警告中,他又一次听到许久以前诺尔多精灵离开阿拉曼时诸神的忠告。对叛逆的警惕又一次在他心中觉醒。他立刻下命令,堵住"环绕之山"那道暗门。从那以后,无论谁,为了什么目的——战争还是和平,都无法走出冈多林城。鹰王梭伦多给他带来纳戈斯隆德被毁灭的消息。辛格尔王和他的继承人迪奥被杀、道伊阿斯变成一片废墟的消息,但是,图尔冈对大山外面的灾难充耳不闻,并且发誓绝不参与费阿诺任何一个儿子的纷争。他还严禁他的臣民翻越城池周围的大山。

图奥别无选择,只能在冈多林继续呆下去。事实上,他非常喜欢这个美丽、祥和的地方,精灵们的智慧更让他着迷。在这种氛围之中,他也变得气宇轩昂,才思敏捷。他还从这些流亡到崇山峻岭中的精灵身上学到许多知识。渐渐地,伊德丽尔的心被他吸引,他也深深地爱上这个姑娘。迈戈林一直对冈多林王惟一的继承人——伊德丽尔情有独钟,一心想赢得她的芳心。现在突然半路杀出一个图奥,仇恨、嫉妒在他心中陡然升起。可是,他无法动摇图奥在国王心目中的地位。图奥深受图尔冈的宠爱,以至于七年之后,他向伊德丽尔求婚的时候,国王欣然应允。因为图尔冈虽然没有听从乌尔莫的劝告,但是他认为,诺尔多精灵的命运和乌尔莫派来的这个人密切相关。他也没有忘记冈多林的大军撤离"泪雨之战"战场时,胡奥对他说的那番话。

就这样,图奥得到所有民众的拥护——除了迈戈林和他的追随者。精灵和人第二次喜结良缘,冈多林举行盛大的宴会以示庆祝。

第二年春天,图奥和伊德丽尔在冈多林生下他们的儿子埃阿瑞恩代尔。从诺尔多精灵到达中洲已经过去五百零三年。埃阿瑞恩代尔非常英俊。他的脸像天空一样明朗,他的身上兼有精灵的秀美、智慧和人吃苦耐劳的精神。就像父亲图奥一样,埃阿瑞恩代尔的耳畔和心底,一直回荡着大海的涛声。

冈多林一派歌舞升平的大好景象。谁也没有想到,由于胡林的大声叫喊,莫高斯已经弄清这个神秘王国的方位。那一天,胡林在"环抱之山"寻找冈多林的暗门,遍寻不得,绝望之际,大声呼喊图尔冈的名字。从那以后,莫高斯把注意力集中到阿纳赫和西瑞恩河上游之间那一座座绵延起伏的山岭。他派出许多喽啰到悬崖峭壁间搜寻。但是由于雄鹰的警惕性非常高,日夜盘旋在崇山峻岭之间,安戈班恩德的暗探或者野兽都没能得手。莫高斯的阴谋没能得逞。伊德丽尔·凯莱布瑞达尔非常聪明,不祥的预感像一朵乌云笼罩心头,她总是忐忑不安。她开始组织力量挖掘一条秘密地道。这条地道能通到城墙外面很远很远的地方,直到阿蒙·戈瓦来斯山北面白草萋萋的荒原。她精心安排,只有为数很少的几个人知道这个秘密,也没有风声传到迈戈林耳朵里。

埃阿瑞恩代尔还是个孩子的时候,迈戈林突然失踪了。据说,在所有技艺之中,他最喜欢采矿。在远离城市的大山里有不少精灵开采铁矿,为了和平或者战争,冶炼钢铁,打制各种工具和武器,迈戈林是他们的主人和首领。他经常违背国王的禁令,带领几个心腹到大山那边,结果,也是天命难违,迈戈林被奥克抓住,送到安戈班恩德。迈戈林并非身单力薄之人,也非胆小如鼠之辈,可是安戈班恩德非人的折磨吓得他灵魂出窍。为了换取生命和自由,他把冈多林的秘密向莫高斯和盘托出,甚至把攻打这座秘密城池的路线和方法也告诉了魔王。莫高斯喜出望外,向迈戈林许愿,事成之后,就把冈多林作为他的附属国,交给迈戈林管理。到时候,他就是一国之主,伊德丽尔·凯莱布瑞达尔自然就成了他的人。迈戈林对伊德丽尔垂涎已久,对图奥恨之入骨,所有这一切都促成埃尔达历史上这一场最无耻的叛卖。为了避免图尔冈王怀疑,莫高斯又把迈戈林派回冈多林。一俟时机成熟,由他从内部起事,里应外合,克敌制胜。就这样,迈戈林心怀鬼胎,满脸堆笑,住进国王的宫殿。

埃阿瑞恩代尔七岁那年,莫高斯终于做好一切准备。他派出火魔巴尔洛格、奥克、狼人攻打冈多林。和他们一起肆虐的还有戈拉乌如恩繁殖的恶龙。现在这些凶狠无比的妖魔数量很多,非常可怕。莫高斯的兵马从北部攻打。那儿的山最高,戒备最为松懈。他们选择了一个冈多林精灵喜庆的日子,趁夜色杀向这座不为人知的古城。那时候,冈多林的臣民们都坐在城墙上唱着歌儿,等待太阳升起。天亮之后,就是他们称为"夏至"的节日。但是这一天,红光从北方、而不是从东方升起。敌人势不可挡,眨眼之间已是兵临城下,冈多林被围得水泄不通,绝无逃走的希望。这个高贵的家族和他们的武士,特别是图奥,浴血奋战,以死相拼,谱写了一曲英雄颂歌——《冈多林的陷落》:埃克赛林和火魔巴尔洛格的头领高斯莫戈打得血肉横飞,难解难分,最后都被对方杀死。精灵家族保卫图尔冈王的塔楼,直到塔楼坍塌,图尔冈被压死在废墟之中。

敌人洗劫冈多林的时候,图奥冒死营救伊德丽尔。可是她和他们的儿子埃阿瑞恩代尔已经落入迈戈林之手。图奥和迈戈林在城墙上搏斗,猛地把他举起来,朝山下扔去。迈戈林滚下山崖的时候,在阿蒙·戈瓦来斯山怪石嶙峋的山坡上撞了三次,然后掉进山谷里熊熊燃烧的大火之中。这时,冈多林已是一片火海。混乱之中,图奥和伊德丽尔带领能够集中起来的残兵败将、妇女儿童,钻进伊德丽尔早就准备好的那条秘密通道。安戈班恩德的妖魔鬼怪对这条通道一无所知,做梦也想不到有人能从这里逃出去,而且一直向北逃到离安戈班恩德最近、最高的崇山峻岭之中。大火冲天,烟雾缭绕,冈多林美丽的泉水被火龙喷吐的火焰蒸腾起白蒙蒙的水汽,笼罩着图木拉登峡谷,掩护图奥和他带领的那帮人逃脱敌人的视线。因为从隧道口出来之后,还要走过一条长长的路,才能到

271

达大山脚下。终于到达之后,一行人在毫无希望的情况之下,开始攀登。当时的情景真是惨不忍睹。悬崖峭壁,天寒地冻,许多人身负重伤,而且大多数是妇女儿童。

眼前出现一道十分险要的山口——凯瑞斯·梭罗纳斯,也叫"鹰崖"。头顶万仞高山,脚下万丈深渊,左边悬崖峭壁,右边飞流直下,只有一条羊肠小道弯弯曲曲通向远方。就在他们小心翼翼摸索着前进的时候,遭到奥克的伏击。因为莫高斯在周围的山上都布置了岗哨。还有一条火龙巴尔洛格。情况万分危急,要不是冈多林金花家族的武士格洛芬德尔英勇奋战,要不是鹰王梭伦多及时赶来帮助,图奥一行必死无疑。

后来,许多歌曲传唱格洛芬德尔和巴尔洛格在悬崖峭壁搏斗的故事。他俩最后双双坠入万丈深渊,粉身碎骨,命归黄泉。鹰王梭伦多率领一群雄鹰向奥克猛扑过去。奥克尖叫着,有的掉下悬崖摔死,有的被梭伦多杀死。因此,有一支人马逃出冈多林的消息很久以后才传到莫高斯耳朵里。鹰王梭伦多把格洛芬德尔的尸体从峡谷深处叼上来,安葬在山口旁边的乱石丛中。坟丘之上骤然间绿草如茵,金花怒放,在嶙峋怪石间形成一道美丽的风景,直到世界再度改变。

272

就这样,胡奥之子图奥带领冈多林幸免于难的精灵翻山越岭,来到西瑞恩河谷,然后从西瑞恩河谷向南,历经凶险和艰难,终于到达南-塔斯瑞恩——"柳树谷"。这条大河依然是乌尔莫神威所及之地,在它的环绕之下,这一群劫后余生的精灵休息了一段时间,让伤口渐渐痊愈,体力渐渐恢复,可是心头的创伤永难平复。为了纪念冈多林和死在那里的精灵——美丽的少女,贤淑的妻子,国王的武士,他们举行了一个追思会。一年将尽,他们坐在南-塔斯瑞恩的柳树下面,用一首首缠绵悱恻的歌寄托对格洛芬德尔的哀思。图奥为儿子埃阿瑞恩代尔编了一首歌。这首歌叙述了从前"水之王"乌尔莫到内夫拉斯特海岸边的故事,叙述了他和儿子心中对大海的渴望。伊德丽尔和图奥离开南-塔斯瑞恩,沿河向南,来到大海边,在西瑞恩河口,和迪奥的女儿埃尔温住在一起。埃尔温是前不久逃到这儿的。冈多林失陷、图尔冈身亡的消息传到巴拉之后,芬戈恩的儿子埃瑞伊宁·吉尔格拉德被立为中洲诺尔多精灵的王。

莫高斯认为他已经大功告成,不再介意费阿诺的儿子立下的誓言。事实上,那些誓言不但对他毫发无损,反而给了他很大的帮助。想到得意之处,他不由得哈哈大笑。他对失去那颗茜玛丽尔并不特别懊恼。在他看来,正是这枚宝石使得中洲大地的埃尔达精灵你争我夺,互相残杀,乃至最终从这块土地彻底消失,不再制造麻烦。如果真的知道西瑞恩河边还住着精灵,他也不动声色静观其变,只待精灵立下的誓言和他散布的谎言起作用。可是,在西瑞恩河和大海边,精灵家族正在壮大。他们是道伊阿斯和冈多林劫后余生的幸存者。后来,凯尔丹的水手们也从巴拉来到他们中间。他们喜欢波涛汹涌的大海,擅长造船,一直住在阿沃宁,置身于乌尔莫的保护之下。

据说,就在这个时期,乌尔莫从深深的大海走出来,到瓦里诺向诸位梵拉极力陈述精灵在这个世界的必要性。他请求圣贤原谅伊路瓦塔的孩子,把他们从莫高斯的奴役下解救出来,让茜玛丽尔物归原主。毕竟那三枚宝石还珍藏着双树在瓦里诺极乐时代闪烁的光芒。可是曼维不为所动。他心里到底打的什么主意,不得而知。不过,有智者说,只因时候未到。只有一个人亲自来替精灵和人说情,求他原谅他们的错误,怜悯他们的处境,曼维大帝方可动心。还有的人说,恐怕连曼维也无法把费阿诺的子孙从他当年发下的毒誓中解脱出来,直到劫数最终完结,费阿诺的儿子们放弃他们一心想收回的茜玛丽尔。因为使茜玛丽尔大放光彩的双树之光是梵拉亲手制造的。

273

　　那些日子,图奥觉得自己正在衰老,对大海的渴望也越发强烈。他造了一条大船,取名为埃阿拉美——"海的翅膀",然后和伊德丽尔·凯莱布瑞达尔一起驶向日落的西方。从那以后,再也没听到关于他们的故事,也没有传颂他们的歌曲。直到后来,很久以后,才有人在歌中传唱,图奥是惟一被看做精灵的凡人。他后来加入到他深爱着的诺尔多精灵之中,他的命运和人类的命运不再相连。

第二十四章 埃阿瑞恩代尔远航和"愤怒之战"

埃阿瑞恩代尔那时候是住在西瑞恩河河口附近精灵们的君王。他娶了埃尔温为妻。埃尔温为他生下埃尔罗德和埃尔洛斯两兄弟。大家都管他们叫"半仙儿"。但是，埃阿瑞恩代尔那颗躁动的心还是无法安宁。他不满足于在中洲海岸短距离的航行。他心中有两个愿望，这两个愿望在对大海的渴望中合二为一。他想在大海上航行，寻找一直没有回来的图奥和伊德丽尔。他想找到西方最遥远的海岸，临死前把精灵和人的种种遭遇告诉梵拉，让诸位圣贤怜悯中洲大地伊路瓦塔饱受苦难的孩子们。

埃阿瑞恩代尔和造船大师凯尔丹建立了深厚的友谊。凯尔丹和从布瑞桑姆巴和埃戈拉瑞斯特港大洗劫中逃出来的精灵一起住在巴拉岛。他帮助埃阿瑞恩代尔造了一艘船——文吉洛特——"浪花号"。"浪花号"是歌曲中传唱的最美的船。这条船用尼姆布雷瑟尔白桦林的白桦树造成，金黄色的船桨，宛如银白色月亮的船帆。《埃阿瑞恩代尔之歌》描绘了埃阿瑞恩代尔在辽阔的大海，众多的岛屿和人们未曾涉足的土地经历的种种危险。埃尔温没有和他同行，她孤零零地坐在西瑞恩河口，心里充满悲伤。

埃阿瑞恩代尔没有找到图奥，也没有找到伊德丽尔，更没有找到瓦里诺那块神奇的土地。一路上暗影重重，迷雾阵阵，逆风千里，惊涛万顷。后来，对妻子埃尔温的思念终于使他下定决心，掉转船头，向贝勒里安德驶去。一场又一场的噩梦把他搞得心神不定，如坐针毡，恨不得立刻回到埃尔温身边。所幸先前他拼命与之

275

搏斗的逆风,现在如愿变成顺风,鼓起风帆,全速前进。

迈斯罗斯刚听说埃尔温还活着,并且住在西瑞恩河口的时候,对自己在道伊阿斯的所作所为有点后悔。可是,当年发下的毒誓还没有完全兑现,依然折磨着他和他的弟兄们。他们停止游逛,聚集在一起,给住在海港的埃尔温送去一封貌似友好,但措词严厉、要求归还茜玛丽尔的信。埃尔温和西瑞恩的精灵自然不肯轻易交出这件珍宝。为了茜玛丽尔,贝伦险些丧命;之后,美丽的露西恩一直戴着它;后来,迪奥又为这稀世之宝命赴黄泉。除此而外,他们的君王埃阿瑞恩代尔现在还在海上。在西瑞恩精灵看来,茜玛丽尔和他们的家园、船只的安危祸福密切相连。失去茜玛丽尔就等于失去深受他们爱戴的君王。就这样,精灵之间爆发了最后、最令人发指的相互残杀。

费阿诺还活着的儿子们突然向冈多林的逃亡者和道伊阿斯的幸存者猛扑过去,把他们杀得片甲不留。在这场战争中,有的埃尔达精灵袖手旁观,也有的反戈一击,帮助埃尔温反对自己的主子(那时候,埃尔达精灵心里充满忧伤,思想一片混乱)。迈斯罗斯和玛戈勒赢得了最终的胜利,尽管两个弟弟阿姆罗德和阿勒拉斯都被杀死。凯尔丹的战舰和吉尔格拉德之王匆匆忙忙赶来帮助西瑞恩精灵,但为时已晚。埃尔温和她的两个儿子都不见踪影。为数不多、幸免于难的精灵只好投奔吉尔格拉德王,和他一起到巴拉居住。他们说,埃尔洛斯和埃尔隆德被俘虏,埃尔温戴着茜玛丽尔投海自尽。

迈斯罗斯和玛戈勒没有夺回茜玛丽尔,不过,茜玛丽尔也没有就此丢失。因为,乌尔莫从惊涛骇浪中救起埃尔温,把她变成一只白色的大鸟。她在苍茫的大海上展翅飞翔,寻找亲爱的丈夫埃阿瑞恩代尔,胸前的茜玛丽尔像星星一样闪闪发光。有一天夜里,埃阿瑞恩代尔正手持舵轮行驶在粼粼碧波之上,突然看见她像月亮下面一朵飞驰的白云,划过夜空的一点明亮的星光,与暴风雨相伴的一团白色火焰,出现在眼前。歌中唱道,她从天而降,落在"浪花号"的甲板之上,因为只顾赶路,累得精疲力竭,一头扎到地上,昏了过去。埃阿瑞恩代尔把她抱在怀里。天亮之后,他惊讶地看到,妻子又化为原先的模样,躺在他身边睡着,秀发奔拉在他的脸上。

西瑞恩海港的家园被毁,儿子被俘,埃阿瑞恩代尔和埃尔温非常难过,担心两个孩子死于非命。事实上,他俩没死。玛戈勒不但对埃尔洛斯和埃尔隆德动了恻隐之心,而且渐渐地对他们产生了钟爱之情。只是,那可怕的誓言把玛戈勒搞得心力交瘁。

中洲大地,云遮雾挡,埃阿瑞恩代尔看不到希望,只好掉转船头,告别家乡,再次向瓦里诺进发。不过这一次有埃尔温陪伴在身边,他的心情好了许多。埃阿瑞恩代尔经常站在"浪花号"的船头。他把茜玛丽尔系在额头,向西方行驶的时候,那美丽的宝石闪闪发光,越来越亮。智者说,正是由于这枚宝石的神力,他们才劈波斩浪,来到除了特莱瑞精灵谁也不曾知道的地方。他们到达梵拉在托尔·埃雷赛阿——"孤岛"东边设置的"迷人之岛",逃脱了它的迷惑力,进入"阴影之海",穿过重重暗影,托尔·埃雷赛阿尽收眼底,但是他们没有在这里驻足停留,而是径直驶向埃尔达玛海湾。特莱瑞精灵看见一艘船从东方驶来,十分惊讶,凝望着茜玛丽尔夺目的光彩,久久说不出话来。埃阿瑞恩代尔,"凡夫俗子第一人",踏上神仙控制的海岸。他对埃尔温和三位同来的水手埃兰德、埃瑞朗恩特、法拉沙说:"你们几个谁也不要上岸,以免惹恼梵拉,发生意外。万一有什么危险,我一个人承担,为了我们两个种族的利益,我万死不辞。"

277

埃尔温说:"难道我们就这样永远分离?不,千难万险我和你一起承担。"她边说边跳进波涛翻滚的大海,向他跑去。埃阿瑞恩代尔心里非常痛苦。他担心,西方君主会对胆敢进入阿曼的任何"中洲人"大发雷霆。于是他们告别了同来的三位水手,向海岸走去,从那以后,再也没有相见。

埃阿瑞恩代尔对埃尔温说："你在这儿等我。因为只有一个人可以进去送信。这是命运的安排。"于是，他一个人向那块神奇的土地走去，一直走到卡拉凯尔雅——"光之山崖"。山崖下空空荡荡，万籁俱寂。正如许久许久以前，莫高斯和乌戈利安特来到这里时那样，埃阿瑞恩代尔也赶上一个聚会、宴饮的日子。几乎所有精灵都到瓦尔玛，或者到塔尼奎提尔曼维大帝的府邸去了，只留下很少几个精灵在蒂伦城墙上站岗放哨。

有人在很远的地方就看见他和他额头上那枚光芒四射的宝石，匆匆忙忙去瓦尔玛报信。埃阿瑞恩代尔爬上郁郁葱葱的图纳山，发现蒂伦城空无一人。他心情沉重，担心"快乐王国"已经被什么恶魔占领。他在空荡荡的大街上走着，落在衣服和鞋子上的尘土都是极细的钻石粉末。因此，爬上那一溜台阶的时候，浑身上下闪闪发光。他用好多种精灵和人类的语言大声呼喊，但是没有一个人回答。于是，只好回转身，又向大海走去。不过刚刚踏上那条小路，山上就有一个人朝他大声叫喊：

"喂，埃阿瑞恩代尔，最著名的水手！对你的到来，我们期待得太久，早已不抱希望。不想你竟出人意料突然出现在我们面前。喂，埃阿瑞恩代尔，你带着太阳和月亮诞生之前照耀世界的光辉。那是大地子孙伟大的创造，黑暗中的星辰，日落时的宝石，清晨的霞光！"

这个大声呼喊者名叫埃奥维，是曼维的传令官。他从瓦尔玛来，传唤埃阿瑞恩代尔晋见阿尔达诸神。埃阿瑞恩代尔跟着他来到瓦里诺，走进瓦尔玛宫。这之前，从未有凡人涉足于这座圣殿。梵拉聚到一起商量该如何处置这件事情，还特意把乌尔莫从大海里叫来。埃阿瑞恩代尔站在他们面前，陈述自己代表精灵和人两大种族，历经千难万险来这里的目的。他请求诸神原谅诺尔多精灵的过错，看在他们遭受了巨大苦难的分上，发发慈悲，解救人和精灵脱离苦海。梵拉同意了他的请求。

后来，精灵们传说，埃阿瑞恩代尔离开瓦尔玛宫、找到他的妻子埃尔温之后，曼多斯就对他的命运发表了如下的意见："一位凡夫俗子踏上我们的圣地之后，难道还能让他再活在世上吗？"乌尔莫说："他降生于世的使命就是来这里向我们传递信息。不要对我说，这位埃阿瑞恩代尔是图奥的儿子，哈多的后代。他不也是图尔冈的女儿伊德丽尔的儿子——芬维精灵家族的后裔？"曼多斯回答道："他和诺尔多精灵有血缘关系又怎么样？那不过是一群无法无天的流浪者，永远不会再回到这里。"

大家都发表意见后，曼维做出最后的裁决。他说道："在这个问题上，决定权归我。埃阿瑞恩代尔因为深爱这两大种族，经历了千难万险。今后，这种危险将不再降临到他的头上，也不再降临到他的妻子埃尔温的头上。她为了爱情，与丈夫风雨同舟，不避艰险，精神可嘉。但是，他们不能再回中洲，生活在精灵和人类中间。这是我的旨意。埃阿瑞恩代尔，埃尔温和他们的两个儿子，有权决定自己的命运。他们可以是精灵，也可以是人。一旦决定，今后的命运就和精灵或者人的命运永远联系在一起了。"

埃阿瑞恩代尔走了好长时间还没回来，埃尔温孤零零一个人呆在海滩上又急又怕，沿着海岸线慢慢地走着，一直走到阿尔夸棱德，那儿是特莱瑞精灵船队停泊的地方。特莱瑞精灵对她非常友好。听了道伊阿斯和冈多林的故事，以及贝勒里安德遭受的苦难之后，他们都十分惊讶，心里充满同情和怜悯。埃阿瑞恩代尔在"天鹅港"找到埃尔温。可是没多久，他们又被召回瓦尔玛宫，在这儿，宣布了曼维大帝的旨意。

埃阿瑞恩代尔对埃尔温说："你先选择吧。我对这个世界已经厌倦了。"因为露西恩的缘故，埃尔温选择了精灵。埃阿瑞恩代尔不愿意和妻子分开，只好和她做出相同的选择，尽管他的一颗心仍然系在人的身上，系他的同胞身上。然后，按照梵拉的吩咐，埃奥维来到阿曼岸边。和埃阿瑞恩代尔一路风尘来到这里的三位水手还在等待他们的消息。埃奥维把自己乘坐的那条船送给他们。三位水手上船之后,梵拉鼓起浩荡的风,把他们送回东方。梵拉把"浪花号"留下,并且为它祝圣。埃阿瑞恩代尔驾驶着它穿过瓦里诺,直到世界最边缘,从那儿穿过"黑夜之门",进入苍穹之海。

现在,这条船变成一条奇妙的神船,闪烁着洁净、明亮的火焰。埃阿瑞恩代尔坐在舵轮旁边,身上的钻石粉尘熠熠生辉,额头的茜玛丽尔放射出夺目的光彩。他乘坐着这条船到很远很远的地方,甚至到没有星星的空间。但是人们最常看见他的时候是早晨或者傍晚。旭日东升或者夕阳西下时,他从外面的空间远航归来。

埃尔温忍受不了外层空间的寒冷和那种茫茫无际的感觉,所以不和丈夫做这种旅行。她喜欢大地,喜欢吹过大海和高山的和煦的风。因此,在大海北海岸给她造了一座白色的塔楼。这是海鸟过往栖息之地,经常有海鸟和埃尔温相伴。埃尔温学会了鸟的语言,而且她自己就曾经化做一只美丽的大鸟。现在,鸟儿教她在天上飞翔的技巧。她的翅膀呈雪白和银灰两种颜色。有时候,埃阿瑞恩代尔从天外回到阿尔达时,她就像许多年前在大海上得救之后,向他飞去那样,张开美丽的翅膀,穿过层层海浪,飞到爱人身边。住在孤岛的精灵有的眼神很好,看见她像一只洁白的鸟,在天上飞翔,落日的余晖把她的翅膀映成玫瑰色。她快乐地飞翔着,迎接驶入港湾的文吉洛特——"浪花号"。

文吉洛特第一次在苍穹之海航行时,闪烁着夺目的光彩,那情景出乎所有人的预料。中洲大地的精灵从很远很远的地方看见它,非常惊奇。他们觉得那是一个象征,把它叫做吉尔-埃斯特尔——"希望之星"。傍晚,看见这颗新星的时候,迈斯罗斯对弟弟玛戈勒说:"这会不会是茜玛丽尔在西方闪烁呢?"

玛戈勒回答道:"如果真是我们亲眼看见的那枚投入大海的茜玛丽尔,一定是梵拉的神力让它重见天日,我们应该高兴才好。许多人看见了它的光辉,邪恶势力再也无法威胁它的安全。"精灵们仰望着它,不再绝望。而莫高斯心里充满疑惑。

据说,莫高斯并没有想到西方世界会集结力量,向他发起攻击。他现在非常骄傲,目空一切,认为谁都不敢和他公开抗争。除此而外,他认为他已经永远离间了诺尔多精灵和西方君主。梵拉在他们的"快乐王国"里心满意足,根本不可能再顾及他那远在天边的王国。因为对于他这样一个毫无怜悯之心的恶魔,所谓"同情"、"怜悯"简直就是闻所未闻的字眼儿。可是梵拉正在准备一场战争。白色的战旗下,万雅精灵——英戈维的臣民——浩浩荡荡地前进。还有从未离开过瓦里诺的诺尔多精灵,首领是芬维的儿子菲纳芬。想去参战的特莱瑞精灵不多。他们忘不了"天鹅港"的大屠杀,忘不了诺尔多精灵如何烧毁他们的船只。埃尔温是迪奥·埃鲁赫尔的女儿,他们自己的同胞。他们派出足够的水手为瓦里诺大军东渡大海掌舵。但是他们一直呆在船上,谁也不曾踏上中洲大地。

关于瓦里诺大军向中洲北部挺进的细节很少有故事记载。因为在中洲居住和受苦的精灵谁也不曾参加这次远征。到底是谁创造了那一段历史,至今不为人知。只是后来,人们从阿曼的亲戚朋友那儿听到一些传说。总而言之,瓦里诺大军从西方浩浩荡荡开到中洲。埃奥维吹响的号角在万里苍穹回荡。战旗飘飘,刀光闪闪,贝勒里安德这块饱受蹂躏的土地也显得英姿勃勃。梵拉的队伍排列成整齐的方阵,战士年轻英武、勇猛顽强,连绵逶迤的山岭在他们脚下颤动。

281

西方和北方这一次交战史称"大战",也叫"愤怒之战"。莫高斯集结了所有兵力,连安法乌格里斯辽阔的平原,都装不下多得难以计数的妖魔鬼怪。整个北方燃起熊熊战火。

但是,莫高斯并没有因此而得胜。相反,巴尔洛格被彻底打垮,只有少数几只逃走,藏到很深很深的洞穴里,幸免一死。无数奥克像大火中的干草，或者秋风扫荡的落叶，灰飞烟灭。也只有极少数未死，多年之后再为祸世间。"精灵之友"三大家族的幸存者站在梵拉这边浴血奋战，为巴拉古恩德、巴拉海尔、加尔多、贡德、胡奥、胡林，以及许多英烈报仇雪恨。可是也有不少"人之子"——有乌尔多的后人，也有新来的"东方人"，和敌人站在一边，与瓦里诺大军作战。这一切，精灵都记在心头。

莫高斯看到他的人马被打得落花流水，狼狈逃窜，吓得浑身发抖。他不敢亲自出马，便使出早已准备好的杀手锏——把豢养已久、无人知晓的飞龙放出安戈班恩德。飞龙行动敏捷，破坏力极大，它出击时，惊雷滚滚，电闪雷鸣，飞沙走石，烈火冲天。梵拉的兵马只得撤退。

就在这时，埃阿瑞恩代尔来了。"浪花号"——文吉洛特燃烧着明亮的火焰。四周铺天盖地飞翔着一大群"苍穹之鸟"，鹰王梭伦多是它们的首领。它们和飞龙整整打了一天一夜。太阳升起之前，埃阿瑞恩代尔杀了"飞龙之首"安卡拉根，把它从天上扔了下来。安卡拉根跌落在暴虐之山的塔楼上，把塔楼砸得稀烂。太阳升起，梵拉的兵马大获全胜。几乎所有飞龙都被消灭，莫高斯的老巢成了一片废墟，梵拉的武士们直捣他的地下洞穴，莫高斯终于成了瓮中之鳖。他逃到最深的洞穴里，要求停战并请求梵拉原谅。他被砍掉两只脚，面朝下推倒在地。精灵们又用许久以前锁过他的那条铁链安盖诺把他结结实实锁好，取下他头上那顶铁王冠，打造成一个铁项圈，套在脖子上，让他的脑袋永远朝膝盖低着。从铁王冠上取下的两颗茜玛丽尔在蓝天下放射出夺目的光彩。这两颗珍宝暂且由埃奥维负责保管。

就这样，安戈班恩德要塞被夷为平地，北方邪恶的王国不复存在。从深深的地牢里走出许多早已绝望的奴隶。重见天日之后，他们惊讶地发现，世界发生了很大的变化。梵拉和他们的兵马愤怒已极，把西方世界的北部地区撕成许多小块。咆哮的大海从一条条裂缝中涌入,整个世界一片混乱,巨大的响声不绝于耳。河流改道,峡谷突起,大山坍塌,西瑞恩河不见踪影。

埃奥维作为曼维大帝的传令官,把贝勒里安德精灵召集起来,要他们离开中洲。可是迈斯罗斯和玛戈勒不听劝告,还要完成他们当年立下的誓言,尽管现在连他们自己也对这件事情心灰意冷,不抱希望。但他们还是做好准备,一旦埃奥维不肯归还茜玛丽尔,就重开战事。即使是和瓦里诺的胜利之师作战,和整个世界作对也在所不辞。于是,他们给埃奥维送去一封信,声称茜玛丽尔是他们的父亲费阿诺精心制作的传家之宝,后来被莫高斯偷走,现在应当归还他们才对。

埃奥维回答道:作为费阿诺的儿子,他们以前或许有权继承父亲的宝物,可是现在早已丧失了这种权利。因为,他们被自己立下的毒誓蒙蔽了双眼,干了那么多惨无人道的事情。尤其是攻打港湾、火烧战船、血洗迪奥家族,更令人发指。茜玛丽尔之光应当重回西方,因为那是它的诞生之地。迈斯罗斯和玛戈勒必须回瓦里诺,接受梵拉的裁决。至于茜玛丽尔的归属,最终只能按照梵拉的旨意决定。玛戈勒心里充满悲伤,愿意接受埃奥维提出的条件。他说:"誓言并没有规定我们不能等待时机。也许在瓦里诺,梵拉会宽恕我们,忘记我们的过错。那时候就能和平收回茜玛丽尔。"

迈斯罗斯认为,如果回到阿曼之后,梵拉变了卦,不肯赐福于他们,事情就麻烦了。因为那时候,他们就再也没有信守诺言、夺回茜玛丽尔的希望了。他说:"如果在他们的土地,不服从梵拉的命令,或者试图在圣地燃起战火,等待我们的将是怎样的命运呢?"

玛戈勒依然坚持自己的意见:"如果曼维和瓦尔达不准我们履行当年诅咒他们的毒誓,那誓言不就自动作废了吗?"

迈斯罗斯回答道:"可是我们的声音怎样才能让天外之天的伊路瓦塔听到呢?我们发了疯似的赌咒发誓时,作证的是他老人家呀!我们说过,如果不信守誓言,就天打雷劈。现在谁能解救我们呢？"

"如果没有人解救，"玛戈勒说，"天打雷劈就是我们的命运了。信守誓言，还是违背誓言都一样。可是违背誓言，至少还可以少作恶。"

不过最终，他还是没能违背迈斯罗斯的意志。两兄弟又凑在一起商量怎样才能把茜玛丽尔弄到手。他们精心化装之后，趁夜色摸到埃奥维的营地，杀死看守茜玛丽尔的卫兵，夺回稀世之宝。整个营地的士兵都被惊醒，把他们团团围住。他们以死相拼，决心战斗到最后一刻。可是埃奥维不准杀害费阿诺的儿子，迈斯罗斯和玛戈勒不战而逃。一人拿了一颗茜玛丽尔。他们说："三个茜玛丽尔丢了一颗，还剩两颗。我们兄弟七人也只剩下我们两个。这是天意，父亲留下的传家之宝各得其主了。"

可是宝石把迈斯罗斯的手烫得疼痛难忍。他终于明白了埃奥维那番话的意思：他们失去继承茜玛丽尔的权利，当年立下的誓言已经无效。痛苦、绝望，迈斯罗斯一头扎进烈火熊熊的沟壑，了结了一生，那枚茜玛丽尔也投入大地的怀抱。

玛戈勒也无法忍受茜玛丽尔带给他的痛苦，把它扔进大海。从那以后，他一直在海岸走来走去，伴着奔腾翻滚的海浪，唱充满忧伤和悔恨的歌。玛戈勒是远古时期著名的歌手，名气仅在道伊阿斯的戴隆之下。不过，他再也没回到精灵之中。就这样，茜玛丽尔找到它永久的归宿：一枚在天上，一枚在地心的火焰之中，一枚在深深的大海。

284

那时候，西海海岸有一个很大的造船厂。埃尔达精灵组成一支支庞大的舰队向西方驶去，再也没回这块在连绵不断的战火中痛苦呻吟的土地。万雅精灵高举白色的旗帜，凯旋而归。但是因为没有把莫高斯王冠上的茜玛丽尔带回瓦里诺，胜利的喜悦减少许多。他们知道，再也无法找到这三颗宝石，更无法让它们聚到一起大放光芒,除非天翻地覆,重新创造一个世界。

贝勒里安德的精灵来到西方之后,住在托尔·埃雷赛阿——"孤岛"。这座岛南北走向,一边朝东,一边朝西,可以直达瓦里诺。他们又一次得到曼维的爱和梵拉的原谅。特莱瑞精灵也原谅了他们远古时期犯下的过失,厄运和劫难就此停息。

然而并不是所有埃尔达精灵都愿意离开中洲,虽然他们在那里经历了无数苦难。有的精灵在中洲大地又逗留了许多年。他们之中有造船大师凯尔丹,有道伊阿斯的凯利博恩和他的妻子盖拉德丽尔。盖拉德丽尔是率领诺尔多精灵流亡贝勒里安德的惟一幸存的领袖。在中洲,还住着吉尔格拉德王和"半仙儿"埃尔隆德。他情愿成为精灵中的一员。但是他的弟弟埃尔洛斯愿意和凡人生活在一起。因为这两兄弟的缘故,人便有了精灵的血统,同时也具有圣贤的血缘。因为他们是埃尔温的儿子。埃尔温是迪奥的女儿。迪奥是露西恩的儿子。露西恩又是梅里安和辛格尔的孩子。他们的父亲埃阿瑞恩代尔是伊德丽尔的儿子。伊德丽尔又是冈多林图尔冈的女儿。

梵拉将莫高斯扔出"世界之墙"的"夜之大门",让他永远呆在那一片混沌之中。城墙上有卫兵把守,埃阿瑞恩代尔从万里苍穹之上的堡垒注视着他的动向。但是,梅尔克散布的谎言,强大而又可恶的莫高斯·巴乌戈里尔——恐惧与仇恨的化身在精灵和人类心中播下的种子没有死灭,也无法摧毁。相反,它们不时发出新芽,抽出新枝,至今还会结出罪恶的果实。

285

茜玛丽尔的故事到此结束。如果这个故事以辉煌和壮丽开始,以黑暗和毁灭告终,那是因为阿尔达大地在劫难逃。如果将要发生什么变化,被蹂躏的大地因此而得到修复,或许只有曼维和瓦尔达心里清楚。但是他们不曾向世人透露,曼多斯在判决中也没有宣布。

努美诺尔覆灭

　　埃尔达精灵说，人在莫高斯的阴影笼罩山河大地的时候，来到这个世界。他们很快就屈从于他的统治。因为莫高斯派了许多奸细到他们中间活动，人就听信了魔鬼的谎言和坏话。他们崇拜邪恶，又害怕邪恶。也有人不愿意与邪恶为伍，听说西方有阴影无法笼罩的光芒，他们便远离故土，向西而去。莫高斯手下的喽啰满怀仇恨，穷追不舍。漫漫长途，人们历经磨难，终于来到与大海相连的陆地，在争夺宝石的战争中，进入贝勒里安德。在辛达语里，人叫艾代英。他们成了埃尔达精灵的朋友和同盟军，在反对莫高斯的战争中英勇无畏，建立了不朽的功勋。

　　他们之中，最出类拔萃的是埃阿瑞恩代尔。《埃阿瑞恩代尔之歌》叙述了这个故事：就在莫高斯几乎获得彻底胜利的时候，埃阿瑞恩代尔造了一条船——文吉洛特。人管文吉洛特叫罗新吉尔。茫茫大海无人航行，只有埃阿瑞恩代尔驾驶着罗新吉尔，乘风破浪，扬帆远航，寻找瓦里诺。他要代表精灵和人两大种族向梵拉当面汇报他们遭受的苦难，希望博得梵拉的同情，危难之际给他们帮助。埃阿瑞恩代尔历经千难万险，终于到达瓦里诺，并且得到梵拉的支持。西方君主从瓦里诺派出一支劲旅，横扫中洲，解救了精灵和人。因此，大家都把他称为"圣人埃阿瑞恩代尔"。但是，埃阿瑞恩代尔再也没有回到他热爱的那块土地。

　　在那场活捉莫高斯，摧毁塞戈罗德利姆——"暴虐之山"的大战中，只有被叫做艾代英的人为梵拉而战，别的人都为莫高斯效力。西方君主胜利之后,那些没被消灭的坏人逃回东方。当时,他们那个种族中许多人仍然在那块荒凉的土地四处流浪。这些人无法无天,很野蛮,既拒绝梵拉的召唤,也不听莫高斯的调遣。坏人逃回之后,在他们心头蒙上一层恐惧的阴影。因为害怕,只得推举这些家伙为首领。梵拉暂时放弃了这些不愿意听从召唤的中洲人,任凭他们屈从于莫高斯的朋友的意志。就这样,中洲人开始在水深火热中生活。莫高斯强盛时期制造的恶龙、奇形怪状的野兽、假冒"伊路瓦塔的孩子"的奥克经常袭扰他们。人们的日子过得很不安宁。

　　曼维活捉莫高斯之后,把他关在世界之外的混沌之中。只要西方君主在位,他就无法东山再起。但是他播下的罪恶的种子,只要有人"浇水、施肥",就会发芽,拔节,开花,结果。因为莫高斯的意志仍然主宰着他的仆人,驱使他们和梵拉作对,消灭那些不肯服从他的人们。这一切,西方君主一清二楚,因此,把莫高斯关押起来之后,他们就聚在一起商量今后漫长的岁月里应对莫高斯的策略。他们把听从召唤,回到西方的埃尔达精灵安置到托尔·埃雷赛阿——"孤岛"。岛上有一座海港城市,名叫阿瓦洛内,在所有城市里,这一座离瓦里诺最近。苍茫大海之上,水手接近那块"不灭的土地"时,第一眼看到的就是阿瓦洛内的塔楼。对于那三个忠心耿耿的"人之父"和他们的家族,曼维大帝也给了丰厚的犒赏。梵拉派埃奥维来教导他们,给他们智慧和力量,他们的寿命也比别的凡人更长。梵拉还封给这些艾代英一块土地。这块土地既不在中洲,也不在瓦里诺,中间隔着汪洋大海,不过距离瓦里诺更近一点。奥赛从大海深处托举起这块土地,阿乌勒辛勤开拓,雅万娜精心侍弄,土地变得十分肥沃。埃尔达精灵又从托尔·埃雷赛阿移来花草树木,山泉溪流。梵拉管这块土地叫安多——"馈赠之地"。"埃阿瑞恩代尔之星"在西方光芒四射,宛如大海之上的灯塔,告诉世人万事俱备,只需有人前来安居乐业。人们惊讶地发现,阳光之路燃烧着银色的火焰。

艾代英按照那颗星指引的方向，在深深的海洋扬帆远航。由于梵拉的神力，许多天里大海一直平静、安详，海风徐徐，鼓起白帆，破浪前进。艾代英眼前的海面宛如一面硕大的明镜，碧波粼粼，船头激起的浪花，如玉似雪，在蓝天下飞溅。罗新吉尔那么明亮，即使阳光明媚的早晨，也看得见它在西天闪闪发光。万里无云的夜晚，它更是熠熠生辉，独领风骚。因为别的星星看见它都退避三舍。就这样，艾代英一路顺风，越过万里碧波，终于来到那块早已为他们准备好的土地——安多——"馈赠之地"。天苍苍，海茫茫，只有这块美丽的土地在一片金辉中闪着微光。上岸之后，他们发现这里风景宜人，果满枝头，非常高兴。他们管这儿叫埃伦纳，意思是"星辰的方向"，也叫阿纳杜内，意思是"西方之地"，是精灵语中"努美诺尔"的称谓。

这就是努美诺尔人的起源。灰精灵语管他们叫"杜内代英"——"人中之王"。但是他们并没有因此而逃脱伊路瓦塔为人安排的死亡的命运。尽管他们的寿命比一般人长，在阴影降临到他们身上之前，也不知道疾病为何物。他们变得更聪明，更坦荡，在许多方面更像精灵而有别于其他种族的人。他们个子很高，比中洲最高的人还要高，眼睛像天上的星星一样明亮。但是他们的人口增长缓慢。因为他们虽然也生儿育女——这些孩子比他们的父辈还要漂亮——但是数量很少。

288

努美诺尔最主要的城市和港口在西海岸中部，叫做安杜内伊，因为它与日落之地遥遥相对。努美诺尔正中有一座陡峭的高山——梅内尔塔玛，是"天之柱"。山顶之上有一座高高的祭拜埃如·伊路瓦塔的神坛。神坛没有屋顶也没有墙壁。整个努美诺尔再没有别的庙宇或者神殿。山脚下是国王的陵墓。附近一座大山上是阿美尼罗斯城。在所有城市中，这座城最漂亮，雄伟的塔楼，坚固的城堡巍然屹立。埃阿瑞恩代尔的儿子埃尔洛斯是这些塔楼和城堡的建造者。梵拉任命他为杜内代英的第一个国王。

埃尔洛斯和他的哥哥埃尔隆德是艾代英"三大家族"的后代，但他们也有精灵和迈阿尔的血统，因为冈多林的伊德丽尔和梅里安的女儿露西恩是他们的女祖。梵拉无法改变他们终将一死的命运，因为那是伊路瓦塔对人类的"馈赠"。但是因为他们有精灵的血统，伊路瓦塔格外开恩，允许埃阿瑞恩代尔的儿子们选择自己的命运。埃尔隆德愿意和精灵生活在一起，因此像他们那样长生不老。埃尔洛斯愿意做"人之君王"，虽然寿命有限，但是比中洲人长许多倍。他这一门——王室的成员，即使按努美诺尔人的标准，也是长寿之人。埃尔洛斯活了五百岁，统治努美诺尔长达四百一十年。

岁月流逝，就在中洲人日渐落后、智慧之光渐趋晦暗的时候，杜内代英在梵拉的保护下幸福地生活着。他们和埃尔达精灵建立了深厚的友谊，无论思想还是身体都更加成熟，臻于完美。尽管普通老百姓还说他们自己的语言，但国王和大臣都懂精灵语。他们是和精灵结成联盟、友好相处时学会精灵语的。因此，无论托尔·埃雷赛阿的精灵还是中洲西部的精灵，都可以和他们自由交流，没有任何障碍。他们之中的学者还学会了"快乐王国"的高精灵语。开天辟地以来的许多故事和歌曲都是用这种语言写成的。他们的书信、画卷、书籍都记录了王国鼎盛时期创造的灿烂文明，而这些文明早已被历史淹没。努美诺尔的历代君王除了本名之外都有一个埃尔达语名字。他们在努美诺尔与中洲的城市和名胜古迹，也都用两种语言命名。

现在，杜内代英各方面的技巧相当高超。如果愿意，无论打仗还是打造武器，他们一定可以胜过中洲那些邪恶的王。可是他们希望和平与安宁，不愿意和任何人为敌。他们最喜欢造船、航海。世事变迁，现在很难再看到像他们那样优秀的水手了。那时候，血气方刚的年轻人最喜欢的运动是在茫茫大海航行，冒险。

瓦里诺的君王不允许他们向西航行到看不见努美诺尔海岸的
地方。杜内代英尽管不知道这项禁令用意何在,但从未对此提出
异议。曼维的目的是,不让努美诺尔人产生寻找"快乐王国"的念
头。对他们的恩惠也不能超出限度,生怕他们因为羡慕梵拉和精
灵永生、迷恋"快乐王国"万事万物的经久不衰,而节外生枝。

那时候,瓦里诺仍然是一个有形世界。伊路瓦塔把这块土地
当做一个纪念,允许梵拉居住在地球之上。似乎只有这样,才能让
他想起,如果莫高斯不曾蹂躏中洲大地,世界会是什么样子。努美
诺尔人其实对这一切心知肚明。万里无云,风清气爽,太阳从东方
升起的时候,极目远眺,便看见西方那座古城宛如洁白的珍珠在遥
远的海岸闪闪发光。海港、塔楼依稀可见,白墙、绿树影影绰绰。
那时候,努美诺尔的杜内代英视力特别好,不过,只有目光最犀利
的人才能看见那海市蜃楼般的风景。也许站在梅内尔塔玛山的最
高峰眺望,也许站在大船高高的艘楼之上搜寻,当然是在禁令允许
的范围之内。他们不敢打破西方君主定下的规矩。但是,他们之
中的智者知道。那块遥远的土地并非瓦里诺的"快乐王国",而是
阿瓦洛内,埃尔达精灵在托尔·埃雷赛阿——"孤岛"的避风港,是
那块"不灭之地"的最东端。有时候,精灵坐着没有桨的船,像白色
的大鸟,从太阳沉没的地方"飞"到努美诺尔。他们带来许多礼物:
会唱歌的鸟,芬芳的花,珍贵的草药。还带来一株凯利博恩苗木。
凯利博恩是长在孤岛正中的一株白树。这株树先前是从图纳山加
拉赛林移来的苗木。加拉赛林则是雅万娜按照特尔佩里翁——瓦
里诺"双树"中的"白树",特意为"快乐王国"的埃尔达精灵仿造的。
新移来的凯利博恩在阿美尼罗斯国王的庭院里开满鲜花,人们管
它叫尼姆洛斯。它夜里开花,每逢夜幕降临,便散发出袭人的
花气。

290

由于梵拉的禁令,那时候,杜内代英只是向东航行,很少在西
面的海域游弋。他们从北方的"黑暗之地"航行到南方的"炎热之

地"，然后继续向前，直到"下一层黑暗"。他们甚至一直航行到内海，在中洲周围转来转去。站在高高的船头，眺望东方的"晨门"，被遗弃的中洲大地满目荒凉。杜内代英登上海岸，怜悯之心油然而生。努美诺尔的君王再次踏上"黑暗时代"的西海岸时，谁也不敢阻拦他们。因为生活在阴影之中的人，绝大多数已经非常软弱，心里充满恐惧。努美诺尔人来了之后，教给他们许多技能。他们带来谷物和酒，教他们播种，碾米，还教他们学会木匠活儿和石匠活儿，帮助他们安排生计，料理家事。这样一来，他们在短暂的"有生之年"，尚可过得像个人样。

中洲人因此而得到慰藉。西海岸上，人们开始砍伐树木，建造房屋。他们摆脱了莫高斯后代的统治，淡忘了黑暗时代的恐惧，对这些个子很高的"海王"非常尊敬，管他们叫"神"。"神"走的时候，他们恋恋不舍，盼望他们早日回来。

随着岁月流逝，努美诺尔人心中的欲望越来越强烈。他们渴望踏上那块可望而不可及的土地，渴望长生不老，尽享天伦之乐。他们越强大，越辉煌，心灵越不得安宁。因为尽管梵拉让他们长寿，但是无法免除世界带给他们的疲倦和劳累。他们终将一死，就连埃阿瑞恩代尔世代为王的后代也难幸免。而且他们活在世上的时间在埃尔达精灵眼里，简直是短暂的一瞬。就这样，人的心灵蒙上一层阴影。莫高斯阴魂不散，正好乘虚而入。努美诺尔人开始窃窃私语。起初，只是自个儿心里嘀嘀咕咕，后来便三五成群悄悄议论，抱怨人的命运，尤其对梵拉不准他们向西航行的禁令极为不满。

291

他们说："为什么西方君主可以坐享永生之福，我们就必须撒手人寰，离开辛勤一生创造的家园，到那个天知道什么样子的鬼地方？而且，埃尔达精灵不死，连那些背叛了君主的精灵也可以永生！这简直太不公平了。现在，所有的大海都在我们掌握之中，无论天高水阔，还是风狂浪急，我们的船都可以驶向任何一片水域。

为什么不去阿瓦洛内会会我们的朋友呢?"

有的人甚至说:"为什么不去阿曼看看呢?哪怕去一天也行呀!看看那些永生不死的君王过的什么日子。在阿尔达,我们不是已经变得很强大了吗?"

埃尔达精灵把这些话汇报给梵拉。曼维心里非常难过。他已经看出,乌云笼罩了鼎盛时期的努美诺尔。曼维大帝派信使给杜内代英做工作。信使对国王和所有愿意听他解释的人叙述了种族与命运形成的来龙去脉。

"世界的前途和命运只有它的创造者才能改变,"信使说,"即使你们逃脱所有的欺骗和陷阱,终于到达'快乐王国'阿曼,也不会得到什么好处。因为并不是曼维的土地使那里的精灵长生不老,而是'长生不老'之神为那块土地祝圣,才使得那里的臣民万世不朽。而且,倘若你们到了那里,只能像扑火的飞蛾,死得更快。"

努美诺尔的国王说:"我们的祖先埃阿瑞恩代尔不是还好好地活着吗?难道他不在阿曼吗?"

信使听了他的话,说道:"你知道,他的命运和整个人类的命运不同,'万物之父'裁定他为永远不死的'初生者'。与此同时,规定他永远不能再回凡人的世界。而你们不可能成为'初生者',只能是凡人。这是创造你们的伊路瓦塔的旨意,谁也无法违抗。可是现在看起来,你们想兼有两个种族的好处——愿意的时候,就扬帆远航,去瓦里诺开开眼界;想家的时候,就拔锚起航,与亲人团聚,共享天伦之乐。这是不可能的。梵拉无法收回伊路瓦塔的馈赠。你们还说,埃尔达精灵不受惩罚,即使背主求荣,也还能长生不老。然而对于他们,这既非报偿,也非惩罚,只不过是生命的过程。他们被束缚在这个世界,永难逃脱。世界存在一天,他们就得活一天。因为他们和世界同生共死。你们认为,人不能永生是背叛受到惩罚的结果,而你们自己并没有背叛谁,因此不应该受到株连。然而,所谓用死亡惩罚人类,并非伊路瓦塔的初衷。他是把死亡当做礼物赠给你们的。有了这件礼物,世界就无法束缚你们。愿意的时候,或者厌倦的时候,你们随时可以离开这个世界。所以,真不知道谁该嫉妒谁呢!"

努美诺尔人说道:"我们为什么就不该嫉妒梵拉,甚至嫉妒'不死之神'呢?你们要人盲目信任,给人留下毫无保证的希望。我们连不远的将来会发生什么都浑然不知,何谈馈赠?而我们也热爱土地,我们也不愿意失去它!"

信使说:"说实话,伊路瓦塔到底打算怎样安排你们,连梵拉也不清楚。他从来不把以后发生的事情提前告诉大家。但是有一点可以确信无疑,那就是,你们的归宿不在这儿,也不在阿曼或者大千世界的任何一个角落。人最终要离开这个世界。最初,'死亡'确实是伊路瓦塔的馈赠。后来,人们觉得这是一件令人伤心的事情,仅仅因为生活在莫高斯的阴影之下,他们觉得被黑暗包围着,十分可怕。有的人变得任性、骄傲、不肯屈服,直到生命被剥夺的那一天。我们这些不死的精灵背负着岁月的重压,也许无法理解你们的心情,但是,如果真如各位所说,'死亡'把你们搞得不得安宁,我担心,阴影已经又一次笼罩了各位的心。因此,尽管你们是杜内代英——人之精英,曾经逃脱那古老的邪恶之影,并且和它做过英勇顽强的斗争,但是,我们要警告诸位:当心!伊路瓦塔的旨意不能违抗。梵拉诚心诚意地请求你们,不要拒绝被你们称为'盲目'的信任。否则这信任很快就会变成你们的绳索。希望终将结出果实,即使最微不足道的欲望。对阿尔达的爱是伊路瓦塔在你们心中埋下的一粒种子。他这样做自有他的用意。然而,也许只有许多年之后,他才把这意图告诉世人,而且只告诉人,不告诉梵拉。"

293

这件事情发生在造船者塔-凯尔雅塔和他的儿子塔-阿塔纳米尔统治努美诺尔时期。这父子俩都很骄傲,只想占有财富,总让中洲人给他们进贡,巧取豪夺,无所不用其极。信使是冲塔-阿塔纳米尔来的。他是第十三世王，到他继位的时候，努美诺尔王国已经有两千多年的历史，从经济上讲已经到了它的极盛时期，虽然它的力量并不特别强大。大多数臣民也都同意他的意见，因为大家都想在鼎盛时期逃脱死亡，而不是把希望寄托在未来。阿塔纳米尔活了很大年纪，生命的快乐早已完结，还不想死去。他是努美诺尔第一个这样行事的人——直到糊涂得不省人事，还不肯把王位让给儿子。努美诺尔的君王通常结婚都比较晚，等儿子长大成人之后，很快就把权力交给他们。

阿塔纳米尔的儿子塔-安卡利蒙继位之后，和他父亲如出一辙。他统治时期，努美诺尔人分裂成对立的两大派。一派比较强大，史称"王党"。他们目空一切，和埃尔达精灵以及梵拉离心离德。另一派比较弱小，史称"埃伦迪里"，意思是"精灵之友"。他们虽然忠于国王和埃尔洛斯王室，但是希望和埃尔达精灵保持友好，也愿意听从西方君主的忠告。不过，即使这一派——他们自称"忠诚者"——也逃不脱努美诺尔人面临的烦恼——死亡。

就这样，西方人的快乐和幸福受到很大的损害。不过，他们的国力日渐增长，国家日益繁荣，因为国王和他的人民还没有利令智昏。如果说他们对梵拉已经没有什么爱意，至少还心存恐惧，不敢公开违抗禁令，到梵拉限定的范围之外航行。他们仍然驾驶着大船向东航行，但对死亡的恐惧愈演愈烈，人们都绞尽脑汁，想方设法在世上多活几天，建造了一幢又一幢安放死者的厅堂。智者夜以继日地辛勤劳作，试图发现起死回生的秘诀，至少想延长人的寿命。可是他们只在防止尸体腐烂方面获得成功。大地到处都是寂然无声的坟墓，把对于死亡的思考封闭于黑暗之中。活着的人一副看破红尘的样子，及时行乐，纵欲无度，都想获取更多的物品和财富。塔-安卡利蒙之后，人们不再像以往那样，把第一次收获的果实供奉给伊路瓦塔，也很少到梅内尔塔玛山祭拜神坛。

就这样，努美诺尔人开始在那块古老土地的西海岸大兴土木。

他们觉得自己脚下这块土地越来越小，很难有所发展，无法在这儿过悠闲自在、心满意足的生活。西方已经不可涉足，只能打东方的主意，把中洲和中洲的财富据为己有。他们建造了规模宏大的港口，坚固的塔楼，不少人还在那儿安家落户。现在他们俨然是这块土地的君王、领主、贡品的接受者，而不是教师和帮手。努美诺尔人的大船乘风破浪，向东而去，回来的时候，满载着货物和财富。国王权力日增，威仪四方，披金戴银，穷奢极欲，沉湎于声色口腹之乐。

这一时刻，"精灵之友"一直谨言慎行，不参与"王党"的任何活动。现在，只有他们还到北方和吉尔格拉德的领地，和精灵友好相处，并且帮助他们打击索隆。他们的港口在安杜恩河口的佩拉吉尔。"王党"的船一直航行到南方很远的地方。他们的统治以及他们建造的堡垒，要塞，在关于努美诺尔人的传说中留下许多篇章。

这段时间中，索隆在中洲重新崛起，而且又开始作恶。他是莫高斯豢养的走狗，在为魔王效力的过程中自己也变得日渐强大。早在努美诺尔第十一世王塔-米纳斯蒂尔统治期间，他就占领了莫都，并且建起巴拉德-杜尔要塞。从那以后，他逐步蚕食中洲，犹如凌驾于中洲人之上的神灵，成了王中之王。索隆恨努美诺尔人。因为他们的祖先曾经和他的主子莫高斯进行过顽强的斗争，他们和精灵结成联盟，并且效忠于梵拉。他也没有忘记，魔戒制成之后，索隆和精灵在埃里阿多爆发战争时，塔-米纳斯蒂尔帮助吉尔格拉德和他作对。现在听说努美诺尔王国的力量已经相当强大，取得辉煌的成就，他越发恨得咬牙切齿。痛恨之余又感到害怕，担心努美诺尔人侵犯他的领地，把整个东方从他的统治之下夺走。但是，好长时间他都不敢向"海之王"发出挑战，而是从海岸撤走了自己先前部署的兵力。

295

索隆非常狡诈。据说，他用戒指作为诱饵，诱惑的九个人里有三个都是努美诺尔的高层。等到他的仆人乌莱尔瑞的力量壮大，他自己对人类造成极大的震慑之后，索隆就开始攻打努美诺尔人在海岸的要塞和堡垒。

那时候，笼罩努美诺尔人心头的阴影越来越浓重。背叛使得埃尔洛斯王室的成员和国王的寿命缩短。但是他们横下一条心要和梵拉作对到底。第十九世王阿杜纳克从父王手中接过权杖，登基为王，号称"西方君主"。他废止了精灵语，严禁有人在他听力所及的范围内说这种语言。但是在诸王画卷中，"西方君主"海如努门的名字还是用精灵语撰写的，因为这是老祖宗留下的规矩，他们不敢破坏，生怕招来厄运。"忠诚者"这一派认为，阿杜纳克把自己称为"西方君主"，太过狂妄。因为这本来是梵拉的尊称。这些忠诚者处于两难的境地，他们既想忠于埃尔洛斯家族，又对梵拉十分尊敬。然而，更糟糕的事情还在后面。第二十二世王阿-吉米尔佐是"忠诚者"的死敌。他统治时期，"白树"无人照管，开始枯黄。他还彻底禁止使用精灵语，不准人们欢迎从孤岛来的船只，如有违反，严惩不贷。那时候，精灵的船只还秘密到他们那块土地的西海岸。

埃伦迪里——"精灵之友"大都住在努美诺尔西部地区。可是阿-吉米尔佐命令他们统统搬到东部，并且对他们严加看管。后来，大多数"忠诚者"都住在离罗门纳港不远的地方。许多人从那儿航行到中洲北部海岸，在那儿，还可以和吉尔格拉德王国的埃尔达精灵说精灵语。国王对这些事情心知肚明，可是只要埃伦迪里离开他的国土不再回来，并不阻拦。国王希望结束他的百姓和埃雷赛阿——"孤岛"上的埃尔达精灵的友谊。他们管那些埃尔达精灵叫"梵拉的暗探"，生怕他们把努美诺尔人的动向报告给梵拉。可是曼维对他们的一举一动了如指掌。梵拉对努美诺尔国王的所作所为非常愤怒。从那以后，他不再给他们忠告，也不再给他们保护。日落之后，孤岛的船不再起锚，安杜内伊港口一片萧瑟。

努美诺尔诸王中,最英明者当属安杜内伊。他们这一支是埃尔洛斯的后人。努美诺尔第四世王塔-埃伦迪尔的女儿西尔玛瑞恩是他们的女祖。他们忠于国王,对历代君王恭而敬之。安杜内伊王在王室顾问班子里,一直是首席顾问。但是,从最初开始,他们就对埃尔达精灵情有独钟,对梵拉十分敬重。阴影渐浓时,他们总是尽最大的力量帮助"忠诚者"。不过,好长时间内他们都不公开宣布自己的立场,而是提一些聪明的建议,纠正别人的错误,弥补他们的过失。

有一位夫人名叫英吉尔贝斯,因为美丽而闻名于世。她的母亲是安杜内伊亲王埃阿瑞恩杜尔的妹妹林德拉伊。他们生活在阿-撒克尔索时代。阿-吉米尔佐是阿-撒克尔索的儿子,娶英吉尔贝斯为妻。其实英吉尔贝斯并不爱他。她从小受母亲的影响,爱上了"忠诚者"中的一位男子。那时候,国王和他的儿子越来越骄傲,不允许任何人违背他们的意志,阿-吉米尔佐和女王之间没有爱可言,两个儿子之间也没有什么手足之情。大儿子名叫英吉拉杜姆,从长相到性格都像妈妈,小儿子吉梅尔哈多却和父亲一样,如果有什么不同,只是更狂妄,更任性。如果法律允许,阿-吉米尔佐情愿把王位传给小儿子。

英吉拉杜姆继位时,按照古老的习俗,也用精灵语封号加冕。他的名号是塔-帕兰蒂尔,因为他不但眼睛看得远,思想也比别人深刻。他的真知灼见、言谈话语,让那些憎恨他的人心生畏惧。他和"忠诚者"友好相处,让他们过和平安宁的日子。他到梅内尔塔玛山朝拜被塔—吉米尔佐抛弃的伊路瓦塔神坛,还精心照料"白树"。他预言,"白树"枯死之日,就是王族灭绝之时。但是父辈的狂傲早已惹恼梵拉,他此时的悔恨为时已晚,于事无补,更何况大部分人都无悔改之意。吉梅尔哈多剽悍、强壮,是所谓"王党"的首领,一有机会就反对哥哥,不便公开反对时就暗中使坏。就这样塔-帕兰蒂尔在位时一直不得安宁。他心情郁闷,常常到西部地区,爬上安杜内伊港附近的奥罗梅特山,参拜米纳斯蒂尔王古老的塔楼。他站在塔楼上向西极目远眺,希望海面之上能出现一叶扁舟。但是没有一艘船从西方到努美诺尔。阿瓦洛内笼罩在一片乌云之中。

吉梅尔哈多只活了一百九十八岁(虽然埃罗斯家族的寿命正在缩短,但是一百九十八岁就死,仍然被认为英年早逝)。但他的死并没有给王国带来和平。因为吉梅尔哈多的儿子法拉宗对财富和权力的渴望比父亲有过之而无不及。他经常率领舰队出海打仗。那时候,努美诺尔人不断进攻中洲沿海地区,试图扩张势力,统治更多的中洲人。这样一来,法拉宗无论在海上还是在陆地都声名远播。得知父亲去世的噩耗,他匆匆忙忙赶回努美诺尔。这一次,他带回许多财宝,逢人就给,大肆收买人心。臣民们都倒向他这边。

时隔不久,塔-帕兰蒂尔就忧郁而死。他没有儿子,只有一个女儿,名叫米瑞尔。这是一个精灵语名字。按照努美诺尔的法律,她是王位的合法继承人。努美诺尔人的法律还规定,不准近亲结婚,即使王室成员也不能。但是法拉宗全然不顾道德人伦,法规习俗,为了掌握国家大权,强迫堂妹米瑞尔为妻。结婚之后,他便登基为王,名号为阿-法拉宗(精灵语为塔-卡里恩),女王的名字改成阿-吉姆拉菲尔。

自从努美诺尔王国创立,所有挥舞过"海王"权杖的君主里,最强大、最骄傲的就是阿-法拉宗。以前统治过努美诺尔的二十三代国王和女王躺在金床之上,长眠于梅内尔塔玛山下漆黑的陵墓之中。

298

坐在阿美尼罗斯城精雕细刻的宝座之上,阿-法拉宗尽享权力带来的荣耀。他还苦思冥想,准备打仗。因为他在中洲听说了索隆王国的力量和他对西方人的仇恨。恰在此时,从东方回来许多造船师傅和船长。他们向国王禀报,自从阿-法拉宗离开中洲,索隆一直在扩张势力，现在已经向沿海各城市步步紧逼。索隆自封"人之王"，声称要把努美诺尔人赶下大海，可能的话还要彻底摧毁努美诺尔王国。

阿-法拉宗听了非常生气。他早已暗自思忖过这些军国大事，一心想独霸天下，用自己的意志统治全人类。现在，他下定决心，称霸天下，"人之王"非己莫属，索隆必须俯首称臣。他不想向梵拉讨教，也不准备得到任何一位智者的帮助。他狂妄地认为，没有一位国王能强大到敢与埃阿瑞恩代尔的后人决一雌雄的地步。于是，他开始大量打造武器，修船造舰。一切准备就绪之后，他亲自出马，率领一支庞大的舰队向东方进发。

人们看见他的舰队从日落之地驶来，一艘艘巨大的帆船仿佛被鲜血染红，闪烁着金红的光。海岸上的居民非常害怕，纷纷向远方逃去。舰队终于开到一个叫乌姆巴的地方，那儿有努美诺尔人占领的一座天然港湾。"海之王"踏上中洲大地之后，所到之处，空无一人，寂然无声。战旗飘飘，号角声声，阿-法拉宗带领他的部队走了七天七夜，来到一座大山前面。他在山顶搭起幕帐，端坐在宝座之上，放眼望去，远山近水，一顶顶帐篷点缀其间，错落有致，里面住满他的士兵。帐篷有蓝色、金黄色、白色，宛如原野里盛开的花朵。他派出传令官，命令索隆前来接驾，并且发誓效忠于他。

索隆来了，从巴拉德-杜尔要塞远道而来，而且毫无打仗的意思。他看出，"海之王"的力量远比人们传说的强大，即使把自己的精锐之师都拿出来，也不是他的对手。他心里明白，现在还不是征服杜内代英的时候。他非常狡诈，依靠武力达不到目的，就用诡计。于是，装出一副卑躬屈膝的样子，拜见阿-法拉宗。他伶牙俐齿，口若悬河，人们听了都十分惊讶，因为他说出来的那些话听起来都很聪明，很有道理。

阿-法拉宗没有受骗。他想，与其让索隆表什么毫无实际意义的忠心，不如把他送到努美诺尔当人质。这样一来，他本人和远在

299

中洲的部下就不敢轻举妄动了。索隆装出一副迫不得已、委曲求全的样子，勉强答应了阿-法拉宗的要求。实际上，去努美诺尔是他求之不得、正中下怀的事情。就这样，索隆漂洋过海，来到努美诺尔，走进尚处黄金时代的阿美尼罗斯。这里的繁华让他十分惊讶，但他心里装得更多的是嫉妒和仇恨。

索隆极尽阿谀奉承之能事，不到三年，就成了国王的宠臣。他的一张嘴巴甜得就像抹了蜜，而且见多识广，知道人尚不知道的许多奥秘，很能打动人心。看到索隆颇得国王的欢心，文官武将都讨好他，拍他的马屁，只有一个人例外，他就是安杜内伊的阿曼迪尔王。后来，这块土地慢慢地发生了变化。"精灵之友"善良的心饱受痛苦的折磨，许多人因为害怕，放弃了原来的信仰。留在努美诺尔的这些人尽管还把自己叫做"忠诚者"，敌人却管他们叫叛徒。索隆现在有了自己的耳目，渐渐掌握了努美诺尔人的心理，开始公开和梵拉唱对台戏。他说，世界上——东方，甚至西方，还有许多可以占领的海洋和陆地，那里有无数宝藏。如果他们能终于到达海洋和陆地的尽头，就会看到高山与波涛那边"古老的黑暗"。"世界就是由那黑暗创造出来的。只有'黑暗'才值得我们顶礼膜拜。只要忠心耿耿为他效劳，'黑暗之王'还会为我们创造新的世界。我们的力量将因此而不断增长，永无止境。"

阿-法拉宗问："谁是'黑暗之王'呢？"

索隆锁上门，对国王说："他的名字现在还没有人提起。梵拉一直在骗你们。他们总是大谈什么伊路瓦塔。其实，世界上根本没有什么伊路瓦塔，不过是梵拉为了永远奴役你们，杜撰出来的一个幽灵。他们自封为这个伊路瓦塔的'传神谕者'。其实所谓'神谕'都是梵拉自己的意思。'黑暗之王'是他们的主人。他将战胜整个世界，把你们从那个幽灵的控制下解放出来。他的名字叫梅尔克——'万物之主'，'自由使者'，他将使你们比梵拉更强大。"

国王阿-法拉宗开始崇拜"黑暗之王"梅尔克。起初这还处于秘密状态,没多久他便当着臣民的面公开表明了自己的立场。大多数老百姓都是他的追随者。可是,在罗门纳和附近的乡村,还有一些"忠诚者",其他地方也零零星星有他们的人。这些人的首领是阿曼迪尔。阿曼迪尔是国王的谋士,艰苦的岁月里,是他给了他们力量和勇气。阿曼迪尔的儿子埃伦迪尔也是"忠诚者"的领袖。埃伦迪尔有两个儿子:伊赛杜尔和阿纳里翁。按照努美诺尔人的标准,他们那时候还是小孩子。阿曼迪尔和埃伦迪尔都是了不起的船长。他们是塔-敏亚托王,也就是埃尔洛斯家族的后裔。不过他们不是嫡系子孙,因此,没能住在阿美尼罗斯城,也没有权利继承王位。年轻时候,他们经常在一起,阿曼迪尔和法拉宗的关系一直很好。尽管他是"精灵之友",但是索隆来之前,他一直是国王顾问团的成员。索隆最恨阿曼迪尔,来努美诺尔之后,便把他清除出顾问团。阿曼迪尔德高望重,在海上航行的技艺又无人可比,因此深受老百姓的爱戴,无论国王还是索隆都不敢对他轻易下手。

于是,阿曼迪尔退居到罗门纳,并且把他信任的人都秘密召去。邪恶势力发展得很快,他担心"精灵之友"随时都会遭到不测。那时候,梅内尔塔玛已经变成一座荒山。尽管连索隆也不敢玷污高山之上的圣坛,但是国王严禁任何人上山朝拜,甚至不准"忠诚者"在心里怀念伊路瓦塔。索隆怂恿国王砍倒宫殿前庭院里的"白树"尼姆洛斯,因为看到它就让人想起埃尔达精灵,想起瓦里诺之光。

301

起初,国王不敢砍倒"白树"。因为塔-帕兰蒂尔曾经说过,他们这个家族的命运系于尼姆洛斯。就这样,阿-法拉宗虽然憎恨埃尔达和梵拉,但是还不敢违背祖训,不敢彻底抹掉努美诺尔人古老的忠诚在他心底投下的影子。阿曼迪尔听到索隆怂恿阿-法拉宗砍树的消息后,心里非常难过。他知道,索隆最终一定会达到目的。于是,他把埃伦迪尔和埃伦迪尔的儿子们召集到一起,给他们讲了瓦里诺"双树"的故事。伊赛杜尔听了祖父的故事什么话也没

说，趁夜色离开家乡，创造出后来广为传颂的英雄业绩。他精心化
装之后，一个人偷偷溜到阿美尼罗斯王宫。现在，国王严禁"忠诚
者"进宫。索隆下令任何人不得靠近"白树"，还派兵日夜把守。那
时已是深秋，冬日将临，尼姆洛斯光秃秃的树枝上连一朵花也没
有。伊赛杜尔从卫兵身边溜过去，摘下一个果子，转身就走。就在
这时，卫兵被他惊醒，猛扑过去。伊赛杜尔身上多处受伤，杀开一
条血路冲了出去。因为他化了装，谁也没弄清偷果子的是谁。伊
赛杜尔回到罗门纳之后，把果子交给阿曼迪尔，便精疲力竭倒在地
上。阿曼迪尔把果子偷偷地埋到地里，为它祝福，祈祷。春天，新
苗破土，抽出嫩绿的枝条。这当儿，伊赛杜尔一直缠绵病榻，几近
弥留，可是，第一片叶子绽开的时候，他满身的创伤立刻痊愈，活蹦
乱跳，像以前一样健壮。

发现有人偷摘果子之后不久，国王禁不起索隆再三劝说，砍倒
"白树"，彻底背叛了祖训和努美诺尔人对梵拉古老的忠诚。索隆
又鼓动国王在阿美尼罗斯中心的大山上建起一座规模宏大的庙。
神庙呈圆形，底部直径五百英尺，围墙厚五十英尺，高五百英尺，巨
大的穹顶镀着白银，在阳光下闪烁着夺目的光彩。宛如一颗璀璨
的星，从很远很远的地方就能看见。可是白银变成黑色，闪烁的银
光很快就变得暗淡。因为神庙中间有一座祭坛，穹顶正中开了一
扇天窗，黑烟从那里不断地喷吐而出。索隆用从尼姆洛斯上砍下
来的木柴点燃了第一把火。木柴噼啪作响，很快就烧光，可是人们
惊讶地看见一股黑烟冲天而起，大地骤然之间笼罩在乌云之下，整
整七天，不见天日，直到那团乌云慢慢地向西飘去。

从那以后，冲天而起的烟火一直没有停止过。因为索隆的势
力一天比一天大。为了长生不老，人们把活人当做贡品，向梅尔克
祭献。他们残酷折磨无辜平民，神庙里鲜血横流，惨不忍睹。被祭
献的人都是"忠诚者"。但是他们从来不公开指控这些人不信奉
"自由天使"梅尔克。牺牲者的罪名是"背叛国王"，或者"谣言惑

众,投毒杀人,阴谋反对自己的同胞"。这些指控当然都是无稽之谈。然而,那是一个黑暗、痛苦的时代。人们以牙还牙,以眼还眼,仇恨越结越深。

然而,死神并没有离开这块土地。恰恰相反,他来得更勤更快,而且披上各式各样可怕的伪装。过去,人们都是慢慢变老,终于对世界厌倦之后,寿终正寝,在睡梦中死去。可是现在,疯狂和疾病折磨着努美诺尔人。他们怕死,不敢到那个一片漆黑的王国,尽管已经投靠"黑暗之王"。痛苦时,他们恶毒地咒骂自己,动不动就发脾气,为了一件微不足道的小事,就可以刀枪相向。索隆和他已经收买的喽啰到处游说,挑拨离间。人们开始抱怨国王和别的权贵,仇恨那些比自己拥有更多财富的人。有权有势的人则残酷报复,无所不用其极。

但是,相当长一段时间,努美诺尔人觉得他们的国家繁荣昌盛。如果说幸福快乐没有与日俱增的话,他们的国家却日渐强大,富人越来越富。在索隆的帮助之下,努美诺尔的经济实力成倍增长。他们发明了发动机,建造了很大的轮船。轮船上满载着士兵和武器,驶向中洲。他们不再是手提礼物、远道而来的贵客,甚至连统治者也不是,而是凶狠的战争狂人。他们猎杀中洲人,抢夺他们的财物,把他们抓走当奴隶,还把许多人送上祭坛残酷杀害。那时候,努美诺尔人在要塞里盖了庙宇,还造豪华的陵墓。中洲人见了他们十分害怕。慈眉善目的古代君王已经从他们脑海里消失得一干二净,只有可怕的故事留在记忆之中。

就这样,"星光之地"的国王阿-法拉宗成为继莫高斯之后最强大的暴君,尽管真正的幕后操纵者是索隆。岁月流逝,国王觉得死亡的阴影正步步紧逼。他既害怕又愤怒。索隆意识到期待已久的机会到来,对国王说,他的力量已经如此强大,完全可以做自己想做的事情,不必听从任何人的命令,也不必把梵拉的禁令放在眼里。

他说:"梵拉把那块没有死亡的土地据为己有。他们贪得无厌,生怕人抢走这块'不死之地',取代他们的统治,所以一直在骗你们,尽可能把它藏得严严实实,不让你们看见。当然,毫无疑问,长生不老并非人人都可以得到的馈赠,只有那些血统高贵、人格伟大、灵魂高尚的人才能得到。而'王中之王'、'大地之子'阿-法拉宗正是这样的人。也许只有曼维可以与您相比。遗憾的是,他们居然剥夺了您享受这馈赠的权利。真是天理难容! '人之王'不应该任人摆布,一定要夺回属于自己的一切!"

阿-法拉宗知道自己离生命的终点已经不远,正在死神的阴影之下徘徊,听了索隆的吹捧,兴奋得晕晕乎乎,开始在心里盘算如何向梵拉发动战争。他琢磨了好长时间,虽然没有公开暴露自己的思想,但也难瞒过世人的眼睛。阿曼迪尔察觉到国王的意图之后,非常害怕。他知道,人类不可能在战争中战胜梵拉。如果不能制止这场战争,世界就一定被毁灭。于是,他把儿子埃伦迪尔叫来,对他说:"世界正在陷入黑暗,努美诺尔人已经没有希望,因为'忠诚者'太少了,我想效仿我们的老祖宗埃阿瑞恩代尔,不管有没有禁令,到西方找梵拉汇报情况,可能的话,找曼维本人恳求他在世界毁灭前帮助我们。"

"这样做不是出卖国王吗?"埃伦迪尔说,"你很清楚,他们一直指控我们是叛徒、间谍。可是迄今为止,这些指控还没有任何根据。"

"如果曼维需要这样一位信使,"阿曼迪尔说,"我情愿出卖国王。因为无论谁,无论为什么事业而奋斗,只能忠诚于自己的良心。我是为了上苍赐福于努美诺尔人,为了把他们从大骗子索隆的谎言中解救出来,才去求梵拉开恩的。要知道,至少还有一些人忠诚于梵拉。至于因为违抗禁令,受到惩罚,我独自承担,绝不株连旁人。"

"可是,你想过没有,父亲,一旦你的行踪被他们发现,留在这里的家人会受到怎样的迫害?"

"绝对不能让他们知道,"阿曼迪尔说,"我暗中准备。先向东航行。每天都有许多船只从我们的港湾起航。他们不会看出破绽。出海之后,就看运气了。我会依风向或者向南,或者向北,然后掉转船头向西航行,看看能找到什么。我还要告诉你,我的儿子,你应该再准备几条船,把舍不得丢掉的东西都搬到船上。准备好之后,就呆在罗门纳港。等到时机成熟,你就造舆论说,要跟我到东方。对于我们那位头戴王冠的亲戚,阿曼迪尔已经一文不值,如果我们要离开一阵子,或者永远离开,他都不会留恋。但是,不要让他看出你带许多人出海,否则,他会心生疑虑。因为他正在准备打仗。需要尽可能多地集中兵力。发动还没有改变初衷的'忠诚者'秘密加入你的队伍,如果他们愿意,就和你一起按计划行动。"

"什么计划?"埃伦迪尔问。

"不要卷入战争,静观其变,"阿曼迪尔回答道,"在我回来之前,很难再对你说些什么。但是很有可能,你将逃离'星光之地',而且不会有灿烂的星光为你指路,因为这块土地已经被玷污。你将失去深爱的一切,预先尝到死亡的痛苦,颠沛流离,寻求流亡之地。至于到东方还是到西方,只有梵拉说了算。"

阿曼迪尔和家人道别的时候,一副生死诀别的样子。"你们再也看不见我了,"他说,"我不会像埃阿瑞恩代尔那样,尚可化作灿烂的星光照耀你们。但是,不管怎么说,都要做好准备。因为我们都知道,世界末日近在咫尺。"

305

据说,阿曼迪尔趁夜色,驾一条小船向东驶去,在海面上兜了一圈之后,掉转船头,向西而去。他带了三个仆人,都是他的心腹。从那以后,再也没有听到他们的消息,也没有关于他们的任何故事和传说,人不会因为阿曼迪尔不顾个人安危出使西海而再次得救。努美诺尔人的背叛不会轻易得到赦免。

　　埃伦迪尔尽最大的努力完成父亲交给他的任务。他把船停泊在东海岸，让"忠诚者"把妻儿老小、金银细软、传家之宝，都送到船上。里面不乏美不胜收的宝物，比如努美诺尔人在鼎盛时期制造的珠宝、器皿，用红、黑两种颜色记录在卷轴上的各种知识，埃尔达精灵送的七颗宝石。伊赛杜尔那条船上装载着用尼姆洛斯果实种出来的小树。为了保证安全，小树一直由专人看守。就这样，埃伦迪尔做好一切准备，在港口等待着，没有卷入"星光之岛"发生的任何一场争斗。埃伦迪尔和阿曼迪尔父子情深。他站在船头眺望着，希望看到父亲远航归来，可是奇迹始终没有发生。他又向西海岸秘密驶去，凝望着波涛滚滚的大海，心里充满悲伤和思念。然而，碧波万顷，除了停泊在西面港湾里的阿-法拉宗的舰队，什么也没有看见。

　　从前，努美诺尔人这座岛屿风调雨顺，气候宜人。海风从西面吹来的时候，花气袭人，就像永远碧绿的草地上不败的鲜花送来阵阵花香，让人心旷神怡。可是现在一切都变了。天低云暗，雨骤风狂，努美诺尔人的大船经常有去无回，沉入海底，不见天日。而自从那颗光芒四射的星星升起，多少年从来没有发生过这种事情。傍晚，一团乌云不时从西天升起，宛如巨大的鹰，双翼直指南北。"雄鹰"慢慢升起，挡住西斜的红日，垂下沉沉夜幕。有的"鹰"双翼携着雷电，在大海和乌云之间布下万钧雷霆，千里闪电。

　　人们开始害怕。"快看'西方君主'派来的鹰！"他们叫喊着，"曼维大帝的鹰进攻努美诺尔了！"鹰投下的暗影落在他们脸上。

　　有的人开始后悔，但是更多的人铁了一颗心，他们对着天空挥动双拳，说："'西方君主'一直在打我们的主意。现在，他们先下手了。下面就该我们出击了！"这些话虽然最初出自国王之口，但都是索隆怂恿的结果。

　　雷电越来越猛，击中山上的人、田野里的人，甚至城里大街上的行人。后来，一个非常可怕的炸雷把大庙的穹顶劈成两半，燃起冲天大火。但是大庙没有倒塌。索隆站在尖顶之上,公然蔑视从天而降的霹雳闪电,结果毫发无损。那时候,人们都把他看做神,一切都听命于他。就这样,他们对梵拉最后一次警告置若罔闻,任凭地动山摇,依然我行我素。地下发出闷雷般的响声和大海的咆哮交相呼应。梅内尔塔玛山喷吐出滚滚浓烟。阿-法拉宗不但没有收敛,反而变本加厉,调动兵马,积极备战。

这当儿,努美诺尔人的舰队宛如一千个岛屿组成的群岛,黑压压一片,布满"星光之地"西部海岸,桅杆好像大山上的森林,白帆犹如天空密布的云彩。金黄和黑色相间的旗帜迎风飘扬。万事俱备,只等阿-法拉宗一声令下。索隆撤到神庙最里面的密室。人们把祭神用的牺牲者送来,供他焚烧。

风起云涌,"西方君主"的"鹰"排成作战队形,在日落时分直扑"星光之地"。队伍的两翼向目光不及的远方延伸过去。它们飞过来的时候,翅膀变得越来越宽,遮住大半个天空,只有西天在身后放射出血红的光芒。"鹰"闪闪发光,仿佛被愤怒的火焰照亮。努美诺尔也被火光映红,人们相互看着对方的脸,好像都因为愤怒而满脸通红。

阿-法拉宗横下一条心,登上阿尔卡伦达斯——"海上城堡"。这是一条非常大的战舰,桅杆林立,船桨众多,整个船身呈金黄、深褐两色。船上安放着阿-法拉宗的宝座。他头戴王冠,浑身披挂,举起军旗,发出起锚的命令。军号声顿时响彻云霄,盖过滚滚惊雷。

努美诺尔的舰队不顾梵拉的威胁向西方进发。没有风,但是有许多身强力壮的奴隶在挥舞的皮鞭下为他们划桨。太阳沉入大海,万籁俱寂。陆地一片黑暗,大海风平浪静,世界正在等待一场巨变的降临。从海港的塔楼望过去,舰队慢慢消失在海天之间,微弱的灯光渐渐被黑暗吞没,天亮之后,已经不见踪影。因为夜半时分,东风骤起,把他们吹向远方。就这样,舰队违反梵拉的禁令,进入向他们封锁的海面,准备和永生的梵拉决一死战,从他们手里夺过这块神奇的土地,让自己也长生不老。

阿-法拉宗的舰队出海之后,首先包围了阿瓦洛内港和"孤岛"埃雷赛阿。埃尔达精灵非常害怕。因为努美诺尔人庞大的舰队遮天蔽日,连天边的晚霞也被它挡得严严实实。阿-法拉宗终于到达"快乐王国"阿曼,到达瓦里诺海岸。周围还是寂然无声,灾难仿佛吊在一根细线上,随时会落到你头上。阿-法拉宗在最后的时刻动摇了,甚至想打道回府。海岸寂然无声,塔尼奎提尔永恒不变的山峰比雪还白,比死亡还冷峻。极目远眺,宛如伊路瓦塔的光辉投下的影子,阿-法拉宗看得直打寒战。但是,骄傲主宰了他,他终于离开大船,踏上海岸,声称,如果无人应战,这块土地就归他所有。努美诺尔人包围了图纳,埃尔达精灵望风而逃。

塔尼奎提尔山上,曼维祈求伊路瓦塔保佑。因为那时候,梵拉已经不再负责管理阿尔达。伊路瓦塔显示出无穷无尽的力量,骤然之间改变了世界的模样。努美诺尔和"永生之地"之间的大海裂开一个巨大的口子,海水向那个口子流去。大瀑布发出的巨响,蒸腾起的烟雾冲天而起,整个世界地动山摇。努美诺尔人的舰队随着海水流入无底深渊,全军覆没。国王阿-法拉宗和跟他一起踏上阿曼大地的武士被压在倒塌的山峰之下。据说,他们被关在"遗忘之洞"里,直到"最后之战"和"世界末日"。

阿曼大地和埃尔达的"孤岛"——埃里西亚被搬到人类永远无法到达的地方。安多——"馈赠之地","国王的努美诺尔","埃阿瑞恩代尔的埃伦纳"被彻底毁灭。因为它在那个巨大裂口东面很近的地方,根基被彻底推翻,沉入黑暗之中,消失得无影无踪。现在地球上所有曾经给人留下邪恶记忆的土地都已经不复存在。因为伊路瓦塔重整山河,彻底改变了中洲西面的大海和中洲东面空旷之地的面貌,创造了新的陆地和大海。瓦里诺和埃雷赛阿搬到无人知晓的"隐蔽王国",世界变得更小了。

灾难突然之间降临。阿-法拉宗的舰队出发第三十九天之后,梅内尔塔玛山突然燃起熊熊大火。顿时,狂风大作,天旋地转,高山崩裂,努美诺尔沉入大海。妇女儿童、骄傲的公主、美丽的少女,一起被滔天大浪吞没。花园、宫殿、塔楼、城堡、陵墓、财富、宝石、珍珠、绘画、雕刻、歌声、笑声,以及人类智慧创造的所有知识和文明都永远消失在苍茫的大海。最后一个冰冷的浪头,翻滚着雪白的泡沫扑上陆地,卷走女王塔-米瑞尔。她那无与伦比的美比金银、象牙、珍珠、宝石更动人。她挣扎着,向陡峭的梅内尔塔玛山上的神坛爬去,可是为时已晚,她被浪涛吞没,叫喊声消失在风的咆哮之中。

不过无论阿曼迪尔是否真的到达瓦里诺,曼维都听到了他的祈祷。梵拉大发慈悲,埃伦迪尔、他的儿子们以及和他们一起离开努美诺尔的人都幸免于难。埃伦迪尔呆在罗门纳,拒绝国王要他去打仗的命令。索隆手下的士兵想把他们抓进大庙里烧死。为了躲避这场灾难,他们一直住在船上,停泊在离海岸很远的地方,等待时机。由于那块陆地的保护,他们躲过了流入无底深渊的巨大涡流,后来又躲过第一场狂风暴雨的袭击。努美诺尔沉入海底的时候,他本来也会被大海吞没,只是因为离海岸较远,可以死得更轻松一点。因为再也不会有比那天努美诺尔人在死神的怀抱中挣扎更痛苦、更悲惨的死亡了。然而,就在这时,一股人们从未见过的飓风从西方呼啸而来。这股风撕裂白帆,折断桅杆,像卷起几根稻草一样,把他们的船吹向远方。

他们一共有九条船。其中,埃伦迪尔四条,伊赛杜尔三条,阿纳里翁两条。那股黑色的飓风裹挟着他们,逃脱灭顶之灾,进入一片黑暗之中。大海在他们脚下愤怒地咆哮着掀起山一样的浪涛,"山顶"的浪花宛如层层积雪,托举着他们,伸手便可摘下残云朵朵。经过许多天的颠簸,他们终于被扔上中洲海岸。西方世界所

309

有海岸的沿海地区都发生了极大的变化。许多地方变成一片废墟。海岸沉没，大海侵入内地。古老的岛屿沉入海底，新生的岛屿从海水之中崛起。高山倒伏，河流改道，整个世界变得面目全非。

埃伦迪尔和他的儿子们在中洲建立了王国。他们的知识、技能与索隆到努美诺尔之前，努美诺尔人创造的文明相比，当属九牛之一毛。可是，和这个世界的野蛮人相比，他们都是饱学之士。在后来的传说中，对埃伦迪尔的后人有许多记载。他们和索隆的斗争还没有结束，还有许多英雄业绩等待他们创造。

索隆对梵拉震怒、伊路瓦塔给大海和陆地带来的灾难非常害怕。他全然没有想到他的阴谋会使整个世界天塌地陷，海水倒流，江河易位。当初他只想把努美诺尔人置于死地，让他们骄傲的国王一败涂地。索隆坐在大庙中间那把黑椅子上，听见阿-法拉宗吹响战斗的号角，高兴得哈哈大笑。电闪雷鸣，暴风雨来临时，他又仰面大笑。想到大功告成之后，就可以永远除掉艾代英，独霸天下，索隆情不自禁，又哈哈大笑起来。然而笑声未落，他就和大庙一起被滚滚而来的海水冲进深渊。可是索隆毕竟不是凡人。虽然这场风暴剥夺了他那身皮囊——披着这身臭皮囊，他打扮成人的模样，坏事做绝——使他永远不能再堂而皇之站在人类面前，但是他的灵魂没死。他化做一个暗影，一股黑风，从深渊里升起，飘过大海，回到中洲莫都。现在，那儿成了他的家。他在巴拉德-杜尔又建起一座要塞，一天到晚阴沉着脸，默默地坐在塔楼里，直到又为自己"塑造"出一个新形象。这是一个看得见的、充满恶意与仇恨的魔鬼——"索隆的眼睛"。很少有人能受得了他的凝视。

不过这些事情并没有写入现在广为流传的关于"努美诺尔覆灭"的故事，甚至连那块土地的名字也不再为人们所知。人们不再说"埃伦纳"，也不再说"馈赠之地安多"，甚至不再管那块早已沉入海底的土地叫努美诺尔。流亡到海岸的人们如果仍然心系西方，就管那块土地叫玛-努-法尔玛,意思是"海浪下的土地"。阿卡拉贝斯——"覆灭"。埃尔达精灵的说法是"阿塔兰特"。

许多流亡者认为,梅内尔塔玛——"天之柱"的峰顶并没有永远沉入海底,风平浪静之后它又浮出水面,在茫茫大海成为一座孤岛。因为圣贤曾为它祝圣,就是在索隆肆虐的日子里,它也未曾被邪恶玷污。埃阿瑞恩代尔的后人寻觅过这座美丽的山峰。古老传说的编撰者说,古时候,视力极好的人能从梅内尔塔玛山看见"永生之地"闪烁的微光。即使大地毁灭之后,杜内代英仍然心向西方。尽管他们知道,世界确实发生了天翻地覆的变化。他们说:"阿瓦洛内从地球上消失了,阿曼搬到了别处,眼下在这个黑暗的世界无法找到它的踪影。但是,它一定像最初创造时那样,风光依旧,容貌未改。"

杜内代英认为,即使凡人,倘若有上天的保佑,也能看到肉身死灭之后的世界。他们希望摆脱流亡的阴影,看到以某种形式出现的不朽的光芒。对死亡的恐惧像影子一样一直纠缠着他们。那些技艺高超的水手在辽阔的大海寻觅,希望找到梅内尔塔玛岛,在那儿或许能看见当年繁华留下的痕迹。可是,他们什么也没有找到。历经远航之苦来到新大陆的人,发现和在旧大陆时一样,还是逃不脱死神的手掌。航行得更远的人,发现他们只是绕地球走了一圈,最后精疲力竭又回到出发之地。他们说:"现在的路都是弯的。"

后来,通过航海和占星术,人类的君王渐渐懂得,世界是个圆形球体。但是埃尔达精灵尚可随心所欲到古老的西方,到阿瓦洛内。于是学者们说,一定有一条直通西方的道路。那些得到特许的人迟早都能找到这条阳关大道。他们说,新世界消失之后,记忆之中通往西方的道路就会重现眼前,宛如一座看不见的桥,跨过茫茫天宇,横贯星辰起落之地伊尔门,

一直通向"孤岛"——托尔·埃雷赛阿。也许还可以通到瓦里诺。梵拉还住在那儿，冷眼向洋，看世界的故事如何展开。关于那些水手和在大海上漂泊的可怜人，海岸上曾经有过许多故事和传说。据说，由于命运之神的安排，或者由于梵拉的恩典，他们真的踏上了那条"阳关大道"，看见了海底世界的真面目，走上阿瓦洛内灯光照耀的码头，真真切切看见阿曼的海岸线。临死前，他们还看见了庄严、美丽的白山。

魔戒和第三纪

　　索隆是远古时期的迈阿尔,按照贝勒里安德辛达语的叫法是高沙尔。早在阿尔达初创之时,梅尔克就引诱他,并且和他结成同盟。在魔王所有仆人中,他最受信任,最强大,也最危险。他可以伪装成各式各样的人,变化出各种各样的嘴脸。只要他愿意,就可以在很长时间之内都装出一副侠肝义胆、气宇轩昂的样子。除了警惕性极高的人,谁都能被他蒙骗。

　　当塞戈罗德利姆被摧毁,莫高斯被推翻之后,索隆改头换面,装出一副可怜而无辜的样子,找到曼维大帝的传令官埃奥维,表示要弃恶从善。有人认为,起初他此举并非虚伪。看到"西方君主"大怒,莫高斯惨败,他确有悔改之心。但是,埃奥维没有赦免他的权利,只能命令索隆回阿曼接受曼维的裁决。索隆不愿意蒙羞受辱、接受梵拉的审判,也许得服好长时间苦役,才能证明他确实已经洗心革面。因为在莫高斯手下,他真可谓坏事做绝。为了逃避审判,埃奥维走了之后,他便旧病复发,在中洲隐藏起来。莫高斯对他精神上的束缚实在太强烈了。

　　大战爆发、塞戈罗德利姆陷落的时候,地球一片混乱。贝勒里安德山河破碎,土地荒芜。北方和西方,大片大片陆地沉入大海。东面,七河之地,埃雷德·鲁因的屏障倒塌,向南形成一个巨大的豁口,海水奔涌而来。改道后的卢恩河也流到这里,形成卢恩海湾。诺尔多精灵从前管这个地方叫林敦,大动乱之后,也还叫这个名字。许多埃尔达精灵仍然住在这儿，不愿意离开这块他们为之英勇战斗、辛勤开拓、艰苦劳动的土地。芬戈恩的儿子吉尔格拉德是他们的王，和他一起统治这个国家的是"半仙"埃尔隆德——"航海者"埃阿瑞恩代尔的儿子，努美诺尔第一个王埃尔洛斯的哥哥。

精灵在卢恩海湾建造了自己的港口米思隆德——意思是"灰港"。这是一个天然良港，停泊着许多船只。埃尔达精灵从"灰港"起航，逃离大地的黑暗岁月。梵拉对"初生者"格外垂爱，如果愿意，他们还可以从阳关大道到大海那边的"孤岛"和瓦里诺，投入亲戚朋友的怀抱。

那时候，翻过蓝山进入内地的还有一些埃尔达精灵。其中许多是特莱瑞精灵，道伊阿斯和七河之地的幸存者。他们来到离大海很远的森林和山岭，在西尔凡精灵居住的地方建立了王国。西尔凡精灵从来没有建立王国的打算。只有诺尔多精灵在埃里吉翁——人管那儿叫霍林——建立了一个延续了许多年的王国。埃里吉翁离矮人的府邸卡扎德-杜姆很近。精灵管卡扎德-杜姆叫哈多罗德，后来又叫莫利亚，意思是"黑色的峡谷"。因为这儿的矮人和精灵之间的关系比任何其他地方都友好，相互之间往来不断，便在精灵城奥斯特-银-埃塞尔和卡扎德-杜姆西门之间修了一条路。友谊使这两个不同的种族都受益匪浅。埃里吉翁的珠宝匠技艺精湛，除了费阿诺无人可比，而这些能工巧匠中，最负盛名的是库茹芬的儿子凯莱布瑞姆波。正如《茜玛丽尔的历史》一书记述的那样，因为被人挑拨离间，库茹芬和凯莱戈姆远征时，凯莱布瑞姆波一直呆在纳戈斯隆德。

中洲其他地方许多年一直没有战事，但是除了贝勒里安德人涉足的地方，全都是蛮荒之地。许多精灵住在这里，而且已经住了许多许多年，在距离海洋很远的地方自由自在地游荡。他们是阿瓦瑞精灵。对他们来说，贝勒里安德曾经发生过的事情不过是遥

远的传说,瓦里诺也只是一个古老的名字。在南方和东方,人类迅
速繁衍,由于索隆作怪,他们之中大多数人都变得十分邪恶。

　　看到世界一片荒芜,索隆在心里对自己说,梵拉推翻莫高斯之
后,又把中洲丢到了脑后。这样一来,他越发变得骄傲自大,目空
一切。他满怀仇恨注视着埃尔达精灵,十分害怕不时坐着大船来
中洲海岸的努美诺尔人。但是,他一直把自己的思想包藏得严严
实实,不肯让任何人看到他心里那些鬼主意。

　　他发现,所有"地球居民"中,最容易动摇的就是人,但是他一
直在精灵身上下功夫。因为他知道"初生者"的能量比人大,关键
时刻能派更大的用场。他还是像过去那样,装出一副和蔼可亲、聪
明能干的样子,四处活动,走遍精灵聚居的地方。但他不敢去林
敦,因为吉尔格拉德和埃尔隆德对他和他的花言巧语一直持怀疑
态度。他们虽然不知道他的真实身份,但不允许他踏上他们的领
地。其他地方的精灵却很愿意和他打交道。虽然林敦派来信使警
告他们要当心,可是大多数精灵都充耳不闻。索隆化名安纳塔,意
思是"天才的君主"。起初,他们确实从他那儿得到不少好处。他
对他们说:"啊,真是聪明一世糊涂一时! 吉尔格拉德王虽然英明
伟大,埃尔隆德大师虽然学识渊博,可他们竟然不愿意帮助我改天
换地。依我看,他们是不想看到别的地方也像他们那儿那样美丽、
富庶,难道不是吗? 各位精灵兄弟本来可以把中洲大地建设得像
埃雷赛阿,甚至像瓦里诺那么繁华,为什么非要让它永远荒凉、贫
穷落后呢? 你们本来也可以到那儿过衣食无忧的好日子,可是没
去。由此可见,诸位跟我一样,都热爱这块土地。所以,我们应该
团结起来,以建设中洲为己任,逐步提高一直在这里流浪的精灵的
文化水平,让他们像大海那边的精灵一样孔武有力,知识渊博。"

　　索隆的话在埃里吉翁最受欢迎,因为那儿的诺尔多精灵一直
想提高他们的冶炼技术和工艺水平。除此而外,因为当年拒绝回
西方,他们心里一直忐忑不安。埃里吉翁精灵既想永远留在自己

315

深深爱着的这块土地，又羡慕大海那边精灵们快乐幸福的生活。他们对索隆言听计从，跟他学到许多知识和技能，因为索隆的确学识渊博。那时候，奥斯特-银-埃瑟尔的工匠设计、制造出他们从来不曾制造的宝物——"魔戒"。索隆指导他们干活，把他们的底细摸得一清二楚。他一心想把精灵置于自己的控制之下，而且不让他们对自己有任何警惕。

精灵制造了许多枚"魔戒"。这当儿，索隆偷偷地打造了一枚"魔戒之主"，它统治所有"魔戒"，任何一枚魔戒都听命于它。"魔戒之主"的魔力保持多久，其他戒指的魔力才能保持多久。索隆把他的力量和意志都藏到了这枚戒指之中。精灵制造的这些戒指本身力量就非常大，能统治它们的自然必须有更强大的力量。索隆在"阴影之地"的"火焰山"打造了这枚戒指，戴在手上，就能看见所有戒指的行动，而且能看到并且控制戴戒指人的思想和意志。

然而，精灵不是那么好骗的。索隆刚把"魔戒之主"戴到手上，他们就发现不对劲，意识到他想当他们的主人，想霸占他们创造的一切。他们又气又怕，连忙取下手上的戒指。索隆发现精灵识破他的阴谋，没有掉进他挖下的陷阱，非常生气。他公开向精灵宣战，强迫他们交回所有戒指，因为没有他教给他们知识和技能，精灵工匠就不可能打造出这些戒指。精灵们逃脱索隆的淫威，还带走三枚戒指，偷偷藏了起来。

这三枚戒指是最后打造的，魔力最大，名叫纳亚、奈尼亚和维尔雅，意思是："火之戒"、"水之戒"、"空气之戒"，上面分别镶嵌着红宝石、金刚石和蓝宝石。在所有魔戒之中，索隆最想得到的就是这三枚。因为谁拥有这三枚戒指，谁就能避免岁月的磨蚀，延缓世界的衰老。但是索隆找不到它们。它们已经落入"智者"之手。"智者"把它们藏得严严实实，只要戒中之王还在索隆手里，就不拿出来使用。自从凯莱布瑞姆波把它们打造出来之后，索隆之手从未碰过它们，因而三枚戒指还洁净无瑕。但它们也是"魔戒之主"

的"臣民"。

从那时候起,索隆和精灵之间的战争再也没有停止过。埃里吉翁满目焦土,遍地火光,凯莱布瑞姆波被杀,莫利亚的大门被关闭。那时候,埃尔隆德在伊姆拉德里斯——"深深的峡谷"建造了雷文代尔要塞。这座要塞傲然屹立于山谷之间,历经沧桑。索隆把除那三枚戒指外的所有魔戒都掌握在自己手里,分送给中洲其他人,希望那些愿意拥有神秘力量、凌驾于自己同胞之上的人由他摆布,为他效力。他给了矮人七枚,给了人九枚,因为人在这件事情上和别的事情上一样,更容易听命于他。索隆控制的这些戒指,在他的指使之下,都走上邪路。因为他参与了这几枚戒指的打造。制造过程中,他都对它们念过咒语。后来,凡是戴过戒指的人都被戒指出卖。事实证明,矮人的确桀骜不驯,难以制伏,不愿意忍受别人的统治。矮人的心思别人很难揣摩,他们也不会变成无法捕捉的影子。他们只是利用魔戒聚敛更多的财富,只有愤怒和对黄金的贪婪像一团火在心里燃烧时,才有可乘之机。不过,这就足以被索隆利用了。据说,矮人王有七座宝库。每一座宝库下面都有一枚黄金做的戒指。不过这些宝库早就被洗劫一空,矮人王也被恶龙吞噬。那七枚戒指有的在烈火中化为乌有,有的又被索隆夺走。

事实证明,人更容易上当受骗。得到九枚戒指的人都成了他们那个时代的强者:国王,术士,武士。他们获得很高的荣誉和巨大的财富,但是并没有因此逃脱毁灭的命运。他们似乎可以永生,但是生命对于他们成了无法忍受的痛苦。只要愿意,戴上戒指,他们就可以在光天化日之下行走,不被任何人看见,还能看得见任何凡人看不见的东西。但是,他们经常看见的只是索隆的幻影和错觉。不管他们的初衷是好是坏,最终都或迟或早,一个接着一个被手上戴着的戒指束缚,沦为"魔戒之主"的奴仆。除了手戴"魔戒之主"的索隆能看见他们之外,在别人眼里,他们已经消失得无影无

317

踪,进入影子王国。他们是纳芝戈尔,魔戒的奴隶,敌人的帮凶。他们与黑暗同在,苍茫的夜色中,发出死神的呼喊。

索隆的欲望和骄傲与日俱增,直到连他自己也不明白什么时候才是尽头。他下定决心要成为整个中洲的主人,彻底打垮精灵,征服努美诺尔。他自称"地球君主",不容忍自由,对抗。眼下他还戴着面具,装出一副聪明能干、公平善良的样子,还可以蒙蔽人们的眼睛。不过,如果可能,他更喜欢用武力和威胁统治这个世界。见过他投下的阴影笼罩世界的人,都管他叫"黑暗君主"或者"敌人"。他又把莫高斯时代残留在地上或地下的妖魔鬼怪网罗到一起,为他效力。奥克也听命于他,而且像苍蝇一样,繁殖了许多。"黑暗岁月"从此开始。精灵管这个时期叫"逃跑的日子"。因为这时候,中洲许多精灵逃到林敦,再从林敦穿洋过海,逃到西方,再也没有回来,还有许多精灵被索隆和他的部下消灭。在林敦,吉尔格拉德仍然大权在握。索隆不敢贸然跨过蓝山,更不敢袭击他们的港口。吉尔格拉德一直得到努美诺尔人的帮助。别的地方都被索隆的铁蹄践踏。想要自由的人都逃到深山老林,时时处在恐惧之中。东边和南边,几乎所有的人都在索隆的统治之下。那时候,他们变得非常强大,建立了许多城堡,四周围着石头高墙。他们人数众多,武器精良,打起仗来十分凶猛。在他们眼里,索隆既是王,又是神。他的府邸四周一直燃烧着大火,人们都望而却步,心生敬畏。

索隆对西部地区的进攻终于停了下来。正如《努美诺尔的覆灭》一文中讲述的那样,努美诺尔人向他发起了挑战。那时候,努美诺尔正处于全盛时期,兵强马壮,一片繁荣。索隆手下的兵马不是他们的对手,于是他就想用计谋而不是用武力打败努美诺尔人。他离开中洲到努美诺尔,给国王阿-法拉宗当人质,并四处游说,许多人被他迷惑,终于向梵拉发动战争,结果全军覆没。索隆如愿以偿,但是,他忘记"西方君主"发起怒来多么可怕,世界遭受了比他的预想大一万倍的毁灭。天崩地裂,海水吞没了陆地,索隆落入深渊。但是他的灵魂不灭,乘一股黑风逃回中洲,躲藏起来。他发现,在他"背井离乡"的这些年,吉尔格拉德的力量有了很大的发展。他的疆土已经扩展到西部和北部辽阔的平原,越过云雾山和大河,直到云雾山东面的"绿色大森林",和他曾经居住过的地方相距不远。索隆感慨万千,扼腕长叹,只得暂且龟缩在"黑地"要塞,盘算如何东山再起,发动新的战争。

那时候,幸免于难的努美诺尔人逃到东方。他们的首领是埃伦迪尔和他的儿子伊赛杜尔、阿纳里翁。他们都是埃尔洛斯的后人,国王的亲戚,但是他们不听索隆的蛊惑,拒绝与"西方君主"开战。努美诺尔覆灭之前,他们带领一批忠于自己的人登上大船。他们都身强力壮,乘坐的船也十分坚固。暴风雨裹挟着他们在波峰浪谷间颠簸,有时候甚至被抛入云霄。后来,他们像暴风雨中的海鸟,落在中洲大地之上。

埃伦迪尔被扔到林敦海滩。吉尔格拉德对他以朋友相待。他从林敦过卢恩河,在"蓝山"那面建立自己的王国。他的人民住在卢恩河和白兰都因河流域埃里阿多的许多地方。但是最主要的城市是内努伊阿尔——"晨光之湖"旁边的安努米纳斯,意思是,"西方之要塞"。埃里阿多北部丘陵地带的福诺斯特,南部的卡多兰,以及东北部地区的鲁达乌尔,都是努美诺尔人的居住之地。他们在埃梅恩·贝拉伊德山和阿蒙·苏尔——"风之山"上都建造了塔楼。那一带还有许多古坟和被毁坏的建筑,但是埃梅恩·贝拉伊德山上的塔楼依然面向东方。

319

伊赛杜尔和阿纳里翁被暴风雨裹挟到南方,后来终于沿安杜因河驶进内陆。安杜因亦称"长河",发源于云雾山东面的洛瓦尼翁,由贝尔法拉斯湾流入西海。他们在这儿建立了自己的王国,后来被叫做冈多,北面的王国则叫阿诺。很早以前,鼎盛时期的努美诺尔水手就在安杜因河口修建了港口和防御工事,尽管索隆统治的"黑地"离他们不远。后来，只有努美诺尔人中的"忠诚者"来这个港口。因此，这一带许多人都和"精灵之友"以及埃伦迪尔家族或多或少有血缘关系。现在，他们非常欢迎埃伦迪尔的儿子踏上这块土地。南部王国的主要城市是奥斯吉利亚斯，"长河"从城中间流过。努美诺尔人在河上建造了一座大桥，桥上又造了塔楼和石头房子，看起来非常壮观。一条条大船从海上驶来，停泊在这座城市的码头旁边。他们还在"长河"两边建造了非常坚固的城堡："月亮城"和"太阳城"。"月亮城"米纳思伊西尔在"阴影之山"的东面，对莫都构成威胁。米纳思阿诺尔——"太阳城"，屹立在敏多洛因山下，形成阻挡山谷地带野人的屏障。伊赛杜尔住在"月亮城"，阿纳里翁住在"太阳城"，共同统治王国，宝座并排放在奥斯吉利亚斯的大殿。这是努美诺尔人在冈多的主要居住地。鼎盛时期，他们还在阿冈拉斯，阿格拉洛德和埃雷赫建造了许多坚固、华美、让人叹为观止的亭台楼阁。在安戈瑞诺斯特，他们用不破之石建造了奥桑克峰。

　　这些逃亡来的幸存者带来许多价值连城的传家之宝，其中最著名的是"七颗宝石"和"白树"。"白树"是从努美诺尔王宫庭院里那株神树上采摘的果实抽枝发芽，长成的大树。庭院里那株神树——尼姆洛斯后来被索隆付之一炬。尼姆洛斯是从蒂伦神树衍生的，是很久很久以前，雅万娜在梵拉的土地上培育的"瓦里诺双树"中的"年长者"——特尔佩里翁的化身。这株纪念埃尔达精灵和"瓦里诺之光"的"白树"种植在米纳斯伊西尔——"月亮城"伊塞杜尔的房前，因为那枚果实是他从就要被毁灭的尼姆洛斯上抢救出来的。至于七颗宝石，则各得其主。

　　埃伦迪尔分了三块，两个儿子每人两块。埃伦迪尔那三块宝石分别镶嵌在埃梅恩·贝拉伊德，阿蒙·苏尔和安努米纳斯城。儿子那四块镶嵌在"月亮城"，"太阳城"，奥桑克和奥斯吉利亚斯。这几块宝石有一个非常奇妙的功能，可以透过它们看到遥远的地方、遥远的过去发生的事情。但是对大多数人来说，每一块宝石只能展示与它相邻的那块宝石之间那个年代发生的事情。七块宝石环环相扣，形成一个"时间隧道"。只有那些意志坚定、大智大勇的人才能随心所欲，想看哪儿就看哪儿。因此，努美诺尔人知道了许多敌人企图掩盖的事情，敌人的阴谋很少能瞒过他们的眼睛。

据说，埃梅恩·贝拉伊德要塞实际上不是努美诺尔幸存者建造的，而是吉尔格拉德特意为他的朋友埃伦迪尔兴建的。埃梅恩·贝拉伊德那块"瞭望宝石"镶嵌在最高的塔楼——埃洛斯蒂里翁之上。埃伦迪尔经常去那儿，思乡之苦袭上心头的时候，他就站在瞭望石前面眺望将他们隔在两边的汪洋大海。人们说，有时候，甚至看得见"孤岛"之上的阿瓦洛内塔楼。"宝石之王"曾经镶嵌在那里，现在也依然镶嵌在那里。这些宝石是埃尔达精灵为了感谢危难时刻努美诺尔"忠诚者"对他们的关心和帮助，送给埃伦迪尔的父亲阿曼迪尔的。那时候，索隆的势力很大，埃尔达精灵告别努美诺尔远走他乡。这几块宝石名叫帕兰梯利，可以看到很远很远的地方。至于带到中洲的宝石，很久以前就丢失了。

就这样，努美诺尔的幸存者在阿诺和冈多建立了自己的王国。许多年之后他们才发现，敌人索隆也回到中洲。如前所述，他秘密潜回埃菲尔·杜阿斯——"阴影之山"那边古老的王国莫都。莫都北部与冈多接壤。高格罗斯峡谷之上屹立着他坚固的要塞巴拉德-杜尔——"黑暗的要塞"。这儿有一座不断喷吐火焰的高山，精灵管它叫奥罗德鲁因。事实上，索隆之所以很久以前就把这儿选做他的居住之地，正是看中这座山一年四季从地心深处喷吐出的火焰。他可以利用这地心之火玩弄巫术，锻造武器。他在莫都打造了戒中之王。他在黑暗中苦思冥想，为自己"塑造"出一副新面目。这一次，他的样子非常可怕，因为他那副温文尔雅的假面具已经在努美诺尔覆灭时，永远消失在无底深渊。他又一次戴上戒中之王，披挂起那身象征王权的行头，出现在大千世界，他眼睛里的凶光连最勇敢的精灵和人都无法忍受。

索隆准备向埃尔达精灵和西方人发动战争。火焰山的大火又开始燃烧。从很远很远的地方就能看见奥罗德鲁因升起的烟柱。索隆回到中洲之后，努美诺尔人又管这座山叫阿蒙·阿玛思——"死亡之山"。索隆从东部和南部集结了大批兵力，他们之中有不少和努美诺尔人同属一个种族。因为，索隆在这块土地逗留期间，许多人都变得贪婪，自私。那时候，远航到东方的人在沿海地区居住下来，大兴土木，建造城堡，已经屈从于索隆的意志。在中洲，他们心甘情愿为他服务。慑于吉尔格拉德的威力，这些变节者——不乏强壮、凶恶的君王——都住到南边很远的地方。但是，哈拉德人中有两支人马最为强大，一支是海如莫，另一支是富埃努尔。这两支人马住在安杜恩河河口那边，莫都南部辽阔的平原。

索隆看到时机已到，就率领大兵攻打新建的冈多王国，不费吹灰之力就拿下米纳斯伊西尔，毁灭了伊赛杜尔的"白树"。伊赛杜尔幸免于难。他带着一株"白树"的苗木，和妻子、儿子们一起乘船，从安杜恩河口出海，寻找父亲埃伦迪尔。与此同时，阿纳里翁据守奥斯吉利亚斯，和敌人决一死战，把他们赶回大山。索隆再次集结兵力。阿纳里翁心里清楚，除非有人援助，他的王国很难经受敌人再次打击。

埃伦迪尔和吉尔格拉德共商国是。他们认识到，如果不团结起来打击共同的敌人，索隆就会越来越强大，最终逐个吃掉他所有的对手。他们结成联盟，这个联盟被叫做"最后的联盟"。他们组成一支浩浩荡荡的人与精灵的大军，向中洲东部进发，先在伊姆拉德里斯驻扎了一段时间。据说，自从梵拉发动征服塞戈罗德利姆、活捉莫高斯的大战以来，还没有一支队伍比他们这支大军更加兵强马壮、武器精良。

他们从伊姆拉德里斯出发，由许多道山口越过雾山，沿安杜因河前进，直扑"黑地"大门前的达戈拉德——"战场"，向索隆的兵马发起进攻。那一天，所有活物都分成两派，连飞禽走兽也各有其主，只有精灵例外。他们没有分裂而是紧跟吉尔格拉德英勇战斗。至于矮人，很少有人参加两派中的任何一派，但是莫利亚的杜林家族反对索隆。

吉尔格拉德和埃伦迪尔赢得了这场战争的胜利。因为那时候精灵的力量非常强大，努美诺尔人人高马大，身强力壮，发起怒来十分可怕，打起仗来，勇猛顽强。吉尔格拉德的长矛埃格罗斯无人可以抵挡。埃伦迪尔的宝剑让奥克和人望而生畏。这把宝剑闪烁着日月之光，名叫纳西尔。

吉尔格拉德和埃伦迪尔进入莫都，包围了索隆要塞。他们整整围攻了七年。索隆多次突围，弩箭、飞镖齐发，"地心之火"猛攻，吉尔格拉德和埃伦迪尔的人马蒙受了重大损失。埃伦迪尔的儿子阿纳里翁和许多士兵在高格罗斯峡谷被敌人杀死。包围圈越来越小，索隆终于亲自出马，和吉尔格拉德、埃伦迪尔展开殊死搏斗。吉尔格拉德和埃伦迪尔都被他杀死。埃伦迪尔的宝剑在他倒下去的时候，折成两截。索隆也被打翻在地。伊赛杜尔用折断的纳西尔宝剑从索隆手上砍下"魔戒之主"，戴到自己手上。索隆被打败，灵魂再次出窍，扔下肉身，逃到很远很远的地方，藏到荒野之中。许多许多年，都没有再化身为人，出现在大千世界。

"远古时代"和"黑暗时代"之后，第三纪由此开始。希望之光和对昔日欢乐的记忆还没有从人们的心底消失。埃尔达精灵的"白树"在人类诸王的庭院里花满树枝头。为了纪念弟弟，伊赛杜尔在离开冈多之前，把他救出来的"白树"苗木栽到阿诺要塞。索隆的喽啰被击溃之后，四散而逃，但是并没有被完全消灭。尽管许多人弃恶从善，成了埃伦迪尔后人的臣民，但是更多的人还记着索隆，对西方王国充满仇恨。索隆的塔楼被夷为平地，但它的根基尚存,还没有被人们遗忘。努美诺尔人在莫都布置了岗哨,可是谁也不敢在那儿居住。索隆制造的恐怖记忆犹新,"火焰山"离巴拉德-杜尔近在咫尺。高格罗斯峡谷积满了死灰。结成同盟的许多精灵和努美诺尔人在这里丧命。埃伦迪尔和吉尔格拉德王不复存在。从那以后,再也无法集结起一支浩浩荡荡的大军,也不再有精灵与人类的联盟。埃伦迪尔时代结束之后,这两个种族的关系渐渐疏远。

那时候,就连智者也不知道"魔戒之主"到底是怎么回事儿。不过大家都觉得不是什么好玩意儿。但是伊赛杜尔不肯把它交给站在旁边的凯尔丹和埃尔隆德。他们都劝他把"魔戒之主"扔到近在咫尺的火焰山。它是在那烈火之中打造的,就该在那儿化为乌有。索隆的力量日渐削弱,虽然满怀敌意,但也只能是一个孤魂野鬼。伊赛杜尔不听他们的劝告,说道:"我把这枚戒指当做敌人对父亲和弟弟之死的赔偿金。难道不是我给了敌人致命的一击吗?"他觉得这枚戒指戴在手上非常好看,不想毁掉它。他戴着戒指先回到米纳思阿诺尔,为纪念弟弟阿纳里翁,在那儿种了一株"白树"。他把南边的王国托付给弟弟的儿子梅内尔迪尔,对他交待了一番需要注意的事情之后便离开了。他把这枚戒指当做家族的传家之宝,带在身边,从冈多出发,沿埃伦迪尔来时走过的路,一直向北前进。他放弃南部王国,一心想继承父亲在埃里阿多建立的帝国。那里离阴影笼罩的"黑地"很远。

伊赛杜尔在云雾山遭到一群奥克的伏击。他们袭击了他在"绿森林"和"大河"之间的宿营地。那儿离洛伊戈·宁洛罗恩——"金水莲池"不远。伊赛杜尔认为敌人都已经消灭干净,便高枕无忧,没有设防,结果几乎所有随从都被杀光,包括三个儿子埃伦杜尔,阿拉坦和凯尔遥。只有妻子和小儿子瓦兰迪尔因为留在伊姆拉德里斯而幸免于难。伊赛杜尔借助"魔戒之主"的魔力,逃脱敌人的重围,因为手上戴着戒指,谁也看不见他。可是奥克还能闻到他的气味，看见他的足迹，所以一直紧追不放，直到他跑到"长河"旁，扑通一声跳了进去。这时候，"魔戒之主"出卖了他，为它的主人报了仇。伊赛杜尔游泳时，戒指从他手指上滑落下来，落入水中。奥克立刻发现正在水中拼命划行的伊赛杜尔，万箭齐发，结果了他的性命。后来，只有三个人经过长途跋涉，回到山里。其中之一是他的随从欧塔。欧塔一直保存着埃伦迪尔的宝剑碎片。最后带回伊姆拉德里斯。

就这样，宝剑纳西尔最终落到伊赛杜尔的继承人瓦兰迪尔之手。不过，剑身已经碎裂，寒光不再闪烁，暂且没有重新打造。埃尔隆德大师预言，只有找到"魔戒之主"，只有索隆回来，这把剑才能重新铸造。精灵和人都希望这种事永远不要发生。

瓦兰迪尔在安努米纳斯建国安邦，但是他的臣民不多。努美诺尔人和埃里阿多人人数太少，整个国家都人烟稀少，连埃伦迪尔当年开拓建设的城镇乡村都无人居住。许多人死在达戈拉德古战场，莫都的"黑地"以及安杜恩芦苇茂密、蝴蝶花丛生的丘陵水泽。埃阿瑞恩杜尔时代结束之后，第七世王继承瓦兰迪尔的王位。这时候，西方人和北方的杜内代英分裂成许多小国，结果被敌人一个一个吃掉。随着岁月流逝，他们越来越衰落。辉煌成为永远的过去，只留下一座座野草覆盖的坟墓和一群群四处漂泊的流浪汉。没有人认识他们，没有人知道他们从哪里来到哪里去。除了伊姆拉德里斯——"深深的峡谷"，除了埃尔隆德家族，他们的祖先已经被忘得一干二净。但是伊赛杜尔的后人一直珍藏着宝剑碎片。他们这一支人子承父业，世代相传，仍然紧密地团结在一起。

南方的冈多帝国苦苦支撑着。有一段时间，他们的国力不断增长，繁荣景象让他们想起努美诺尔覆灭之前的繁荣昌盛。冈多人开始建造高高的塔楼，坚固的要塞和停泊着许多船只的海港。许多地域不同、语言各异的人对这些头戴双翼王冠的国王都心存敬畏。因为许多年，"白树"一直在米纳思阿诺尔——"太阳城"国王的庭院里亭亭玉立。这株树的种子是伊赛杜尔从陷入大海深处的努美诺尔抢救出来的。努美诺尔"白树"的种子源于阿瓦洛内。阿瓦洛内白树的种子源于混沌初开时的瓦里诺。

岁月如梭，中洲大地日渐衰落，冈多也愈显晦暗。阿纳里翁的儿子梅内代尔这一支开始败落。努美诺尔人的血统和其他种族混杂，力量和智慧大不如前，寿命也越来越短。布置在莫都的哨兵一天到晚睡大觉。到了特莱姆纳——梅内尔迪尔这一支第二十三世王——时代，黑风从东方带来一场瘟疫，许多冈多人不治身亡，国王和他的孩子们也未能幸免。莫都边境的要塞无人把守，米纳斯伊西尔几乎成了一座空城。凶神恶煞又秘密潜入"黑地"。寒风吹过高格罗斯，搅起沉寂多年的死灰，绰绰黑影又聚集在这里。据说他们就是乌莱瑞。索隆管他们叫纳芝戈尔——九枚戒指的仆人。许多年来，他们一直藏而不露。现在终于东山再起，为他们的主人扫清道路，而主人的力量也日益壮大。

在埃阿尼尔时代，他们发起第一次攻击，趁夜色出莫都，翻越"阴影之山"山口，夺取"月亮城"，把那里变成一个非常可怕的地方，人们甚至连看一眼都不敢。"月亮城"更名为米纳思莫古尔——"魔法之城"，自此和西方的米纳思阿诺尔——"太阳城"战事不断。奥斯吉利亚斯——"星光之城"在各个部族败落之时，早已无人光顾，成了一片废墟，现在则成了鬼蜮之城。米纳思阿诺尔巍然挺立，更名为米纳思蒂里斯——"守望之城"。历代君王在城堡之上又建了一座很高很高的塔楼。站在塔楼之上，平原、高山、河流、湖泊尽收眼底。"太阳城"坚不可摧，傲然挺立。"白树"在国王的庭院里依然花繁叶茂。所剩无几的努美诺尔人仍然坚守"长河"，抵御来自米纳思莫古尔和西方所有敌人——奥克、妖魔鬼怪以及坏人的袭击。因此，他们身后这块土地——安杜恩——长河西部地区，逃脱了战争和毁灭的命运。

埃阿尼尔之子埃阿努尔是冈多最后一个国王。他之后，米纳思蒂里斯还苦苦支撑着。正是埃阿努尔单枪匹马冲到米纳思莫古尔城门前,迎接毛古尔王的挑战。他和毛古尔王打得难解难分,后来因为纳芝戈尔的出卖,被敌人生擒活捉,带回城里,受尽折磨。此后,再也没有人看见他的踪影。埃阿努尔没有留下继承人。因为国王没有可以接续的香火,这座城池和日渐缩小的王国便由管家——"忠心耿耿的玛迪尔"家族统治。北方的马背民族罗赫里姆占领了罗翰水草丰美的草原。这块土地原来是冈多王国的一部分,名叫卡莱纳德霍恩。战争爆发之后,罗赫里姆人帮助"城里的君王"。北方,拉乌罗斯大瀑布和阿冈拉斯城那边,还有一支人马保卫着这块土地。这是一个更加古老的民族,对他们的情况人们知之甚少。但是他们英勇剽悍,凶神恶煞、妖魔鬼怪很少敢在他们面前轻举妄动。直到时机成熟,他们的主子索隆再度崛起,这些邪恶的家伙才敢出笼。在此之前,包括埃阿尼尔王之后的一段时间,纳芝戈尔不敢跨过长河,也不敢变幻成人能看得见的模样出城。

第三纪,吉尔格拉德死后,埃尔隆德大师一直住在伊姆拉德里斯峡谷。他召集了许多精灵,还招贤纳士,从中洲各地所有种族中汇集了一大批智者和武艺高强的人。这些人都对他讲述了过去发生的事情,其中不乏良辰美景,他都一一记在心中。就这样,埃尔隆德家成了穷困潦倒的人和被压迫者的避难所。这些才思敏捷、学识渊博的人成了他的"智囊团",伊赛杜尔的后人也住在他家。有的年龄尚小,有的已近暮年。他们和埃尔隆德本人有血缘关系,投奔他自然在情理之中。而埃尔隆德是个聪明人,他心里清楚,一个人还是和自己的同胞、族人接续前缘为好,因为时代将赋予他们重任。也就在这个时候,埃伦迪尔的宝剑碎片落到埃尔隆德手里。杜内代英日渐衰落,许多人成了流浪汉。

327

在埃里阿多,高精灵主要住在伊姆拉德里斯。林敦的灰港湾住着精灵王吉尔格拉德的后裔。他们有时候也会进入埃里阿多,但是大部分时间都住在大海附近,以造船、航海为生。"初生者"厌倦了这个世界,经常扬帆远航,到遥远的西方。造船大师凯尔丹是港湾的君王,也是最英明的智者。

智者很少公开提起精灵藏起来的那三枚魔戒,知道它们藏在哪儿的埃尔达精灵更少。可是索隆失败之后,魔戒便开始显示自己的力量。哪儿有魔戒,哪儿就传来欢乐的笑声,哪儿就没有岁月带来的忧伤。第三纪结束之前,精灵由此发现,蓝宝石戒指在埃尔隆德手里。埃尔隆德住在伊姆拉德里斯峡谷。他那座宫殿上空,星星格外明亮。金刚石戒在萝林、盖拉德丽尔夫人手里。她是道伊阿斯凯利博恩王的妻子,森林精灵的女王。但她本人是诺尔多精灵,还记着瓦里诺时代之前的许多事情。她是现在中洲最聪明、最美丽的精灵。可是红宝石戒一直未见天日,除了埃尔隆德,盖拉德丽尔和凯尔丹,谁也不知道它的下落。

这样一来,在两个王国中,精灵的快乐和他们的美丽没有因为风云变幻,世事变迁而消减。这两个王国是伊姆拉德里斯和洛丝萝林(意思是"鲜花盛开的萝林"),位于凯莱布兰特——"银河"和安杜恩——"长河"之间。那里的树开着金花,奥克或者别的鬼神都不敢靠近。但是许多精灵认为并且预言,一旦索隆再度崛起,就会找到早已丢失的"魔戒之主"。最好的结果是它被他的敌人找到、销毁。无论哪种情况,三枚戒指的魔力都会消失,它们带来的欢乐和幸福都将成为昨日黄花。精灵时代渐入黄昏,人的统治即将开始。

一切都在预料之中,"魔戒之主"和送给精灵的七枚戒指,送给人的九枚戒指早已被毁,另外三枚也不知去向。第三纪随之结束。中洲埃尔达精灵的故事已近尾声。这是万物凋零的年代,大海东边精灵最后的繁荣兴旺将被严冬的霜雪淹没。这一段时间,诺尔多精灵仍然活跃在中洲大地,在世界各种族中,他们仍然最强大、长得最漂亮,凡人仍然使用他们的语言。许多神奇美好的事物存在于世,但是邪恶、可怕的东西也并未绝迹。奥克,恶龙,妖魔,凶残的猛兽经常出没。森林里还生活着许多奇形怪状、古老、聪明的野兽。它们的名字早已被人忘记。矮人还在深山里辛勤劳作。他们极有耐心,用金属和宝石制造出至今无人匹敌的精美的工艺品。人的统治正在准备之中,一切都在变化,直到黑暗之王终于在莫克伍德重新崛起。

莫克伍德从前叫"绿色大森林"。它那宽阔的"厅堂"和林中小径是许多野兽和歌声嘹亮的鸟儿经常光顾的地方。橡树和山毛榉下是瑟兰迪尔王的王国。许多年之后,第三纪快要结束的时候,黑暗越过大森林慢慢地向南爬去,恐惧在暗影重重的林中空地行走,凶猛的野兽出没无定,妖魔鬼怪来去无踪,为捕杀猎物,到处布下罗网与陷阱。

这片大森林改名为莫克伍德。莫克伍德总是黑幕沉沉,很少有人敢从这里走过。只有森林北面,瑟兰迪尔的兵马还围困着那些凶神恶煞。很少有人知道这股黑暗势力何时形成。就连智者也是很长时间之后才有所发现。是索隆投下的暗影提醒人们,他已经卷土重来。从东方的荒凉之地逃回之后,他在大森林南部住下,等到羽翼渐渐丰满起来之后,便又一次化为肉身。他住在一座暗无天日的大山里,修炼妖术。人们都怕多尔·古尔杜尔——"魔法之山"的妖术,但是他们起初还不知道面临的危险会有多大。

就在第一片阴影笼罩莫克伍德的时候,中洲西部地区来了几位伊斯塔瑞。人管他们叫巫师。那时候,谁也不知道他们来自何方。除了对"灰港"的凯尔丹,他们只对埃尔隆德和盖拉德丽尔说过,他们是从大海那边来的。后来,精灵们传说,这几个伊斯塔瑞是"西方君主"派来的信使。倘若索隆再次出笼,就和他决一雌雄,同时帮助精灵、人和所有好心的活物创造英雄业绩。这些巫师化身为年事已高鹤发童颜的老者,虽然重任在肩、殚精竭虑,但是老得很慢,岁月很难在他们身上留下印痕。他们非常聪明,无论是思维能力还是动手能力都很强。他们到处流浪，看望散居在各地的精灵和人，还与飞禽走兽说话。中洲人给他们取了许多名字，因为他们从不暴露自己的真名实姓。精灵管巫师的头领叫米思兰迪尔和库如尼尔，北方人管他们叫刚多尔夫和萨茹曼。库如尼尔年纪最大，来得最早。他之后是米思兰迪尔和拉达盖斯特。还有一些巫师到了中洲东部。因为和我们的故事无关，不再赘述。拉达盖斯特是飞禽走兽的朋友。库如尼尔经常在人聚居的地方走动。他长于辞令，心灵手巧，尤其精通锻工的活计。米思兰迪尔和埃尔隆德以及别的精灵关系密切，经常给他们出主意，想办法。他到处漫游，一直深入到北部和西部很远的地方，从来没有一个固定的居住之地。库如尼尔到东部地区游说，回来之后，就住在奥桑克。这是伊森加德湾的一座要塞，为努美诺尔人兴盛时期所建。

警惕性最高的是米思兰迪尔，正是他首先对莫克伍德森林的黑暗提出疑问。当时许多人认为黑暗是魔戒的奴仆制造的，米思兰迪尔却担心，这是索隆再次出笼的征兆。他来到多尔·古尔杜尔，对要塞施以巫术，很长一段时间，这里平安无事。可是最终，"阴影"还是卷土冲来，而且力量更为强大。这当儿，智者第一次召开会议，史称"白道会议"。参加这次会议的有埃尔隆德，盖拉德丽尔，凯尔丹，以及埃尔达其他王公大臣。米思兰迪尔和库如尼尔也应邀出席。库如尼尔被选为总干事。因为他对老索隆的方略颇多研究。盖拉德丽尔更愿意米思兰迪尔当大家的头。萨茹曼，也就是库如尼尔，对她的意见十分不满，因为他的傲气和对权力的欲望都急剧膨胀。米思兰迪尔拒绝盖拉德丽尔的好意。除了派他来的人，他不愿意和任何人发生联系，或者效忠于任何人，也不愿意定居在任何一个地方，或者听命于任何一个人的召唤。萨茹曼开始研究关于魔戒的知识——它们的来龙去脉和打造的办法。

笼罩莫克伍德大森林的阴影越来越浓重，埃尔隆德和米思兰迪尔的心情也越来越沉重。过了几天，米思兰迪尔冒着极大的危

险来到多尔·古尔杜尔和巫师居住过的洞穴,发现他的担心果然没错,匆匆忙忙跑回埃尔隆德的府邸,对他说:

"我们猜得一点儿也不错。黑雾并非像许多人想像的那样是魔戒的奴仆所为,而是索隆再次显形。他的力量正在飞速增长,已经把所有戒指控制在手中。他现在正在四处打听'魔戒之主'和伊赛杜尔的继承人的消息——如果他们还活在世上的话。"

埃尔隆德回答道:"从伊赛杜尔得到那枚戒指,并且不肯交出去的那一刻起,这场劫难就已经注定——索隆肯定会东山再起。"

"可是'魔戒之主'已经丢失了,"米思兰迪尔说,"只要它现在还藏在什么地方,没有落入索隆之手,我们就有回旋的余地,就可以集结力量,战胜敌人。"

"白道会议"再次召开,米思兰迪尔催促大家立即行动,可是库如尼尔反对他的意见,要大家等等再说。

"我相信,"他说,"在中洲再也找不到'魔戒之主'了。很早以前,它就掉进了安杜恩河,现在恐怕早就被河水冲到大海里去了。它将一直躺在海底,直到天翻地覆,海枯石烂,方可得见天日。"

就这样,他们没有采取任何措施,只有埃尔隆德心里忐忑不安。他对米思兰迪尔说:"我有一种预感,索隆一定能够找到'魔戒之主',战争一定会重新爆发。这一纪将在战争中结束。是的,将在第二次黑暗中结束,除非发生我们无法预料的奇迹。"

"我们这个世界不乏奇迹,"米思兰迪尔说,"智者动摇不定的时候,伸出援助之手的往往是弱者。"

331

智者心烦意乱,但是谁也没有看出库如尼尔早已心怀叵测。他希望自己找到"魔戒之主",倘若那样,就可以挥舞手臂号令天下了。他对索隆的战略战术研究已久,希望打败他。现在,作为对手,他更嫉妒、而不是痛恨他的那些"杰作"。他认为,一旦索隆再次显形,"魔戒之主"就会寻找它原先的主人。倘若把他赶走,"魔戒之主"就会藏在原地不动。因此,他想冒一次险,对索隆来个欲擒故纵,等"魔戒之主"露面之后,再运筹帷幄,抢在朋友和敌人前面,把它弄到手。

他派人到安杜恩河周围芦苇与蝴蝶花丛生之地侦察,很快就发现,许多多尔·古尔杜尔的奴仆正在大河上下进行地毯式的搜索。库如尼尔料想,索隆一定已经探知伊赛杜尔就死在这条河里。他不由得心生恐惧,退守安戈瑞诺斯特,越发悉心钻研起关于魔戒的种种知识和打造的方法。这些情况他没有告诉"白道会议"的任何一位成员,仍然寄希望于第一个发现"魔戒之主"的踪迹。他派出一大批侦探,其中许多是飞鸟。拉达盖斯特向他伸出援助之手,全然没有想到库如尼尔另有打算,满以为这是监视敌人的手段。

莫克伍德森林里的阴影越来越浓,妖魔鬼怪纷纷出笼,云集多尔·古尔杜尔。他们又团结一致,矛头直指精灵和努美诺尔的幸存者。"白道会议"也再次召开。会议上大家就魔戒的传说争论不休。米思兰迪尔说:

"没有必要非得找到那枚戒指。只要它存在于世,就会起作用,索隆就会满怀希望,发展壮大。精灵和'精灵之友'的力量已经大不如前,而索隆的力量正在日益壮大。即使没有'魔戒之主',也难以战胜。因为他还主宰着九枚戒指,另外七枚已经找到三枚。所以我们必须立刻投入战斗。"

对于米思兰迪尔的意见,库如尼尔现在表示赞同。他想把索隆赶出离长河很近的多尔·古尔杜尔要塞,使他没有机会打捞"魔戒之主"。因此,他在最后一刻支持了与会者的建议。他们开始集结力量,攻打多尔·古尔杜尔,赶跑了索隆,莫克伍德森林暂且变得平静安宁。

但是,他们出击得太晚了。索隆早就预料到各路精灵会向多尔·古尔杜尔要塞发起攻击。九位"魔戒奴仆"先行一步,做好迎接主子的准备。因此,索隆的逃跑完全是装出来的。他很快就杀了个回马枪,不等"智者"回击,就重新杀回莫都王国,占领了巴拉德-

杜尔要塞。那年,"智者"召开了最后一次"白道会议",库如尼尔不顾大家反对,撤到安戈瑞诺斯特。

奥克迅速纠集起一支强大的队伍。东部和南部的野人也全都武装起来。就在战云密布,恐惧日增的时候,埃尔隆德的预言变成现实——"魔戒之主"被找到了!而且其过程之奇妙,远远超出米思兰迪尔的预想。事实上,库如尼尔和索隆都没有找到这枚戒指。早在他们开始寻找之前,它就已经落到安杜恩河边居住的一位名不见经传的渔夫之手。那时候,冈多诸王还没有失败。渔夫把"魔戒之主"藏到山脚之下一个无人知晓的地方。许多年来,这稀世之宝一直无声无息地躺在那里。就在攻打多尔·古尔杜尔那年,一位旅行者偶然发现了这枚戒指。这位旅行者被一群奥克追进深山,进入一个遥远的国度,来到佩瑞阿纳斯——霍比特人占据的土地。霍比特人住在埃里阿多西部。精灵和人很少提起他们,索隆和任何一位智者也从来没有关注过这些不起眼的矮人,只有米思兰迪尔分析局势,提出建议时,才想起过他们。

也许因为警惕性高,也许因为运气好,米思兰迪尔第一个听说了"魔戒之主"的消息。但是他将信将疑,而且有点惊恐不安。因为"魔戒之主"的魔力太大,除了像库如尼尔那种自己想成为暴君的人之外,任何一位智者都不想沾它的边儿。然而,这件事不可能永远瞒过索隆,精灵的技艺也不可能消除它的魔力,必须迅速行动,以防不测。因此,在北方杜内代英的帮助下,米思兰迪尔在佩瑞阿纳斯布下岗哨,等待时机。索隆有许多耳目,很快就探听到关于"魔戒之主"的消息。眼下他最想得到的就是这枚戒指,立刻派魔戒的奴仆夺回这件宝物。战火由此点燃。与索隆的战争刚刚打响,第三纪即告结束。

关于魔戒之战,关于战争中的英雄壮举、奇闻轶事,关于这场战争如何以不曾预料的胜利和早就预料的悲剧结束,许多亲历者另有叙述。我们这里讲述的只是伊赛杜尔的继承人在北方崛起的故事。他把埃伦迪尔宝剑的碎片拿到伊姆拉德里斯重新铸造，然后到前线打仗，成为一位了不起的将军。此人就是阿拉桑的儿子阿拉贡，伊赛杜尔第三十九世嫡孙。但是，比起他之前的先辈，他更像埃伦迪尔——英勇顽强，足智多谋。战斗在哈罗恩打响，叛徒库如尼尔被打垮，安戈瑞诺斯特被敌人攻克。冈多城前摆开战场。米纳思莫古尔城的君王，索隆的大将都来助战。旌旗蔽日，天昏地暗。伊赛杜尔的继承人率领西方大军，直逼莫都的黑门。

参加最后一场战役的有米思兰迪尔，埃尔隆德的儿子们，罗翰王，冈多的君主，还有率领北方杜内代英大军的阿拉贡。然而，索隆的力量十分强大，各路兵马虽然英勇奋战，但是全然无用，等待他们的只有失败和死亡。危难时刻，印证了米思兰迪尔当年的预言——智者动摇的时候，弱者伸出援助之手。正如许多后来歌曲传唱的那样，最终是隐居在深山和草地里的霍比特人解救了他们。

据说，霍比特人弗拉多按照米思兰迪尔的吩咐，肩负历史使命，历经千难万险、重重黑暗，完全出乎索隆的预料，终于和他的仆人来到"死亡之山"，把"魔戒之主"扔进曾经锻造它的熊熊大火之中。"魔戒之主"的魔力终于消失，邪恶被烈火吞没。

索隆彻底失败，像一个充满仇恨和敌意的影子，逃得无影无踪。巴拉德-杜尔要塞轰然倒塌，变成一片废墟，倒下来的时候，地动山摇。大地回春，中洲又恢复了和平。伊赛杜尔的继承人成了冈多和阿诺的国王。杜内代英重新崛起，民族振兴。米纳思阿诺尔的庭院里"白树"又花满枝头。因为米思兰迪尔在冈多城后面巍峨的高山敏多洛因深深的积雪里找到一株树苗。"白树"茁壮成长，古老的岁月在诸王心中难以忘怀。

所有这些胜利在很大程度上归功于米思兰迪尔的忠告和他的警惕。战争最后一段时间，他俨然一位德高望重的君王，身穿白色战袍,纵马驰骋在战场上。但是,直到告别的时候,大家才知道,原来"火之戒"一直在他手里。起初,这枚戒指托付给了凯尔丹,后来,凯尔丹把它送给米思兰迪尔。因为他知道他从哪儿来到哪儿去,也知道他最终会回到自己身边。

"把这枚戒指收好,"他说,"你将肩负重任,费心劳神。这枚戒指会帮助你,保护你,使你免受劳顿之苦。因为它是'火之戒'。在那个寒冷的世界,它将重新点燃古老勇士心中的火焰。我的心却和大海在一起,我将住在灰色的海岸旁边,守卫海港,直到最后一条船扬帆远航,然后就一心一意等待着你。"

那是一条白色的大船,船身很长,就像一幢漂亮的房屋。它等了好长时间才等到凯尔丹说的那个"扬帆远航"的时刻。现在一切就绪,伊赛杜尔的继承人成为人之君王,西方的领土也归他统治,三枚戒指的魔力就此消失。对于"初生者",这个世界已经变得古老而苍凉。于是,最后一批诺尔多精灵登上大船,起锚远航,永远离开中洲。三枚魔戒最终的主人骑着骏马来到大海边,埃尔隆德大师登上凯尔丹早就准备好的船,在秋天的曙色中,离开米思隆德港湾,向远方驶去,直到那条船突然"跃出"水面,穿过万里云霞,直上九霄。天似穹庐,风清气爽,它飞快地向古老的西方驶去。埃尔达精灵的故事和歌曲就此结束。

译名对照表

Adanedhel 阿达尼赛尔 "精灵人"图林在纳戈斯隆德时的名字。

Adunakhor 阿杜纳克 "西方君主"，努美诺尔第十九世王。

Adurant 阿杜兰特河 "七河之地"。盖林河最南边的第六条支流。意为双流，因该河在绿岛分成两条而得名。

Aeglos 埃格罗斯 "雪点"，吉尔格拉德的矛。

Aegnor 埃格诺 菲纳芬的四子。与其兄安格罗德共同管理"松树之地"北坡，其名意为"可怕的火"。

Aelin-uial 埃林-维阿尔 "曙光沼泽"。阿洛斯河由此流入西瑞恩河。

Aerandir 埃兰德 "海上漂泊者"。与埃阿瑞恩代尔相伴航海的三个水手之一。

Aerin 埃林 胡林在道-洛明的一位亲属。"东方来客"布罗达娶其为妻。

Agarwaen 阿格瓦伊恩 "血染者"。图林到纳戈斯隆德后以此自诩。

Aglarond 阿格拉洛德 白山上"闪闪发光的山洞"。

Aglon 阿格朗恩 "松树之地"和"寒冷之地"之间狭窄的山口。

Ainu 埃努 "圣贤"，"崇高者"。"万物之父"伊路瓦塔最早创造的精灵。

Ainulindale 埃努林代莱 "圣贤之乐"，也被称为"伟大的音乐"，"伟大的歌曲"。

Akallabeth 阿卡拉贝斯 "垮台"，"衰败"。与昆雅语中的阿塔兰特意思相同。

Alcarinquë 阿尔卡林克 "光荣"，一颗星的名称。

Alcarondas 阿尔卡伦达斯 阿-法拉宗的大船。他乘坐这条大船驶向阿曼。

Aldaron 阿尔达隆 "树之王"。梵拉奥罗米的昆雅语名字。

Aldudenië 阿尔杜代尼 "两棵树的挽歌"。一位名叫埃莱米瑞的金发精灵所作。

Almaren 阿尔曼伦 梅尔克第二次进攻前，梵拉在阿尔达的第一个居住地。中洲中部一个大湖中的小岛。

336

Alqualondë 阿尔夸棱德 天鹅之港。特莱瑞精灵在阿曼海岸主要的城市和避风港。

Amandil 阿曼迪尔 努美诺尔西海岸安杜内伊最后一位君主。曾经远航瓦里诺，再也没有回来。

Aman 阿曼 "摆脱邪恶的地方"。大海西边的一块土地。梵拉离开阿尔曼伦岛后，居住于此。常常被叫做幸运的土地。

Amarië 阿玛瑞 万雅精灵，芬罗德的情人，一直留在瓦里诺。

Amlach 阿姆拉赫 埃姆拉赫之子，埃斯特兰德人不和的始作俑者。

Amon Amarth 阿蒙·阿玛斯 "死亡之山"。索隆从努美诺尔回来后，"火焰山"火焰再起，因此而得名。

Amon Ereb 阿蒙·埃瑞布 "寂静之山"。在拉姆达尔河和东贝勒里安德的盖林河之间。

Amon Ethir 阿蒙·埃瑟尔 "间谍之山"。芬罗德在纳戈斯隆德东面崛起的大山。

Amon Gwareth 阿蒙·戈瓦来斯 图木拉登平原中部的大山。冈多林建造于此。

Amon Obel 阿蒙·欧贝尔 布雷塞尔森林中部的山。埃菲尔·布兰蒂尔建于此。

Amon Rudh 阿蒙·茹斯 "秃山"。布雷塞尔南部荒凉之地，矮人米姆的住所，亦为图林等逃亡者的藏身之地。

Amon Sul 阿蒙·苏尔 "风之山"，在阿诺王国。

Amras 阿姆拉斯 阿姆罗德的孪生兄弟，费阿诺最小的儿子。在西瑞恩河河口攻打埃阿瑞恩代尔时，与其兄阿姆罗德一起被杀。

Anach 阿纳赫 高戈罗斯西面"松树之地"的出口。

Anadûnë 阿纳杜内 "西方人"。指努美诺尔人。

Anar 阿纳昆雅语中的太阳。

Anarion 阿纳里翁 埃伦迪尔的小儿子。努美诺尔陷落之后，与其父及兄伊赛杜尔流落他乡。逃亡中，在中洲建立努美诺尔王国。米纳思阿诺尔的君主。在包围巴拉德-杜尔之战中被杀。

Anarrima 阿纳瑞玛 星座的名称。

Ancalagon 安卡拉根 莫高斯最大的飞龙，被埃阿瑞恩代尔消灭。

Andor 安多 "馈赠之地"。指努美诺尔。

Andram 安德兰姆 "长城"。将贝勒里安德一分为二的山坡。

Androth 安德罗斯 米思利姆山的山洞。灰精灵在这儿收养了图奥。

Anduin 安杜恩 "长河"。在云雾山之东。亦称"大河"，"河"。

Andunië 安杜内伊 努美诺尔西海岸

337

的城市和港口。

Anfauglir 安法乌格里尔 卡卡罗斯恶狼的名字。在本书中译作"嗜血的嘴"。

Anfauglith 安法乌格里斯 "大火之战"中，被莫高斯蹂躏过的阿德-加棱平原。

Angainor 安盖诺 阿乌莱铸造的铁链，梅尔克曾经两次被它所缚。

Angband 安格班德 "铁牢"。莫高斯在中洲西北部建造的城堡式地牢。

Anghabar 安格哈巴 "铁矿山"。环绕冈多林平原崇山峻岭中的矿山。

Anglachel 安哥拉海尔 陨铁制造的宝剑。埃奥尔赠予辛格尔。辛格尔又送给贝莱戈。为图林重新铸造后取名为古尔沙恩。

Angrenost 安格瑞诺斯特 "铁堡垒"。冈多西境的努美诺尔城堡。

Angrim 安戈雷姆 "不幸者格里木之父"。

Angrist 安戈瑞斯特 "削铁如泥"。诺戈罗德最著名的工匠特尔卡所制之刀。贝伦由库茹芬手中夺得，砍掉莫高斯王冠上的茜玛丽尔。

Angrod 安戈罗德 菲纳芬第三子，与其弟阿伊格诺共同占领"松树之地"北坡，在大火之战中被杀。

Anguirel 安古瑞尔 埃奥尔的宝剑。和安戈拉凯尔一样，由陨铁制造。

Annael 安奈尔 米思利姆的灰精灵，图奥的养父。

Annatar 安纳塔 "天才的君主"。第二纪时，索隆以此自诩。

Annon-in-Gelydh 盖莱斯之安诺恩 "诺尔多之门"。道-洛明西部丛山中地下河流的入口，通往"彩虹崖"。

Annuminas 安努米纳斯 "西方之要塞"。内努伊阿尔——晨光湖畔的"阿诺王之城"。

Apanonar 阿帕诺纳 精灵对人的称呼。

Aradan 阿兰旦 玛拉克的辛达语名字。玛拉克是玛兰克的儿子。

Aragorn 阿拉贡 伊赛杜尔第三十九世嫡孙。魔戒大战后，阿诺与冈多合并后的国王。与埃尔伦德之女结婚。

Araman 阿拉曼 阿曼海岸一块不毛之地。在佩洛瑞——阿曼山和大海之间，向北延伸至海尔卡拉克塞海峡。

Aranel 阿兰内尔 亦作迪奥。辛格尔的继承人。

Aranruth 阿兰鲁斯 "国王之怒火"。辛格尔的宝剑。道伊阿斯被毁之后，此剑落入努美诺尔王之手。

Aranwë 阿兰维 冈多林的精灵，沃伦维之父。

Aratan 阿拉坦 伊赛杜尔第二子。

Aratar 阿拉塔 "至尊者"。八位执掌大权者。

Arathorn 阿拉桑 阿拉贡之父。

Arda 阿尔达 意为"王国"。曼维王国之名称。

Ard‐Galen 阿德-嘉兰 "松树之地"以北水草丰美的大平原。被战争破坏之后，称为"呛人的尘土"，或者"尘土呛人之地"。这个名字的意思是："绿色的区域"。

Aredhel 阿蕾塞尔 "高尚的精灵"。冈多林图尔冈的姐姐。被南·埃尔摩斯的黑精灵埃奥尔诱骗，生下迈戈林。也被叫做阿-菲尼尔，"诺尔多的白衣夫人"，"冈多林的白衣夫人"。

Ar‐Gimilzor 阿-吉米尔佐 努美诺尔第二十二世国王，曾经残酷迫害埃棱代里——"精灵的朋友们"。

Argonath 阿冈拉斯 "石头之王"。冈多北部边界"长河"的入口处，伊赛杜尔和阿纳瑞恩巨大的石刻。

Arien 阿伦 地位低于梵拉的迈阿尔。梵拉挑选的"太阳"的导航者。

Armenelos 阿美尼罗斯 努美诺尔国之都城。

Arnor 阿诺 "王者之地"。中洲努美诺尔北部王国。努美诺尔陷落之后，埃伦迪尔逃脱之后所建。

Aros 阿罗斯 道伊阿斯南部的河。

Arossiach 阿罗塞赫 阿罗斯河可涉

水而过的浅滩。在道伊阿斯东北部地区。

Ar‐Pharazon 阿-法拉宗 "金色的"。努美诺尔第二十四世、也是最后一个国王。捕获索隆，后受其引诱，攻打阿曼舰队。

Ar‐Sakalthor 阿-撒克尔索 阿-盖美尔泽之父。

Arthad 阿沙德 巴拉海尔在"松树之地"远征时的十二个同伴之一。

Arvernien 阿沃宁 中洲的海岸，在西瑞恩河河口之西。

Ascar 阿斯卡 "七河之地"盖林河的一条支流，后被叫做拉斯勒瑞尔，意为"奔腾"、"卤莽"。

Astaldo 阿斯塔尔多 "勇士"。梵拉图尔加斯的名字。

Atalante 阿塔兰特 "垮台"、"衰落"。昆雅语，与阿卡拉贝斯同义。

Atanatari 阿塔纳塔瑞 "人之父"。

Atani 阿塔尼 "人"。在贝勒里安德，长期以来，诺尔多精灵和辛达精灵心目中的"人"只是"'三大家族'那些精灵的朋友"。所以，这个名称特指这些人，很少指后来到贝勒里安德的人，或据说住在山那边的人。可是在"万物之父"伊路瓦塔的讲话中，指的就是普通人。

Aulë 奥力 梵拉，八个阿拉塔之一。工匠，工艺大师，其配偶为雅万娜。

Avallone 阿瓦洛内 埃尔达精灵在

339

孤岛的避风港和城市。

Avari 阿瓦瑞 "不愿意","拒绝者"。所有不愿意离开"觉醒之水"西征的精灵都被叫做阿瓦瑞。

Avathar 阿瓦沙 "暮色","阴影"。埃尔达玛湾南部阿曼海岸被抛弃的土地,在大海和阿曼山佩洛瑞之间。梅尔克和"大蜘蛛"乌戈利安特在此相遇。

Azaghal 阿扎哈尔 贝莱戈斯特矮人之王。在"泪雨之战"中打伤戈拉乌如恩,后被戈拉乌如恩所杀。

Balan 巴拉恩 老贝奥效忠于芬罗德之前的名字。

Balar 巴拉 贝勒里安德南部海湾,西瑞恩河的入海口。海湾中的小岛亦以此命名。

Balrog 巴尔洛格 "力量之魔"。在辛达语中,效忠莫高斯的"火魔"的名字。

Barad Eithel 巴拉德·埃伊西尔 "井之要塞"。位于埃伊西尔的诺尔多要塞。

Barad-Dur 巴拉德-杜尔 "黑暗要塞",在索隆的领地莫都。

Barad Nimras 巴拉德·尼姆拉斯 "白角要塞",芬罗德在埃戈拉瑞斯特西部海角建造的城堡。

Baragund 巴拉古恩德 胡林之妻莫尔温的父亲,巴拉海尔的侄子,巴拉海尔在"松树之地"远征的十二

个伙伴之一。

Barahir 巴拉海尔 贝伦之父,在"大火之战"中营救芬罗德并得到他的戒指。

Baran 巴兰 老贝奥的大儿子。

Baranduin 白兰都因 埃瑞阿多的"棕河",流入蓝山南的大海。

Bauglir 巴乌戈里尔 莫高斯的别名,意为"关押者","被关押者"。

Beleg 贝莱戈 技艺高超的弓箭手,道伊阿斯远征队的队长,被称为库沙林——"铁弓"。图林的朋友和伙伴,后被图林所杀。

Belegaer 贝莱盖尔 西方的"大海",在中洲和阿曼之间。常被叫做"大海","西海"。

Belegost 贝莱戈斯特 "大要塞"。矮人在蓝山间的两座城池之一。

Belegund 贝莱古恩德 胡奥之妻瑞安恩的父亲,巴拉海尔的侄子,也是他在"松树之地"远征的十二个同伴之一。

Beleriand 贝勒里安德 地名,指"巴拉地区"。起初指与巴拉岛相对的西瑞恩河入海口附近地区。后来扩展到德瑞恩吉斯特港湾南部、中洲西北部海岸以及海斯鲁姆——"云雾山"南部内陆地区和蓝山山麓东部广阔的平原。由西瑞恩河分为东西贝勒里安德。第一纪末期,大动乱时,贝勒里安德被大海

淹没，只留下奥塞瑞恩德——"七河之地"。

Belfalas 贝尔法拉斯 冈多南部海岸，与同名海湾相对。

Belthil 贝尔塞尔 "神之光"。冈多林王国图尔冈王赐特尔佩里翁神树此名。

Belthronding 贝尔斯罗丁 "铁弓"。贝莱戈的弓。贝莱戈死后，此弓和他埋在一起。

Beor 贝奥 被叫做老贝奥。最初进入贝勒里安德的人，芬罗德的随从，贝奥家族的祖先，也被称为"人最早的家族"。

Bereg 贝莱戈 老贝奥的孙子，巴兰的儿子。

Beren 贝伦 巴拉海尔的儿子。从莫高斯的王冠上摘取茜玛丽尔——三颗钻石之一，并且以此为礼迎娶新娘露西恩——辛格尔之女。与露西恩生活在"七河之地"的绿岛。他是埃尔伦德和埃尔罗斯的曾祖父，努美诺尔国王的祖先。也被叫做卡姆罗斯特，阿尔卡明和"独手"。

Bor 鲍 "东方来客"的首领，亦被叫做"皮肤黝黑的人"。和他的三个儿子同为迈斯罗斯和玛戈勒的追随者。

Borlach 鲍拉赫 鲍的三个儿子之一，与其兄弟一起在"泪雨之战"中被杀。

Borlad 鲍拉德 鲍的三个儿子之一。

Boromir 鲍罗米尔 老贝奥的重孙。亦即贝伦的父亲——巴拉海尔的祖父。拉德罗斯第一位君主。

Boron 鲍罗恩 鲍罗米尔的父亲。

Borthand 鲍沙德 鲍的三个儿子之一。

Brandir 布兰蒂尔 亦被叫做"瘸子"。其父哈恩蒂尔死后，成为哈莱斯人的统治者，后被图林所杀。

Bregolas 布雷格拉斯 巴拉古恩德和贝莱古恩德的父亲，在"大火之战"中被杀。

Bregor 布雷格 巴拉海尔和布雷格拉斯的父亲。

Brethil 布雷塞尔 泰格林河和西瑞恩河之间的森林。哈拉丁人的居住地。

Brilthor 布雷尔舍 "闪光的河水"。"七河之地"盖林河的第四条支流。

Brithiach 布雷塞阿赫 布雷塞尔大森林北、西瑞恩河上的浅滩。

Brithombar 布瑞桑姆巴 贝勒里安德海岸，法拉斯港以北地区。

Brithon 布瑞桑恩 经由布瑞桑姆巴流入大海的河。

Brodda 布罗达 海斯鲁姆——"云雾之地"的一位"东方人"。娶胡林的亲戚阿伊林为妻，后被图林杀死。

Cabed – en – Aras 卡贝德-恩-阿拉斯

泰戈林河的大峡谷。图林在这
儿杀死龙之父——戈拉乌如恩。
妮埃诺在这儿跳崖身亡。

Cabed Naeramarth 卡贝德·纳爱拉玛
斯　意为"生死崖"。妮埃诺跳崖
身亡后,卡贝德-恩-阿拉斯得此
名。

Calacirya 卡拉凯尔雅　意为"光之山
崖"。佩洛瑞山山口。图纳的绿山
从这里崛起。

Calaquendi 卡拉昆迪　"光之精灵"。
生活或者曾经生活在阿曼的精灵。

Calenardhon 卡莱纳舍恩　"绿省"。
罗翰成为冈多北部地区后的称谓。

Camlost 卡姆罗斯特　"空手"的意
思。贝伦因为没有得到茜玛丽尔,
空手晋见辛格尔,而得此名。

Caragdur 卡拉格杜尔　冈多林山南
边的山崖。埃奥尔被从这里扔下
去摔死。

Caranthir 卡兰赛尔　费阿诺第四个
儿子,被叫做"忧郁者"。"兄弟中
脾气最暴躁、最容易发怒的一个"。
曾经统治沙戈林,进攻道伊阿斯,
被胡安所杀。

Carcharoth 卡卡罗斯　安戈班恩德的
恶狼,咬掉贝伦拿钻石的手。后在
道伊阿斯被猎狼犬胡安咬死。

Cardolan 卡多兰　埃瑞阿多南部地
区,阿诺王国的一部分。

Carnil 卡尼尔　一颗星的名字。

342

Celeborn (1) 凯利博恩(1)　"银树"。
"孤岛"埃雷赛阿之树的名字。

Celeborn (2) 凯利博恩(2)　道伊阿
斯的精灵,辛格尔的亲属,与盖拉
德丽尔结婚。第一纪之后,仍然住
在中洲。

Celebrant 凯莱布兰特　"银河"。发
源于米罗梅瑞,流经洛丝萝林,与
长河汇合的大河。

Celebrimbor 凯莱布瑞姆波　"银手"。
库茹芬之子。其父被驱逐之后,他
仍然呆在纳戈斯隆德。在第二纪,
他是最著名的工匠,是精灵三枚戒
指的制造者。后被索隆所杀。

Celebrindal 凯莱布瑞达尔　"银脚"。

Celebros 凯莱布罗斯　"银泡沫",或
"银雨"。布雷塞尔一股清流,流入
西瑞恩河的支流泰戈林河。

Celegorm 凯莱戈姆　费阿诺第三子,
被叫做"仙人"。"大火之战"前,和
其兄库茹芬共同统治海姆拉德,住
在纳戈斯隆德,监禁露西恩。猎狼
狗胡安的主人。被迪奥杀于"千洞
之殿"梅内戈罗斯。

Celon 凯龙　由海姆瑞恩山向西南流
去的河。阿罗斯河的支流。意为
"由高处流下的河"。

Cirdan 凯尔丹　"船木工"。特莱瑞
精灵。"泪雨之战"后,他的城池和
港口被毁,和吉尔格拉德一起逃到
巴拉岛。第二纪和第三纪期间,为

卢恩湾——灰色港湾的统治者。
米思兰迪尔到来时，把纳亚——
"火之戒"托付于他。

Cirith Ninniach 凯瑞斯·宁尼阿赫
"彩虹崖"。图奥从这里到西海。

Cirith Thoronath 凯瑞斯·梭罗纳斯
"鹰崖"。冈多林北部群山中险要
的山口。戈劳芬代尔和"力量之
魔"巴尔洛格在这里交战，跌进万
丈深渊。

Cirth 凯尔斯　如尼文。最初由道伊
阿斯的达伊罗恩创造。

Ciryon 凯尔遥　伊赛杜尔的第三个
儿子。

Corollaire 考罗拉伊瑞　瓦里诺双树
中的"绿树"，也被叫做伊泽洛哈。

Crissaegrim 克瑞沙伊格瑞姆　冈多
林南部的山峰。

Cuivienen 奎维内恩　"觉醒之水"。
中洲的一个湖。第一批精灵在这
里觉醒，并且被奥罗米发现。

Culurien 库鲁瑞恩　劳瑞林的另外一
个名字。

Curufin 库茹芬　费阿诺第五子。被
叫做"诡计多端的人"。凯莱布瑞
姆波之父。

Curunir 库如尼尔　"狡诈者"。被精
灵叫做萨茹曼。巫师之一。

Cuthalion 库沙林　铁弓。

Daeron 戴隆　辛格尔王的大臣和谋
士。如尼文的发明者。倾心于露

西恩，但两次出卖她。

Dagnir Glaurunga 达戈尼尔·格拉乌
伦加　格拉乌伦的克星，图林。

Dagor Aglareb 达戈·阿格拉瑞布
"光荣之战"。贝勒里安德之战的
第三次战役。

Dagnir 达戈尼尔　巴拉海尔在"松树
之地"远征时十二个伙伴之一。

Dagor Bragollach 达戈·布拉格拉赫
"大火之战"。贝勒里安德之战的
第四次战役。

Dagorlad 达戈拉德　战场。第二纪
末期，索隆与"精灵和人类的最后
联盟"作战的地方。

Dagor‑nuin‑Giliath 达戈‑努因‑吉
利亚斯　"星光之战"。贝勒里安
德之战的第二次战役。费阿诺到
中洲之后，在米思利姆爆发。

Dairuin 戴如因　巴拉海尔在"松树
之地"远征时十二个伙伴之一。

Delduwath 代尔杜瓦斯　"松树之地"
后来的名字。意思是"恐怖之影"。

Denethor 代内舍　莱恩维的儿子。
南多精灵的首领，翻越蓝山，居住
于奥赛瑞恩德——"七河之地"。
贝勒里安德之战第一战役时，被杀
于"寂静之山"。

Dimbar 迪姆巴　西瑞恩河和明代布
河之间的土地。

Dimrost 迪姆罗斯特　布雷塞尔森林
的银树瀑布，在本文中翻译成"星

343

雨"。后被称为内恩·盖瑞斯——
"颤抖的水"。

Dior 迪奥 亦被称为阿兰内尔。辛
格尔的继承人。贝伦和露西恩的
儿子。辛格尔死后，离开道伊阿斯
到"七河之地"。贝伦和露西恩死
后，继承茜玛丽尔。后在梅内戈罗
斯被费阿诺的儿子们杀死。

Dol Guldur 多尔·古尔杜尔 "魔法之
山"。第三纪时，绿森林南部索隆
的要塞。

Dolmed 多尔梅德 "湿山顶"。蓝山
山脉的一座大山，离矮人的城市诺
戈罗德和"大要塞"不远。

Dor Cuarthol 道·库阿舍尔 "弓与盔
之地"。贝莱戈和图林保卫的土
地。

Dor Daedeloth 道·达伊代罗斯 "恐
怖的阴影之地"。莫高斯占领的北
方的土地。

Dor Dinen 道·迪内恩 荒无人烟之
地。在埃斯加尔杜因河上游和阿
罗斯河之间。

Dor Firn-i-Guinar 道·费尔恩-阿伊
-古伊纳 "生死之地"。贝伦和露
西恩回来后的居住地。

Doriath 道伊阿斯 "守卫之地"。

Dorlas 道拉斯 布雷塞尔的哈拉丁
人。和图林、胡恩舍一起攻打戈拉
乌如恩。因害怕而撤退，后被"瘸
子布兰蒂尔"所杀。

Dor-lomin 道-洛明 海斯鲁姆南部
地区。芬戈恩的领土，作为封地授
予哈多家族。胡林和莫尔温的家
乡。

Dor-nu-Fauglith 道-努-法乌格里
斯 "尘土呛人之地"。

Dorthonion 道舍尼奥恩 "松树之
地"。贝勒里安德北部边境的大森
林。

Dragon-helm of Dor-Lomin 道-洛
明的龙盔 哈多家族的传家之宝。
图林戴此头盔，亦被叫做"哈多之
盔"。

Draugluin 德拉乌格鲁恩 狼人。被
胡安所杀。贝伦化为他的身形，进
入"铁牢"。

Drengist 德瑞恩吉斯特 直插埃瑞
德·洛明——"回声之山"的河口
湾。海斯鲁姆西部的屏障。

Duilwen 杜伊尔温 盖林河的第五条
支流。

Durin 杜林 卡扎德-杜姆，矮人的君
主。

Ea 埃阿 世界，物质世界。埃阿在
精灵语中的意思是"它是"，或者
"就那样"。是创世纪时，伊路瓦塔
使用的一个词汇。

Earendil 埃阿瑞恩代尔 图奥和"银
脚"阿伊德瑞尔——图尔冈的女
儿——的儿子。冈多林被洗劫时，
死里逃生，和迪奥的女儿埃尔温在

西瑞恩河口结婚,和她一起航行到阿曼,请求帮助,反对莫高斯。乘坐文吉洛特——"浪花号"飞往天空,头戴贝伦和露西恩从"铁牢"夺回来的茜玛丽尔。他的名字的意思是"海之恋人"。

Earendur（1）埃阿瑞恩杜尔（1） 阿诺第十世王。

Earendur（2）埃阿瑞恩杜尔（2） 努美诺尔人在安杜内伊的君主。

Earnil 埃阿尼尔 冈多第三十二世王。

Earnur 埃阿努尔 埃阿尼尔的儿子。冈多最后一个国王。阿纳瑞恩一支从他之后灭绝。

Earrame 埃阿拉美 "海的翅膀"。图奥的船的名字。

Earwen 埃阿文 欧尔维的女儿。欧尔维是辛格尔的兄弟。埃阿文与诺尔多的菲纳芬结婚。他们的孩子芬罗德、奥罗德瑞斯、安戈罗德、阿伊格诺和盖拉德丽尔,因具有特莱瑞血缘而被允许进入道伊阿斯。

Easterlings "东方人" 也被叫做"皮肤黝黑的人"。"大火之战"之后,从东方进入贝勒里安德。"泪雨之战"中在双方参战。莫高斯将海斯鲁姆封给他们作为居住之地。他们镇压了那里的哈多人。

Echoriath 埃赫里阿斯 环绕冈多林平原的大山。

Ecthelion 埃克赛林 冈多林的精灵王。城市陷落后,他曾经大肆杀戮,后被火魔巴尔洛格所杀。

Edrahil 埃德拉海尔 纳戈斯隆德的精灵王。陪同芬罗德和贝伦探险,最后死在"狼人之岛"的土牢里。

Eglador 埃戈拉多 "守卫之地"原来的名字。

Eglarest 埃戈拉瑞斯特 贝勒里安德海岸法拉斯港南部地区。

Eglath 埃戈拉斯 "被抛弃的人"。特莱瑞精灵的自称。多数特莱瑞精灵到阿曼,他们仍然留在贝莱瑞安德,寻找埃尔维。

Eilinel 埃伊丽内尔 "不幸的高里姆"之妻。

Eithel Ivrin 埃伊赛尔·阿维瑞恩 "阿维瑞恩的井"。"阴影之山"下纳罗戈河的源头。

Eithel Sirion 埃伊赛尔·西瑞恩 "西瑞恩的井"。在"阴影之山"东侧。芬戈尔芬和芬戈恩的要塞建于此。

Ekkaia 埃克卡伊阿 外海。环绕阿尔达王国的大海。

Elbereth 爱尔贝蕾斯 辛达语称瓦尔达为爱尔贝蕾斯,意为"星星女王"。

Eldalië 埃尔达里 "精灵们"。与埃尔达意思相同。

Eldamar 埃尔达玛 "精灵的家园"。阿曼地区精灵的居住之地。同名

345

的"大海湾"亦为精灵居住之地。

Eldar 埃尔达 根据精灵的传说，梵拉奥罗米把所有精灵都叫做星之民。实际上只用于称呼三个部族的精灵万雅、诺尔多和特莱瑞。他们从"觉醒之水"出发西征，驱逐阿瓦瑞不愿意西征的人。阿曼的精灵和后来在阿曼定居的精灵都被叫做"高精灵"、"光之精灵"。

Eldarin 埃尔达林 意为"埃尔达的"。

Elemmirë (1) 埃莱姆米瑞(1) 一颗星星的名称。

Elemmirë (2) 埃莱姆米瑞(2) 金发精灵，阿尔杜代尼——《两棵树的挽歌》的作者。

Elendë 埃伦德 埃尔达玛——"精灵的家园"的别称。

Elendil 埃伦迪尔 努美诺尔海岸安杜内伊最后一位君主。阿曼代尔的儿子。埃阿瑞恩代尔和埃尔温的后人，但非国王的嫡系子孙。努美诺尔陷落后，和他的儿子伊赛杜尔、阿纳瑞恩在中洲建立努美诺尔王国。第二纪末，推翻索隆时，和吉尔格拉德一起被杀。这个名字还可以被翻译成"精灵之友"。

Elendili 埃伦迪里 "精灵的朋友们"。塔-安卡利蒙时代和以后历代国王统治时期，都没离开过埃尔达的努美诺尔人。也被叫做"忠诚者"。

Elendur 埃伦杜尔 伊赛杜尔的长子。

Elenna 埃伦纳 努美诺尔的昆雅语名称，意为"星辰的方向"。

Elentari 埃伦塔瑞 "星星女王"。星星制造者瓦尔达的名字。盖拉德丽尔在"萝林的挽歌"中这样称呼她。

Elenwë 埃伦薇 图尔冈之妻。渡海尔卡拉克塞河时溺水身亡。

Elerrina 埃勒瑞纳 "星光之山"。塔尼奎提尔的一个名字。

Elostirion 埃洛斯蒂里翁 "要塞之山"最高的塔楼。"瞭望石"即放在这里。

Elrond 埃尔隆德 埃阿瑞恩代尔和埃尔温的儿子。第一纪末期，自愿归顺"初生者"。到第三纪结束，一直呆在中洲。埃姆拉德里斯峡谷的主人。维尔雅——"空气之戒"的所有者。为吉尔格拉德所赠，被叫做"埃尔伦德大师"和"埃尔伦德半精灵"。他的名字意为"灿烂星空"、"星之穹顶"。

Elros 埃尔洛斯 埃阿瑞恩代尔和埃尔温的儿子。第一纪末期，自愿归为人，成为努美诺尔第一个国王，一直活到很大的年纪。他的名字意为"星海泡沫"。

Elu 埃鲁 辛达语中称埃尔维为"埃鲁"。

Eluchil 埃鲁赫尔 埃鲁·辛格尔的继

承人。贝伦和露西恩的儿子。亦
名迪奥。

Elured 埃鲁瑞德　迪奥的大儿子。
攻打道伊阿斯的时候，被费阿诺的
儿子们所杀。这个名字的意思和
埃鲁赫尔相同——"埃鲁的继承
人"。

Elurin 埃鲁林　迪奥的小儿子。与
其兄埃鲁瑞德一起被杀。他的名
字的意思是"纪念埃鲁"。

Elwë 埃尔维　其姓氏为辛格罗——
"灰袍"。与其兄弟欧尔维共同带
领特莱瑞精灵，从"觉醒之水"西
征。后来成为辛达的君主，和梅里
安一起统治道伊阿斯。从贝伦处
得到茜玛丽尔钻石。在梅内戈罗
斯被矮人所杀。

Emeldir 埃梅蒂尔　"男人一样勇
敢"。巴拉海尔的妻子，贝伦的母
亲。"大火之战"后，带领贝奥家族
的妇女、儿童，离开"松树之地"。

Emyn Beraid 埃梅恩·贝拉伊德　埃
瑞阿多西部的"要塞之山"。

Endor 埃恩德　中洲。

Engwar 埃恩戈瓦　精灵对人类的称
谓之一。

Eónwë 埃奥维　曼维的传令官。第
一纪末，率领精灵和人攻打莫高
斯。

Ephel Brandir 埃菲尔·布兰蒂尔
"布兰蒂尔的围栏"。布雷塞尔人

在阿芒恩·欧贝尔的居住地。也被
叫做埃菲尔。

Ephel Dúath 埃菲尔·杜阿斯　"影子
围栏"冈多和莫都之间的山脉，也
被叫做"影子山"。

Erchamion 埃尔哈明　"独手"。贝伦
逃离"铁牢"后的名字。

Erech 埃雷赫　冈多西面的山。

Ered Engrin 埃雷德·英格里恩　遥远
北方的铁山。

Ered Gorgoroth 埃雷德·高戈罗斯
南·杜恩戈赛布北面的"恐怖之
山"。也被叫做"高戈罗斯"。

Ered Lómin 埃雷德·洛明　"回声之
山"。"云雾之地"海斯鲁姆西部的
屏障。

Ered Luin 埃雷德·鲁因　"蓝山"。
第一纪结束后，"蓝山"成为中洲西
北海岸的山脉。

Ered Nimrais 埃雷德·尼姆莱斯　"白
山"。"云雾山"从东到西的山脉。

Ered Wethrin 埃雷德·威斯林　"阴
影之山"。弯弯曲曲的大山脉，将
"尘土呛人之地"隔在西面，成为海
斯鲁姆和西贝勒里安德之间的屏
障。

Eregion 埃里吉翁　"圣地"。第二纪
时，霍林人对云雾山西部山麓的称
呼。魔戒在这里制造。

Ereinion 埃瑞伊宁　意为"国王的子
孙"。芬戈恩之子。以其绰号"明

347

亮的星"——吉尔格拉德著称。

Erellont 埃瑞朗恩特　陪同埃阿瑞恩代尔远航的三位水手之一。

Eriador 埃里阿多　云雾山和蓝山之间辽阔的土地,是阿诺王朝的领土。

Eru 埃如　伊路瓦塔拉。惟一者。

Esgalduin 埃斯加尔杜因　道伊阿斯的一条河,将奈尔多雷斯森林和瑞金大森林分开,流入西瑞恩河。意为"迷雾下的河"。

Estë 埃斯特　伊尔莫之妻,她的名字意为"休息,休养"。

Estolad 埃斯特拉德　南·埃尔摩斯南部的土地。追随贝奥和马拉克的人翻越蓝山,进入贝莱瑞恩之后即居住于此,在本书中译为"营地"。

Ezellohar 伊泽洛哈　瓦里诺双树中的"绿树",也被叫做考罗拉伊瑞。

Faelivrin 法伊莱弗林　戈文德对芬杜拉斯的称谓。

Falas 法拉斯　贝勒里安德西部海岸,在内夫拉斯特南部。

Falathar 法拉沙　与埃阿瑞恩代尔一起航行的三位水手之一。

Falathrim 法拉斯瑞姆　法拉斯的特莱瑞精灵。他们的君王是凯尔丹。

Falmari 法尔玛瑞　海精灵。离开中洲到西方去的特莱瑞精灵的名字。

Fëanor 费阿诺　芬维的大儿子。芬维和米瑞尔惟一的孩子。芬戈尔芬和菲纳芬的同父异母兄弟。茜玛丽尔钻石的制造者。"星光之战"中被杀。他的名字是库茹芬维。他把这个名字赐予第五子库茹芬。他以母亲的名字为自己的名字——菲阿罗,意为"火之灵"。在辛达语里写作费阿诺。

Felagund 费拉冈德　纳戈斯隆德建立后,芬罗德王的名字。原为矮人语,在本书里译为"千洞之王"。

Finarfin 菲纳芬　芬维第三子,费阿诺的同父异母弟弟。诺尔多大流亡之后,继续留在阿曼。在诺尔多王子中,只有他和他的后裔头发为金黄色。那是他的母亲伊恩蒂斯——万雅精灵遗传的结果。围绕菲纳芬这个名字发生的许多事情都和他的儿子或者臣民有关。

Finduilas 芬杜拉斯　奥罗德瑞斯的女儿,被戈文德所爱。在纳戈斯隆德大洗劫中被俘,被杀于泰戈林河。

Fingolfin 芬戈尔芬　芬维的第二个儿子,费阿诺的同父异母弟弟。贝勒里安德的诺尔多王,住在海斯鲁姆——"云雾之地",后被莫高斯所杀。围绕芬戈尔芬这个名字发生的许多事情都和他的儿子以及臣民有关。

Fingon 芬戈恩　芬戈尔芬的大儿子,被叫做"勇士"。从悬崖峭壁救下迈斯罗斯。父亲死后继承王位。"泪雨之战"中，被高斯莫戈所杀。

Finrod 芬罗德　菲纳芬的大儿子，被叫做"忠诚者"和"人之友"，"人类之友"。纳戈斯隆德的缔造者和国王。之后，以菲拉古恩德这个名字为世人所知。在"七河之地"碰到第一批翻越蓝山的人。在"大火之战"中被巴拉海尔营救。为履行对巴拉海尔的誓言，陪同贝伦夺取茜玛丽尔。为保护贝伦，在"狼人之岛"土牢被杀。

Finwë 芬维　从奎维内恩出发西征时，诺尔多精灵的领袖。阿曼的诺尔多王。费阿诺、芬戈尔芬、菲纳芬的父亲。在"北部要塞"方梅诺斯被莫高斯杀害。

Firimar 菲瑞玛　"凡人"。精灵对人类的称谓之一。

Formenos 方梅诺斯　"北部要塞"。费阿诺被赶出"大瞭望塔"之后，和他的儿子在瓦里诺北部建立的要塞根据地。

Fornost 福诺斯特　"北部要塞"。埃瑞阿多北部高地建造的努美诺尔城。

Frodo 弗拉多　魔戒携带者。

Fuinur 富埃努尔　一个叛逆的努美诺尔人。第二纪末期，在哈拉德人中很有权势。

Galadriel 盖拉德丽尔　菲纳芬的女儿，芬罗德·菲拉古恩德的妹妹。与道伊阿斯——"守卫之地"的精灵凯利博恩结婚。第一纪结束后，他们继续住在中洲。"水之戒"的保存者。

Galdor 加尔多　被叫做"大个子"。哈多·劳伦德尔的儿子。后为道-洛明的君主。胡林和胡奥的父亲。在"西瑞恩的井"被杀。

Galvorn 加尔沃恩　黑精灵埃奥尔设计的金属制品。

Gandalf 刚多尔夫　巫师。

Gelion 盖林河　东贝勒里安德的大河。

Gelmir (1) 盖尔米尔(1)　纳戈斯隆德的精灵，戈文德的兄弟。"大火之战"中被俘，后来在"西瑞恩的井"前被处死。

Gelmir (2) 盖尔米尔(2)　安戈罗恩德的精灵。和阿米纳斯一起到纳戈斯隆德，警告奥罗德瑞斯命在旦夕。

Gildor 吉尔多　和巴拉海尔一起在"松树之地"远征的十二个同伴之一。

Gil-Estel 吉尔-埃斯特尔　"希望之星"。埃阿瑞恩代尔的辛达语名字。

Gil-Galad 吉尔-格拉德　"明亮的星"。芬戈恩之子埃瑞伊宁后来为人熟知的雅号。图尔冈死后，他成了中洲诺尔多精灵最后一个大王。

349

第一纪结束后，仍然呆在林敦。和
埃伦迪尔同为"人与精灵最后的联
盟"的领袖。在推翻索隆的战斗中
战死。

Gimilkhad 盖梅尔哈多　阿-盖梅尔
泽和英吉尔贝斯的小儿子。努美
诺尔最后一个国王，阿-法拉宗的
父亲。

Ginglith 金利斯　西贝勒里安德的一
条河，流入纳戈斯隆德的纳罗戈
河。

Glaurung 戈拉乌如恩　第一条莫高
斯龙。"龙之父"。在"大火之战"、
"泪雨之战"和纳戈斯隆德大洗劫
中出现。对图林和妮埃诺施了妖
术。在卡贝德-恩-阿拉斯大峡谷
被图林杀死。又名"大虫"，"莫高
斯大虫"，"蠕虫"。

Glingal 戈林加尔　"悬垂的火焰"。
图尔冈在冈多林以此命名劳瑞林
神树。

Glirhuin 戈利尔胡英　布雷塞尔的吟
游诗人。

Gloredhel 格勒瑞赛尔　道-洛明的哈
多-劳伦德尔的女儿，加尔多的妹
妹。与布雷塞尔的哈尔迪尔成婚。

Glorfindel 格洛芬德尔　冈多林的精
灵。从被洗劫的城池中逃出之后，
在鹰崖与"力量之魔"的战斗中坠
崖身亡。意思是"金发"。

Golodhrim 戈罗斯瑞姆　戈罗斯是昆

雅语，与诺尔多的辛达语形式相
同。

Gondolin 冈多林　"隐蔽的石头"。
图尔冈王统治的群山环绕的秘密
城池。

Gondor 冈多　"石头之地"。中洲的
南努美诺尔王国。为伊赛杜尔和
阿纳瑞恩所建。

Gonnhirrim 冈希尔瑞姆　"石头的主
人"。辛达语对矮人的称呼。

Gorgoroth 高格罗斯　莫都的高原，
在"阴影之山"和"灰山"之间。

Gorlim 高里姆　"不幸的人"。巴拉
海尔在"松树之地"远征时十二个
伙伴之一，落入敌人设下的圈套，
被俘后向索隆暴露了巴拉海尔的
藏身之地。

Gorthaur 高沙尔　索隆的辛达语名
称。

Gorthol 高舍尔　"可怕的头盔"。图
林在道-库阿舍尔——"弓与盔之
地"时，作为两个首领之一所用的
名字。

Gothmog 高斯莫戈　巴尔罗戈的首
领。安戈班恩德——"铁牢"地位
最高的看守。先后杀死费阿诺、芬
戈恩和埃克赛林。

Greater Gelion 大盖林河　盖林河在
北部地区的支流。

Grond 戈朗恩德　莫高斯的铁锤。

Guilin 古伊林　盖尔米尔和戈文德

的父亲。纳戈斯隆德的精灵。

Gundor 贡德 哈多·劳伦德尔的小儿子。道-洛明的王。"大火之战"中和他的父亲一起在"西瑞恩的井"被杀。

Gurthang 古尔沙恩 "死亡之铁"。贝莱戈的宝剑。安戈拉凯尔在纳戈斯隆德为图林重新铸造后的名字。图林因此而得名"黑剑"。

Gwaith－i－Mirdain 戈瓦伊斯-阿伊-米尔达因 "钻石工匠",埃瑞根的工匠中最负盛名者是凯莱布瑞姆波。他是库茹芬的儿子。

Gwindor 戈文德 纳戈斯隆德的精灵,盖尔米尔的兄弟。曾经被囚禁于"铁牢"。逃脱后,帮助贝莱戈营救图林,并将图林护送到纳戈斯隆德。爱慕奥罗德瑞斯的女儿芬杜拉斯。在图木哈拉德战斗中被杀。

Hadhodrond 哈舍德罗德 卡扎德-杜姆的辛达语名字。

Hador 哈多 "金发哈多"。道-洛明的君主,芬戈尔芬的家臣,加尔多的父亲,胡林的祖父。"大火之战"中,在"西瑞恩的井"被杀。

Haladin 哈拉丁 进入贝勒里安德的第二批人。后来,被叫做"哈莱斯人",住在布雷塞尔森林,因而也被叫做布雷塞尔人。

Haldad 哈尔达德 奥克袭击沙戈林的哈拉丁时,哈莱斯人的领袖。战

斗中被杀。哈莱斯夫人的父亲。

Haldan 哈尔达恩 哈尔达的儿子。哈莱斯夫人死后,他成为哈拉丁的领袖。

Haldar 哈尔达 哈尔达德的儿子,哈莱斯夫人的兄弟。奥克袭击沙戈林的时候,与其父一起被敌人杀害。

Haldir 哈尔迪尔 布雷塞尔森林哈尔米尔的儿子。与道-洛明哈多的女儿戈勒瑞德海尔成婚,在"泪雨之战"中被杀。

Haleth 哈莱斯 "哈莱斯夫人"。哈拉丁的领袖。

Halmir 哈尔米尔 哈拉丁的君主,哈尔达恩的儿子。"大火之战"后,和道伊阿斯的贝莱戈一起打败了从西瑞恩河口南边来的奥克。

Handir 哈恩蒂尔 哈尔迪尔和戈勒瑞德海尔的儿子。"瘸子"布兰蒂尔的父亲。哈尔迪尔死后,为哈拉丁的君主。在布雷塞尔和奥克的战斗中战死。

Haradrim 哈拉德瑞姆 哈拉德人。

Hareth 哈瑞斯 布雷塞尔哈尔米尔的女儿,与道-洛明的加尔多成婚。胡林和胡奥的母亲。

Hathaldir 哈沙尔蒂尔 巴拉海尔在"松树之地"远征时十二个伙伴之一。

Hathol 哈舍尔 金发哈多·劳伦德尔

351

的父亲。

Haudh–en–Arwen 哈乌斯-恩-阿文
　"夫人之墓"。布雷塞尔森林的
　哈莱斯之墓。

Haudh–en–Ellenth 哈乌斯-恩-埃莱
　斯　芬杜拉斯之墓。

Haudh–en–Ndengin 哈乌斯-恩-恩
　邓金　"万人之冢"。在安法乌格
　里斯荒野。"泪雨之战"后,这里堆
　满精灵和人的尸体。

Haudh–en–Nirnaeth 哈乌斯-恩-尼
　尔纳伊斯　"眼泪之冢"、"万人之
　冢"的别名。

Helcar 海尔卡　中洲东北部的内陆
　湖。那里曾经是埃尔路银之灯的
　高悬之地,后来变成一片汪洋。是
　精灵的第一个觉醒之地。

Helevorn 海莱沃恩　意为"黑色的玻
　璃"。沙戈林北面的湖,在赖瑞尔
　山下,是卡拉塞尔居住的地方。

Helluin 海尔路银　天狼星。

Herumor 海如莫　变节的努美诺尔
　人。第二纪末期,在哈拉德人中变
　得十分强大。

Herunúmen 海如努门　"西方君主"。
　阿杜纳克的昆雅语名字。

Hildor 海尔多　"跟随者","后来
　者"。精灵对人的称谓。意为"伊
　路瓦塔年轻的子孙"。

Hildorien 海尔多瑞恩　中洲东部的
　土地。第一批人海尔多在这里觉

醒。

Himlad 海姆拉德　"凉爽的平原"。
　阿格朗恩山口南面,凯莱戈姆和库
　茹芬居住的地方。

Himring 海姆瑞恩　玛戈勒峡谷西面
　的大山。山上有迈斯罗斯的要塞。
　在本书中意为"寒冷之地"。

Hirilorn 海瑞劳恩　"树之母"。道阿
　伊斯有三个树干的古柏。露西恩
　被囚禁于此。

Hisilómë 海塞洛梅　意为"云雾之
　地"。海斯鲁姆的昆雅语形式。

Hithaeglir 海沙伊戈里尔　"云雾山
　峰的界线"。云雾山。

Hither Lands 海舍地　中洲。

Hithlum 海斯鲁姆　"云雾之地"。在
　"阴影之山"东南。西部与"回声之
　山"相连。

Huan 胡安　瓦里诺的猎狼犬。奥罗
　米送给凯莱戈姆。贝伦和露西恩
　的朋友。咬死过恶狼卡卡罗斯,后
　被其他恶狼咬死。"胡安"的意思
　是"了不起的猎狼犬"。

Hunthor 胡恩舍　布雷塞尔一位哈拉
　丁人。跟随图林到卡贝德-恩-阿
　拉斯攻打戈拉乌如恩,被坠落的巨
　石砸死。

Huor 胡奥　道-洛明加尔多的儿子,
　瑞安恩的丈夫,图奥的父亲。和他
　的兄弟胡林一起到冈多林。在"泪
　雨之战"中被杀。

Hurin 胡林　被尊称为"坚定不移者"，"忠贞不渝者"。道-洛明加尔多的儿子，莫尔温的丈夫，图林和妮埃诺的父亲。道-洛明的君主，芬戈恩的仆从。和他的兄弟胡奥一起到冈多林。"泪雨之战"中被莫高斯捕获，在"暴虐之山"关了许多年。释放后，在纳戈斯隆德杀死米姆，将"矮人的项链"送给辛格尔王。

Hyarmentir 赫雅蒙蒂尔　瓦里诺南部地区最高的山峰。

Iant Iaur 伊阿恩特·伊奥尔　道伊阿斯北部边境埃斯加尔杜因河上的"老桥"。也被叫做埃斯加尔杜因桥。

Ibun 伊布恩　小矮人米姆的儿子之一。

Idril 伊德丽尔　"银脚"。图尔冈和埃棱维的独生女，图奥的妻子，埃阿瑞恩代尔的母亲。她和丈夫、儿子一起逃离冈多林之后，来到西瑞恩河河口，然后，和图奥一起驶向西方。

Illuin 伊尔路银　奥力为梵拉制作的灯之一，高悬于中洲北部。梅尔克推倒大山之后，这里变成内海海尔卡。

Ilmarë 伊尔玛瑞　瓦尔达的女仆。

Ilmen 伊尔门　星辰起落之地。

Iluvatar 伊路瓦塔　"万物之父"。亦称埃如。

Imlach 伊姆拉赫　阿姆拉克的父亲。

Imladris 伊姆拉德里斯　字面上的意思是"深深的峡谷"。埃尔伦德在云雾山峡谷的居住地。

Indis 伊恩蒂斯　万雅精灵，英戈维的近亲，芬维的第二个妻子，芬戈尔芬和菲纳芬的母亲。

Ingwë 英戈维　万雅部族的领袖。由奎维内恩西征的三支埃尔达中的第一支。到阿曼之后，居住在塔尼奎提尔——白峰，被精灵拥立为王。

Inziladum 英吉拉杜姆　阿-盖美尔泽和英吉尔贝斯的大儿子。后来更名为塔-帕兰蒂尔。

Inzilbeth 英吉尔贝斯　阿-盖美尔泽的女王。

Irmo 伊尔莫　通常被叫做萝林的梵拉。他的住处也叫伊尔莫。伊尔莫的意思是满怀渴望的人。

Isildur 伊西尔多　埃伦迪尔的大儿子。和他的父亲、弟弟阿纳瑞恩从"努美诺尔陷落"中逃出之后，在中洲建立努美诺尔王国。从索隆手上砍下"魔戒之主"。这枚戒指从他的手指上滑落下来的时候，被奥克杀死在"大河"安杜恩。

Isil 伊西尔　昆雅语中的"月亮"。

Istari 伊斯塔瑞　巫师。

Ivrin 伊弗林　"阴影之山"下的湖和

瀑布,纳罗戈河发源于此。

Kelvar 凯尔瓦　雅万娜和曼维说话时保留的精灵语中的单词,意为"动物,可以行动的活物"。

Kementari 凯梦塔瑞　"大地之女王"雅万娜的尊称。

Khazad 卡扎德　矮人在自己语言中的称谓。

Khazad–dum 卡扎德-杜姆　矮人杜林一族在云雾山的府邸。杜姆的意思是"大厅","府邸"。

Khim 凯姆　小矮人米姆的儿子。被图林手下所杀。

Ladros 拉德罗斯　"松树之地"东北部的土地。诺尔多王赐予贝奥家族。

Laer Cu Beleg 拉伊尔·库·贝莱戈　《铁弓之歌》。图林在埃伊赛尔·阿维瑞恩为纪念贝莱戈·库沙林而作。

Laiquendi 莱昆迪　"七河之地"的绿精灵。

Lalaith 拉莱斯　"笑声"。胡瑞恩和莫尔温的女儿,不幸夭折。

Lammoth 拉姆莫斯　"巨大的回声"。德瑞恩吉斯特河口以北地区,因莫高斯和乌戈利安特搏斗时的回声而得名。

Lanthir Lamath 兰赛尔·拉玛斯　意为"回声巨大的瀑布"。迪奥在"七河之地"建造了自己的房子。他的

女儿埃尔文戈——"星满枝头"后来以此命名。

Laurelin 劳瑞林　"黄金之歌"。瓦里诺两棵树中幼小的一棵。

Legolin 莱戈林　"七河之地"盖林河第三条支流。

Lembas 莱姆巴斯　辛达语中的"宽叶车前"。因其叶宽、多生于路边而得此名。

Lenwe 莱恩维　脱离特莱瑞的精灵们的领袖。他们拒绝翻越云雾山向西进发。代内舍的父亲。

Lhun 卢恩　埃瑞阿多地区的一条河,由卢恩海湾流入大海。

Linaewen 里纳伊文　"鸟之湖"。内夫拉斯特面积辽阔的沼泽地。

Lindon 林敦　第一纪时"七河之地"的名字。第一纪大动乱结束之后,蓝山西边的大片土地仍叫林敦。

Lindorie 林德拉伊　英吉尔贝斯的母亲。

Little Gelion 小盖林河　盖林河北部支流中的一条,发源于海姆瑞恩山。

Loeg Ningloron 洛伊戈·宁洛罗恩　"金水莲池"。

Lomelindi 洛美令迪　昆雅语,意为夜莺。

Lomion 朗明　"星光之子",阿雷塞尔为迈戈林取的昆雅语名字。

Lorein (1) 萝林(1)　梵拉伊尔莫的

花园和府邸。他自己也被叫做萝林。

Lorein（2）萝林（2） 凯利博恩和盖拉德丽尔统治的地方，在凯莱布兰特——银河和安杜恩——长河之间。

Lórellin 洛瑞林 瓦里诺的洛瑞林湖。梵拉埃斯特白天在湖边睡觉。

Lorgan 劳干恩 "泪雨之战"后，海斯鲁姆的"皮肤黝黑的人"的首领。图奥被他奴役。

Lorindol 劳伦德尔 "萝林多尔"，"金黄色的头发"。

Losgar 洛斯加 费阿诺烧毁特莱瑞的船只之地。在德瑞恩吉斯特河口。

Lothlann 洛斯兰恩 意为"辽阔之地"。迈斯罗斯边境北部地区的辽阔平原。

Lothlorien 洛丝萝林 意为"鲜花盛开的萝林"。

Luinil 路埃尼尔 闪烁着蓝光的星星。

Lumbar 路姆巴 一颗星星的名称。

Luthien 露西恩 辛格尔和迈阿尔梅里安的女儿。寻找茜玛丽尔钻石的使命完成，贝伦死后，她自愿成为凡人，和他同呼吸共命运。

Mablung 马布伦 道伊阿斯——"守卫之地"的精灵。辛格尔王手下的大将，图林的朋友，被叫做"铁腕"。

被矮人杀死于梅内戈罗斯。

Maedhros 迈斯罗斯 费阿诺的大儿子。被叫做"高个子"，被劳戈恩从"暴虐之山"营救之后，占领海姆瑞恩山和周围的土地。组建"迈斯罗斯联盟"，直到"泪雨之战"之后才结束。

Maeglin 迈戈林 "犀利的目光"。埃奥尔和图尔冈的姐姐阿雷塞尔的儿子。在冈多林称雄一方，后将冈多林出卖给莫高斯，他的城池遭洗劫时，被图奥杀死。

Maglor 玛戈勒 费阿诺的次子，出色的歌手和吟游诗人。他占领的土地叫玛戈勒峡谷。第一纪结束时，和迈斯罗斯一起夺得中洲的两颗钻石，并把他夺得的一颗扔进大海。

Maglor's Gap 玛戈勒的峡谷 盖林河北部地区，这一带没有山脉防御来自北方的敌人。

Magor 玛戈 玛拉克阿兰旦的儿子，跟随玛拉克进入西贝勒里安德的人群的首领。

Mahal 玛哈尔 矮人管阿乌莱叫玛哈尔。

Máhanaxar 玛哈那克莎 瓦尔玛城门外的环形议事台，安放着梵拉的宝座，供他们议事时坐卧。

Mahtan 马赫坦 诺尔多伟大的工匠，费阿诺之妻尼尔达内尔的父亲。

Maiar 迈阿尔　比梵拉地位低的"圣人"阿伊诺。

Malach 玛拉赫　马兰赫的儿子,精灵语名字为阿兰旦。

Malduin 玛尔杜因　泰戈林河的支流,意为"黄河"。

Malinalda 玛利纳尔达　"黄金之树"劳瑞林的另外一个名字。

Mandos 曼多斯　纳英法官在阿曼的居住之地。他很少称自己为纳英法官,宁愿叫做曼多斯。

Ma－nu－Falmar 玛-努-法尔玛　"海浪下的土地",努美诺尔后来的名称。

Manwë 曼维　梵拉之首,也叫做苏里莫,"大帝","阿达之王"。

Marach 玛兰赫　第三批进入贝勒里安德的人群的领袖。哈多·劳伦德尔的祖先。

March of Maedhros 迈斯罗斯边境、盖林河上游北面的开阔地。由迈斯罗斯和他的兄弟们占领,抵御来自东贝勒里安德的侵略,也被叫做"东部边境"。

Mardil 玛迪尔　"忠心耿耿的人"。冈多最早的统治者。

Melian 梅里安　一位迈阿尔。离开瓦里诺来到中州,后为道伊阿斯王的女王。露西恩的母亲,埃尔伦德和埃尔罗斯的女祖。

Melkor 梅尔克　"背叛者"的昆雅语名字。邪恶由他开始。曾经是权利最大的阿伊诺。后来的名字为:莫高斯,巴乌戈里厄,"暴君","敌人"等。梅尔克的意思是"因为权利而生的人"。辛达语的形式为Belegur,但很少使用。

Menegroth 梅内戈罗斯　"千洞之殿",辛格尔和梅里安在道伊阿斯埃斯加尔杜因河的秘密厅堂。

Meneldil 梅内尔迪尔　阿纳瑞恩的儿子,冈多的王。

Menelmacar 梅内尔玛卡　"空中剑客",猎户星座。

Meneltarma 梅内尔塔玛　"天之柱"。努美诺尔中部的大山。

Mereth Aderthad 梅瑞斯-阿德沙德　芬戈尔芬在埃孚瑞恩湖边举行的"欢聚宴会"。

Mickleburg 米克莱波戈　贝莱戈斯特的译文,意思是"大要塞"。

Mim 米姆　矮人。图林和逃亡者曾经住在米姆在秃山的房子里。后被米姆出卖给奥克,被图林杀死在纳戈斯隆德。

Minas Anor 米纳思阿诺尔　"太阳城"。阿纳瑞恩统治的城池,后来被叫做特瑞斯城。

Minas Ithil 米纳思伊西尔　"月亮城"。后作毛古尔城。阿伊西尔杜尔统治的城池,建在"阴影之山"。

Minas Morgul 米纳思莫古尔　"魔法

之城"，"月亮之城"被敌人攻占后的名称。

Minas Tirith（1）米纳思蒂里斯（1）"太阳城"后来的名称，被叫做"冈多之城"。

Minas Tirith（2）米纳思蒂里斯（2）"瞭望之城"，芬罗德·菲拉古恩德在托尔·西瑞恩建造。

Mindeb 明代布 西瑞恩河的支流，在迪姆巴和奈尔多雷斯森林之间。

Mindolluin 敏多洛因 "蓝山"，"太阳城"后面的大山。

Mindon Eldalieva 明多恩·埃尔达里瓦 "埃尔达里大塔楼"。英戈维在蒂伦城的塔楼，也简称明多恩。

Miriel（1）米瑞尔（1）芬维的第一个妻子，费阿诺的母亲，费阿诺出生后，即去世。

Miriel（2）米瑞尔（2）塔-帕兰蒂尔的女儿，被迫嫁给阿-法拉宗。成为他的妻子之后，名为阿-吉姆拉菲尔。也被叫做塔-米瑞尔。

Mithlond 米思隆德 "灰色的港湾"。精灵在卢恩湾的港口。

Mithrandir 米思兰迪尔 "灰色的漫游者"。

Mithrim 米思利姆 海斯鲁姆——"云雾之地"东部的大湖，大湖周围地区以及西部的山脉都叫米思利姆。原为住在这一带的辛达精灵的名字。

Mordor 莫都 "黑色的土地"，也被叫做"阴影之地"。索隆的领地，在"阴影之山"的东面。

Morgoth 莫高斯 "可恶的敌人"。梅尔克的名字。茜玛丽尔被抢走之后，费阿诺给他取了这个名字。

Moria 莫利亚 "黑色的峡谷"。

Moriquendi 莫利昆迪 黑精灵。

Mormegil 莫梅吉尔 "黑剑"。图林率领纳戈斯罗瑞恩时的雅号。

Morwen 莫尔温 巴拉古恩德的女儿。

Nador 南多 意思是"回来的那些人"。南多指特莱瑞精灵中那些拒绝翻越云雾山西征的"人"。后来，其中一部分在代内舍的率领下，翻越蓝山，定居在"七河之地"。

Nahar 纳哈 梵拉奥罗米的马。

Namo 纳莫 阿拉塔——八位"至尊者"之一。

Nan Dungortheb 南·杜恩戈赛布 亦称杜恩戈赛布。在本书中译为"死亡之谷"。在"恐怖之山"的悬崖峭壁与梅里安山崖之间。

Nan Elmoth 南·埃尔摩斯凯龙河东面的森林。埃尔维在这里被梅里安迷惑并失踪。后来，这里成了黑精灵埃奥尔的居住之地。

Nan－Tathren 南-塔斯瑞恩 "生长柳树的地方"，"柳树谷"。纳罗戈河从这里流入西瑞恩河。

Nargothrond 纳戈斯隆德　纳罗戈河下面的地下城堡。亦为纳戈斯隆德的领地，延伸到纳罗戈河东岸和西岸。

Narog 纳罗戈河　西贝勒里安德最长的河流，发源于"铁山"下的伊弗林湖，在"柳树谷"流入西瑞恩河。

Narsil 纳西尔　埃伦迪尔的宝剑。由诺戈罗德的特尔卡制造。埃伦迪尔与索隆作战身亡，宝剑折断。阿拉贡重新铸造，称新剑为安杜瑞恩。

Narsilion 纳西利恩　"太阳、月亮之歌"。

Narya 纳亚　精灵的三枚戒指之一。"火之戒"或者"红戒"。由凯尔丹保存，后来落到米思兰迪尔之手。

Nauglamir 纳乌戈拉米尔　"矮人的项链"。矮人为芬罗德·菲拉古恩德制造，由胡林带出纳戈斯隆德，给辛格尔。胡林因此而身亡。

Naugrim 劳戈利姆　"长得极矮的人"。辛达语中对矮人的称呼。

Neithan 内伊山　图林在逃亡者中的自称。意为"被剥夺权利的人"。

Neldoreth 奈尔多雷斯　道伊阿斯北部大面积的柏树林。

Nen Girith 内恩·盖瑞斯　"颤动的水"。布雷塞尔森林中的"银树瀑布"。

Nenar 内纳　一颗星星的名字。

Nenning 内恩宁　西贝勒里安德的河流，在埃戈拉瑞斯特港湾流入大海。

Nenuial 内努伊阿尔　"晨光之湖"。在埃瑞阿多。巴兰杜恩——棕河由此发源。安努米纳斯城建于此。

Nenya 奈尼亚　精灵的三枚戒指之一。"水之戒"。由盖拉德丽尔保存。也被叫做"阿达曼恩特之戒"。

Nerdanel 尼尔达内尔　意为"聪明"。工匠马赫坦的女儿，费阿诺的妻子。

Nessa 内莎　梵拉的女王之一。

Nevrast 内夫拉斯特　道-洛明西部地区。图尔冈去冈多林之前的居住地。意为"海岸这边"，原为中洲西北部海岸。

Nienna 妮恩娜　梵拉的女王之一。位于掌权者之列。曼多斯和萝林的妹妹。

Nienor 妮埃诺　意为"服丧者"。胡林和莫尔温的女儿，图林的妹妹。在纳戈斯隆德被戈拉乌如恩施以魔法，忘记自己的过去，在布雷塞尔和图林结婚，后投河自尽。

Nimbrethil 尼姆布雷瑟尔　贝勒里安德南部阿沃宁的白桦林。

Nimloth (1) 尼姆洛斯 (1)　努美诺尔的白树。阿伊西尔杜尔在它被砍倒之前，摘下一个果子。后来，这枚果实长成米纳思伊西尔——

月亮城的白树。

Nimloth（2）尼姆洛斯（2） 道伊阿斯的精灵。与辛格尔的继承人迪奥结婚。埃尔文戈的母亲。费阿诺的儿子们攻打梅内戈罗斯时被杀。

Niniel 尼妮埃尔 "泪人儿"。图林在不知道与妹妹的关系之前，对她的昵称。

Ninquelote 宁奎洛特 "白花"。特尔佩里翁的一个名字。

Niphredil 尼福瑞迪尔 露西恩诞生时，道伊阿斯盛开在星光下的一朵白花。

Nirnaeth Arnoediad 尼厄纳伊斯·阿诺埃迪阿德 "泪雨之战"简称尼厄纳伊斯。指贝勒里安德第五场毁灭性的战斗。

Nivrim 尼弗瑞姆 道伊阿斯的一部分，在西瑞恩河西边。

Noegyth Nibin 诺伊盖斯·尼宾 "小矮人"。

Nogrod 诺戈罗德 矮人在蓝山的两座城池之一。

Noldolanmtë 诺尔多兰特 《诺尔多的衰落》。费阿诺的儿子玛戈勒创作的一首哀歌。

Noldor 诺尔多 "聪明的精灵"，从奎维内恩向西进发的第二群埃尔达，由芬维率领。这个词的意思是聪明。

Nóm Nómin 诺姆·诺明 "智慧"，"聪明"，贝奥的追随者，对芬罗德和他的人民的赞美之词。

Nulukkizdin 努鲁凯兹丁 矮人对纳戈斯隆德的称谓。

Numenor 努美诺尔人 "西方人"，"西方的土地"。进入第一纪之后，梵拉准备居住的大岛。

Nurtalë Valinoreva 努尔塔莱·瓦利诺瑞瓦 瓦里诺的藏身之地。

Ohtar 欧塔 "武士"。阿伊西尔杜尔手下的骑士，将埃伦迪尔宝剑的碎片带到埃姆拉德里斯——深深的峡谷。

Oiolossë 欧埃欧罗赛 "雪一样白"。埃尔达精灵管塔尼奎提尔——"白峰"叫欧埃欧罗赛。

Oiomure 欧埃欧姆瑞 海尔卡拉克塞海峡附近云雾弥漫之地。

Olórin 奥罗林 迈阿尔中最有智慧者。

Olvar 欧尔瓦 雅万娜和大帝曼维说话时保留的一个精灵的字眼，意思是"把根埋在土里种东西"。

Olwë 欧尔维 与其弟埃尔维一起带领特莱瑞精灵从"觉醒之水"西征。后为阿曼阿尔夸棱德的精灵王。

Ondolindë 欧恩德林代 "石头歌"。冈多林的昆雅语名字。

Orc 奥克 莫高斯手下的魔怪。

Orfalch Echor 奥法尔赫·埃考 穿过

359

"环山"，与冈多林相连的大峡谷。

Ormal 奥玛尔　奥力为梵拉制作的灯之一，高悬于中洲南部。

Orocarni 奥罗卡尼　中洲东部群山，意为"红山"。

Orodreth 奥罗德瑞斯　菲纳芬的第二个儿子。托尔·西瑞恩岛上"月亮城"要塞的守卫者。其兄芬罗德死后，他成为纳戈斯隆德的王。芬杜拉斯的父亲。在图木哈拉德之战中被杀。

Orodruin 奥罗德鲁因　"黑色之地"的"火焰山"。索隆在这里制造"戒中王""魔戒之主"。也被叫做"死亡山"。

Oromet 奥罗梅特　努美诺尔西部安杜内伊港附近的大山。塔-米纳斯蒂尔要塞建在这座山上。

Oromë 奥罗米　"至尊者"阿拉塔。八位执掌大权者之一。"伟大的猎手"。从"觉醒之水"来的精灵的首领。瓦娜的夫君。这个名字的意思是"号角之声"。

Orthanc 奥桑克　"利齿山"，伊森加德湾的努美诺尔要塞。

Osgiliath 奥斯吉利亚斯　"星光之城"。古冈岛最重要的城市。在安杜恩大河西边。《魔戒》里是"星堡"。

Ossë 奥赛　乌尔莫的大臣。和乌尔莫一起进入阿达王国。特莱瑞精灵的导师。

Ossiriand 奥塞里安德　"七河之地"。由蓝山流下来的盖林河及其支流。"绿精灵"之地。

Palantiri 帕兰梯利　意为"从远处瞭望"，指埃伦迪尔和他的儿子从努美诺尔带来的七块"瞭望之石"。为费阿诺在阿曼制造。

Pelargir 佩拉吉尔　大河安杜恩三角洲上的努美诺尔港。

Pelori 佩洛瑞　也被叫做"阿曼山"或"御敌之山"。梵拉在阿尔曼伦的城池陷落之后，从南到北建起的月牙形屏障，与阿曼海岸相连。

Periannath 佩瑞阿纳斯　哈尔富林霍比特人。《魔戒》里是"哈夫林"。

Quendi 昆迪　精灵最初的精灵语名字。意为"会说话的精灵"。

Quenya 昆雅语　所有精灵通用的古老的语言。由"聪明的诺尔多精灵"带到中洲，后来又被他们丢弃，不再作为日常使用的语言。特别是在辛格尔王颁布禁令之后。

Radagast 拉达盖斯特　巫师之一。

Radhruin 拉斯瑞恩　巴拉海尔在"松树之地"远征时十二个同伴之一。

Ragnor 拉戈诺　巴拉海尔在"松树之地"远征时十二个同伴之一。

Ramdal 拉姆达尔　"'长城'之末端"，流经贝勒里安德的大瀑布"长城"在这里终止。

Rana 拉纳　意为"漫游者"。"聪明的精灵"诺尔多称月亮为"拉纳"。

Rathloriel 拉斯罗瑞尔　意为"金床"。道伊阿斯的财宝沉入河底之后，阿斯卡河的名字。

Rauros 拉乌罗斯　意为"咆哮的浪花"。安杜恩河的大瀑布。

Rerir 赖瑞尔　海莱沃恩湖北面的山。盖林河两条支流中较大的一条发源于此。

Rhovanion 洛瓦尼翁　"荒原"。"云雾山"东部的荒野。

Rhudaur 鲁达乌尔　埃瑞阿多东北部地区。

Rian 瑞安恩　贝莱古恩德的女儿。胡奥之妻。图奥的母亲。胡奥死后，她因悲伤而死。

Ringil 瑞恩吉尔　芬戈尔芬的宝剑。

Ringwil 瑞恩维尔　流入纳戈斯隆德的纳罗戈河的溪流。

Rivil 瑞维尔　从"松树之地"向北流去的河，一直流到西瑞恩河。

Rochallor 罗哈劳　芬戈尔芬的战马。

Rohan 罗翰　过去叫卡莱纳德霍恩。成为冈多地区之后叫罗翰——"马之王国"，意为水草丰美之地。

Rohirrim 罗赫里姆　罗翰的"马之王"。罗翰的"罗翰骑士"。

Romenna 罗门纳　努美诺尔东部海岸的港口。

Rothinzil 罗新吉尔　努美诺尔人把埃阿瑞恩代尔飞船文吉洛特——"浪花号"叫做罗新吉尔。

Rumil 鲁米尔　蒂伦——大瞭望塔的诺尔多——"聪明的精灵"中的"贤人"。文字的发明人。

Saeros 塞罗斯　南多的精灵，道伊阿斯·辛格洛斯的首席顾问。在"千洞之殿"梅内戈罗斯侮辱图林，后死于图林之手。

Salmar 沙尔玛　一位迈阿尔。与乌尔莫一起进入阿达王国，是乌尔莫大号角——乌尔木瑞的制造者。

Sarn Athrad 沙恩·阿斯兰德　意为"涉水而过的浅滩"。从诺戈罗德和贝莱戈斯特来的矮人从这里过盖林河。

Saruman 萨茹曼　"技艺高超的人"。也被叫做库如尼尔——"狡诈的人"。巫师之一。

Sauron 索隆　"令人憎恶的人"。梅尔克仆人中最邪恶者。起初是阿乌莱手下的"圣人"。

Serech 赛瑞克　西瑞恩河河口北面的大沼泽。瑞维尔河从"松树之地"流到这里。

Seregon 赛瑞根　"石之血"，开在秃山上的一种深红色的花。

Silmarien 西尔玛瑞恩　努美诺尔王国第四世王塔-埃伦迪尔的女儿。安杜内伊第一个君王的母亲，埃伦迪尔及其子伊塞杜尔·阿纳瑞恩的

361

女祖先。

Silpion 西尔皮恩 瓦里诺双树之一特尔佩里翁的另外一个名字。

Silvan Elves 西尔凡精灵 也被叫做"森林精灵"。他们的祖先应为南多精灵。他们没有翻越云雾山,一直居住在大森林里的安杜恩峡谷。

Simaril 茜玛丽尔 "瓦里诺双树"被毁之前,费阿诺制造的三颗钻石。

Sindar 辛达 灰精灵。特莱瑞的精灵都被叫做"灰精灵"。

Sindarin 辛达语 贝勒里安德精灵的语言。源于普通的精灵语,但是由于年代久远,和昆雅语有了许多不同。

Singollo 辛格罗 "灰披风"。《魔戒》里是"灰袍"。

Sirion 西瑞恩河 从北向南,将贝勒里安德分成东西两部分的大河。

Soronúmë 梭罗努米 星座的名称。

Sulimo 苏里莫 曼维王的另外一个名字。

Talath Dirnen 塔拉斯·迪尔内恩 意为"守卫着的平原",在纳戈斯隆德北部。

Talath Rhunen 塔拉斯·鲁内恩 "东边的峡谷"。从前的名字叫沙盖林。

Taniquetil 塔尼奎提尔 "白峰"。佩洛瑞最高的山脉,阿达最高的山峰。山顶建造着曼维和瓦尔达的

府邸埃尔玛林。也被叫做"白山","圣山","曼维山"。

Tar-Ancalimon 塔-安卡利蒙 努美诺尔第十四世王。他统治时期,努美诺尔人分成对立的两派。

Taras 塔拉斯 内夫拉斯特海角的山。山下是文雅玛、图尔冈到冈多林之前的居住地。

Tar-Atanamir 塔-阿塔纳米尔 努美诺尔第十三世王。

Tar-Ciryatan 塔-凯尔雅塔 努美诺尔第二世王,"大船制造者"。

Tar-Elendil 塔-埃伦迪尔 努美诺尔第四世王,西尔玛瑞恩的父亲。

Tar-Minastir 塔-米纳斯蒂尔 努美诺尔第十一世王,帮助吉尔格拉德反对索隆。

Tar-Minyatur 塔-敏亚托努美诺尔王国第一个王埃尔罗斯的名字。

Tarn Aeluin 塔恩·阿伊鲁银 松树之地的一个湖,巴拉海尔和他的同伴在这儿藏身,后葬身于此。

Tar-Palantir 塔-帕兰蒂尔 努美诺尔第二十三世王,他为历代君王的行为忏悔,为自己取了一个昆雅语名字,意为"有远见的人"。

Taur-en-Faroth 塔乌尔-恩-法罗斯 纳罗戈河西岸森林覆盖的高地。

Taur-im-Duinath 塔乌尔-伊姆-杜纳斯 意为"河中间的森林"。西

瑞恩河和盖林河之间的森林和荒原。

Taur-nu-Fuin 塔乌尔-努-富银 "松树之地"后来的名字。意为"夜幕下的森林"。

Tauron 塔乌尔伦 意为"森林里的人"。奥罗米在灰精灵中的名字。

Teiglin 泰戈林 西瑞恩河的一条支流,发源于"阴影之山",流经布雷塞尔森林。

Telchar 特尔卡 诺戈罗德最著名的工匠。安戈瑞斯特剑的铸造者。

Telemnar 特莱姆纳 冈多第二十六世王。

Teleri 特莱瑞 从奎维内恩——"觉醒之水"西迁的第三群也是最大的一群精灵,由埃尔维和欧尔维率领。他们自称林达——歌手。特莱瑞意为"后来者",是先他们到达目的地的精灵对他们的称谓。许多特莱瑞精灵一直没有离开中洲。辛达和南多是特莱瑞精灵的祖先。

Telperion 特尔佩里翁 瓦里诺双树中年长的一棵。也被叫做"白树"。

Telumendil 特路门迪尔 星座的名称。

Thalion 沙林 意为"坚定不移"。

Thalos 沙罗斯 盖林河在奥塞瑞恩德的第二条支流。

Thangorodrim 塞戈罗德利姆 "暴虐之山"。莫高斯在铁牢上面堆起的大山。在第一纪末的"大战"中被摧毁。

Thargelion 沙戈林 "盖林河那边的土地"。赖瑞尔山和阿斯卡河之间的土地。卡兰塞尔居住于此。

Thingol 辛格尔 "灰斗篷","灰袍"。在贝勒里安德,埃尔维以此名为人所知。埃尔维与其兄欧尔维带领特莱瑞精灵从"觉醒之水"西征,后为道伊阿斯王。

Thorondor 梭伦多 "鹰王"。

Thranduil 瑟兰迪尔 "大森林"北部西尔凡精灵的王。莱戈拉斯的父亲。

Thuringwethil 苏伦威塞尔 "神秘的影子"。从"狼人之岛"给索隆送信的信使,送信时,形如巨大的蝙蝠,露西恩化做她的模样进入"铁牢"。

Tilion 蒂林 "蒂林恩" 一位迈阿尔,"月亮上的舵手"。

Tintalle 廷塔莱 "带来光明的人"。瓦尔达的一个名字。她是星星的制造者。

Tinuviel 蒂努薇尔 贝伦送给露西恩的名字。诗歌中对夜莺的称谓,意为"星光的女儿"。

Tirion 蒂伦 "大瞭望塔",阿曼图纳山上精灵的城池。

Tol Eressëa 托尔·埃里西亚 "孤岛"。简称"埃里西亚"。

Tol Galen 托尔·加伦 "绿岛"。在

"七河之地"的阿杜兰特河。

Tol‐in‐Gaurhoth 托尔-因-加乌尔霍斯 "狼人之岛"。西瑞恩岛落入索隆之手后的名字。

Tol Morwen 托尔·莫尔温 贝勒里安德沉没后，留在大海中的岛屿。岛上有纪念图林、妮埃诺和莫尔温的巨石。

Tol Sirion 托尔·西瑞恩 西瑞恩河河口的岛屿。芬罗德在岛上建了"瞭望之城"。索隆占领后被叫做"狼人之岛"。

Tulkas 图尔加斯 一位梵拉，"力大无比，英勇善战"，又名阿斯塔尔多——"勇士"。

Tumhalad 图木哈拉德 金利斯河和纳罗戈河之间的一条峡谷。纳戈斯隆德精灵在这里被击败。

Tumladen 图木拉登 "宽峡谷"。群山环抱的一条不为人知的峡谷。冈多林城雄踞于此。

Tuna 图纳 卡拉凯尔雅——"光之山崖"的绿山。精灵的"大瞭望塔"建于此。

Tuor 图奥 胡奥的瑞安恩的儿子。由米思利姆——"云雾之地"的灰精灵收养。带着乌尔莫的信进入冈多林，与阿伊德瑞尔——图尔冈的女儿结婚。城池被毁后，和妻子、儿子——埃阿瑞恩代尔一起乘埃阿拉美——"海的翅膀"向西而去。

Turambar 图拉姆巴 图林在布雷塞尔森林的最后一个名字。意为"命运之神"。

Tur Haretha 图尔·哈瑞沙 哈莱斯夫人的葬身之地，在布雷塞尔森林。

Turgon 图尔冈 "智者"。芬戈尔芬的第二个儿子。秘密前往冈多林之前，住在内夫拉斯特。冈多林被洗劫之前，他一直是那里的统治者。他是"银脚"阿伊德瑞尔的父亲。埃阿瑞恩代尔的外祖父。

Turin 图林 胡林和莫尔温的儿子，抒情诗中的主人公。

Uinen 乌伊内恩 一位迈阿尔，"海夫人"，奥赛的配偶。

Uldor 乌尔多 "可恶的人"，乌尔范的儿子，在"泪雨之战"中被杀。

Ulfang 乌尔范 "黑子"。"东方人"的首领。和他的三个儿子一起追随卡兰塞尔。在"泪雨之战"中背叛主人。

Ulfast 乌尔法斯特 乌尔范的儿子，在"泪雨之战"中被"东方人"鲍的儿子们杀死。

Ulmo 乌尔莫 一位梵拉，阿拉塔——八位执掌大权者之一。被叫做"水之君主"，"大海之王"。埃尔达精灵把他叫做"下雨的人"。

Ulmuri 乌尔莫瑞 迈阿尔沙尔玛为

乌尔莫制作的号角。

Ulwarth 乌尔瓦斯 乌尔范的儿子。在"泪雨之战"中被"东方人"鲍的儿子杀死。

Umanyar 乌曼雅 从"觉醒之水"出发西征但没有到达阿曼的精灵。意为"不是阿曼的人"。

Umarth 乌玛斯 意为"厄运",纳戈斯隆德的图林给他的父亲取的名字。

Umbar 乌姆巴 贝尔法拉斯湾南面努美诺尔人的天然海港和要塞。

Ungoliant 乌戈利安特 大蜘蛛,和梅尔克一起毁了瓦里诺树。

Urthel 乌尔塞尔 巴拉海尔在"松树之地"远征时十二个伙伴之一。

Uruloki 乌鲁洛凯 昆雅语,意为"火龙"。

Utumno 乌图木诺 梅尔克的第一个大要塞,在中洲北,后被梵拉摧毁。

Vairë 瓦伊瑞 "纺织者"。女王之一。曼多斯的配偶。

Valacirca 梵拉凯尔卡 意为"梵拉的镰形星群"。大熊星座的名称。

Valandil 瓦兰迪尔 伊塞杜尔最小的儿子。阿诺的第三位君王。

Valaquenta 梵拉昆塔 《梵拉轶事》。

Valar 梵拉 意思是"有权的人","掌权者"。单数:Vala,复数:Valar。指世界初创之时,最早进入世界的阿伊诺——"圣贤"。他们的使命

是保卫和统治阿达王国。也被叫做"阿达的统治者","西方君王","瓦里诺君王"等。

Valaraukar 梵拉劳卡 "火魔",昆雅语,和辛达语中的"巴尔洛格"相同。

Valaroma 梵拉罗马 梵拉奥罗米的号角。

Valier 瓦里尔 "梵拉的女王们"。

Valinor 瓦里诺 梵拉在阿曼的土地。在佩洛瑞山那边。也被叫做"守卫着的王国"。

Valmar 瓦尔玛 梵拉在瓦里诺的城市。

Vana 瓦娜 女王之一,雅万娜的妹妹,奥罗米的妻子,被叫做"永远年轻"。

Vanyar 万雅 由英戈维率领从"觉醒之水"西征的第一批精灵。

Varda 瓦尔达 "尊贵的人","崇高的人"。也被叫做"星星夫人"。女王中最尊贵的女王。曼维王的配偶。和他一起住在塔尼奎提尔——白峰。

Vasa 瓦沙 诺尔多精灵管太阳叫瓦沙。

Vilya 维尔雅 精灵的三枚戒指之一——"空气之戒"。由吉尔格拉德佩戴,后落入埃尔伦德之手。亦名蓝宝石戒指。

Vingilot 文吉洛特 "浪花号",埃阿

精灵宝钻：魔戒起源

瑞恩代尔的船。

Vinyamar 文雅玛　图尔冈在内夫拉斯特塔拉斯山下的居住地。意为"新府邸"。

Vorone 沃伦维　"坚贞不渝者"。冈多林的精灵。"泪雨之战"后，派往西方的七条大船上惟一生还的水手。在文雅玛与图奥相遇，并且带他到冈多林。

Wilwarin 维尔瓦林　星座的名称。在昆雅语里，这个词的意思是"蝴蝶"。也许是指"仙后星座"。

Yavanna 雅万娜　"果实赐予者"。女王，八位执掌大权的阿拉塔——"至尊者"之一。奥力的配偶。

Ered Lindon 埃雷德·林敦　"林敦山"。又名埃瑞德·路银——蓝山。

Eól 埃奥尔　黑精灵。居住在南·埃尔摩斯的技艺高超的工匠，娶图尔冈的妹妹阿雷赛尔为妻。矮人的朋友。安戈拉凯尔宝剑的铸造者。迈戈林的父亲，死在冈多林。

Elwing 埃尔温　迪奥之女。携带茜玛丽尔逃离道伊阿斯，在西瑞恩河口和埃阿瑞恩代尔结婚。埃尔罗德和埃尔罗斯之母。她的名字的意思是"星满枝头"。

Dor Caranthir 道·卡兰塞尔　卡兰塞尔之地。

（校订：陈振宁　等）